D1359474

Jet

Biblioteca de

V.C.
Andrews™

PLAZA & JANES

Jet

V.C.
Andrews™

Un destello en la niebla

Traducción de
Marta Pérez Sánchez

PLAZA & JANES EDITORES, S. A.

Título original: *Pearl in the Mist*
Diseño de la portada: Método, S. L.
Ilustración de la portada: © Royo

Primera edición en esta colección: junio, 1996

Printed in Spain – Impreso en España

ISBN: 84-01-49182-7 (col. Jet)
ISBN: 84-01-49796-5 (vol. 182/18)
Depósito legal: B. 23.984 - 1996

Fotocomposición: Víctor Igual, S. L.

Impreso en Litografía Rosés, S. A.
Progrés, 54-60. Gavà (Barcelona)

L 497965

ÍNDICE

LISTA DE PERSONAJES

En Nueva Orleans

Ruby Dumas, también Ruby Landry, hija de Pierre Dumas y Gabrielle Landry, gemela de Gisselle.

Gisselle Dumas, gemela de Ruby, paralítica.

Pierre Dumas, padre de las gemelas, marido de Daphne.

Daphne Dumas, esposa de Pierre y madrastra de Ruby y Gisselle.

Jean Dumas, hermano de Pierre.

Beau Andrews, novio de Ruby, ex novio de Gisselle, hijo de una adinerada familia de Nueva Orleans.

Bruce Bristow, asesor de la familia dumas.

En el colegio Greenwood

Mrs. Clairborne, dueña del colegio Greenwood, abuela de Louis, descendiente de una rica y poderosa familia de Louisiana.

Louis Clairborne, nieto de Mrs. Clairborne, ciego, pianista.

Mrs. Ironwood, directora del colegio y tía de Louis, sobrina de Mrs. Clairborne.

Mrs. Penny, responsable del grupo de chicas que viven en la misma casa que Ruby y Gisselle.

Miss Stevens, profesora de arte.

Abby, amiga de Ruby.

Samantha, Jacki, Kate y **Vicki,** amigas de Gisselle.

Buck Dardar, jardinero.

Mrs. Gray y **Mrs. Randle,** profesoras del colegio.

En Houma

Paul Tate, hijo de una familia rica y hermanastro de Ruby.

Grandpere Jack, abuelo de Ruby y padre de Gabrielle.

Pearl, hija de Ruby.

PRÓLOGO

«Querido Paul:

»He esperado hasta el último minuto para escribir estas líneas, especialmente porque no sabía si obedecería a mi padre y me matricularía con Gisselle, mi hermana gemela, en un elitista internado para señoritas de Baton Rouge. A pesar de mis promesas, la idea me provocaba pesadillas. He visto los folletos del centro, que se llama Greenwood. Es un lugar precioso. Consta de un aristocrático edificio principal que alberga las aulas, un salón de actos, un gimnasio e incluso una piscina cubierta, además de tres edificios de dormitorios, cada uno con exuberantes sauces y robles escarlata en la parte delantera; un lago privado lleno de jacintos; unos terrenos boscosos de encinas rojas y nogales; pistas de tenis de tierra batida, campos de deporte y, en suma, todo lo que cabría desear. Estoy segura de que ofrece mejores servicios y oportunidades que los que tendría en nuestra actual escuela de Nueva Orleans.

»Sin embargo, sólo asisten las jóvenes de la clase alta, hijas de las familias criollas más ricas y refinadas de Luisiana. No tengo ningún prejuicio contra la gente adinerada que procede de círculos altamente respetables, pero sé que viviré rodeada de chicas que habrán sido educadas de un modo similar a Gisselle. Pensarán, se vestirán y actuarán como ella, y me harán sentir desplazada.

»Mi padre ha depositado en mí grandes esperanzas. Cree que superaré todos los obstáculos y que seré digna rival de cualquier niñita esnob que se cruce en mi camino. Confía tanto en mi talento artístico, que me ha asegurado que en la escuela lo reconocerán de inmediato y se ocuparán de que lo desarrolle y me dé a conocer para poder adjudicarse ellos el mérito. Yo sé que en realidad intenta ayudarme a desechar mis dudas y temores.

»No obstante, por mucho que me disguste ir a esa escuela, me temo que es la mejor solución por el momento, ya que al menos me permitirá distanciarme de Daphne, mi madrastra.

»Cuando viniste a visitarnos y me preguntaste si las cosas habían mejorado, te dije que sí, pero no te conté toda la verdad. Lo cierto es que estuvieron a punto de encerrarme y condenarme al olvido en la institución mental en la que está internado el pobre tío Jean, hermano de mi padre. Mi madrastra y el jefe de administración habían conspirado para recluirme. Ayudada por Lyle, un chico encantador pero hondamente trastornado, escapé y volví a casa. Le conté a mi padre lo ocurrido y tuvo un altercado horrible con Daphne. Cuando se calmaron los ánimos, papá propuso enviarnos a Gisselle y a mí a Greenwood, el internado del que te hablaba. Comprendí cuán importante era para él alejarnos de nuestra madrastra y lo feliz que ésta se sentiría.

»Así pues, tengo sentimientos contradictorios. Por un lado me pone nerviosa la perspectiva de ir a Greenwood, pero también me alegro de abandonar lo que se ha convertido en un hogar lóbrego y deprimente. Lamento separarme de mi padre. Parece haber envejecido varios años en sólo unos meses. Le han salido un montón de mechones grises en el cabello castaño y no se yergue ni camina con tanto vigor como la noche en que llegué a esta casa. Tengo la sensación de ser una desertora, pero él desea que asistamos a la nueva escuela, y yo quiero que esté contento y aliviar sus cargas y tensiones.

»Gisselle no cesa un solo instante de quejarse y gimotear. Amenaza a papá con no ir a Greenwood. Gruñe y llora porque está en una silla de ruedas, y nos obliga a todos a correr continuamente de un lado a otro para llevarle cosas y satisfacer sus menores caprichos. Ni siquiera una vez la he oído decir que el accidente de coche fue culpa de Martin y ella misma por haber fumado hierba. Prefiere achacárselo a la injusticia del mundo. Yo sé cuál es la auténtica razón de sus protestas: teme que en Greenwood no conseguirá cuanto quiere y en el momento en que lo quiere. Si antes ya estaba malcriada, ahora lo está mucho más. Incluso me resulta difícil apiadarme de su desgracia.

»Le he explicado todo lo que sé de nuestros orígenes, aunque todavía no ha asimilado que nuestra madre fue una mujer cajun.[1] Por supuesto, acepta sin pestañear mis relatos sobre *grandpère* Jack y cómo aprovechó el embarazo de nuestra madre para cerrar el negocio con el abuelo Dumas y venderla a su pudiente familia. *Grandpère* —como bien recordarás— ignoraba que mamá esperaba gemelas, y *grandmère* Catherine lo mantuvo en secreto hasta la noche en que nacimos, negándose luego a venderme a mí también. Le he recordado a mi hermana que hubiera podido ser ella la que

---

1. Cajun: nombre que reciben los nativos de Luisiana descendientes de los inmigrantes de Acadia, antigua colonia francesa en Canadá. *(N. de la T.)*

13

se quedó en el *bayou*[1] y yo la que se crió en Nueva Orleans. Esa posibilidad le produce escalofríos, e incluso deja de refunfuñar un rato, pero aun así tiene el don de sacarme de quicio y de hacer que me arrepienta de haber dejado el pantano.

»Como supondrás, pienso con frecuencia en el *bayou* y en los días dichosos que pasamos juntos, cuando *grandmère* aún vivía y tú y yo desconocíamos nuestra verdadera relación. Quienquiera que dijese que la ignorancia lleva a la felicidad estaba en lo cierto, sobre todo en lo relativo a nosotros dos. Soy consciente de que para ti ha sido más duro hacerle frente. Has tenido que convivir, quizá más que yo, con la mentira y el engaño, pero si algo he aprendido es que quien quiera gozar de algo en este mundo tiene que perdonar y olvidar.

»Me gustaría que no fuésemos hermanastros, lo admito, y también que si pudiera volvería corriendo a tu lado para edificar una vida juntos en el *bayou*, que es donde realmente está mi corazón; pero no es ésa la senda que el destino nos ha reservado. Quiero que seamos eternamente amigos además de hermanos y, ahora que Gisselle te ha conocido, comparte el mismo deseo. Cada vez que llega una de tus cartas insiste en que se la lea en voz alta, y siempre que haces alguna referencia a ella o le mandas saludos el interés ilumina su cara, aunque con Gisselle uno nunca sabe si se trata tan sólo de un antojo momentáneo.

»Me encantan tus cartas, pero no puedo evitar entristecerme al recibirlas. Cierro los ojos y escucho la sinfonía de las cigarras o el ulular de la lechuza. A veces imagino que puedo oler los guisos de *grandmère* Catherine. Ayer Nina nos hizo para almorzar un estofado de cangrejo tal y como solía cocinarlo *grandmère*, con

1. *Bayou*: palabra de origen francés que significa pantano, marisma. *(N. de la T.)*

un *roux* sofrito en mantequilla y aderezado con cebollitas verdes trituradas. Por supuesto, en cuanto oyó decir que era una receta cajun, Gisselle empezó a hacerle ascos. Nina me guiñó el ojo e intercambiamos una risita de complicidad, pues ambas sabíamos que antes se lo había comido con deleite.

»Prometo enviarte una nota en cuanto nos hayamos instalado en Greenwood y, quizá en un futuro próximo, si puedes, vayas a visitarnos. Como mínimo sabrás adónde escribir.

»Me gustaría que me hablases del *bayou* y de sus habitantes, en particular de las antiguas amigas de *grandmère* Catherine. Pero sobre todo deseo saber de tu vida. Supongo que una parte de mí quiere tener noticias también de *grandpère* Jack. Sin embargo, me cuesta trabajo pensar en él sin recordar las maldades que ha cometido. Supongo que a estas alturas se habrá convertido en un viejo senil y patético.

»¡Cuántas desdichas nos han sucedido ya en una fase tan temprana de la vida! Aunque quizá... quizá hemos sufrido nuestro lote completo de penalidades e infortunios y el resto de nuestra existencia esté repleto de acontecimientos felices. ¿Soy una necia por pensar así?

»Casi puedo ver cómo te ríes de mí con un centelleo en tus adorables ojos azules.

»Aquí hemos tenido un día muy caluroso. La brisa vespertina transporta hasta mí los aromas del bambú verde, las gardenias y las camelias. Es una de esas noches en las que se diría que puedes percibir cualquier ruido en varios kilómetros a la redonda. Sentada junto a la ventana, oigo traquetear el tranvía por St. Charles Avenue, y en otra casa del entorno alguien toca una trompeta. Sus notas suenan tristes y, no obstante, son bellísimas.

»Ahora mismo hay una paloma torcaz en la barandilla de la terraza emitiendo su arrullo quejumbroso.

Grandmère Catherine solía decir que debo desear algo bonito la primera vez que oiga a una paloma por la noche y desearlo deprisa, o de lo contrario su melancólico canto dará mala suerte a una persona querida. Esta noche es propicia a los sueños y a formular deseos. Pensaré uno para ti, Paul.

»Sal a la calle y llama en mi nombre al halcón de los pantanos. Cuando acuda, pídele también un deseo.

»Con todo el cariño de siempre,

RUBY.»

1. EL PRIMER DÍA

El insistente picotear de un pájaro carpintero me despertó de un sueño intranquilo. Había pasado en vela la mayor parte de la noche, dando vueltas y más vueltas con la preocupación de lo que me depararía el día siguiente. Por fin el peso de la fatiga cerró mis ojos y me sentí caer en un universo de angustiosa irrealidad, hasta que tuve, una vez más, una de mis frecuentes pesadillas. Derivaba por los pantanos en una pequeña piragua. El agua tenía el color del té de Darjeeling. No disponía de remos; la corriente me empujaba misteriosamente hacia una oscuridad envuelta en un musgo negruzco, fantasmal al ondularse en la tenue brisa. Por la superficie del agua culebreaban unas serpientes verdes siguiendo mi barquichuela. Los ojos luminiscentes de un búho me espiaban con recelo a través de la oscuridad a medida que me adentraba en la ciénaga.

En esta pesadilla solía oír los llantos de un bebé. Aunque era demasiado pequeño para hablar, su llanto recordaba mucho la llamada a una madre. Me impelía a seguir, pero normalmente despertaba de tan terrible sueño antes de internarme más en la oscuridad. Sin embargo, la pasada noche rebasé mi punto más lejano y continué viajando por un mundo sombrío y tenebroso.

La piragua dobló un meandro y avanzó un poco más deprisa, hasta que vi el contorno blanco y luminoso de un esqueleto que señalaba hacia adelante con su dedo índice, fino y alargado, instándome a escrutar las tinieblas. Finalmente vi al bebé solo, abandonado en una hamaca que había en la galería frontal de la choza de *grandpère* Jack.

La barca aminoró la marcha y de pronto, ante mis propios ojos, el habitáculo del abuelo comenzó a hundirse en el pantano. Los gritos de la criatura se intensificaron. Me incliné hacia un lado de la piragua para coger impulso, pero se me enredó la mano en la maraña de serpientes. El chamizo siguió sumergiéndose.

—¡No! —exclamé. La estructura se zambulló poco a poco en las aguas oscuras y fangosas, hasta que sólo quedaron a flote la galería y el bebé de la hamaca. Era una niña y tenía el rostro diminuto, con la tez nacarada como una perla. Extendí la mano al acercarme, pero en el instante en que por fin pude agarrar la hamaca, la galería también se hundió.

Fue entonces cuando oí el tabaleo del pájaro carpintero, y abrí los ojos bruscamente para ver cómo el sol matutino se filtraba por detrás de las cortinas e iluminaba el dosel de seda, en tonos perla, que cubría mi cama de madera de pino. Como si estuvieran en plena eclosión, los motivos florales del papel de la pared refulgieron asimismo bajo sus cálidos rayos. Aunque apenas había dormido, me animé al abrir los ojos a una luz tan radiante, especialmente después de la pesadilla.

Me senté en el lecho, me froté la cara con la palma de las manos hasta que hube eliminado las huellas de Morfeo de los párpados y las mejillas, y acto seguido respiré hondo y me propuse ser fuerte, estar alerta y no perder la esperanza. Me volví hacia la ventana al oír el vocerío del equipo de jardineros que se había desplegado para podar los setos, desenmalezar los macizos de flores y barrer las hojas de los plátanos en el recinto de la piscina y los campos de tenis. Daphne, mi madrastra, siempre hacía hincapié en que los terrenos y las dependencias debían quedar como si no hubiera pasado nada durante la noche, por huracanado que hubiera sido el viento o torrenciales las lluvias.

La víspera había elegido y dispuesto la ropa que llevaría en el viaje a nuestra nueva escuela. Persuadida de que mi madrastra escudriñaría mi atuendo, me decidí por una de mis faldas más largas y una blusa a juego. Gisselle al fin había claudicado y consentido en que le preparase también sus cosas, aunque se acostó jurando que jamás se levantaría. Aún oía resonar en mis tímpanos sus amenazas e imprecaciones.

—Prefiero morir en mi cama —sollozaba— antes que hacer ese espantoso traslado a Greenwood. Lo que escojas será lo que llevaré puesto cuando exhale mi último aliento. ¡Y tú serás la culpable de todo! —añadió, dejándose caer teatralmente en el lecho.

Aunque había vivido cierto tiempo con mi hermana gemela, nunca me acostumbré a lo distintas que éramos a pesar de tener las facciones, la figura, los ojos y el color del cabello virtualmente duplicados. Y no se trataba tan sólo de las diferencias de educación. Estoy segura de que ni siquiera congeniábamos en el vientre de nuestra madre.

—¿Y por qué iba a ser culpable?

Gisselle se apuntaló rápidamente en sus codos.

—Porque has accedido al plan, y papá sólo hace lo que tú apruebas. Deberías haber discutido y llorado. Deberías haber armado un escándalo. Se supone que a estas alturas ya sabes fingir una pataleta. ¿Es que no has aprendido nada de mí desde que huiste de los pantanos? —preguntó.

¿Fingir una pataleta? Aprender a ser una niña díscola habría sido más exacto, y ésa era una lección de la que podía prescindir, aunque mi hermana creyese que me había hecho un favor enseñándome a ser como ella. Contuve la risa a sabiendas de que la enfurecería más de lo que ya estaba.

—Hago lo que juzgo mejor para todos, Gisselle. Confiaba en que lo comprenderías. Papá quiere alejarnos de casa. Cree que eso facilitará su vida con Daphne y que también nos beneficiará a nosotras. ¡Y más aún después de lo que ha ocurrido! —añadí, con los ojos tan abiertos como los de ella.

Mi hermana se derrumbó de nuevo en la cama y apretó los labios.

—Yo no debería sacrificarme por los demás —gimió—. Ya es suficiente con lo que me ocurrió. Todos deberían atenderme a mí y a mi sufrimiento.

—Me parece que ya lo hacen.

—¿Quién lo hace? —inquirió mi hermana gemela con un súbito acceso de fuerza y agresividad—. Nina guisa sólo los platos que te gustan, no los que me apetecen a mí. Papá te pide opinión antes de consultarme. Y si Beau viene por aquí es exclusivamente para verte. ¡Pero si hasta nuestro hermano Paul te escribe siempre a ti!

—Nunca deja de mandarte recuerdos.

—Pero no una carta personal —insistió Gisselle.

—Tampoco tú le has escrito nunca —señalé.

Ella meditó por unos momentos.

—Son los chicos quienes han de dar el primer paso.

—Los chicos, tal vez, pero no un hermano. Entre familia no importa quién tome la iniciativa.

—¿Y por qué no la toma Paul?

—Le diré que lo haga —prometí.

—De ninguna manera. Si no se le ocurre a él, es mejor dejarlo. Me quedaré aquí postrada, constreñida como siempre a mirar el techo y preguntarme dónde están los demás, cómo se divierten..., cómo os divertís —rectificó con tono mordaz.

—Tú no estás postrada preguntándote nada, Gisselle —dije, incapaz finalmente de reprimir una sonrisa—. Vas a donde te da la gana y cuando se te antoja. No tienes más que chasquear los dedos y todos saltan de sus asientos. ¿Acaso papá no te ha comprado una furgoneta para poder transportarte con más facilidad en la silla de ruedas?

—Odio ese cacharro. Y odio que me lleven en la silla. Parezco una entrega de víveres, como si fuera una barra de pan o una caja de plátanos. ¡No iré en la camioneta!

Nuestro padre pretendía acompañarnos a Greenwood en la furgoneta de Gisselle, pero ella había jurado que no pondría los pies. No obstante, si papá quería utilizarla era por todo lo que mi hermana se había empeñado en llevar consigo. Había retenido a Wendy Williams, nuestra doncella, interminables horas en su habitación haciéndole el equipaje, y exigió deliberadamente los objetos más insignificantes sólo para complicar la operación. Mi observación de que en los dormitorios tendríamos el espacio limitado y de que habría que llevar uniforme no logró disuadirla.

—A mí me harán sitio. Papá ha dicho que se desvivirán para acomodarme —insistió—. Y en cuanto a vestir de uniforme, ya lo veremos.

Quería tener sus animales de peluche —absolutamente todos—, sus libros y revistas, los álbumes de fotografías, el guardarropa casi completo —incluida la totalidad de sus zapatos—, y mandó a Wendy que empaquetara hasta la última pinza de su tocador.

—Te arrepentirás cuando vengas a casa por vacaciones —le advertí—. Echarás en falta un montón de cosas y...

—Y mandaré a alguien a comprarlas —replicó ella con presunción. De pronto, sonrió—. Si tú también sobrecargaras tus bultos, papá vería lo horrible que es esta mudanza y quizá cambiaría de idea.

Las intrigas de Gisselle no dejaban de asombrarme. Le comenté que si emplease la mitad de sus energías en hacer lo que es debido en lugar de maquinar el modo de eludir sus obligaciones, tendría el éxito asegurado.

—Yo tengo éxito cuando quiero, cuando es necesario —respondió, así que renuncié por enésima vez a una conversación fraternal.

Por fin llegó la mañana de nuestro viaje al pensionado y tenía miedo de entrar en su habitación. No necesitaba los cristales esotéricos de Nina para predecir cómo me recibiría y qué podía esperar. Me vestí y me cepillé el cabello antes de ir a ver si había empezado a arreglarse. En el pasillo tropecé con Wendy que se alejaba a toda prisa en un mar de lágrimas y murmurando entre dientes.

—¿Qué sucede, Wendy?

—Monsieur Dumas me ha enviado para ayudar a su hermana a vestirse, pero no quiere obedecer —objetó la criada—. Le ruego y suplico que se mueva y ella se queda tumbada como un zombi con los ojos herméticamente cerrados, fingiendo que duerme. ¿Qué voy a hacer? —preguntó—. Madame Dumas me reñirá...

—Nadie va a reñirte, Wendy. Yo haré que se levante —dije—. Dame cinco minutos.

La doncella sonrió entre lágrimas y se secó las carnosas mejillas. No era mucho mayor que nosotras, pero había dejado la escuela antes de terminar la enseñanza básica para entrar al servicio de la familia Dumas. Desde el accidente, Wendy era el chivo expiatorio de Gisselle, la persona en quien descargaba sus rabietas y accesos de ira. Papá había contratado a una enfermera particular para cuidarla, pero no pudo aguantar sus excentricidades. Tampoco la soportaron la segunda ni la tercera enfermera, de manera que, desgraciadamente, a las tareas de Wendy se sumó la responsabilidad de atender a mi gemela.

—No sé por qué se preocupa tanto —dijo Wendy, con los ojos furibundos y brillantes como dos discos de ónix negro.

Llamé a la puerta de Gisselle, aguardé, y entré al no obtener respuesta. Estaba tal y como la había descrito la doncella: tapada por el cubrecama y con los ojos cerrados. Fui hasta la ventana y me asomé al exterior. La habitación de mi hermana tenía vistas a la calle. El sol matutino refulgía en la acera empedrada y había poco tráfico. A lo largo de nuestra verja —una verja de hierro forjado imitando las mazorcas de maíz— las azaleas, las rosas amarillas y rojas y los hibiscos habían florecido en un deslumbrante estallido multicolor. Por muchos años que viviera en aquella mansión, en aquella villa del famoso Garden District de Nueva Orleans, siempre contemplaría sobrecogida sus casas y parques ajardinados.

—Hace un día espléndido —dije—. Piensa en los bellos parajes que veremos en el trayecto.

—Es un viaje muy aburrido —repuso Gisselle—. Ya he estado en Baton Rouge. No hay más que feas refinerías de petróleo vomitando humo.

—¡Pero si está viva! —exclamé, batiendo palmas—. Gracias a Dios. Creíamos que habías muerto durante la noche.

—Querrás decir que lo deseabais —replicó mi hermana con acritud.

No enderezó el cuerpo para sentarse. Se limitó a dar media vuelta, hundir la cabeza en su almohada grande y mullida, con los brazos estirados en los costados, y rezongar malhumorada.

—Creía que habías aceptado ir al internado sin alborotar a cambio de que te dejasen llevar todo lo que quisieras, Gisselle —declaré, armándome de paciencia.

—Sólo dije que me rendía, no que aceptase nada.

—Hojeamos juntas los folletos y admitiste que parecía un lugar muy bonito —le recordé. Ella clavó la mirada en mí con los ojos casi cerrados.

—¿Cómo puedes ser tan... complaciente? Sabes que tendrás que separarte de Beau —insinuó—. Y en cuanto se va el gato, los ratones juegan.

Beau Andreas se había tomado muy mal mi marcha a Greenwood cuando se la anuncié por primera vez. Dada nuestra situación, ya habíamos pasado bastantes apuros para continuar viéndonos. Desde que Daphne descubrió que lo había pintado en mi estudio habíamos tenido que guardar nuestro idilio en secreto. Beau había posado desnudo, y mi madrastra encontró la pintura y se lo comunicó enseguida a sus padres. Los Andreas castigaron severamente a su hijo y le prohibieron incluso dirigirme la palabra. Pero pasó el tiempo y acabaron por transigir, a condición de que saliera también con otras chicas. No lo hizo, y aunque se presentara en las fiestas de la escuela acompañado de nuevas parejas o llevara a alguna muchacha a pasear en su coche deportivo, siempre terminaba conmigo.

—Ha prometido visitarme a menudo.

—Pero no profesar como monje —ironizó Gisselle—. Conozco a media docena de compañeras de clase que ya se afilan las uñas para hincarlas en él; para empezar, Claudine y Antoinette —citó aviesamente.

Beau, tan guapo como un galán de opereta, era uno de los chicos más solicitados del colegio. No tenía más que posar sus ojos azules en una muchacha y sonreírle para que a ella se le desbocase el corazón, hasta el punto de quedar sin aliento y hacer o decir cualquier majadería. Era alto y con una planta extraordinaria, la estrella del equipo de béisbol. Yo me había entregado a él después de que me jurase amor sincero.

Antes de mi llegada a Nueva Orleans Beau había sido novio de Gisselle, pero ella sentía un placer sádico en ridiculizarle y torturarle coqueteando e incluso saliendo con otros chicos. No se había dado cuenta de lo sensible y maduro que era. Además, a mi hermana todos le parecían iguales. Los veía como juguetes, criaturas de las que debía desconfiar e indignas de su lealtad. Ni siquiera el accidente la había hecho cambiar. No podía estar en compañía masculina sin atormentar a su vecino con una caída de hombros o una promesa susurrada de hacer algo lascivo si alguna vez se quedaban a solas.

—No he encadenado a Beau —dije a mi hermana—. Puede hacer lo que quiera y cuando quiera —añadí, con un desenfado que la dejó boquiabierta. La desilusión inundó su rostro.

—No hablas en serio.

—Tampoco él me tiene atada. Si el hecho de estar alejados una temporada hace que encuentre a otra pareja, alguien que le guste más que yo, quizá sea porque tenía que ocurrir de todos modos —afirmé.

—¡Tú y tu maldita fe en el destino! Supongo que ahora dirás que yo estaba predestinada a ser una inválida el resto de mi vida.

—No.

—¿Qué pasó entonces? —inquirió.

—No me gusta hablar mal de los muertos —contesté—, pero las dos sabemos qué estabais haciendo Martin y tú el día del accidente. No puedes culpar al destino de eso. —Gisselle cruzó los brazos y empezó a farfullar—. Prometimos a papá que iríamos al pensionado e intentaríamos adaptarnos. No tengo que decirte lo enrarecido que está aquí el ambiente —recalqué.

—Daphne te odia a ti mucho más que a mí —replicó ella con la mirada encendida.

—No estés tan segura. Ansía con todas sus fuerzas expulsarnos a ambas de su vida. Ya conoces la causa de su resentimiento; sabemos que no es nuestra auténtica madre y que papá amaba a Gabrielle mucho más de lo que nunca la querrá a ella. Mientras nos tenga cerca no podrá rehuir la verdad.

—Quizá, pero mi presencia no le estorbó hasta que apareciste tú —añadió Gisselle—. Mi vida se fue al traste a partir de aquel día, y ahora quieren arrinconarme en un absurdo internado para señoritas. ¿A quién le interesa ir a un colegio donde no hay chicos?

—En el folleto dice que la escuela organiza bailes periódicos con los alumnos de un centro para chicos —declaré. En el instante en que las palabras cruzaron mis labios, lamenté haberlas pronunciado. Mi hermana siempre estaba al acecho de una ocasión para mencionar su parálisis.

—¿Bailes? ¿Y a mí de qué me sirven?

—Seguramente podrás hacer otras cosas en los días de visita.

—¿«Días de visita»? Suena fatal, como si aquello fuese una cárcel. —Gisselle se echó a llorar—. Ojalá muriera ahora mismo...

—Anímate, mujer —la consolé. Me senté en la cama y estreché su mano entre las mías—. ¿No te he dicho que haré todo lo posible para alegrarte la vida, que te ayudaré con los deberes y con cuanto necesites?

Ella retiró la mano y se secó los ojos con sus delicados puños antes de mirarme de nuevo.

—¿Harás todo lo que yo quiera?

—Todo lo que necesites —puntualicé.

—Y si la escuela es infame, ¿te aliarás conmigo para pedir a papá que nos deje volver a casa? —Yo asentí con la cabeza—. Prométemelo.

—Te lo prometo, pero ha de ser verdaderamente

inhóspita y no sólo algo rígida, con unas normas que tú detestes.

—Júralo por la salud de Paul.

—¡Vamos, Gisselle!

—Hazlo o no te creeré.

—De acuerdo, te lo juro por Paul —accedí—. A veces eres insoportable.

—Ya lo sabía —respondió sonriendo—. Ve a avisar a Wendy de que estoy lista para levantarme, asearme y bajar a desayunar.

—Aquí me tiene —anunció la doncella, irrumpiendo en la habitación—. Estaba en el pasillo...

—Querrás decir que nos espiabas —la interrumpió Gisselle—. Estabas escuchando.

—No es verdad. —Wendy me miró horrorizada—. Yo nunca haría algo así.

—Por supuesto que no lo haría, Gisselle —intervine.

—¡Ya lo creo que sí! Le encanta enterarse de todo y vivir aventuras románticas a través de nosotras —se burló mi hermana—. Te alimentas de eso y de tus revistas del corazón, ¿no es verdad, Wendy? ¿O quizá te citas todas las noches con Eric Daniels en el cobertizo de la piscina?

La doncella se ruborizó, abrió la boca y meneó la cabeza.

—Quizá nos siente bien ir a un internado donde no nos vigilen y espíen a todas horas —dijo Gisselle, y suspiró—. Vamos, apresúrate —azuzó a la criada—. Ayúdame a lavarme y peinarme el cabello en vez de quedarte ahí pasmada como si te hubieran sorprendido sin bragas.

Wendy dio un rebrinco. Yo desvié la mirada para ocultar la risa y corrí a informar a papá de que todo iba bien; Gisselle se estaba vistiendo y ultimando los preparativos del viaje.

Desde que Daphne intentara confinarme en la clínica psiquiátrica y mi subsiguiente huida, la vida había sido difícil en la casa de Dumas. Nuestras comidas familiares, siempre que estábamos disponibles para sentarnos juntos a la mesa, eran normalmente reuniones calladas y formales. Nuestro padre ya no bromeaba con Gisselle ni conmigo, y Daphne, si tenía algo que decir, solía ser seca y directa. La mayor parte del tiempo se iba en compadecer a mi hermana y prometerle toda clase de prebendas.

Aunque supuestamente se había declarado una tregua entre nosotras, Daphne no cesaba de protestar o de buscar errores que atribuirme. Creo que fue su constante asedio a mi padre lo que al fin le convenció de que sacarnos de casa y enviarnos a un internado de élite sería la alternativa más sensata. De pronto, ella se comportaba como si la idea hubiera sido suya y en la familia todo marchase miel sobre hojuelas. O mucho me equivoco, o su gran temor era que nos negáramos a ir a última hora.

Cuando bajé, papá estaba solo en el comedor leyendo la prensa de la mañana y dando pequeños sorbos a su café. En un platito junto a su taza había un cruasán con mantequilla y un tarro de mermelada. No me había oído entrar, y por unos segundos pude observarle sin que él lo notara.

Nuestro padre era un hombre excepcionalmente guapo. Tenía los mismos ojos verdes y serenos que mi hermana gemela y yo, pero su faz era más enjuta, sus mandíbulas más pronunciadas. Últimamente había ganado algo de peso en la cintura, si bien conservaba el torso recto, con una estética inclinación de los hombros. Se sentía orgulloso de su abundante cabello castaño oscuro y todavía lucía un pequeño tupé, aunque las hebras canas que habían invadido sus sienes empezaban a salpicar también la nuca y el cráneo.

No obstante, estaba atravesando una época en la que casi siempre se le veía cansado o sumido en hondas meditaciones. Pasaba menos tiempo que antes al aire libre, rara vez salía a pescar o de caza, y por consiguiente su tez había perdido el tono curtido que le era habitual.

—Buenos días, papá —le saludé, y ocupé mi silla. Él bajó al instante su periódico y me sonrió, pero por la vacilación de sus ojos advertí que ya de buena mañana había tenido algún enfrentamiento con Daphne.

—Buenos días. ¿Estás nerviosa?

—Y asustada —admití.

—No hay motivo. Créeme, lo último que deseo en el mundo es enviarte a un lugar donde no seas feliz.

—Lo sé —contesté. El mayordomo apareció por la puerta llevando mi zumo de naranja en una bandeja de plata—. Esta mañana tomaré sólo un café y el cruasán, Edgar.

—A Nina no va a gustarle eso, mademoiselle —me previno. Sus ojos negros parecían aún más oscuros que de costumbre, su expresión era sombría. Le seguí con la mirada mientras abandonaba la sala y me volví hacia papá, que volvió a sonreír.

—Edgar se ha encariñado contigo y lamenta que te vayas. Al igual que yo, sabe cuánto extrañaremos la vivacidad y el alegre sonido de tu voz.

—Quizá no deberíamos marcharnos. Quizá todo esto es un gran error —apunté tímidamente—. Gisselle todavía se queja.

—Mucho me temo que Gisselle es la eterna descontenta —dijo él con un suspiro—. No, hija; aunque lamentable, creo que es lo mejor para ti... y para tu hermana —agregó—. Pasa demasiado tiempo sola autocontemplándose. Estoy seguro de que en Greenwood no se lo permitirán.

—Cuidaré de ella, papá.

Mi padre sonrió de nuevo.

—No lo dudo, créeme. Esa niña no sabe lo afortunada que es al tener una hermana como tú —afirmó, con un atisbo de alegría en sus apagados ojos.

—¿Daphne no nos acompaña esta mañana? —pregunté.

—No, se ha hecho servir el desayuno en su habitación —me respondió en tono tenso—. Nina acaba de llevárselo.

No me sorprendió que Daphne nos eludiera todo lo posible el día de nuestra partida, pero de algún modo también esperaba verla exultar en su triunfo. A fin de cuentas, había logrado su propósito: librarse de mí.

—El miércoles iré a visitar a Jean —anunció mi padre—. Creo que le interesará saber qué ha sido de ti... y de Gisselle, claro.

—Dile que le escribiré. Le enviaré largas cartas describiendo mi vida en el internado. ¿Le darás mi mensaje?

—Desde luego que sí. A vosotras también os visitaré —prometió papá. Deduje que se sentía culpable por internarnos en una escuela, pues durante la semana había repetido la misma promesa al menos una docena de veces.

Edgar volvió con mi cruasán y una cafetera humeante. Papá se concentró de nuevo en su periódico. Bebí un poco de café y mordisqueé la pasta, pero tenía el estómago como si nadara por él una trucha y me hiciera cosquillas con la cola. Al cabo de un momento, oímos el zumbido del ingenio eléctrico que utilizaba Gisselle para bajar la escalera. Como siempre, gruñó y renegó mientras descendía.

—¡Qué lentitud! ¿Por qué diablos no sube Edgar y me lleva directamente en brazos? O que venga papá. Habría que contratar a alguien sólo para este trabajo. ¡Me siento como una imbécil! Wendy, ¿oyes lo que te digo? Deja de fingir que no te has enterado.

Nuestro padre dobló el diario y me miró con una mueca de impotencia.

—Será mejor que les eche una mano —dijo. Se levantó y fue a ayudar a Wendy a trasladar a Gisselle a la silla de ruedas que había en la planta baja.

Entretanto, Nina salió de la cocina como un tornado, se plantó en el comedor con los brazos en jarras y me observó furiosamente.

—Buenos días, Nina —le dije.

—¡No hay «buenos días» que valga! No te comes lo que he preparado. El trayecto a Baton Rouge es largo y necesitas estar fuerte ¿me oyes? He preparado pastelitos calientes y he batido los huevos como a ti te gustan.

—Tengo los nervios de punta, Nina. No te enfades —me disculpé.

Ella apartó los brazos de las caderas, apretó los labios y meneó la cabeza al mismo tiempo.

—Nina nunca se enfada contigo. —Reflexionó un instante y se acercó a la mesa, extrayendo algo de su bolsillo—. Quiero darte esto antes de que me olvide —dijo, y me entregó una moneda de diez centavos que tenía un agujero en el centro ensartado en una cuerda.

—¿Qué es?

—Debes llevarlo en el tobillo izquierdo, ¿lo oyes? Así no te perseguirán los malos espíritus. Vamos, átatelo ahora mismo —me ordenó. Di un vistazo a la puerta para asegurarme de que nadie me miraba y así lo hice. Ella pareció calmarse.

—Gracias, Nina.

—Los espíritus maléficos merodean por esta casa. Conviene estar alerta —sentenció, y regresó a la cocina.

Yo no era de los que subestiman encantamientos, talismanes, supersticiones y ritos. Mi *grandmère* había sido una de las *traiteurs* más veneradas de los pantanos, una curandera del cuerpo y del alma que tanto podía ahuyentar entidades diabólicas como sanar a la gente de múltiples dolencias. Había logrado, por ejemplo, que mujeres estériles quedasen embarazadas. Todos los habitantes del *bayou*, incluido el párroco, le tenían un gran respeto. En el ámbito cajun del que yo procedía era frecuente conciliar elementos del vudú con otras creencias religiosas para suscitar una visión más tranquilizadora del mundo.

—No me gusta esta falda —oí mascullar a Gisselle cuando papá la introdujo en el comedor—. Es demasiado larga, tengo la sensación de haberme tapado las piernas con una sábana. La escogiste porque crees que ahora las tengo feas, ¿verdad? —me increpó.

—Tú misma decidiste ponértela anoche, después de que repasáramos tu vestuario —le recordé.

—Anoche sólo quería terminar cuanto antes y perderte de vista.

—¿Qué vas a desayunar, cariño? —le preguntó papá.

—Una copa de arsénico —replicó ella. Nuestro padre esbozó una sonrisa forzada.

—Gisselle, ¿por qué te obstinas en complicarlo todo más de lo necesario?

—Porque detesto ser una tullida y no soporto la idea de que me enjaulen en una escuela donde no conozco a nadie —dijo mi hermana. Papá suspiró y me buscó con la mirada.

—Gisselle, por favor, come algo o nunca nos iremos —le pedí.

—No tengo hambre. —Hizo pucheros unos segundos y ella misma se impulsó hasta la mesa—. ¿Tú qué tomas? Puedes servirme lo mismo —le indicó a Edgar. Él alzó la mirada al techo y se encaminó a la cocina.

En cuanto terminamos de desayunar, nuestro padre fue a supervisar la colocación del equipaje. Edgar y un ayudante del jardinero necesitaron hacer cuatro viajes para bajarlo todo. Gisselle tenía tres baúles, dos cajas, tres bolsas y el tocadiscos; yo sólo una maleta. Como mi hermana se había empeñado en llevar tantos trastos, papá tuvo que sacar el Rolls Royce y contratar a un chófer que nos siguiera en la camioneta.

Cuando empujaba la silla de Gisselle hacia el porche, a un lugar donde pudiéramos ver cómo cargaban los vehículos, Daphne apareció en la cúspide de la escalera. Nos llamó y bajó unos peldaños. Llevaba recogido el cabello rubio rojizo y vestía con una bata china de color encarnado y zapatillas a juego.

—Antes de que os marchéis —dijo—, quiero recomendaros que esmeréis al máximo vuestra conducta. El hecho de estar a una considerable distancia de casa no significa que tengáis libertad para hacer y actuar como os parezca. Recordad que pertenecéis a los Dumas y que vuestros actos repercutirán en el apellido y la reputación de la familia.

—¿Y qué quieres que hagamos en una estúpida escuela para señoritas? —se mofó mi hermana.

—No seas insolente, Gisselle. Cualquiera de las dos puede acarrearnos el descrédito adondequiera que vaya. Debéis saber que tenemos amigos que también envían allí a sus hijas, así que estaremos informados de vuestro comportamiento —amenazó nuestra madrastra.

—Si tanto te preocupa cómo vamos a portarnos fuera de casa, deja que nos quedemos —replicó Gisselle. A veces disfrutaba con las impertinencias de mi hermana gemela, sobre todo cuando provocaba a Daphne.

Nuestra madrastra se irguió de repente y nos escrutó con sus ojos azules convertidos en témpanos de hielo.

—Si algo necesitáis —dijo lentamente—, es esa escuela, que os imponga disciplina. Vuestro padre os ha mimado demasiado. Lo mejor que os puede ocurrir es separaros de él.

—No —respondí—. Lo mejor será separarnos de ti, «mamá». —Le di la espalda y conduje a Gisselle hacia la puerta.

—¡No olvidéis mis advertencias! —exclamó Daphne, pero no volví la cabeza. Sentía el corazón a punto de estallar, lágrimas de rabia ardían bajo mis párpados.

—¿Has oído lo que ha dicho? —murmuró Gisselle—. «Disciplina.» Nos envían a un reformatorio. Tal vez habrá barrotes en las ventanas y unas matronas horrendas nos pegarán en las manos con la regla.

—¡Basta ya, Gisselle! —le dije.

Ella siguió cotorreando hasta la saciedad de lo horrible que sería el pensionado, pero no la escuché. Mis ojos estaban ocupados en recorrer la calle, y mis oídos permanecieron atentos al estruendo de un coche deportivo. Beau había prometido pasar por casa antes de nuestra partida. Sabía que habíamos planeado salir sobre las diez; faltaba un cuarto de hora y aún no se había presentado.

—Lo más probable es que no venga a despedirte —dijo Gisselle maliciosamente al verme consultar el reloj—. Habrá decidido que es una pérdida de tiempo. A estas horas ya habrá concertado una cita con una nueva amiga. Al fin y al cabo, es lo que desean sus padres.

Pese a mi aparente valor y seguridad, no pude por menos que pensar que quizá tenía razón. Me inquietaba que sus padres le hubieran impedido de alguna forma despedirse de mí.

Pero de repente, su flamante automóvil salió disparado detrás de una curva. El motor rugió y los frenos chirriaron antes de que se detuviera frente a la mansión y se apeara de un salto. Corrió hacia el porche, con gran desencanto de Gisselle. La dejé y me precipité a su encuentro. Nos abrazamos.

—Hola, Gisselle —saludó a mi hermana agitando la mano y me rodeó con el brazo para ir a dar un paseo y poder estar unos minutos a solas. Al volverse, vio cómo metían el equipaje en la furgoneta y movió la cabeza—. Es evidente que os vais —dijo entristecido.

—Sí.

—Este sitio será un infierno a partir de ahora —vaticinó—. Sin ti, en mi vida se abrirá un inmenso vacío. Los pasillos de la escuela me parecerán desiertos. Levantaré la vista en el campo de béisbol y no te distinguiré en las gradas, animándome... No te marches, Ruby —me suplicó—. Rebélate.

—No tengo más remedio, Beau. Es la voluntad de mi padre. Te escribiré, te llamaré por teléfono...

—Y yo haré una escapada siempre que pueda. Pero no será lo mismo que despertar todas las mañanas y saber que voy a verte al cabo de un rato.

—Por favor, ya sufro bastante sin que tú lo empeores.

Beau asintió y continuamos caminando por los jardines. Dos ardillas grises se deslizaron a nuestra derecha observándonos con interés. Los colibríes revoloteaban alrededor de las parras purpúreas, mientras un grajo que se había posado en las ramas inferiores de un magnolio sacudía nerviosamente las alas sobre nuestras cabezas. En lontananza, un cúmulo de angostas nubes avanzaba a lomos de la brisa marina hacia el sur, en dirección del golfo de Florida. Por lo demás, el cielo exhibía un azul tamizado.

—Siento haber estado tan pesimista —se excusó Beau—. Soy un egoísta. Pero no puedo evitarlo —añadió. Suspiró con resignación y despejó de su frente unos mechones de cabello dorado—. Vas a estudiar en una escuela de lujo; apuesto lo que quieras a que conocerás a un sinfín de chicos ricos, hijos de magnates del petróleo, que te cautivarán.

Me eché a reír.

—¿Qué te divierte tanto?

—Esta mañana Gisselle me ha advertido que muy

pronto te enamorarás de otra, y ahora tú me dices que seré yo quien caiga en las redes de algún potentado.

—En mi corazón no cabe nadie más —susurró—. Lo tienes monopolizado.

Guardamos silencio, de pie frente a la antigua cuadra. Papá me había contado que no albergaba a ningún caballo desde hacía veinte años. A la derecha, uno de los jardineros estaba completando la poda de un plátano con la hojarasca apilada a sus pies. Las palabras de Beau flotaban en el aire, entre ambos. Se me encogió el corazón y las lágrimas inundaron mis ojos, donde la dicha se sumaba a la tristeza.

—Hablo en serio —insistió con voz queda—. No pasa una sola noche en la que no recuerde aquella sesión en tu estudio de arte.

—Calla, Beau —le ordené, y apliqué el dedo índice a sus labios. Él lo besó y estrujó mi mano contra su mejilla.

—Pueden hacer lo que quieran; pueden tomar las medidas que prefieran. Pueden enviarte lejos de la ciudad, alejarte de mí, amenazarnos o incluso algo peor, pero nunca lograrán echarte de aquí —dijo, poniendo mi palma en su sien—, ni de aquí —extendiéndola sobre el corazón.

Noté sus latidos acelerados, y miré atrás para comprobar que nadie nos vigilaba cuando me atrajo hacia sí y estampó sus labios en los míos.

Fue un beso largo y emotivo, de aquellos que producen un hormigueo en la base de la nuca y prenden fuego en el pecho. Todos sus besos eran como pequeños recordatorios eléctricos de la pasión que compartíamos. Despertaban en mí la memoria de su contacto, de sus dedos en mis brazos, en los hombros y finalmente en los senos. El cálido aliento que exhalaba sobre mis ojos reavivó la imagen de su cuerpo desnudo el día en que me obligó a dibujarlo. ¡Cómo habían temblado mis manos, cómo temblaban hoy...! Mi emoción era tan grande que me asustaba, porque me sentía capaz de huir de todo y fugarme con él, correr juntos hasta hallarnos solos en algún lugar umbrío y plácido, abrazándonos más fuerte que nunca. Beau había excitado en mí unas sensaciones cuya existencia ignoraba, unas sensaciones que eran más poderosas que cualquier consejo, más de lo que podría ser jamás una llamada a la prudencia. Si les daba vía libre, no habría modo de detenerlas. Retrocedí.

—Tengo que marcharme —me excusé.

Él asintió, pero cuando me disponía a volver retuvo mi mano.

—Espera —dijo—. Quiero darte esto sin diez pares de ojos curioseando. —Buscó en su bolsillo y sacó una caja blanca de joyería atada con una fina cinta de color rosa.

—¿Que és?

—Compruébalo tú misma —me invitó, depositándola en mi mano. Desaté lentamente la cinta y saqué un medallón de oro colgado de su cadena. Tenía en el centro un diminuto rubí circundado de pequeños brillantes.

—¡Es una preciosidad, Beau! Pero debe de haberte costado un dineral.

Él se encogió de hombros, pero sonrió a modo de confirmación.

—Ahora abre el relicario —dijo, y obedecí.

Dentro encontré su fotografía, y en el otro lado la mía. Me reí y le besé escuetamente en la mejilla.

—Gracias, Beau. Es un regalo entrañable. Me lo pondré ahora mismo —dije—. Ayúdame a abrocharlo. —Le di la joya y me volví. Él la centró entre mis pechos y ajustó el cierre. Luego me besó en el cuello.

—Ahora, si otro chico intenta conquistarte, tendrá que pasar sobre mí para alcanzar tu corazón —susurró.

—Ninguno podrá acercarse tanto, Beau —prometí.

—¡Ruby! —oímos gritar a mi padre—. Se hace tarde, cariño.

—Enseguida voy, papá.

Beau y yo regresamos juntos al grupo. Ayudado por Edgar, papá llevó a Gisselle desde el porche al asiento trasero del Rolls. A continuación plegaron la silla de ruedas y la colocaron en la furgoneta.

—Buenos días, Beau —dijo mi padre.

—Hola, Pierre.

—¿Cómo está tu familia?

—Bien —contestó mi novio. Aunque había pasado un tiempo y las heridas ya habían cicatrizado, a papá y a Beau les resultaba embarazoso dirigirse la palabra. Daphne había hecho una gran labor dramatizando y exagerando la situación.

—¿Estás lista, Ruby? —inquirió mi padre, dirigiendo su mirada hacia mí. Sabía lo que entrañaba dejar atrás a un ser querido. Sus ojos rebosaban comprensión.

—Sí, papá.

Entró en el coche y yo me incliné hacia Beau para darle un último beso. Gisselle tenía la nariz pegada al cristal de la ventanilla.

—Daos prisa. No soporto estar sentada aquí dentro cuando no circulamos.

Beau le sonrió y me besó.

—Te llamaré en cuanto pueda —murmuré.

—Iré muy pronto a visitarte. Te quiero.

—Yo también —dije con premura, y rodeé el coche para ocupar mi sitio.

—Podrías darme una despedida más cariñosa, Beau Andreas. Hace poco tiempo te morías por besarme en cuanto tenías ocasión —dijo Gisselle.

—Nunca olvidaré aquellos besos —bromeó él, y metió la cabeza en el vehículo para besarla formalmente.

—Eso no ha sido un beso —declaró mi hermana—. Quizá te has olvidado de besar y necesitas a una experta para que te lo recuerde. —Me miró de reojo y añadió—: Aunque siempre puedes practicar en nuestra ausencia. —Soltó una risotada y se arrellanó en el asiento.

Nuestro padre hablaba con el conductor de la camioneta, revisando la ruta a Baton Rouge y a la escuela por si nos separábamos.

—¿Qué es eso? —preguntó Gisselle al ver el medallón suspendido de mi pecho.

—Un obsequió de Beau.

—Déjame verlo —dijo, asiéndolo con fuerza. Tuve que encorvarme para que no me arrancase la cadena de un tirón.

—Ten cuidado —le advertí.

Lo abrió y descubrió nuestras fotografías. Pareció sorprendida y volvió la vista, a través del cristal, hacia Beau, que charlaba con Edgar.

—A mí nunca me regaló nada parecido. A decir verdad —proclamó con rabia—, no me dio nada de nada.

—Tal vez creyó que ya tenías todo lo que podías desear —sugerí.

Gisselle soltó la alhaja sobre mi pecho y se acurrucó en su sitio para refunfuñar en paz. Papá montó en el coche y preguntó:

—¿Todo listo?

—No —replicó mi hermana—. Nunca estaré lista para este horror.

—Podemos irnos, papá —intervine con decisión.

Miré a Beau a través de la ventanilla y esbocé con los labios un callado «Adiós. Te quiero». Él asintió. Papá puso el motor en marcha y empezamos a avanzar.

Ojeé el espejo retrovisor y vi a Nina y a Wendy en el porche, agitando la mano. Les devolví el saludo y también me despedí de Edgar y Beau. Gisselle no quiso volverse y despedirse de todo el mundo. Permaneció sentada sin moverse, con los ojos llenos de rencor.

Al llegar a la cancela, paseé largamente la mirada

por el frontis de la enorme mansión hasta que captó mi atención una ventana en la que habían descorrido las cortinas. La observé detenidamente y, al diluirse las sombras, vi a Daphne erguida, mirándonos. Exhibía una sonrisa de honda satisfacción.

2. LA CRECIENTE DISTANCIA DEL *BAYOU*

Mientras atravesábamos el Garden District y nos dirigíamos a la carretera de Baton Rouge, Gisselle estuvo extrañamente muda. Acercó la cara a la ventanilla y contempló el tranvía verde que avanzaba ruidosamente por la explanada, o miró hambrienta a la gente que había sentada en las terrazas de las aceras, como si pudiese oler los aromas del café y los panecillos recién horneados. Nueva Orleans siempre estaba atestada de turistas, hombres y mujeres con cámaras colgadas del cuello y guías en la mano, que admiraban sus mansiones y estatuas. Algunos barrios de la ciudad tenían un ritmo tranquilo, casi perezoso, y otros eran muy animados y concurridos. Pero en cualquier caso poseía carácter, una vida propia. Era imposible vivir en su ámbito sin convertirse en parte de ella o impedir que calara en tus entrañas.

Cuando pasamos bajo un palio de vetustos robles y dejamos atrás las grandes casonas y los jardines repletos de camelias y magnolios, también a mí me invadió una repentina melancolía. Tal sentimiento me sorprendió. Sin darme cuenta, me había acostumbrado a considerar todo aquello mi hogar. Quizá a causa de papá, de Nina, Edgar o Wendy, y definitivamente por culpa de Beau, tenía la sensación de pertenecer a Nueva Orleans. Comprendí cuánto echaría de menos aquel rincón de mundo que había reclamado como mío hacía apenas un año.

Echaría de menos los sabrosos guisos de Nina, sus supersticiones y rituales para conjurar al diablo. Echaría de menos los cuchicheos que solía oír entre la cocinera y Edgar cuando discutían sobre los poderes de una hierba o el mal de ojo. Echaría de menos los canturreos particulares de Wendy mientras trabajaba, la sonrisa ancha y luminosa de papá todas las mañanas al darme los buenos días.

A pesar de los nubarrones de tensión que Daphne había extendido sobre nosotros desde el momento mismo de mi llegada a Nueva Orleans, sabía que también echaría de menos la gran mansión con su enorme vestíbulo, los impresionantes cuadros y esculturas, el mobiliario rico, añejo. ¡Qué emocionante había sido en los comienzos abandonar mi dormitorio y descender por la mayestática escalera como una princesa en su castillo! ¿Olvidaría alguna vez aquella primera noche en que mi padre me guió hasta la que había de ser mi nueva alcoba y, al abrir la puerta, vi una cama palaciega de blandas almohadas y lencería de calicó? Recordaría con añoranza la pintura que había encima del lecho, el retrato de una bella mujer alimentando a un papagayo sobre un fondo de verdor; y mis espaciosos roperos, y el cuarto de baño con una bañera donde podía pasar varias horas en remojo.

Había vivido con muchas comodidades en la mansión y, debo confesarlo, me había enviciado un poco. Tras crecer en una caja de palillos —una casucha cajun construida con madera de ciprés y cubierta metálica cuyas estancias no eran mayores que algunos armarios de la Casa de Dumas—, no pude por menos que maravillarme al conocer el que legítimamente era también mi hogar. Sin duda ahora extrañaría las tardes en que me sentaba a leer en el cenador del jardín, mientras los grajos y sinsontes volaban alrededor y se posaban en la balaustrada para espiarme. Ya no olería el océano contenido en la brisa ni oiría en lontananza la ocasional sirena de niebla.

Sin embargo, medité que no tenía derecho a sentirme desdichada. Nuestro padre había gastado una cuantiosa suma de dinero al enviarnos a aquel internado, y lo hacía para librarnos de los días grises y tristes, para que gozásemos de nuestra adolescencia ajenas a las cargas siniestras de los pecados del pasado, pecados que aún debíamos entender o incluso desentrañar. Quizá a la larga el optimismo volvería a irrumpir en la vida de mi padre. Entonces podríamos estar juntos de nuevo.

Así era yo, capaz de atisbar cielos azules cuando en el horizonte no había más que nubes, de aspirar al perdón donde dominaban la ira, la envidia y los egoísmos. Cómo me habría gustado que Nina tuviera un auténtico rito, un ensalmo, una hierba, un fragmento de hueso que pudiéramos aplicar sobre la casa y sus habitantes hasta disipar las oscuras sombras que vivían en nuestros corazones...

Doblamos una esquina y tuvimos que detenernos para dar paso a un cortejo funerario, lo que acentuó mi inesperado acceso de pesadumbre.

—¡Lo que faltaba! —objetó Gisselle.

—Será sólo un momento —dijo papá.

Encabezando la marcha, seis hombres de color vestidos de negro tocaban instrumentos de viento y se mecían a sus sones. Los acompañantes que les seguían portaban abigarrados parasoles y los balanceaban al mismo compás. Si Nina hubiera estado con nosotros, habría interpretado aquel encuentro como un mal presagio y habría arrojado al aire uno de sus polvos mágicos. Finalmente, para mayor seguridad, habría quemado una vela azul. Bajé la mano y palpé instintivamente la moneda encantada que me había dado.

—¿Qué llevas en el tobillo? —preguntó Gisselle.

—Un amuleto de la suerte que me ha regalado Nina —respondí. Mi hermana rió con petulancia.

—¿Todavía crees en esas estupideces? Me pones en evidencia, quítatelo. No quiero que mis nuevas amigas sepan que tengo una hermana tan retrógrada —me ordenó.

—Eres libre de tener tus propias creencias, Gisselle, pero deberás respetar las mías.

—Papá, haz el favor de decirle que no puede llevar esos ridículos fetiches a un sitio como Greenwood. Dejará en entredicho a toda la familia. —Gisselle se encaró conmigo—. Ya va a ser bastante difícil mantener en secreto tu vida anterior —clamó.

—No te he pedido que ocultes nada, Gisselle. No me avergüenzo de mi pasado.

—Pues deberías hacerlo —contestó mi hermana con menosprecio, y lanzó una mirada fulminante a la comitiva fúnebre, como si le ofendiese que alguien hubiera tenido la audacia de morir y celebrar su sepelio cuando ella quería pasar.

En cuanto terminó de pasar la procesión, nuestro padre continuó y giró hacia la salida que enlazaba con la autopista interestatal de Baton Rouge. En ese punto, la realidad de lo que estaba ocurriendo espoleó a Gisselle una vez más.

—He abandonado a todas mis amigas. Se tardan muchos años en hacer buenas amistades, y ahora las perderé para siempre.

—Si de verdad son tus amigas, ¿por qué ninguna de ellas ha venido a despedirte? —pregunté.

—Están disgustadas por mi marcha —me respondió.

—¿Hasta el extremo de no decirte ni siquiera adiós?

—Sí —contestó mi hermana—. Además, ayer hablé con ellas por teléfono.

—Desde que sufriste el accidente, Gisselle, la mayoría apenas se trata contigo. No tiene sentido fingir. Son lo que se llaman comúnmente «amigas de conveniencia».

—Ruby tiene razón, tesoro —dijo papá.

—«Ruby tiene razón» —le imitó Gisselle—. Siempre la tiene —musitó entre dientes.

Cuando surgió a la vista el lago Pontchartrain, divisé unos veleros que parecían pintados sobre el agua y pensé en la desgracia de tío Jean, en la confesión que me había hecho papá de que lo que el público había atribuido en general a un desafortunado accidente de navegación fue en realidad un acto deliberado por su parte, cometido en una momentánea ofuscación de celos. A partir de entonces, y hasta el día de su muerte, se arrepintió de aquel arrebato y padeció la punzada de la culpabilidad. Pero tras vivir con mi padre y con Daphne durante unos meses, yo estaba segura de que lo sucedido entre los dos hermanos había sido provocado por mi madrastra y no por papá. Quizá ésta era otra razón por la que quería deshacerse de mí. Sabía que, siempre que la miraba, la veía tal y como era: falaz y artera.

—Os va a gustar mucho estudiar en una escuela de Baton Rouge —dijo nuestro padre, echándonos un breve vistazo por el retrovisor.

—Aborrezco Baton Rouge —contestó Gisselle con acritud.

—Sólo estuviste una vez, cielo —señaló papá—. Fue cuando os llevé a Daphne y a ti aprovechando que debía acudir a una reunión con ciertos funcionarios. Me sorprende que recuerdes algo. Tenías sólo seis o siete años.

—Pues me acuerdo muy bien. Suspiraba a cada instante por volver a casa.

—Ahora aprenderás algo más sobre la capital del estado y podrás apreciar lo mucho que puede ofreceros. Estoy seguro de que la escuela organizará excursiones a los edificios gubernamentales, los museos y el parque zoológico. ¿Sabéis qué significa el nombre de «Baton Rouge»? —nos preguntó nuestro padre.

—Sí, «estaca roja» en francés —dije. Gisselle se exasperó.

—Yo también lo sabía, sólo que no he sido tan rápida como ella —se justificó.

—*Oui*, pero ¿quién puede decirme por qué se llama así? —Yo no, y por supuesto Gisselle no tenía ni idea, aunque tampoco le importaba—. Es una alusión a un ciprés muy alto, cubierto de animales recién muertos, que delimitaba la frontera entre los territorios de caza de dos tribus indias —explicó nuestro padre.

—Fascinante —ironizó Gisselle—. Animales muertos, ¡qué asco!

—Es nuestra segunda metrópoli y uno de los mayores puertos del país.

—Una ciudad polucionada por el petróleo —objetó mi hermana.

—Es cierto que los ciento cincuenta kilómetros de litoral que la separan de Nueva Orleans se conocen como la Costa Dorada de la Petroquímica, pero no sólo produce oro negro. También hay extensos cultivos azucareros. No en vano la llaman, además, el Cuenco de azúcar de América.

—Ahora ya no tendremos que asistir a clase de ciencias sociales —comentó Gisselle.

Papá frunció el entrecejo. Al parecer, no había manera de alegrarla. Me miró a mí y le hice un guiño que le incitó a sonreír.

—Por cierto, ¿cómo te decidiste por esa escuela?

—inquirió de pronto Gisselle—. ¿No pudiste encontrar otra más cerca de Nueva Orleans?

—De hecho, fue Daphne quien la eligió. Es muy exigente con este tipo de cosas. Se trata de un centro muy respetable y funciona desde hace tiempo, con una larga y prestigiosa tradición. Se financia mediante donativos y cuotas de matrícula que costean los habitantes adinerados de Louisiana, aunque su fuente principal es el legado otorgado por la familia Clairborne a través de su única superviviente, Edith Dilliard Clairborne.

—Apuesto a que es una reliquia de más de cien años —apuntó Gisselle.

—Tiene unos setenta. Martha Ironwood, su sobrina, es quien se encarga actualmente de la administración, la directora, si preferís llamarla así. Como veis, quienes hablan de las «ricas tradiciones sureñas» saben bien lo que dicen —declaró orgulloso nuestro padre.

—Es un colegio sin chicos —repuso Gisselle—. Será como enclaustrarnos en un convento.

Papá emitió una sonora carcajada.

—No será tan terrible, cariño, ya lo verás.

—Estoy impaciente por comprobarlo. ¡Qué viaje tan largo y pesado! Al menos podrías poner la radio —prosiguió— y no una de esas emisoras de música cajun. Sintoniza los cuarenta principales —ordenó.

Nuestro padre obedeció, pero en vez de animar su talante, la radio la arrulló hasta el sueño, y durante el resto del trayecto papá y yo conversamos en voz baja. Me causaba gran placer verle tan proclive a relatarme sus excursiones al *bayou* y su idilio con mi madre.

—Le hice numerosas promesas que no pude cumplir —dijo con gesto contrito—, pero hay una en lo que no voy a fallarle: me ocuparé de proporcionaros lo mejor a Gisselle y a ti, sobre todo buenas oportunidades. Sé que durante años he ignorado tu existencia —añadió sonriente—. Siempre he creído que tu aparición en Nueva Orleans fue un milagro inmerecido. Y me da igual lo que haya pasado después —concluyó con rotundidad.

«¡Cuánto he llegado a quererle!», pensé, y mis ojos se humedecieron de lágrimas felices. Era algo que Gisselle jamás comprendería. Más de una vez había intentado inducirme a odiar a nuestro padre. En mi opinión, actuaba así porque estaba celosa del vínculo inmediato que se había desarrollado entre nosotros; pero me recordaba insistentemente que había abandonado a mi madre en el *bayou* tras dejarla embarazada estando ya casado con Daphne. Luego, para expiar sus pecados, había aceptado que su padre comprara el bebé.

—¿Qué clase de hombre haría semejante ruindad? —solía insinuar, torturándome con sus preguntas y acusaciones.

—Todos cometemos errores cuando somos jóvenes, Gisselle.

—No lo creas. Los hombres saben lo que hacen y lo que quieren de nosotras —decía con los ojos pequeños y una expresión fría.

—Pero papá nunca ha cesado de lamentarlo —contestaba yo—. Todavía hoy se esfuerza en resarcirnos por todos los medios. Si le quieres, harás cuanto esté en tu mano para aliviar su sufrimiento.

—Ya lo hago —afirmaba Gisselle con una risita frívola—. Le ayudo pidiéndole que me compre todo lo que deseo cuando se me antoja.

«Es incorregible», pensé entonces, y también ahora. Ni siquiera Nina y una de sus reinas del vudú podrían recitar un hechizo o encontrar una pócima capaz de cambiarla. Pero algún día se obraría el prodigio. Estaba segura, aunque no sabía cuándo ni de qué manera.

—Ahí está Baton Rouge —anunció papá un rato después. Los pináculos del edificio del capitolio sobresalían por encima de los árboles en la zona céntrica. Observé también unas colosales refinerías de petróleo y plantas transformadoras de aluminio en la orilla oriental del Mississippi—. La escuela se encuentra en un lugar elevado, así que tendréis un panorama fantástico.

Gisselle despertó cuando salimos de la interestatal y enfilamos las carreteras del extrarradio, pasando junto a una serie de impresionantes casas —mansiones de dos plantas con columnatas— de antes de la Guerra de Secesión que habían sido restauradas. Reparé en una preciosa vivienda que tenía las cristaleras de estilo Tiffany y un amplio balancín en la galería inferior. Se columpiaban en él dos niñas, ambas con coletas de cabello castaño claro, idénticos vestidos de color rosa y zapatos de cordones en piel negra. Supuse que eran hermanas, y mi mente empezó a fraguar una fantasía en la que me veía a mí misma y a Gisselle creciendo juntas en un hogar similar, bajo los cuidados de papá y nuestra auténtica madre. ¡Qué distinto habría sido todo!

—Ya falta poco —dijo mi padre, apuntando con el mentón hacia una colina.

Tras girar en un cruce, el internado apareció ante nosotros. Primero percibimos las grandes letras de metal que formaban el nombre de «GREENWOOD» encima de la entrada frontal, consistente en dos pétreas columnas cuadrangulares. Una verja de hierro forjado se alzaba a derecha e izquierda por espacio de lo que me parecieron varias hectáreas. Distinguí bajo el cercado algunas flores silvestres, cuyas hojas verde oscuro refulgían en torno a los diminutos botones blancos. A lo largo de una parte de la reja había enredaderas de jazmines trompeta con flores anaranjadas.

En el interior del recinto se veían a ambos lados del coche ondulantes céspedes y unos esbeltos robles escarlata, nogales y magnolios. Las ardillas grises saltaban de rama en rama ágilmente, casi como si pudieran volar. Vi a un pájaro carpintero de plumaje cobrizo que se detenía en un tronco para observarnos. Había innumerables caminos de grava flanqueados por setos y fuentes, algunos con pequeñas estatuas de ardillas, conejos y pájaros.

Un enorme vergel conducía al edificio central, compuesto de macizos de múltiples flores: tulipanes, geranios, lirios, rosas eglantinas de pétalos amarillos, y toneladas de *Impatiens* blancas, rosáceas y coloradas. Todo estaba bellamente ordenado y recortado. La hierba era tan perfecta que daba la impresión de que la había segado un ejército de jardineros armados con tijeras. Ni ramas, ni hojas, no había nada fuera de lugar. Era como si nos hubiésemos adentrado en un cuadro.

Sobre nuestras cabezas se elevaba el edificio principal. Era una estructura de dos pisos construida con obra vista y madera pintada de gris. Una tupida y verdosa hiedra trepaba entre los añejos ladrillos para enmarcar los grandes ventanales de doble panel. La escalinata, amplia y enlosada, culminaba en un ancho pórtico y la señorial puerta de acceso. Había un aparcamiento a la derecha, con sendos letreros que rezaban: «RESERVADO AL PERSONAL DOCENTE» y «RESERVADO A LOS VISITANTES.» En ese momento apenas cabía otro coche. Algunos padres y sus respectivas hijas se buscaban y saludaban; obviamente eran viejos amigos que renovaban sus lazos. Aquello era una explosión de algarabía. El aire estaba preñado de risas, los rostros llenos de jovialidad. Las jóvenes alumnas se besaban y abrazaban, y todas hablaban excitadas al mismo tiempo.

Papá encontró sendos huecos para el Rolls y la camioneta, pero Gisselle ya tenía la protesta preparada.

—Estamos muy lejos de la entrada. ¿Cómo se supone que subiré por esa escalera todos los días? Es espantoso.

—Ten un poco de paciencia —le aconsejó nuestro padre—. Me han dicho que hay un paso exclusivo para sillas de ruedas.

—¡Genial! Tal vez la mía será la única. Así todo el mundo podrá recrearse cada mañana con el espectáculo de mi ascensión.

—Tiene que haber otras chicas impedidas en el centro, Gisselle. No iban a habilitar un acceso sólo para ti —le aseguré, pero ella siguió en sus trece, despotricando por la escena que se desplegaba ante nosotros.

—Fijaos, todo el mundo se conoce. Seguramente no habrá más alumnas nuevas que nosotras.

—¡Qué bobada! —exclamó mi padre—. Debe de haber una clase de primer año, ¿no?

—Nosotras no estamos en primero, sino en el último curso de bachillerato —le recordó ella con acritud.

—Voy a averiguar qué procedimiento tenemos que seguir —dijo papá, abriendo la portezuela.

—El mejor procedimiento es volver a casa —intervino Gisselle.

Nuestro padre hizo una señal al conductor de la camioneta, que se detuvo al lado del automóvil. Luego fue a consultar a una mujer vestida con un traje chaqueta verde que sujetaba una tablilla de impresos.

—Todo aclarado —afirmó al regresar—. Será muy fácil. La rampa está aquí mismo. Primero os registraréis en la oficina de inscripciones que han instalado en el vestíbulo y después os acompañaremos a los dormitorios.

—¿Por qué no vamos directamente a la habitación? —solicitó Gisselle—. Estoy cansada.

—Me han dado instrucciones de llevarte antes al vestíbulo, tesoro, para recoger el dossier de información sobre las clases, un mapa del jardín y demás datos.

—No necesito ningún mapa. Lo más probable es que me pase el día metida en mi cuarto —dijo mi hermana.

—Espero que no, hija —contestó papá—. Voy a sacar tu silla.

Gisselle apretó los labios y se sentó hacia atrás con los brazos firmemente cruzados en el pecho. Me apeé del coche. El cielo era de un azul cristalino, las nubes esponjosas y plenas como el algodón de azúcar. Desde la explanada había una magnífica perspectiva de la ciudad y, más allá, avisté el río Mississippi con sus buques y barcazas navegando en ambos sentidos. Me sentí en la cima del mundo.

Papá ayudó a Gisselle a instalarse en la silla. Estaba rígida, con una actitud tan pasiva que le obligó literalmente a levantarla en brazos. Cuando estuvo sentada, empezó a empujarla hacia la rampa. Mi hermana mantuvo la mirada al frente, haciendo una mueca de desaprobación. Las chicas nos sonrieron y algunas nos saludaron, pero ella fingió no haberlas visto ni oído.

La pasarela nos llevó, por una puerta lateral, al vasto salón de entrada. Tenía el suelo de mármol y un techo altísimo, con unas fastuosas lámparas de araña, y en la pared de la derecha había un enorme tapiz representando una plantación de azúcar. Aquel vestíbulo era tan grande que las voces de las chicas retumbaban en sus muros. Todas estaban repartidas en tres filas, cada una según la inicial de su apellido. En cuanto puso los ojos en el gentío, Gisselle emitió un gemido.

—No puedo esperar sentada aquí como cualquier otra —se quejó con voz estentórea para que las muchachas que estaban más cerca la oyeran—. ¡En la escuela de Nueva Orleans no teníamos que hacer estas colas! Creía haberte oído decir que conocían mi caso y que tendrían en cuenta mis problemas.

—Aguarda un minuto —le rogó gentilmente nuestro padre.

Fue a hablar con el hombre flaco y espigado, enfundado en un traje y corbata, que indicaba a las alumnas la fila correcta y las ayudaba a rellenar los formularios. Miró hacia nosotras cuando papá le expuso el asunto, y un instante más tarde ambos se encaminaron hacia la mesa donde estaba el cartelito «A-H». Mi padre dijo unas palabras a la profesora que lo atendía, quien le entregó dos cartapacios. Tras darle las gracias, el sujeto alto y él volvieron prestos a nuestro lado.

—Bien —declaró papá—, aquí tenéis el dossier de ingreso. Os han asignado a ambas el edificio Louella Clairborne.

—¿Qué nombre es ése para unos dormitorios? —preguntó Gisselle.

—Se llama así por la madre del último señor Clairborne. Hay tres en total, y Daphne me garantizó que estaríais en el mejor.

—¡Qué bien!

—Gracias, papá —susurré, y tomé la carpeta que me ofrecía. Me sentí violenta por recibir un trato preferente como Gisselle, y eludí las miradas de envidia de las chicas que todavía guardaban cola.

—Ésta es tu documentación —dijo mi padre, y la depositó en la falda de Gisselle al ver que ella no movía un dedo para recogerla. A continuación giró la silla y la sacó del edificio—. Me han asegurado que hay un ascensor en el edificio principal. Todos los lavabos tienen servicios para inválidos y vuestras aulas se encuentran más o menos en la misma planta, de manera que no te será difícil cambiar de clase a tiempo —afirmó.

Aún reticente, mi hermana abrió la carpeta. En la primera página había una carta de bienvenida de la señora Ironwood, donde nos recomendaba encarecidamente que leyésemos con atención todo el material orientativo y nos concentráramos sobre todo en el reglamento.

Había dos pabellones de dormitorios en la parte trasera y derecha, y el tercero, que era el nuestro, estaba ubicado en el lado izquierdo. Mientras el coche rodeaba muy despacio el edificio principal hacia las habitaciones, observé la pendiente de la colina y vi el embarcadero y el lago. Una capa compacta de jacintos acuáticos se extendía de una orilla a otra, con sus flores violáceas tocadas por el brochazo amarillo de los pétalos centrales y circundadas de hojas verde claro. Las aguas brillaban como una moneda recién acuñada. A nuestra izquierda, detrás mismo del edificio, se encontraban los campos de deporte.

—¡Qué hermoso complejo! —exclamó nuestro padre—. Y está muy bien cuidado.

—Será como vivir en una cárcel —replicó Gisselle—. Hay que andar kilómetros para ver la civilización. Estamos atrapadas.

—Eso es una tontería. Tendréis muchas actividades en que ocupar el tiempo. No te aburrirás, te lo prometo —insistió papá.

Gisselle se encerró en su hosquedad al perfilarse ante el vehículo nuestro punto de destino. Concebido como una antigua hacienda agrícola, el edificio de dormitorios Louella Clairborne quedaba casi oculto a la vista por los imponentes robles y sauces que proyectaban libremente sus ramas frente a él. Era una construcción de madera de ciprés; presentaba balconajes a dos niveles, cerrados por balaustradas y sustentados por unas columnas cuadradas que llegaban hasta el tejado de caballete. Al aparcar vimos la rampa, que estaba situada en un extremo de la galería frontal. No quise hacer observación alguna, pero parecía que la habían construido para Gisselle.

—Bien —dijo papá—. Vamos a instalar a mis dos niñas. Comunicaré a la gobernanta que ya hemos llegado. Se llama señora Penny.

—«Señora Penique». Eso es lo que debe de valer —se mofó Gisselle, riendo de su propio sarcasmo.

Papá subió con presteza los escalones de la entrada y desapareció en el interior.

—¿Ya sabes que tendrás que llevarme todos los días hasta las clases? —me amenazó mi hermana.

—Puedes ir sola fácilmente, Gisselle. El camino parece bastante liso.

—¡Pero está demasiado lejos! —exclamó—. Llegaría extenuada.

—Si necesitas que te empuje, lo haré —cedí con un suspiro.

—Todo esto es una solemne idiotez —dijo Gisselle, cruzando los brazos y clavando una mirada fulgurante en la fachada del edificio.

Al cabo de un instante regresó papá con la señora Penny, una mujer bajita y rolliza que llevaba su melena cana recogida alrededor de la cabeza en dos sólidas trenzas. Cubría su robusta figura un vistoso vestido azul y blanco. Cuando se acercó, vi que tenía los ojos azules, de expresión ingenua, una sonrisa amplia y jovial en sus gruesos labios y unos pómulos inflamados que parecían engullir su nariz chata. Palmeó las manos al salir yo del coche.

—Buenos días, querida. Soy la señora Penny. Bienvenida a Greenwood. —Me tendió una mano pequeña, de dedos cortos y rollizos, y la estreché.

—Gracias —dije.

—¿Tú eres Gisselle?

—No, soy Ruby. Gisselle es mi hermana.

—Genial, ni siquiera sabe quién es quién —farfulló Gisselle dentro del coche. Si la oyó, la señora Penny disimuló.

—Esto es fabuloso. Sois el primer par de gemelas de toda mi carrera, y hace más de veinte años que trabajo como gobernanta en el pabellón Louella Clairborne. Hola, bonita —dijo, al tiempo que se inclinaba para asomarse al interior del Rolls.

—Espero que tendremos una habitación en la planta baja —espetó mi hermana.

—Por supuesto, cielo. Estáis en el cuadrángulo «A», que es el primero de todos.

—¿Cuadrángulo?

—Así llamamos a las distintas secciones. Nuestras estancias se distribuyen en torno a una zona de estudio. Cada cuatro habitaciones comparten dos cuartos de baño y una sala de estar —explicó la señora Penny—. Todas las alumnas ya han llegado, excepto una nueva —añadió, y su sonrisa se apagó por un momento—. Están en el mismo curso que vosotras. Arden en deseos de conoceros.

—Y nosotras nos morimos por verlas —murmuró irónicamente Gisselle mientras papá desdoblaba de nuevo la silla de ruedas. La sentó cómodamente y nos dirigimos hacia la casa.

Se accedía por un vestíbulo con dos grandes sofás y cuatro sillas tapizadas de alto respaldo, colocados en derredor de un par de mesas largas de madera oscura. Había lámparas de pie junto a los asientos, y más lámparas portátiles, butacas y mesitas auxiliares en los rincones. En uno de éstos vi un canapé de menor tamaño y otra butaca con respaldo dispuestos frente a un aparato de televisión. Todas las ventanas de la estancia tenían visillos de algodón blanco y cortinajes azul pálido, mientras que una gran alfombra ovalada de igual color protegía el suelo de parqué debajo y alrededor de los sofás. Adornaba la pared posterior un descomunal retrato de una elegante mujer ya entrada en años. Era la única pintura de la sala.

—La dama del cuadro es Edith Dilliard Clairborne —dijo la señora Penny con voz reverencial—. Claro que cuando se lo hicieron era bastante más joven.

—Pues parece una vieja —comentó Gisselle—. ¿Qué aspecto tiene ahora?

La gobernanta no respondió. Prosiguió con la descripción de la casa sin inmutarse.

—La cocina está en la parte de atrás. Tenemos un horario establecido para el desayuno y la cena, pero podréis tomar un tentempié siempre que queráis. Intento gobernar la casa como si fuésemos una gran familia —le dijo a mi padre. Luego posó la vista en Gisselle—. Haremos una ronda completa en cuanto os hayáis instalado. Vuestro cuadrángulo está por ahí —añadió, señalando el pasillo de la derecha—. Primero os mostraré el alojamiento y después traeremos el equipaje. ¿Cómo ha ido el viaje desde Nueva Orleans?

—Sin novedad, gracias —repuso papá.

—Ha sido un tostón —discrepó mi hermana, pero la señora Penny no le hizo caso y conservó su sonrisa. Se diría que era ciega y sorda a todo lo desagradable.

En las paredes del breve corredor había colgados unos óleos reproduciendo escenas callejeras de Nueva Orleans alternados con retratos de personas que, por lo que pude deducir, eran descendientes de los Clairborne. El pasillo estaba iluminado por dos lámparas de techo. En su extremo se hallaba la sala de estar que había mencionado la gobernanta: una exigua estancia profusamente amueblada con dos pares de sillas almohadilladas como las de la sala anterior, una mesa ovalada de pino, cuatro escritorios al fondo y lámparas de pie.

Un estruendo de risas atrajo nuestra atención hacia la primera puerta de la derecha.

—Cualquier momento es bueno para iniciar las presentaciones —dijo la señora Penny—. Jacqueline, Kathleen, venid por favor.

Una chica, que medía al menos un metro setenta y ocho, fue la primera en salir. Comprendí por su indolencia al andar que era consciente de su estatura. Tenía la faz enjuta, con una nariz ahusada y estrecha sobre una boca escueta y de labios finos, que se convertían en tiras gomosas para formar una sonrisa distante. No tardaría en comprobar que aquel rictus era su expresión favorita. Su amargura se hacía patente en los ojos oscuros y reprobatorios, que eran poco más que meras rendijas. Parecía una auténtica espía, un comensal no invitado que asistiera a una fiesta de gentes mucho más felices.

—Ésta es Jacqueline Gidot. Jacqueline, te presento a Gisselle y Ruby Dumas y a su padre, el señor Pierre Dumas.

—Hola —nos saludó Jacqueline, mirando de hito en hito a mi hermana y a mí. Supuse que las chicas de nuestra sección habían sido prevenidas de que Gisselle iba en una silla de ruedas, pero naturalmente, enfrentarse a la realidad era más impresionante que imaginarla.

—Hola —dije. Mi hermana se limitó a inclinar la cabeza, pero levantó la vista más interesada cuando hizo acto de presencia la compañera de cuarto de Jacqueline.

—Ésta es Kathleen Norton.

La llamada Kathleen tenía una sonrisa más cordial. Era una rubia de estatura parecida a la nuestra, aunque mucho más ancha de caderas y hombros.

—Todos me llaman Kate —nos informó, y acompañó el comentario con una risita tonta.

—O Mofletes —intercaló secamente Jacqueline.

Kate soltó una carcajada. Me dio la impresión de que reía como coletilla de todas sus frases, o siempre que se decía algo sobre ella. Era más bien una reacción nerviosa. Sus ojos azules se abrieron con aparente asombro al observar a Gisselle, y supe que a mi hermana no iba a gustarle.

—¿Mofletes? —repitió sin contener la hilaridad.

—Come todo lo que encuentra y amontona golosinas en la habitación como una ardilla de cola gris —dijo Jacqueline desdeñosamente. Kate volvió a reír. Al igual que una esponja, absorbió el escarnio de su compañera, nos sonrió, y continuó hablando como si nada hubiera pasado.

—Sed bienvenidas a Greenwood.

—Gracias —contesté.

—¿Cuál es nuestra habitación? —demandó Gisselle con voz imperiosa.

—Está al otro lado del pasillo —dijo la gobernanta.

Al girarnos tropezamos con una adorable muñequita rubia panocha, de pronunciados hoyuelos, que se erguía en la puerta de la habitación contigua a la nuestra.

—Aquí tenemos a Samantha —anunció la señora Penny.

—¿Qué tal? —nos saludó la chica. Parecía varios años menor que nosotras.

—¿Estás en el curso superior? —inquirió Gisselle. La menuda Samantha asintió.

—Samantha procede de Mississippi —especificó la señora Penny, como si en vez del estado adyacente a Luisiana fuese un país extranjero—. Samantha, éstas son las hermanas Dumas y su padre.

—Hola —volvió ella a saludar.

Un ruido de pasos a nuestra espalda desvió el interés general hacia el corredor. Una muchacha con cara de empollona entró muy presurosa en el cuadrángulo —habría que acostumbrarse a esta palabra—. Llevaba el cabello moreno oscuro cortado como un paje y, caladas en la nariz, unas gafas de gruesos cristales y montura negra que agrandaban de un modo exagerado sus ojos marrones. Tenía unas facciones duras y poco agraciadas, y estaba pálida hasta el punto de parecer enferma, pero poseía unos pechos prominentes, casi tanto como los de la señora Penny, y una figura que según nos diría más tarde Jacqueline se echaba a perder con aquella cara de caballo.

—Victoria, llegas justo a tiempo de conocer a las

nuevas residentes, Ruby y Gisselle Dumas —dijo la señora Penny—. Es la compañera de habitación de Samantha —nos aclaró.

—Hola. Soy Ruby.

Victoria se quitó los lentes antes de ofrecerme su mano de largos dedos. Le di un apretón.

—Vengo de la biblioteca —explicó con atropello—. El señor Warden ya ha hecho pública su bibliografía genérica de historia europea.

—Vicki está decidida a ser la alumna que pronuncie el discurso de fin de curso —declaró Jacqueline desde su habitación—. Si no lo logra, se suicidará.

—Eso no es verdad —repuso la otra—. Pero creo que es de inteligentes empezar con cierta ventaja —me comentó a mí. Luego miró a Gisselle, que exhibía una sonrisa cuasi tan despreciativa como la que había en el rostro de Jacqueline—. Bienvenidas.

—Gracias.

—¿Se puede saber dónde está nuestra habitación? —gimió mi hermana.

—Sígueme, querida —dijo la gobernanta, y nos guió hasta una puerta abierta. En el instante en que papá introdujo a Gisselle, comenzaron las reclamaciones.

La alcoba consistía en dos camas individuales separadas por una mesilla de noche. Había sendos armarios a derecha e izquierda. Anexas a las camas, tan pegadas que en el espacio intermedio apenas pasaba la silla de Gisselle, se alzaban dos cómodas de madera oscura a juego con los bastidores y las cabeceras. A la derecha de la entrada había un pequeño tocador, cuyo espejo era una cuarta parte de los que teníamos en nuestros dormitorios de Nueva Orleans. Las ventanas estaban encima de las cabeceras y tenían unas cortinas lisas de algodón. Cubría las paredes un sencillo papel de diseño floral, que era su único adorno. El suelo era de parqué sin alfombrar.

—¡Menudo cuchitril! —bramó mi hermana—. ¿Cómo vamos a compartirlo? No hay sitio suficiente para mis cosas, por no hablar de las de Ruby.

—Me alegro de que alguien piense como yo —coreó Jacqueline a nuestra espalda.

—No te irrites, preciosa —dijo la señora Penny—. Puedo hacer un hueco en el almacén.

—No he traído mi ropa para almacenarla. La quiero para ponérmela.

—¡Vaya por Dios! —se lamentó la buena mujer, volviéndose hacia nuestro padre.

—Todo tiene arreglo —la tranquilizó él—. En primer lugar traeremos lo imprescindible, y luego...

—Lo necesito todo —clamó Gisselle sin dar su brazo a torcer.

—Quizá pueda guardar algunas prendas en la habitación de Abby —sugirió la gobernanta—. No tiene compañera.

—¿Quién es Abby? ¿Dónde está? —preguntó Gisselle.

—Todavía no ha llegado. Es la otra alumna nueva —dijo la señora Penny, tanto a ella como a mi padre, quien asintió con la cabeza—. Pase lo que pase, no dejes que tu pobre corazón se altere, cariño. Yo estoy aquí para encargarme de que todo marche bien y tener contentas a mis chicas. Ha sido mi único afán durante muchos años —añadió sonriente. Gisselle se apartó y siguió refunfuñando.

—Empezaré a descargar las maletas —propuso papá.

—¿Quieres que te eche una mano? —le pregunté.

—No. Quédate con tu hermana —respondió, arqueando las cejas a modo de señal. Asentí, y se fue con la señora Penny.

Jacqueline, Kate, Samantha y Vicki se agolparon en nuestro umbral.

—¿Por qué has traído tanto equipaje? —inquirió

Vicki—. ¿No sabías que aquí no necesitarás mucho vestuario? Llevamos uniforme.

—¡Yo, no! —vociferó mi gemela.

—Es obligatorio —dijo Kate, seguido de una corta risita.

—No en mi caso. No puedo usarlo, tengo problemas específicos —proclamó Gisselle—. Estoy segura de que mi padre me conseguirá una autorización para vestir mi propia ropa, y en estos armarios no cabe. Una buena parte deberá permanecer en los baúles, robándonos el mínimo espacio del que disponemos.

Vicki se encogió de hombros.

—De todos modos, tampoco pasamos mucho tiempo en las habitaciones —recalcó—. Casi siempre estamos fuera, haciendo los trabajos de clase.

—Eso lo dirás por ti —replicó Jacqueline—, no por nosotras. ¿De qué parte de Luisiana venís, chicas?

—De Nueva Orleans —dije—. Del Garden District.

—Es muy bonito —afirmó la muñeca Samantha—. Mi padre me llevó el año pasado durante una visita a la ciudad. Tal vez pasé por delante de vuestra casa.

Gisselle maniobró la silla para poder mirar de cerca a las muchachas.

—¿De dónde sois vosotras?

—Yo de Shreveport —señaló Jacqueline—, Mofletes de Pineville y Vicki está en Lafayette.

—Yo vivo con mi padre en Natchez —dijo Samantha.

—¿Qué le ocurrió a tu madre? —indagó Gisselle.

—Murió hace años en un accidente de coche —respondió la pequeña y se mordió el labio inferior, evaporándose todos sus hoyuelos.

—Así fue como me quedé tullida —declaró Gisselle con resentimiento. Parecía creer que los accidentes eran culpa de los coches y nunca de las personas—. Si eres de Mississippi, ¿por qué asistes a una escuela de otro estado? —inquirió.

—La familia de mi padre es oriunda de Baton Rouge.

—¿Todas tenéis una habitación tan pequeña como ésta? —preguntó mi hermana.

—Sí —confirmó Jacqueline.

—¿Y por qué esa tal Abby tiene un cuarto para ella sola?

—Así se ha estipulado —dijo Kate, y se rió—. Supongo que es una lotería.

—O quizá nadie quiere convivir con ella. Nosotras tampoco la conocemos —apuntó Jacqueline.

—No insinuarás que es... —empezó a decir Kate.

—No —interrumpió la otra—. En Greenwood no se admiten, por mucho que se eleven las voces de protesta. Esta es una escuela privada —añadió con cierto orgullo.

—Pues más le vale no retrasarse —comentó Vicki—. Dentro de una hora tenemos la asamblea de orientación.

—¿Asamblea de qué...? —preguntó enseguida Gisselle.

—¿No has leído la primera página del dossier? La Dama de Acero convoca esta reunión todos los años para que nos vayamos conociendo mutuamente.

—Y para leernos la cartilla de buen comienzo —apostilló Jacqueline—. ¡Genio y figura!

—¿Dama de Acero? —inquirí.

—Cuando la veas y la oigas hablar entenderás por qué la apodamos así —contestó Jacqueline.

—No aplicarán a rajatabla todas esas normas estúpidas que hay escritas aquí, ¿verdad? —preguntó Gisselle, sosteniendo en alto el cartapacio.

—Ella sí, y debes tener cuidado con las faltas. Mofletes sabe mucho de ese asunto —declaró Jacqueline, señalando a Kate.

—¿Por qué? —pregunté.

—El curso pasado acumulé diez y tuve que fregar los lavabos un mes entero —contestó la interesada—. Y que nadie intente decirte que las chicas son más limpias que los chicos. Dejan los retretes repugnantes —aseveró.

—A mí nunca me veréis fregando lavabos —aseguró Gisselle.

—No es fácil que te castiguen de esa forma —dijo Vicki.

—¿Por qué? —demandó Gisselle incisivamente—. ¿Porque soy inválida?

—Pues claro —respondió la otra inpertérrita. Mi hermana reflexionó unos segundos y al fin sonrió.

—Bueno, en realidad quizá no sea tan nefasto. Así saldré mejor parada que vosotras.

—No te hagas ilusiones —la advirtió Jacqueline.

—¿Por qué?

—Tú misma lo entenderás cuando conozcas a la Dama de Acero.

—Vamos, no todo es malo —intervino Samantha—. Greenwood es una escuela excelente. Además, también tenemos diversión.

—¿Cómo está el capítulo de los chicos? —preguntó mi hermana gemela.

Samantha se sonrojó. Parecía vivir anclada en la frontera que separa la infancia de la adolescencia; era una muchachita atónita y confundida por su propia sexualidad. Más adelante descubriría que estaba excesivamente protegida y mimada por su padre.

—¿A qué te refieres? —dijo Vicki.

—¿Tenéis contacto con ellos de vez en cuando? —puntualizó Gisselle.

—Desde luego. Les vemos en los eventos sociales. La dirección invita a los alumnos de algún internado de renombre. Celebramos un baile una vez al mes.

—Fantástico. Una vez al mes, como el período —se mofó Gisselle.

—¿El qué? —preguntó Samantha, desencajada. Kate cloqueó y Jacqueline sonrió con altivez.

—El período, la regla —repitió Gisselle—. ¿Sabes lo que es, o quizá nunca la has tenido?

—¡Gisselle! —la regañé, pero no pude evitar que Samantha se ruborizara ni que las otras chicas se rieran.

—¡Qué encantador! —exclamó la señora Penny, siguiendo a papá y a nuestro chófer con unos bultos—. Las chicas han empezado a intimar. Como ve, todo irá sobre ruedas —dijo a mi padre.

3. PRIMERAS CONVIVENCIAS

Una media hora antes de que dejásemos los dormitorios para asistir a la asamblea de la señora Ironwood en el edificio principal, llegaron Abby Tyler y sus padres. Abby era sin duda la más guapa de todas nosotras. De estatura semejante a la mía, pero más delgada y con los rasgos tan delicados como Audrey Hepburn, tenía los ojos de color turquesa y una densa cabellera de ébano cuyas hebras bajaban lisas hasta los hombros. Su tez rica, cetrina, lucía un tono café que sugería que había pasado en la playa mucho más tiempo que las demás.

Hablaba con una voz suave y melodiosa, de acento algo entrecortado y singular por su entonación francesa, influencia obviamente del lado materno. Cuando me sonrió, presentí que era una persona sincera. Al igual que nosotras, se mostró vacilante e insegura, ya que era la primera vez que estudiaba en Greenwood.

Tras presentarle a las chicas, la señora Penny le preguntó si le importaría que Gisselle dejase algunas prendas en su habitación. Yo sabía que a mi hermana le molestaba dar sensación de pedigüeña, pero afortunadamente Abby fue muy educada.

—En absoluto —dijo, sonriendo—. Entra y ocupa todo el espacio que quieras.

—Detesto la idea de tener que ir de un cuarto a otro para recoger mis cosas.

—No tienes más que decir lo que quieres y yo iré a buscarlo en el acto —le prometí.

—Para mí será un placer llevártelo —se ofreció Abby. Me dirigió una mirada comprensiva y solidaria, y sentí una inmediata afinidad con aquella muchacha morena, de hablar meloso.

—Sí claro, tendré que ir como una perdularia suplicando a la gente que traiga mi propia ropa —dijo Gisselle con nerviosismo. Temí que en cualquier momento perdiese los estribos y abochornase a papá.

—¡Qué ridiculez! No se trata de suplicar, Gisselle —la regañé—. Pedir lo que se necesita no es nada degradante.

—A mí no me importa llevarte lo que quieras —insistió Abby—. De verdad que no.

—¿Por qué? —inquirió Gisselle en vez de agradecérselo—. ¿Pretendes convertirte en criada?

La sangre dejó de fluir por los pómulos de Abby.

—¡Gisselle! Al menos ten la elegancia de aceptar una gentileza.

—No quiero depender de la caridad ajena —exclamó—. Quiero apoyarme en mis propias piernas.

—¡Dios mío! —dijo la señora Penny, apretándose las rechonchas mejillas con las manos—. Yo sólo deseo que seáis felices.

—No se preocupe, señora Penny. Si Abby está dispuesta a ceder parte de su habitación, mi hermana será más feliz que nadie —afirmé, fulminando a Gisselle con la mirada.

Frustrada, Gisselle abordó a papá en cuanto hubieron transportado nuestro equipaje y objetó que tendría que llevar uniforme: un conjunto de falda y blusa de un gris anodino combinadas con unos zapatones negros de tacón plano. El código de vestuario que figuraba en la segunda página del manual especificaba que estaba prohibido el maquillaje, incluido el pintalabios, así como cualquier ostentación de joyas.

—Vivo aprisionada a todas horas en esta horrible silla de ruedas —argumentó Gisselle—, y encima quieren hacerme poner unas prendas tan feas como incómodas. He palpado la tela; es demasiado áspera para mi piel. Y esos horrendos zapatos pesan mucho. Me lastimarían los pies.

—Hablaré con la persona responsable —dijo nuestro padre, y se fue muy decidido.

Quince minutos más tarde, papá volvió e informó a Gisselle de que, dadas las circunstancias, le habían concedido el permiso para vestir como mejor le pareciera.

Malhumorada, Gisselle se hundió en su silla. A pesar de los esfuerzos que hacía para complicarlo todo y estropear nuestra llegada a Greenwood, los demás siempre hallaban el modo de aplacarla y allanar las dificultades.

Al fin, nuestro padre inició la despedida.

—Sé que lo pasaréis muy bien en esta escuela. Lo único que os pido —añadió, con la mirada fija en Gisselle— es que pongáis un poco de vuestra parte.

—Yo ya la aborrezco —contraatacó mi hermana—. La habitación es demasiado pequeña y las aulas están muy lejos. ¿Qué haré cuando llueva?

—Lo mismo que las demás, Gisselle, abrir un paraguas —replicó papá—. No eres una frágil figurita de porcelana, ni tampoco te derrites con el agua.

—Estaremos muy bien, papá —prometí.

—Habla por ti —intervino mi hermana—. Para mí será un calvario.

—Las dos disfrutaremos —insistí.

—Debo marcharme, y vosotras tenéis mucho que hacer —declaró nuestro padre.

Se inclinó para besar y abrazar a Gisselle. Ella giró la cara y no le devolvió el beso, ni siquiera en la mejilla. Al ver cuánto entristecía y angustiaba a papá esta actitud, yo le abracé más efusivamente de lo habitual.

—No sufras —le susurré, agarrada aún a su cuello—. Cuidaré de ella y procuraré que no tire la patata antes de tiempo —agregué, usando una vieja expresión cajun equivalente a «abandonar» que papá conocía bien. Se echó a reír.

—Os llamaré dentro de un par de días —anunció.

Papá se despidió de las otras chicas y se marchó junto a los padres de Abby, que habían pasado la mayor parte del tiempo hablando con la señora Penny. En cuanto nos quedamos solas, Vicki dijo que teníamos que ir al edificio principal para asistir a la asamblea. Aquello inspiró a Gisselle una nueva perorata sobre la distancia que habría de recorrer cada día desde los dormitorios.

—Deberían poner un coche a mi disposición para trasladarme a las clases —afirmó.

—No están tan lejos, Gisselle.

—Para ti es fácil decirlo. Puedes ir corriendo o brincando.

—Si quieres, yo empujaré tu silla —intervino Samantha.

Gisselle la fulminó con la mirada.

—A mí sólo me empuja Ruby —dijo muy tajante.

—Pero si Ruby no pudiera por algún motivo, yo la sustituiré —se empeñó la otra.

—¿Por qué? ¿Acaso te divierte? —preguntó mi hermana.

—No —contestó Samantha desconcertada. Su mirada fue de una a otra—. Sólo pretendía...

—Vámonos ya —dijo Vicki, consultando nerviosamente su reloj—. Nadie puede llegar tarde a las reuniones de la señora Ironwood. Si te retrasas, te abronca delante de toda la escuela y te pone dos faltas.

Nos pusimos en marcha, Abby caminando a mi lado y detrás de Gisselle.

—¿Por qué has venido a Greenwood en un curso tan avanzado? —le pregunté.

—Mis padres se mudaron hace poco y no les gustó la escuela pública que me habían asignado —explicó sucintamente, pero al mismo tiempo esquivó mi mirada y, por primera vez, presentí que no era del todo sincera. Pensé que cualesquiera que fuesen sus auténticas razones debían de ser tan dolorosas como las nuestras, y no ahondé más—. Llevas un medallón muy bonito —comentó al volverse de nuevo hacia mí.

—Gracias. Me lo ha regalado mi novio esta misma mañana, antes de salir hacia Greenwood. Dentro están nuestras fotografías. Puedes darles un vistazo —dije, deteniéndome para mostrárselo.

—¿Por qué nos paramos? —demandó Gisselle, pese a que había oído nuestra conversación.

—Será sólo un momento. Quiero enseñar a Abby la fotografía de Beau.

Abrí el dispositivo y Abby echó una somera ojeada a las imágenes del interior.

—Es muy guapo —aseveró.

—Quizá por eso ahora ya esté liado con otra —dijo Gisselle—. Que conste que te he avisado.

—¿Tú también has dejado atrás algún amor? —pregunté, sin responder a mi hermana pero impulsando de nuevo su silla.

—Sí —dijo Abby contrariada.

—Quizá venga a visitarte, te escriba o incluso telefonee —sugerí. Ella negó con la cabeza.

—No hará nada de eso.

—¿Por qué?

—Porque no —dijo. Yo me detuve, pero Abby aceleró el paso para reunirse con las demás chicas.

—¿Qué le sucede? —preguntó Gisselle.

—Supongo que siente nostalgia —repuse.

—No se lo reprocho. Incluso un huérfano se añoraría aquí —declaró mi hermana, y ella misma se carcajeó de su ocurrente exageración.

Yo no la imité. Había ido a Greenwood convencida de que sería quien tendría los antecedentes más misteriosos y un mayor número de secretos que ocultar, pero en menos de una hora había descubierto que estaba equivocada. Al parecer, había más puertas cerradas en el pasado de Abby que en el mío. Discurrí por qué y me pregunté si algún día me sería permitido atravesarlas.

—Alcancemos a las otras —ordenó Gisselle—. Me llevas como si fuera una anciana.

Nos sumamos al grupo y, mientras caminábamos hacia el edificio principal, la conversación giró en torno a nuestras vacaciones, las películas que habíamos visto, los lugares donde habíamos estado y los cantantes y actores que considerábamos nuestros ídolos. Gisselle dominó en todos los temas y expresó impositivamente sus opiniones, opiniones que Samantha suscribió sin reservas, impregnándose de sus palabras y gestos como si fuese una florecilla ansiosa de la luz del sol. En contrapartida, advertí que Abby guardaba silencio y escuchaba con una amable sonrisa en sus labios.

Cuando llegamos a nuestro destino, todas decidieron acompañar a Gisselle por la rampa lateral del edificio, algo que, según observé, satisfizo a mi hermana. La trataban como si fuese una personalidad y no sólo una inválida.

En las dos entradas de la sala de actos había sendos profesores, el señor Foster y el señor Norman, apremiando a las alumnas a entrar.

—Vamos hacia la izquierda —propuso Vicki.

—¿Por qué? —inquirió Gisselle. Ahora que tenía que aceptar el hecho consumado de su estancia en Greenwood, mi hermana exigiría saber por qué lo negro no podía ser blanco. Como habría dicho *grandmère* Catherine de haberse hallado presente, mi hermana estaba decidida a ser «la piedra en todos los zapatos».

—Ahí están nuestros asientos asignados —contestó Vicki—. Lo explica en el dossier. ¿Todavía no lo has leído?

—No, todavía no lo he leído —dijo Gisselle, imitando el tono condescendiente de Vicki—. En cualquier caso, eso de los sitios numerados no va conmigo. Voy en silla de ruedas, por si no te habías fijado.

—¡Claro que me he fijado! Pero aun así tendrás que estar con nosotras —prosiguió pacientemente Vicki—. La señora Ironwood organiza las asambleas según un esquema. Nos sentamos agrupadas por pabellones y cuadrángulos.

—¿Y qué más contiene ese valioso cartapacio? ¿Establece turnos para ir al lavabo?

Vicki palideció y se volvió para guiarnos. Tras encontrar la fila, cada una ocupó su lugar. Gisselle se quedó en el pasillo en su silla de ruedas, así que escogí la butaca del extremo para tenerla cerca. Abby se sentó junto a mí. Alrededor de nosotras las estudiantes reían y charlaban, algunas lanzándonos miradas de interés y curiosidad, pero aunque muchas de ellas le sonrieron, Gisselle no quiso corresponder. Cuando la chica del lado opuesto del pasillo empezó a volverse con cierta insistencia, mi hermana casi le arrancó la cabeza de los hombros.

—¿Se puede saber qué miras? ¿Es que nunca habías visto a una tullida?

—No te miraba a ti.

—Gisselle —le dije en voz baja, posando una mano en su brazo—, no armes un escándalo.

—¿Por qué no? ¿Qué más da? —inquirió.

Jacqueline saludó con la mano a unas amigas mientras Vicki, Kate y Samantha hacían otro tanto. Luego

Jacqueline nos señaló a unas alumnas y emitió juicios someros.

—Ésa es Deborah Stewart, una chica tan engreída que le sangra la nariz todos los días. Y aquella otra es Susan Peck. Su hermano estudia en Rosewood y es guapísimo, así que casi todas adulan a Susan con la esperanza de que se lo presente cuando su escuela asista a una de nuestras fiestas. ¡Oh, ahí está Camille Ripley! Por lo visto ha conseguido que sus padres le paguen la operación de nariz, ¿verdad, Vicki?

—He olvidado cómo era antes su perfil —respondió Vicki con acritud.

De repente, una ola de silencio empezó a elevarse entre la asamblea. Nació en la parte de atrás y avanzó hacia las primeras filas, precediendo a la señora Ironwood en su marcha por el pasillo.

—Aquí viene la Dama de Acero —anunció Jacqueline en un susurro, apuntándola con el mentón. Abby, Gisselle y yo la observamos mientras subía por la corta escalera del escenario que presidía la sala de actos.

La señora Ironwood no aparentaba más de cincuenta y seis o cincuenta y siete años. Era corpulenta, con el cabello entrecano peinado severamente hacia atrás y recogido en un tupido moño. Llevaba unas gafas montadas en nácar colgando de una cadena de plata alrededor del cuello, de modo que reposaban en su pecho. Enfundada en un sobrio chaleco azul oscuro, con una blusa blanca y una falda tobillera, desfiló firmemente sobre sus zapatos negros de tacón ancho, con los hombros rectos y la cabeza erguida, hasta ascender al podio que había en el centro de la escena. Cuando se enfrentó a la asamblea, no se oía ni un suspiro. Alguien tosió, pero reprimió al instante su acceso.

—¿Por qué ella no utiliza también ese espantoso uniforme? —masculló Gisselle.

—Cállate —le dijo Vicki.

—Buenas tardes, señoritas, y bienvenidas a Greenwood para comenzar lo que desde hoy auguro como otro año fructífero.

La directora hizo una pausa, se caló los lentes y abrió su carpeta. Luego levantó la vista, al parecer buscándonos y mirando directamente hacia nosotras. Incluso a aquella distancia pude distinguir la acerada frialdad de sus ojos. Tenía las cejas pobladas y la boca rígida, enmarcada en unas mandíbulas que parecían de granito.

—Desearía empezar dando la bienvenida a aquellas alumnas que están con nosotros por primera vez. Sé que las demás harán todo lo posible para que su llegada y adaptación a la escuela sea fácil y grata. Recuerden que en su día también ustedes fueron nuevas.

»Y hablando de novedades, quiero presentarles a las tres personas que se han incorporado este año al cuerpo docente. En lengua y literatura, el señor Rinsel.

La señora Ironwood desvió la vista hacia la derecha, donde estaban sentados algunos profesores. Un hombre alto, delgado y rubio, de unos cuarenta años de edad, se puso de pie y saludó a la concurrencia.

—En francés superior, monsieur Marabeau —dijo con un impecable acento.

Esta vez fue un sujeto de baja estatura, grueso, de cabello moreno y con bigote quien se alzó para dejarse ver.

—Y por último, nuestra nueva profesora de arte, la señorita Stevens —concluyó la directora con mayor reticencia en la voz de la que le había detectado cuando presentó a los dos anteriores.

Una atractiva morena que apenas rebasaba los veintiocho o veintinueve años se alzó de su asiento. Tenía una sonrisa cálida y simpática, pero parecía sentirse a disgusto con su traje de tweed y los zapatos de tacón alto.

—Verás cuando oiga hablar de tus cuadros y descubra el talento que tienes —bromeó Gisselle. Todas las chicas de nuestra fila volvieron la cabeza, y la señora Ironwood también centró la mirada en nosotras. Noté el aguijón de su reproche.

—Chitón —advirtió Vicki.

—Ahora, revisemos nuestras normas de comportamiento —continuó la directora, con la vista aún fija en nuestro sector. Mi corazón latió con fuerza, pero Gisselle se limitó a observarla ariscamente—. Como saben, pretendemos que nuestras alumnas se tomen en serio su trabajo. Por este motivo, no se tolerará un promedio de calificaciones inferior al bien. Si alguna de ustedes queda por debajo de este mínimo aceptable, perderá todos sus privilegios sociales hasta que mejoren sus notas.

—¿Qué privilegios? —preguntó Gisselle, de nuevo en una voz demasiado alta. La señora Ironwood apartó la mirada de la carpeta y volvió a mirarnos con expresión furibunda.

—Les ruego que guarden silencio mientras hablo. En Greenwood exigimos respeto al profesorado y al personal administrativo. No tenemos tiempo para la insubordinación en las aulas o en otras actividades educativas, ni vamos a consentirla. ¿Ha quedado perfectamente claro?

Sus palabras retumbaron en el silencio sepulcral de la sala. Nadie se movió, ni siquiera mi hermana. Aunque la directora prosiguió en una voz más sosegada, sus consonantes surgían tan incisivas que tuve la sensación de que quería acuchillar el aire que nos separaba de la tarima.

—Debo insistir en que abran la página diez de sus manuales orientativos y memoricen nuestra reglamentación. Observarán cuando lean la lista que la posesión de cualquier droga o bebida alcohólica dentro del complejo redundará en su expulsión inmediata. Sus padres saben que eso entrañaría la pérdida de los derechos de matrícula. La música fuerte, el tabaco o cualquier acto de vandalismo les acarreará graves castigos y un elevado número de puntos negativos.

»El año pasado fui un poco más indulgente de lo usual en lo relativo a nuestras pautas de vestuario. Pero a menos que tengan una dispensa previa, deben vestir el uniforme, mantenerlo limpio y bien planchado, y abstenerse del uso de cosméticos. En Greenwood su atractivo se cifra en la limpieza y la pulcritud, no en pintarse la cara.

La directora hizo una pausa y sonrió fríamente.

—Tengo el placer de anunciarles que este curso tendremos tantos bailes como el anterior. Sólo se produjeron un par de casos de conducta indebida, y las infractoras fueron sancionadas en el acto, antes de que arruinasen la fiesta a todas las demás. Espero que se comporten con propiedad cuando reciban a sus amistades en los días de visita. Y recuerden: mientras permanezcan en el recinto, sus invitados deberán obedecer nuestra reglamentación como si fueran estudiantes internos. Esta norma es aplicable tanto a las visitas masculinas como a las femeninas —recalcó.

»Recuerden también —agregó con tono solemne, irguiendo los hombros y elevando la mirada hacia el fondo de la gran sala—, que a partir de hoy son ustedes hijas de Greenwood, y eso marca una diferencia. A las recién llegadas les aconsejo que aprendan nuestro lema: una hija de Greenwood es alguien que considera sagrados su cuerpo y su mente, alguien que sabe que sus acciones repercuten en toda la comunidad. Lleven con orgullo su nuevo título y hagan que nosotros nos sintamos igualmente orgullosos de contarlas en nuestras filas.

»Las alumnas que todavía no tengan sus uniformes y zapatos se dirigirán al guardarropa del sótano en cuanto termine este acto. Estudien sus programas, anoten los horarios de clase. No olviden que un solo retraso es una falta. El segundo se penaliza con cuatro, y el tercero con seis.

—No pueden castigarme por llegar tarde —musitó Gisselle—. Tengo que arrastrar una silla de ruedas.

Algunas compañeras que la habían oído la miraron de reojo y volvieron a centrarse enseguida en la señora Ironwood, que una vez más parecía escrutarnos gélidamente, como un alcaudón del *bayou*. El largo paréntesis hizo circular por la sala un murmullo de inquietud. Tuve la impresión de estar sentada sobre un termitero y ansié impaciente que la directora desviase su atención hacia otro sitio. Al fin, reanudó su discurso.

—Nuestra matrícula ha aumentado este año, pero las clases seguirán siendo reducidas, de modo que todas ustedes recibirán la enseñanza individualizada que necesitan para completar el curso con éxito si trabajan a plena capacidad. Buena suerte —concluyó.

Se quitó las gafas, cerró la carpeta, nos lanzó otra mirada iracunda y bajó del escenario. Nadie se movió hasta que hubo salido de la sala. En cuanto cruzó la puerta, las chicas, muchas de las cuales habían aguantado la respiración, estallaron en una bulliciosa cháchara mientras se levantaban para irse.

—Muchas gracias —dijo Gisselle, girándose hacia mí con ojos llameantes.

—¿Por qué?

—Por haberme metido en este antro infernal. —Dio media vuelta a su silla, con tanta violencia que apartó a varias chicas a empujones. Luego miró hacia atrás—. Samantha —llamó.

—¿Sí?

—Llévame a los dormitorios mientras mi hermana va a buscar sus lujosas galas —ordenó, y se echó a reír.

Samantha saltó de su butaca para atenderla, y todo el grupo abandonó el salón de actos detrás de mi hermana como si acabasen de proclamarla reina.

Después de que nos entregasen los uniformes y el calzado, Abby y yo regresamos a las habitaciones. En el camino le conté la historia del accidente automovilístico de Gisselle y su posterior parálisis. Ella escuchó atentamente y sus ojos negros se humedecieron cuando le describí las exequias de Martin y la honda depresión de mi padre en los días que siguieron.

—O sea, que a tu hermana no se le puede aplicar el tópico de que la desgracia la hizo así —apuntó Abby.

—No. Lamentablemente, Gisselle ya tenía este carácter, y me temo que no habrá quien la cambie en mucho tiempo.

Abby se echó a reír.

—¿Tú no tienes hermanos? —le pregunté.

—No. —Tras un largo silencio, añadió—: Ni siquiera debería estar aquí.

—¿Qué quieres decir?

—Que nací por error. Mis padres no deseaban tener hijos —declaró.

—¿Por qué? —insistí.

—Porque no los querían —me respondió sencillamente.

No obstante, intuí que había razones más profundas y oscuras, razones que Abby conocía pero que no podía revelar. Ya había sido más explícita de lo deseable, un hecho que atribuí a lo mucho que habíamos congeniado en tan sólo unas horas. Era natural que Abby y yo quisiéramos estar juntas. A excepción de Gisselle, éramos las únicas chicas de nuestra sección que asistíamos a Greenwood por primera vez. Presentí que, con el tiempo, podría hablarle de mi pasado;

79

supe que era una persona en cuya discreción podría confiar.

De vuelta a los dormitorios, nos probamos los uniformes. A pesar de la talla que figuraba en la etiqueta, nos quedaban tan holgados que podríamos haber nadado en ellos. Deduje que el propósito esencial de aquella ropa era convertir nuestra feminidad en un secreto de Estado. Vestidas con unas blusas como sacos y unas faldas que rozaban el tobillo, confrontamos nuestro aspecto en la sala de estar y ambas tuvimos un ataque de histeria. Gisselle parecía complacida. Nuestras risas atrajeron a las otras chicas desde sus aposentos, donde estaban ordenando sus pertenencias.

—Cuéntanos el chiste —dijo Samantha.

—¿El chiste? Míranos bien —dije.

—Estos uniformes fueron diseñados personalmente por la Dama de Acero —explicó Vicki—, así que no los critiquéis a voz en grito.

—O de lo contrario os quemará en la hoguera —añadió Jacqueline.

—Por lo menos nos dejan poner nuestra propia ropa los fines de semana en las reuniones sociales y cuando nos invitan al té de la señora Clairborne —señaló Kate.

—¿El té de la señora Clairborne? —se mofó Gisselle—. Tiene que ser apasionante.

—Dan unos pastelitos riquísimos —dijo Kate—. ¡Y almendras garrapiñadas!

—Sí..., de las que Mofletes hace una amplia provisión dentro del bolso y luego esconde por la habitación. No entiendo cómo no tenemos ratas —protestó Jacqueline.

—¿En qué consiste ese té? —inquirí.

—No es una fiesta cualquiera —me aclaró Kate—. Se celebra asiduamente y por rigurosa invitación. Todo el mundo sabe quién ha sido invitada y quién no, y los profesores te tienen en mayor estima si has asistido más de una vez.

—Tres veces te convierten en la reina del té —declaró Jacqueline.

—¿Qué es eso? —Abby me miró y yo me encogí de hombros.

—Siempre que te invitan, te guardas la bolsita del té y la cuelgas de la pared de tu cuarto como si fuera un premio o una condecoración —explicó Vicki—. En Greenwood es una tradición y un honor. Jacki tiene razón. Las que asisten suelen recibir mejor trato.

—Lo dice porque ella ya es reina del té —se mofó Jacqueline—. El año pasado la invitaron cuatro veces.

—¿Y a ti? —preguntó Gisselle.

—Sólo una. Kate fue un par de veces y Samantha también.

—Todas las alumnas nuevas son admitidas en el primer té del año, pero ése no cuenta porque forma parte de la tradición —continuó Vicki.

—¿Dónde se celebran? —indagó Abby.

—En la mansión de los Clairborne. La señora Penny te llevará allí y te relatará toda la saga. En nuestro ilustre internado es casi tan importante conocer esos datos como los grandes hitos de la historia americana y europea —señaló Jacqueline, y Vicki asintió.

—Ardo de impaciencia —ironizó Gisselle—. Aunque no sé si podré resistir la emoción. —Kate se carcajeó y Samantha esbozó una sonrisa, pero Vicki quedó escandalizada por lo que en Greenwood se juzgaba una blasfemia—. Veamos —añadió mi hermana—, ¿cuándo será la primera fiesta de verdad, con chicos incluidos?

—Todavía falta casi un mes —repuso Jacqueline—. ¿No has leído el calendario social en el dossier?

—¿Un mes? —exclamó mi hermana—. Ya le dije a papá que esto sería como un convento —se lamentó—.

¿Y las salidas a la ciudad? —preguntó. Las chicas se miraron sorprendidas:

—¿A qué te refieres? —inquirió Vicki.

—Preguntaba cuándo nos dejarán ir a la ciudad. ¿Tanto te cuesta entenderlo? Se supone que eres la primera de la clase.

Vicki palideció como el papel.

—Bien..., verás...

—Nadie puede dejar el complejo por su cuenta —la ayudó Jacqueline.

—¿Por qué no? —demandó mi hermana—. En la ciudad tiene que haber sitios divertidos donde podamos conocer a chicos.

—El motivo es simple: has de tener una autorización sellada y certificada para poder salir tú sola de la escuela —respondió Vicki.

—¿Cómo? ¿De modo que me tienen realmente prisionera?

—Telefonea a tus padres y pídeles que cumplimenten el impreso —dijo Vicki con un ademán displicente.

—¿Y vosotras? —atacó Gisselle—. ¿Queréis hacerme creer que no os importa? —Nadie abrió la boca—. Pero ¿es que sois todas... vírgenes? —vociferó fuera de sí. Tenía la faz tan colorada como una pinza de langosta hervida.

Samantha se quedó perpleja. Kate miró a mi hermana con una sonrisa entre divertida y sorprendida. Vicki también estaba confundida, pero Jacqueline se ruborizó. Abby y yo intercambiamos una fugaz mirada.

—No me digáis que habéis acatado todas esas normas ridículas —insistió Gisselle, meneando la cabeza con incredulidad.

—Las faltas pueden... —empezó a defenderse Vicki.

—Pueden frustrar tus posibilidades de ser reina del té. Lo he captado —dijo Gisselle—. Hay cosas más interesantes para clavar en las paredes de tu alcoba que unos saquitos de té usados —afirmó, al tiempo que hacía girar las ruedas de su silla hacia Vicki, quien dio un paso atrás—. Por ejemplo, cartas de amor. ¿Te han escrito alguna?

La aludida miró alrededor y vio que todos los ojos confluían en ella. No pudo contener un leve tartamudeo.

—Tengo... tengo que empezar las lecturas obligatorias para la clase de historia europea. Hasta luego. —Se giró y fue precipitadamente a su cuarto. Gisselle retrocedió con brusquedad y fijó la mirada en Jacqueline.

—El año pasado —explicó esta última— unos chicos de Rosewood quisieron colarse en los dormitorios un sábado por la noche.

—¿Qué pasó?

—No les dejamos. Nos faltaron agallas —confesó Jacki.

—Pero éste es otro año y nos van a sobrar —pronosticó mi hermana. Se volvió hacia mí—. Tendremos que demostrarles cómo las gastan las chicas de Nueva Orleans. ¿De acuerdo, Ruby?

—No empecemos, Gisselle, por favor.

—¿Empezar a qué, a vivir? Te gustaría que fuese una obediente hijita de Greenwood y que paseara dócilmente en la silla con la boca cerrada, la falda llena de bolsas de té resecas y las rodillas juntas, ¿no es así?

—Gisselle, te ruego que...

—¿Quién tiene un cigarrillo? —me interrumpió mi hermana gemela. A Kate se le desorbitaron los ojos y negó con la cabeza—. ¿Samantha?

—Yo no fumo.

—No fumas. No sales con chicos. ¿A qué os dedicáis, a leer revistas de fans y masturbaros?

Fue como si un trueno hubiera sacudido el edificio. Yo estaba tan avergonzada por la insolencia de mi hermana que tuve que bajar la vista.

—Bien —prosiguió ella tan tranquila—, no os preocupéis. Ahora me tenéis a mí y todo será distinto. Os lo prometo. Da la casualidad —añadió sonriente— de que he pasado una cajetilla.

—Gisselle, vas a meternos a todas en un lío —protesté—. ¡Y es sólo el primer día!

—Vosotras no sois tan gallinas, ¿verdad? —preguntó a Jacqueline, Kate y Samantha—. Estupendo —dijo al no recibir respuesta—. Venid a mi habitación. Me ayudaréis a clasificar mis discos y compartiremos un cigarrillo. Quizá muy pronto pueda ofreceros algo mejor —insinuó con una risita pícara. Maniobró su silla y se encaminó hacia nuestra alcoba. Nadie se movió—. ¿Y bien? —azuzó a las chicas.

Jacki echó a andar primero, luego la siguieron las otras dos.

—Cerrad la puerta —ordenó Gisselle cuando hubieron entrado todas.

—Nunca creí que unas hermanas gemelas pudieran ser tan diferentes —comentó Abby, y de pronto reparó en lo que había dicho—. Perdona, no era mi intención...

—No te disculpes. Yo tampoco lo habría creído hasta que la conocí —contesté, y me mordí la lengua. Pero era demasiado tarde.

—¿Qué dices?

—Es una historia un poco complicada —repuse—. No debería contársela a alguien de la escuela.

—Lo comprendo —afirmó Abby. Por la expresión que adoptó al decirlo, vi que era verdad.

—Pero puedo hacer una excepción contigo —añadí. Ella sonrió.

—¿Por qué no vamos a mi habitación? —sugirió.

Contemplé un instante la puerta cerrada tras la que mi hermana celebraba audiencia con sus nuevas protegidas. Era una escena de la que por el momento no quería formar parte.

—Buena idea —dije—. Mientras charlamos, organizaré las cosas de Gisselle que quedan a tu cuidado. Y más vale que haga una inspección a fondo —agregué, lanzando una mirada a nuestra habitación—. Sólo Dios sabe qué más ha traído.

Transcurrida poco más de una hora, la señora Penny fue a nuestro cuadrángulo para ver cómo estábamos. Si había olido el humo que salía de nuestra habitación, no lo demostró. Francamente, era imposible no percibirlo. El olor a tabaco se había adherido a la ropa de las chicas y flotaba en el aire, a pesar de que habían abierto las ventanas.

—También he venido porque debo comunicaros oficialmente la invitación de la señora Clairborne a Abby, Gisselle y Ruby para tomar el té en su casa el sábado próximo a las dos de la tarde —dijo—. Podéis vestir como os guste, pero procurad arreglaros adecuadamente —añadió con un guiño—. Es una merienda formal.

—¡Qué lástima! ¡Y yo que me he dejado en casa el vestido de los tés formales! —exclamó Gisselle.

—¿Qué decías, querida?

—Nada —contestó mi hermana sonriendo. Vi que Samantha y Kate reían a espaldas de la señora Penny. Jacki exhibía su clásica mueca altiva, pero era obvio que las tres estaban fascinadas por Gisselle.

—Bien. No olvidéis, niñas, que la cena se servirá dentro de un cuarto de hora —informó la gobernanta—. A las chicas nuevas no se les asigna tarea hasta la segunda semana —concluyó, y se fue con paso saltarín.

—¿Cómo he de interpretar eso? —preguntó Gisselle, situándose en el centro de la sala de estar—. ¿De qué tareas habla?

—Todas colaboramos en el comedor. Las responsabilidades se programan de antemano y se exponen en el tablón de anuncios del vestíbulo principal —dijo Jacqueline—. Esta semana, Vicki, Samantha, Mofletes y yo somos los mozos de restaurante. Tenemos que recoger las mesas y llevar a la cocina los platos y cubiertos sucios cuando las demás hayan terminado. Las chicas de los cuadrángulos «B» y «C» harán de camareras, y las del bloque «D» pondrán las mesas.

—¿Cómo? —Gisselle dio vuelta a su silla para encararse conmigo—. No me habías dicho nada...

—Yo misma acabo de enterarme, Gisselle. Además, ¿qué tiene de particular?

—Pues que no pienso hacer funciones de criada.

—Estoy segura de que a ti te eximirán, ya que... —Vicki se interrumpió de repente. Gisselle la miró con rencor.

—¿Ya que soy una lisiada? ¿Era eso lo que ibas a decir?

—Iba a decir «ya que estás en una silla de ruedas». No pueden obligarte a llevar servicios a la cocina en estas condiciones.

—Pero podría preparar las mesas —comenté y sonreí a mi hermana que, si hubiera podido, me habría carbonizado con la mirada.

—Entre poder y querer hay mucha diferencia —replicó—. Si todas esas bobas pagan auténticos dinerales para estudiar en un internado y aceptan trabajar como sirvientas, allá ellas.

—Lo hacen todas las alumnas en los tres pabellones, especialmente en los dos grandes —explicó Samantha. Gisselle le clavó una mirada que tuvo el mismo efecto que una bofetada. La muchacha se mordió el labio y retrocedió—. Es la verdad —nos masculló a Abby y a mí.

—¿Por qué iba a asustarnos un poco de trabajo? —pregunté.

—Es natural que tú hables así. Al fin y al cabo...

—Gisselle se contuvo a tiempo de no revelar mi origen cajun y ojeó nerviosa a las demás—. Tengo hambre. ¡Vamos, Samantha! —gritó, y la otra acudió rauda a empujar la silla.

En el comedor nos reunimos con las demás chicas de nuestro edificio. Contando las secciones de las plantas superiores, éramos cincuenta y cuatro en total. Había tres mesas largas dispuestas en una enorme sala que estaba vivamente iluminada por cuatro grandes lámparas de techo. Cubrían los muros paneles de madera oscura, donde unas láminas enmarcadas de haciendas agrícolas y escenas del *bayou* se alineaban a intervalos regulares. Cuando llegamos reinaba una alegre algarabía, pero la visión de Gisselle aquietó algunas voces. Ella respondió a cada escrutinio con una fiera mirada condenatoria, haciendo que todos los ojos se volviesen en cualquier dirección salvo la suya. Vicki nos indicó nuestros asientos. A causa de la silla de ruedas, a Gisselle la habían colocado en la cabecera de la mesa, algo que le entusiasmó y que enseguida utilizó en beneficio propio. Unos momentos más tarde imponía los temas de conversación, ordenaba que le pasaran esto o lo otro y se perdía en largas disertaciones sobre su principesco estilo de vida en Nueva Orleans.

Algunas chicas la escucharon hipnotizadas. Otras, que me parecieron todavía más esnobs que ella, la espiaron como si fuese un fantasma surgido del cementerio de los malos modales, pero mi hermana no se dejaba intimidar por nada ni nadie. Trató a las compañeras que servían la mesa como si fueran criadas a sueldo, exigiendo, profiriendo quejas y no dando las gracias ni una sola vez.

La comida era buena, pero no tan sabrosa como los guisos que solía prepararnos Nina. Concluida la cena, y mientras las chicas de nuestro cuadrángulo retiraban los restos, Gisselle me mandó que la llevase a la habitación.

—No pienso esperarlas —dijo—. Son unas perfectas idiotas.

—Te equivocas, Gisselle —repuse—. Sólo están participando en una causa común. Es algo constructivo. Te hace sentir que este sitio te pertenece, que es un hogar fuera de casa.

—Para mí, no. Para mí es una pesadilla y nada más —declaró mi hermana—. Vamos a la habitación. Quiero escuchar música y escribir a mis amigas, que sin duda tendrán ganas de saber cómo es este pobre simulacro de escuela —dijo lo bastante alto para que todas la oyesen—. ¡Ah, Jacki! —exclamó volviendo la cabeza—. Cuando hayáis terminado vuestros quehaceres, podéis ir a mi cuarto y aprender cuáles son las canciones de moda.

La saqué del comedor rápidamente. Ella me avisó muy enfadada de que iba a estrellarla contra una pared, y debo admitir que era justamente lo que deseaba hacer. Abby nos siguió. Habíamos decidido que después de cenar daríamos un paseo hasta el lago. Pensaba decir a Gisselle si le apetecía acompañarnos, pero puesto que ya tenía sus propios planes preferí no mencionarlo.

—¿Adónde vais las dos juntas? —preguntó mi hermana cuando ya estábamos en la habitación.

—A caminar un rato por el jardín. ¿Quieres venir?

—Yo no camino, ¿recuerdas? —contestó lacónicamente, y cerró de un portazo.

—Lo siento —le dije a Abby—. Me temo que tendré que pasarme la vida disculpándome en nombre de mi hermana.

Ella sonrió y meneó la cabeza.

—Creía que tenía una pesada cruz que cargar y era digna de compasión, pero después de ver lo que soportas tú empiezo a dudarlo —comentó cuando salimos del pabellón.

—¿Una cruz...? ¿De qué clase? Tus padres me han parecido unas personas encantadoras.

—Lo son. Les quiero con toda el alma.

—¿Cuál es entonces tu problema? ¿Sufres quizá una enfermedad incurable? Por tu aspecto diría que estás más sana que una cría de caimán.

Abby soltó una carcajada.

—A Dios gracias, tengo una salud de hierro.

—Y además eres muy guapa.

—Gracias. Tú también.

—Y bien, ¿qué cruz es ésa? —insistí—. Yo te he confiado mi historia —dije al cabo de un momento.

Abby enmudeció. Enfilamos la avenida que conducía al lago. Mi compañera anduvo cabizbaja, pero yo alcé la vista hacia la media luna que asomaba tras el contorno de una nube. Sus haces iluminaban serenamente la tibia noche y daban un carácter etéreo a nuestro nuevo mundo, como si fuese el paisaje de un sueño que todas compartíamos. A nuestra derecha brillaban las luces de los otros pabellones, y en sus inmediaciones vislumbramos a unas muchachas que paseaban igual que nosotras, o bien se agrupaban en pequeños corros para charlar.

Cuando doblamos el recodo que debía acercarnos al agua, oímos cómo los sapos, las cigarras y otras criaturas nocturnas renacían a la vida con su música ritual, una sinfonía punteada por un croar, un chirrido, chasquidos y notas silbantes.

Como estábamos lejos de cualquier carretera, no nos llegaban los ruidos del tráfico, pero avisté las luces rojas y verdes de las barcazas petroleras que surcaban el Mississippi e imaginé el clamor de las sirenas y risas de los pasajeros de las naves fluviales. A veces, en noches como aquélla, los ecos de la voz humana podían propagarse más de un kilómetro sobre las aguas y, si cerrabas los ojos y aguzabas el oído, notabas sus movimientos o los tuyos a medida que aumentaba la distancia.

A nuestros pies, el lago irradiaba un resplandor metálico. Estaba tan remansado que apenas percibí el ligero balanceo de las barcas que había atracadas en el embarcadero, una pasarela que tenía anexo un pequeño hangar. Era un lago de tamaño considerable, con una islita en el centro. Casi habíamos bajado hasta el muelle antes de que Abby volviera a hablar.

—No pretendo ser reservada —dijo—. Me caes muy bien y sé valorar la confidencia que me has hecho. Es innegable —añadió con amargura— que la mayoría de esas chicas te menospreciarían si averiguasen que te criaste en un humilde entorno cajun, pero ni siquiera eso sería nada en comparación conmigo.

—Pero cómo... ¿por qué? —inquirí—. ¿Qué tienen de malo tus orígenes?

Ahora estábamos erguidas en la pasarela, con la vista prendida del lago.

—Hace un rato me has preguntado si tenía novio, te he respondido que sí, y has intentado animarme diciendo que me escribiría o telefonearía. Lo he negado de un modo rotundo, y probablemente te habrá extrañado que estuviese tan segura.

—En efecto —dije—, así es.

—Se llama William, William Huntington Cambridge. Le pusieron ese nombre en honor de su tatarabuelo —explicó Abby con el mismo tono agrio que había usado unos segundos antes—, que fue un famoso héroe de la Confederación y, por lo tanto, el gran orgullo de la familia Cambridge.

—Supongo que si escarbas un poco en el pasado de nuestras compañeras descubrirás que casi todas tienen antepasados que lucharon por el Sur —dije con voz queda.

—Sí, estoy segura. Ésa es otra razón para... —Se giró hacia mí con los ojos brillantes a causa de las lágrimas—. No conocí a mis abuelos paternos. Fueron siempre un secreto de familia y el motivo por el que mis padres nunca debieron tenerme.

Calló unos segundos como si esperase que lo comprendiera todo, pero no fue así y tuve que negar con la cabeza.

—Mi abuelo se casó con una mujer negra, una haitiana, lo que convierte a mi padre en un mulato, pero de tez lo bastante clara para pasar por blanco.

—¿Y por eso tus padres no querían descendencia? Temían que...

—Temían que yo, cruce de mulato y blanca, naciese con la piel oscura —completó Abby la frase—. Pero aun así me tuvieron, y he venido a engrosar el número de los llamados «cuarterones». Cambiábamos a menudo de domicilio, sobre todo porque en cuanto nos afincábamos un tiempo en cualquier lugar alguien, de un modo u otro, empezaba a sospechar.

—Y William, tu novio...

—Su familia se enteró. Ellos se consideran aristócratas, y su padre no pierde ocasión de indagar todo cuanto puede sobre las personas con que se relacionan sus hijos.

—¡Cuánto lo siento! —exclamé—. Es injusto y una imbecilidad.

—Sí, aunque eso no alivia mi sufrimiento. Mis padres me enviaron aquí con la esperanza de que, si me rodeo de la *crème de la crème*, la lacra se borrará y dondequiera que vaya de ahora en adelante seré enjuiciada principalmente como una hija de Greenwood, una señorita de buena familia, una elegida de quien jamás cabría imaginar que es cuarterona. Yo no quería venir, pero están tan empeñados en salvarme de los prejuicios, y se sienten tan culpables por haberme traído al mundo, que he accedido por complacerles más que por mí misma. ¿Lo entiendes ahora?

—Sí —contesté—. Y te doy las gracias.

—¿Por qué? —preguntó mi amiga con una sonrisa.

—Por haber confiado en mí.

—Tú también lo has hecho —dijo. Íbamos a abrazarnos cuando, de súbito, oímos una voz masculina a nuestras espaldas.

—¡Hola! —gritó el desconocido.

La puerta del hangar se cerró abruptamente tras él. Nos volvimos de un salto y vimos aproximarse a un hombre alto, moreno, de veinticuatro o veinticinco años de edad. No llevaba camisa, y su torso musculoso refulgía en el claro de luna. Vestía unos ceñidos vaqueros, pero iba descalzo.

—¿Qué estáis haciendo aquí? —preguntó.

Se acercó lo suficiente para distinguir sus ojos negros y sus salientes pómulos de indio. Sus líneas faciales eran angulosas pero fuertes, delineando unos recios maxilares y la tensa boca. Tenía un trapo en las manos, y se las frotó repetidamente mientras nos observaba.

—Hemos salido a dar un paseo —empecé a explicarme—, y...

—¿No sabéis que éste es terreno acotado después del anochecer? —me interrumpió—. ¿Queréis buscarme la ruina? Siempre hay alguna jovencita dispuesta a aventurarse hasta aquí por el mero placer de meterme en aprietos —dijo con voz desabrida—. Y ahora esfumaos más deprisa que las liebres o pondré sobre vuestra pista a la señora Ironwood, ¿entendido?

—Lo lamento —me excusé.

—No hemos venido para causarle molestias —añadió Abby, saliendo de la sombra. Al mirarla, el indio se calmó al instante.

—Sois nuevas, ¿no es verdad?

—Sí —confirmó mi amiga.

—¿Y aún no habéis leído el manual de la escuela?

—No del todo.

—Escuchad —dijo el hombre—, no quiero tener

problemas. La señora Ironwood me ha dejado las reglas muy claras. Por la noche, no se me permite dirigiros la palabra dentro del recinto sin la presencia de un profesor o un miembro del personal. ¡Y menos aquí abajo! —agregó, y echó una rápida ojeada para comprobar que nadie nos oía.

—¿Quién es usted? —le pregunté.

El hombre titubeó antes de contestar.

—Mi nombre es Buck Dardar, pero se convertirá en Paria si no os largáis ahora mismo.

—De acuerdo, señor Paria —dijo Abby.

—Largo —ordenó el indio, señalando la cuesta.

Juntamos nuestras manos y echamos a correr, dejando una estela de risas que retumbó por todo el lago. Ya en la cúspide de la ladera, nos detuvimos para recobrar el aliento y dar un último vistazo al hangar. El hombre había desaparecido, pero aún exaltaba nuestra imaginación como sólo pueden hacerlo las personas y las cosas prohibidas.

Excitadas todavía por lo ocurrido, con el corazón palpitante, regresamos a los dormitorios como dos nuevas amigas unidas por nuestro pasado inconfesable y unas secretas esperanzas que eran a la vez personales y recíprocas.

4. ¿HERMANA O CENTINELA?

El primer día lectivo, la vida escolar de Greewodd no difirió mucho de la de cualquier otro centro docente excepto, por supuesto, en que no había chicos por los pasillos ni en las aulas. Sin embargo, me impresionó lo limpio y nuevo que parecía todo. Los suelos de mármol de los corredores resplandecían. En nuestros pupitres apenas había un arañazo y, a diferencia de la mayoría de las escuelas, ninguna silla ni pieza del mobiliario tenía incisiones representando enigmáticos dibujos o manifestaciones de rabia y desilusión.

Los profesores dejaron patente el motivo en el momento mismo en que nos sentamos en sus clases. Todos ellos empezaron haciendo un breve discurso sobre lo fundamental que era mantener la escuela pulcra y reluciente. Sus voces atronaban, como si quisieran asegurarse de que la señora Ironwood oía la alocución. Cada uno dio constancia de que era responsabilidad suya que su aula estuviera impecable y que tenía intención de cumplirla a rajatabla.

—Si no lo hacen —me susurró Jacki— la Dama de Acero les hará flagelar.

Los sermones aburrieron a Gisselle, pero incluso ella se admiró de lo obediente que era el alumnado en lo referente a tener el edificio inmaculado. Siempre que una estudiante veía un papel en el suelo del pasillo, se detenía a recogerlo. Y encontramos el mismo celo por la limpieza en la cafetería. Aunque era aún pronto para juzgar, se diría que en Greenwood imperaba un sentido del decoro y el orden que hacía que nuestra vida escolar en Nueva Orleans pareciese haber transcurrido al borde del caos, pese a que habíamos asistido a uno de los mejores colegios de la ciudad.

Tal y como habían distribuido mi horario, después de los dos primeros períodos lectivos tenía una sesión de estudio. Gisselle, que había suspendido álgebra el año anterior, debía repetir en Greenwood. Al llegar al edificio principal, la llevé desde la sala de tutorías a las clases, pero al final de la segunda hora, Samantha irrumpió en escena de forma preconcebida y se ofreció a relevarme.

—A partir del siguiente turno tenemos tres clases juntas —me dijo. Gisselle se mostró visiblemente satisfecha por la sugerencia.

—De acuerdo —asentí—. Pero no permitas que mi hermana te haga llegar tarde a clase.

—Si llego después que las otras porque tardo más en hacer lo mismo, tendrán que ser comprensivos —insistió Gisselle. Vi que se estaba preparando la coartada para demorarse en los lavabos y quizá fumar un cigarrillo.

—Te creará complicaciones, Samantha —le advertí.

Fue como hablar con las paredes. De alguna manera, mi hermana había convertido a aquella muchacha ingenua en su fiel doncella. Me compadecí de Samantha, no tenía ni idea de lo que le esperaba antes de que Gisselle se cansara de ella.

Me alejé de las dos y fui enseguida a la sala de estudio. Pero apenas me había sentado para dar un repaso a mis nuevas lecciones cuando el profesor que nos supervisaba me informó de que la señora Ironwood deseaba verme.

—Encontrarás su despacho al fondo del pasillo a la derecha, subiendo un corto tramo de escaleras —me dijo—. Y no pongas esa cara de preocupación —añadió con una sonrisa—. Es frecuente en ella entrevistar a las alumnas recién incorporadas.

A pesar de todo, no pude evitar cierto nerviosismo. Mi corazón latía con fuerza mientras recorría el callado pasillo y buscaba la escalera. Una mujer bajita y rolliza, con lentes bifocales de montura gris, se volvió desde un armario archivador cuando entré en la oficina general. El letrero metálico de su mesa la identificaba como la señora Randle. Me observó unos momentos y fue hasta la mesa para consultar un pedazo suelto de papel.

—¿Eres Ruby Dumas? —preguntó.

—Sí, señora.

Asintió, exhibiendo siempre una expresión seria y altiva, y se dirigió a la puerta del despacho interior. Tras dar dos o tres golpecitos, la abrió y anunció mi llegada.

—Hágala pasar —oí que ordenaba la señora Ironwood.

—Por aquí, Ruby. —La señora Randle se apartó y entré en el despacho de la directora.

Era una estancia amplia pero muy austera, con las cortinas gris oscuro, una alfombra gris perla, el inevitable escritorio marrón, dos sillas duras de madera y adosado a la pared de la derecha un canapé pequeño, rígido, de color negro carbón. Sobre él destacaba la única pintura de la sala, otro retrato de Edith Dilliard Clairborne, y como en todos los demás había posado con ropa de etiqueta, ya fuera sentada en un jardín o en una butaca de alto respaldo de su estudio. En los restantes muros se alternaban placas y diplomas honoríficos, diplomas que habían ganado las estudiantes de Greenwood por acciones que iban de debates a concursos retóricos.

Pese a que en el escritorio había un gran jarrón de rosas rojas y blancas, la habitación olía como la consulta de un médico, con un fuerte hedor a desinfectante. Daba la impresión de que habían limpiado todo el despacho meticulosamente, hasta el extremo de que las ventanas estaban tan impolutas que parecían no tener cristales.

La señora Ironwood estaba sentada muy erguida detrás de su escritorio. Apartó un poco sus gafas y me estudió largamente, escrutándome como si quisiera memorizar cada detalle de mi rostro y figura. Si los aprobó, no dio ninguna muestra. Mantuvo los ojos fríamente analíticos y los labios contraídos.

—Haga el favor de sentarse —dijo, señalándome una de las sillas duras. Obedecí en el acto y puse los libros en el regazo.

—La he mandado llamar —empezó a decir— para que aclaremos ciertos conceptos lo antes posible.

—¿Qué tenemos que aclarar?

La directora retorció la comisura de su labio derecho e hizo tamborilear su lápiz sobre una voluminosa carpeta.

—Éste es su expediente —continuó—. Debajo está el de su hermana. Los he revisado ambos muy atentamente. Además de su historial académico, el dossier contiene importante información personal.

»Debo decirle también —añadió, tras hacer una pausa para arrellanarse en su butaca— que he tenido una larga e instructiva charla con su madrastra.

—¡Oh! —exclamé, con la voz dos octavas más baja. Ella arqueó sus cejas tupidas y oscuras. Puesto que se había referido a Daphne como mi madrastra, no mi madre, era obvio que esta última le había contado mi experiencia cajun.

—Me habló de sus... desgraciadas circunstancias, y me expresó la frustración que sentía por no haber sido capaz de obrar los cambios que se precisaban para adaptarla de una vida retrógrada a otra más civilizada.

—Mi vida nunca fue retrógrada, y sin embargo hay mucha barbarie en algunas facetas de mi existencia actual —dije con rotundidad.

Los ojos de la señora Ironwood se encogieron, sus labios se hicieron más pálidos por la tensión.

—Puedo garantizarle que en Greenwood no nos hallará incivilizados. Tenemos la tradición de servir a los miembros más eminentes de nuestra sociedad, y no consentiré que esa tradición se rompa —declaró con orgullo y firmeza—. La mayoría de nuestras alumnas proceden del entorno apropiado y ya han sido instruidas en cómo deben comportarse y actuar en la sociedad más refinada.

»Bien —prosiguió, poniéndose las gafas y abriendo mi expediente—, veo por sus calificaciones anteriores que es una espléndida estudiante. Eso es un buen augurio. Tiene materia prima para perfeccionarse. También observo que está dotada de talento artístico. Espero que pueda desarrollarlo entre nosotros. Sin embargo —dijo—, ninguna de esas cualidades le servirá de mucho si sus hábitos sociales o su actitud personal son deficientes.

—No lo son —me apresuré a contestar—, independientemente de lo que pueda pensar del mundo en el que crecí y de lo que le haya contado mi madrastra.

La señora Ironwood meneó la cabeza y disparó las palabras como si fuesen perdigones.

—Lo que me ha contado su madrastra —dijo— está encerrado en estas cuatro paredes. Eso es lo que intento que comprenda. De usted depende que siga en secreto. Pese a las circunstancias de su nacimiento e infancia, ahora pertenece a una familia distinguida. Las costumbres, las prácticas y la conducta que observara antes de vivir en Nueva Orleans no deben alzar sus horribles cabezas en Greenwood. He prometido a su madrastra vigilarla más estrechamente que a las otras muchachas. Quiero que lo tenga muy presente.

—Eso no es justo. No he hecho nada para merecer un trato diferente —repliqué indignada.

—Estoy dispuesta a cumplir mi palabra. Cuando hago una promesa a los padres de una de mis estudiantes, pongo todo mi empeño en no defraudarles. Esto trae a colación el tema de su hermana —continuó la directora, levantando mi archivo para poder abrir el de Gisselle—. Su rendimiento escolar es decepcionante, por no decir algo peor, como también lo es su comportamiento. Soy consciente de que ahora se enfrenta a un serio obstáculo, y he hecho algunas reformas en la casa para ofrecerle una vida más cómoda y provechosa, pero quiero que sepa que la consideraré a usted responsable de su éxito y actuación.

—¿Por qué?

La señora Ironwood posó sobre mí sus ojos pétreos.

—Porque está en pleno uso de sus extremidades y porque su padre tiene una fe inquebrantable en usted —replicó—. También por el vínculo que la une a su hermana y finalmente porque es la persona que más puede influir en ella cuando precise orientación.

—Gisselle casi nunca me escucha ni sigue mis consejos. Tiene un carácter muy fuerte y, en lo concerniente a su invalidez, con frecuencia la explota como más le conviene —dije—. No son reformas lo que necesita, sino disciplina.

—Permita que sea yo quien decida en estas cuestiones —dijo la directora. Calló unos instantes para mirarme, agitando levemente la cabeza—. Ya entiendo a qué se refería su madrastra: tiene unos aires de independencia, una tozudez cajun, un temperamento indómito que es preciso someter. Pues bien, éste es el lugar donde lo pondremos en vereda —me amenazó, con el cuerpo inclinado hacia mí—. Quiero que mantenga sus buenos resultados académicos, que mejore el promedio de su hermana y que las dos se comporten y acaten nuestras normas al pie de la letra. Al concluir el año, me gustaría sorprender a su madre con un cambio radical de actitud.

La directora enmudeció a la espera de una respuesta, pero tuve los labios bien cerrados por miedo a lo que podía brotar de ellos si empezaba a hablar.

—La conducta de su hermana en la asamblea de ayer fue abominable. Si hice la vista gorda, fue porque todavía no habíamos tenido esta pequeña charla. La próxima vez que se porte tan groseramente tomaré represalias con ambas, ¿entendido?

—¿Insinúa que va a castigarme por las faltas que cometa mi hermana?

—Le guste o no, desde hoy pongo a Gisselle bajo su custodia.

Las lágrimas asomaron a mis párpados. Un entumecimiento paralizador se adueñó de mí al pensar en lo feliz que se sentiría Daphne sabiendo lo que me aguardaba en Greenwood. Al parecer, estaba decidida a obstaculizar mi vida dondequiera que fuese, hiciera lo que hiciera. A pesar de haber aceptado estudiar en un internado y de perdernos de vista, tal como ella deseaba, no se daba por satisfecha. Quería asegurarse de que arruinaría totalmente mi vida.

—¿Alguna pregunta? —inquirió la señora Ironwood.

—Sí —dije—. Si soy yo la que viene de un mundo atrasado, ¿por qué han de hacerme responsable de alguien?

Aquella pregunta la dejó perpleja. Incluso vi brillar en sus ojos un destello de admiración por mi agudeza.

—A despecho de su educación anterior —replicó muy comedida—, parece tener más madera, mejor potencial que Gisselle. Es a esa parte de usted a la que apelo. Por el momento, su hermana todavía no se ha sobrepuesto al accidente y su minusvalía. No está preparada para esta clase de conversación.

—Ni lo está ahora ni lo estará nunca —añadí—. Antes de la tragedia tampoco la habría escuchado.

—En tal caso, una de sus obligaciones será hacerla madurar, ¿no es cierto? —dijo la señora Ironwood, sonriendo glacialmente. De pronto se puso en pie—. Puede volver al aula de estudio —se despidió.

Me levanté y salí del despacho. La señora Randle me miró de soslayo cuando crucé su oficina. A pesar de mi aparente valor, temblaba tanto que casi no podía andar. Estaba segura de que papá ignoraba la mala hierba que había sembrado Daphne en Greenwood. Tuve la tentación de llamar para explicárselo, pero supuse que mi madrastra encontraría el medio de acusarme de ingratitud ante la oportunidad que se me brindaba y de poner trabas a los progresos de Gisselle.

Disgustada, con una negra nube de desaliento ensombreciendo mi ánimo, volví a mi banco del aula de estudio y me sumí en mis cábalas. A pesar de la euforia y el calor que derrochaban casi todos los profesores, el sombrío talante que me había provocado la Dama de Acero perduró el resto de la mañana y casi toda la tarde, no disipándose hasta que entré en la clase de arte de Rachel Stevens, que era la última del día.

Mi sospecha durante la asamblea de que la señorita Stevens se sentía incómoda embutida en aquel traje convencional de *tweed* y con zapatos de tacón quedó ratificada en cuanto la vi en su aula, donde casi parecía una artista y se la notaba mucho más desenvuelta. Llevaba el cabello suelto y bien cepillado, y cubría su falda más corta y una vistosa blusa de color rosa el típico guardapolvo. La clase de arte era optativa y, por consiguiente, había aún menos estudiantes que en las asignaturas comunes. Éramos sólo seis, algo que pareció agradar a la señorita Stevens.

No tenía idea de que, mientras Daphne se ponía en contacto con la escuela y la señora Ironwood para airear mi pasado, mi padre se había ocupado de que tanto el centro como la profesora de arte se enterasen de mis pequeños éxitos. La señorita Stevens fue lo bastante considerada para no violentarme delante de las otras, pero después de explicar nuestro programa y de proveer a cada alumna de un cuaderno de láminas para que empezasen a estudiarlas, se acercó a mí y me contó lo que sabía.

—Es muy emocionante que tengas ya algunas obras expuestas en una galería —dijo—. ¿Qué es lo que más te gusta pintar, animales, el mundo natural?

—No lo sé. Supongo que sí —respondí.

—A mí también. ¿Sabes lo que podríamos hacer, siempre que te apetezca? Ir un sábado al río y buscar posibles modelos. ¿Qué opinas?

—Me encantaría.

Sentí levantarse el velo de la depresión. ¡La señorita Stevens era tan burbujeante, tan vital! Su entusiasmo despertó el mío, e hizo revivir mi necesidad de expresarme a través de la pintura y el dibujo. En los últimos tiempos se habían acumulado una serie de acontecimientos que habían desviado mi atención del arte. Quizá ahora podría volver a empezar aún con más energía y determinación.

Mientras las otras continuaban repasando sus cuadernos, la señorita Stevens prolongó la charla conmigo, convirtiéndose en la más personal de todos mis profesores.

—¿En qué pabellón estás? —me preguntó. Se lo dije, y le conté que mi hermana Gisselle iba en silla de ruedas—. ¿Ella también pinta?

—No.

—Apuesto a que está orgullosa de ti, y que toda tu familia te admira. Tu padre me consta que sí —dijo sonriendo. Tenía unos dulces ojos azules y unas levísimas pecas esparcidas por el rostro que le llegaban hasta las sienes. Sus labios eran casi anaranjados, y en su mentón se advertía un gracioso hoyuelo.

Por no decir nada injurioso sobre Gisselle o Daphne, me limité a asentir.

—Yo me inicié en el arte igual que tú —proclamó la profesora—. Me crié en Biloxi, así que mi gran predilección eran los temas marineros. Vendí una pieza a través de una galería cuando estaba en la universidad —dijo muy ufana—, pero no volvieron a comprarme ninguna más. —Se echó a reír—. Entonces comprendí que debía dedicarme a la enseñanza si quería comer y tener un techo donde cobijarme.

Me pregunté por qué una mujer tan hermosa, deliciosa y bien dotada no habría sopesado el matrimonio como alternativa.

—¿Cuánto hace que enseña arte? —inquirí. Un rápido escrutinio a mis compañeras me hizo ver que estaban celosas por cómo absorbía el tiempo de nuestra nueva profesora.

—Sólo he trabajado dos años en una escuela pública. Pero éste es un puesto magnífico. Me permitirá dar a mis alumnas un trato individualizado. —La señorita Stevens se volvió hacia las otras y declaró—: Juntas lo vamos a pasar muy bien. Si alguna chica quiere traer música y escucharla mientras trabaja puede hacerlo, a condición de que no suba mucho el volumen y moleste a las clases vecinas.

Me obsequió con una nueva sonrisa de bienvenida y procedió a definir su planteamiento general del curso, cómo pensaba hacernos pasar del lápiz a la acuarela y al óleo. Describió también los trabajos que haríamos en barro, el uso del horno y las esculturas que esperaba vernos producir. Fue una charla tan estimulante que sufrí un desencanto cuando sonó el timbre que marcaba el final de la clase, pero sabía que no podía entretenerme. Gisselle me estaría aguardando en su aula para que la llevase a los dormitorios. Al menos, así lo habíamos convenido.

Sin embargo, cuando llegué ya se había marchado. Abby me saludó desde el fondo del pasillo y corrió a reunirse conmigo.

—¿Buscas a tu hermana?

—Sí.

—He visto a Samantha empujándola hacia la salida con Kate y Jacki a sus talones. ¿Cómo te ha ido el primer día?

—Fenomenal, excepto la entrevista que he tenido con la Dama de Acero —dije, y se la resumí camino de los pabellones.

—Si me llamara a mí a su despacho estaría aterrorizada, porque sólo podría significar una cosa: que había descubierto mis antecedentes familiares.

—Aunque así fuera, no se atrevería a...

—Ya me ha ocurrido otras veces —me interrumpió ella con tono confidencial—. Y es inevitable que vuelva a pasar.

Intenté animarla, pero hablar de la directora había vuelto a ensombrecer mi humor. Mientras avanzábamos por la avenida de los dormitorios, ambas guardamos silencio hasta que oímos el estruendo de la segadora del césped y, al girarnos, divisamos a Buck Dardar. Él también nos vio y aminoró la marcha para mirar en nuestra dirección.

—Ahí está el señor Paria —bromeó Abby.

Aquello nos devolvió la sonrisa e imprimió nuevos bríos a nuestro andar. Aun arriesgándonos a recibir una reprimenda, agitamos la mano para saludarle. Él inclinó la cabeza, e incluso en la distancia pudimos ver la blancura de sus dientes al sonreír. Alegres, batimos palmas y recorrimos deprisa el trecho que faltaba hasta los dormitorios.

Llegamos sólo unos diez minutos más tarde que Gisselle y las otras, pero mi hermana actuó como si me hubiese retrasado una hora.

—¿Dónde te habías metido? —me increpó tan pronto pisé el umbral de la habitación.

—¿Y tú por qué te has marchado con tantas prisas después del último período? Quedamos en que pasaría a recogerte.

—Me has tenido esperando una eternidad. ¿Cómo crees que me siento anclada en esta maldita silla mientras todo el mundo sale en desbandada a distraerse? No tolero que me dejen plantada como si fuera un mueble.

—He ido a tu clase en cuanto ha sonado el último timbre. Sólo me he detenido un minuto a hablar con la profesora.

—Ha sido mucho más que un minuto, ¡y tenía que ir al lavabo! Tú pones el pie en el suelo y vas a donde se te antoja. Sin embargo, sabes lo mucho que me cuesta hacer las funciones más simples. Lo sabes y aun así te quedas ganduleando con la profesora de arte —dijo, meneando la cabeza.

—De acuerdo, Gisselle —me rendí, agotada por tanta impertinencia—. Lo lamento.

—Tienes suerte de que haya conocido a estas amigas que cuidan de mí... Mucha suerte.

—Como tú digas.

No había reparado en la suerte que tenía en Nueva Orleans, donde disponía de una alcoba privada con muros separadores.

—¿Cómo han ido las clases? —le pregunté para cambiar de tema.

—¡Mal! Son tan pequeñas que tienes al profesor

pegado a tu hombro y vigilando todo lo que haces. En este sitio no hay manera de escurrir el bulto.

Me eché a reír.

—¿Qué te hace tanta gracia, Ruby?

—Que a partir de ahora tendrás que dar un buen empujón a tus tareas escolares —dije.

—Olvidaba que es inútil hablar contigo —replicó Gisselle—. Probablemente, ahora mismo te sentarás y te pondrás a hacer los deberes de mañana, ¿no es verdad?

—Abby y yo queremos hacer el trabajo cuanto antes para quitárnoslo de encima.

—Genial. No tardaréis en entrar en el cuadro de honor de Greenwood y asistir a cientos de tés —se burló Gisselle. Dio impulso a la silla y se fue sin más a la habitación de Jacqueline y Kate.

¡Y la señora Ironwood había cargado sobre mí la responsabilidad de su conducta! Antes cambiaría las costumbres de un ratón almizclero o domesticaría a un caimán.

La primera semana en Greenwood pasó volando. El martes por la noche escribí sendas cartas a Paul y a tío Jean explicándoselo todo. El miércoles telefoneó Beau. Había un teléfono de uso comunitario en el pasillo, a la entrada misma del cuadrángulo. Jacqueline fue hasta la habitación y me dijo que tenía una llamada.

—Si es papá, yo también quiero hablar con él —demandó Gisselle, ansiosa por continuar engordando el caudal de sus quejas.

—No es vuestro padre —puntualizó Jacki—, sino un tal Beau.

—Gracias —dije—, y salí a toda prisa hacia el teléfono antes de que mi hermana hiciera algún comentario cáustico en su presencia.

—¡Beau! —exclamé ya en el auricular.

—He preferido darte un par de días para que te instalaras antes de llamar —me dijo.

—¡Cuánto me alegro de oír tu voz!

—Yo también tenía muchas ganas de oírte. ¿Cómo va todo?

—Regular. Gisselle ha estado enrareciendo el ambiente desde el momento en que llegamos.

—No puedo decir que se lo censure —respondió Beau, riendo—. Si consigue que os expulsen a las dos, tendrías que volver a Nueva Orleans.

—No cuentes con ello. Si nos echan de aquí, lo más probable es que mi madrastra encuentre otro lugar a donde enviarnos, y quizá estaría mucho más lejos. ¿Cómo va la escuela?

—Muy aburrida sin ti, pero me mantengo ocupado con el equipo de béisbol y todo lo demás. ¿Qué me cuentas del internado?

—El entorno es fantástico y los profesores también. Pero la directora no me cae nada bien. Es una tirana hecha de mármol, y Daphne ya le ha llenado la cabeza de historias sobre mi nociva educación cajun. Cree que soy una especie de Annie Christmas.

—¿Quién?

—Una navegante pendenciera que era capaz de arrancar a mordiscos la oreja de un hombre. —Solté una risotada—. La señora Ironwood piensa que podría ser una mala influencia para sus primorosas y perfectas damitas criollas.

—¡Oh!

—Pero disfruto en las clases, especialmente en la de arte.

—¿Cómo son los... los chicos?

—Aquí no los hay, Beau, ¿te acuerdas? ¿Cuándo vas a venir? Te echo de menos.

—Intentaré visitarte el próximo fin de semana. Con los entrenamientos del sábado no es fácil de combinar.

—Vamos, Beau, haz un esfuerzo. Me volveré loca de nostalgia si no te veo.

—Me las ingeniaré de algún modo —prometió—. Por supuesto, tendré que ir clandestinamente, así que no se lo digas a nadie... Y menos aún a Gisselle. Sería muy propio de ella emplear alguna artimaña para que se enterasen mis padres.

—Lo sé. Su vena mezquina se ha acentuado todavía más desde el accidente. Por cierto, he entablado amistad con una chica de mi sección, pero quizá sea mejor no presentártela.

—¿Por qué no?

—Porque es muy guapa.

—Yo sólo tengo ojos para ti, Ruby —dijo Beau—. Unos ojos avariciosos —añadió a media voz.

Me apoyé contra la pared y arrimé el auricular a mi oreja como si estuviera acunando a un tierno bebé.

—Te echo tanto de menos, Beau... —susurré.

—Te echo tanto de menos Beau, amor mío —oí decir a Gisselle, y me giré como un vendaval para verla en el centro del pasillo flanqueada por Samantha y Kate, las tres sonrientes.

—¡Marchaos de aquí! —vociferé—. Ésta es una conversación privada.

—Va contra las normas pronunciar esta clase de frases por los teléfonos del pabellón —bromeó mi hermana—. Si no me crees, lee la página catorce, párrafo tercero, línea segunda, de nuestro manual.

—¿Qué pasa? —preguntó Beau.

—Es sólo Gisselle en su papel preferido —respondí—. No puedo seguir hablando. Está dispuesta a incordiarme.

—Tu hermana se pasa de la raya. En fin, volveré a llamarte en cuanto pueda.

—Procura venir, Beau. Te lo ruego.

—Iré —me prometió—. Te quiero y te añoro.

—Lo mismo digo —contesté, lanzando una mirada de furia a Gisselle y sus secuaces—. Adiós.

Colgué el auricular y me volví bruscamente hacia el trío.

—Algún día querrás tener un poco de intimidad. Entonces sabrás lo que es bueno —amenacé a mi hermana, y pasé por en medio de las tres.

No ganaría nada exasperándome con Gisselle. Para ella era un triunfo hacerme enfadar. Así pues, preferí optar por el desprecio. No le importó en absoluto; tenía a las chicas de nuestro cuadrángulo, quienes no parecían abrigar mayor ambición que matar el tiempo a su lado antes de las tutorías, en los intervalos de las clases y en la cafetería. Empujada por Samantha, con Kate y Jacki como escolta, Gisselle y su séquito pronto se convirtieron en una entidad aparte, una camarilla que se movía tan apretadamente a través de los pasillos que parecían atadas a hilos invisibles, dimanantes todos ellos de la silla de ruedas de mi hermana.

La silla misma se metamorfoseó en un trono rodante en el que Gisselle pronunciaba sus peticiones y exigencias y emitía juicios sobre estudiantes, profesores y actividades. Después de clase las tres muchachas seguían dócilmente a mi hermana hasta los dormitorios, donde continuaba gobernando el cónclave, aleccionándolas en gamberrismo, describiéndoles sus hazañas pasadas en Nueva Orleans e induciéndolas a fumar y abandonar sus estudios. Sólo Vicki, movida por su deseo de descollar académicamente, permaneció al margen, algo que Gisselle no había de perdonarle.

De un modo gradual, mi hermana gemela volvió a las otras contra la disidente. Incluso la frágil Samantha, que en pocos días había degenerado en un simple *alter ego* de Gisselle, se distanció de su compañera de habitación y empezó a remedar la actitud desdeñosa de mi hermana delante mismo de su nariz. El jueves por la noche y como una broma pesada, Gisselle le ordenó que robase el primer informe de investigación que había realizado Vicki para historia europea, un informe del que estaba muy satisfecha porque se había volcado y lo había completado una semana antes de la fecha de entrega. La pobre chica se puso frenética.

—Recuerdo que lo tenía en el armario con los libros —insistió, mesándose el cabello y mordiendo su labio inferior.

Gisselle y las demás se habían sentado en la sala de estar y escuchaban impasibles sus elucubraciones mientras recordaba y reconstruía sus movimientos, tratando de dilucidar dónde podía haberlo guardado por error. Di un vistazo a la cara de Samantha y comprendí la estratagema de mi hermana.

—Era la única copia. Tardé horas y horas en terminar ese trabajo.

—Conociéndote, seguramente te lo habrás aprendido de memoria —dijo Gisselle—. No tienes más que redactarlo de nuevo.

—Pero ¿y las referencias, las citas históricas?

—¡Caramba, me olvidaba de las citas! —exclamó Gisselle—. ¿Tenéis alguna para prestarle?

Llevé a Samantha a un rincón y le estrujé el brazo sin contemplaciones.

—¿Has escondido el informe de tu compañera? —la interrogué.

—Sólo ha sido una broma inocente. Se lo devolveremos enseguida.

—No es divertido infligir dolor a otros sólo para pasarlo bien. Dáselo ahora mismo —ordené.

—Me haces daño en el brazo.

—Obedece o iré a buscar a la señora Penny, quien pasará aviso a la directora.

—Conforme.

Samantha tenía los ojos anegados en llanto, pero no

me ablandé. Si se empeñaba en ser la esclava de Gisselle, ella también tendría que pagar.

Vicki entró otra vez en su habitación para revolver-
lo todo.

—No tiene gracia, Gisselle —dije. Ella nos miró de
hito en hito a Samantha y a mí.

—¿De qué me hablas?

—De haber incitado a Samantha a robar el trabajo
de Vicki.

—Yo no la he incitado a nada. Lo ha hecho por su
propia iniciativa. ¿No es cierto, Samantha? —Una mirada fija de Gisselle fue más que suficiente. La otra
asintió.

—Se lo vas a devolver en este preciso instante —me
cuadré. Samantha introdujo la mano debajo del sofá
para sacar el informe. En su rostro se dibujó una expresión de perplejidad. Se arrodilló y rebuscó.

—No está aquí —dijo—. Sin embargo, es donde yo
lo puse.

—¿Gisselle?

—No sé nada sobre ese asunto —aseveró muy digna mi hermana.

De repente, oímos un alarido en la habitación de
Samantha y Vicki. Fuimos todas en tropel y descubrimos a Vicki sentada en la cama, llorando a mares. El informe de historia estaba en su regazo... empapado.

—¿Qué ha pasado?

—Lo he encontrado así debajo de la cómoda —explicó entre sollozos—. Ahora tendré que volverlo a co-
piar. —Miró a Samantha con resentimiento.

—Yo no he sido —se excusó esta última—. ¡Te lo
juro!

—Alguien ha tenido que destrozarlo.

—Quizá lo has hecho tú misma y ahora quieres
echarnos la culpa a una de nosotras —acusó Gisselle.

—¿Cómo? ¿Por qué iba yo a actuar de ese modo?

—Para poner en un aprieto a alguien.

—Eso es absurdo, y más aún teniendo en cuenta que habré de pasarlo a limpio desde el principio.

—Entonces deberías empezar antes de que se corra toda la tinta —sugirió Gisselle. Hizo girar la silla y su cohorte la siguió a la sala.

—Abby y yo te ayudaremos, Vicki —declaré.

—Gracias, pero puedo hacerlo sola —respondió, enjugándose las lágrimas.

—A veces, cuando reescribes un texto, aprovechas para hacer algunas correcciones —dijo Abby.

Vicki asintió. Luego clavó en mí una mirada gélida.

—Nunca había sucedido nada semejante.

—Lo siento —contesté—. Hablaré con Gisselle.

Aquella misma noche mi hermana y yo tuvimos un altercado. Gisselle insistió en que ella no había mojado el informe en el lavabo, e incluso fingió ofenderse porque le imputaba semejante gamberrada, pero no creí una sola palabra.

Al día siguiente, Gisselle me sorprendió con una sugerencia.

—Tal vez no deberíamos compartir la habitación —dijo—. Es evidente que no estamos muy unidas y no podremos conocer a otras personas si pasamos juntas la mayor parte del tiempo.

—¡Pero si somos como dos extrañas! Apenas nos hemos visto en toda la semana —repliqué—. Y no ha sido por mi culpa.

—No he dicho tal cosa. Creo simplemente que nos iría mejor si tú te fueses al cuarto de Abby, con quien pareces estar tan unida, y que a mí me acompañase otra de las chicas.

—¿Quién, por ejemplo?

—Samantha.

—¿No será que Vicki se niega a vivir con ella después de lo de anoche?

—No. Es Samantha quien no soporta a Vicki, porque está tan inmersa en los estudios que ni siquiera cuida su higiene personal.

—¿A qué viene eso?

—Es la verdad. Samantha me ha dicho que le vino el período hace dos días, pero ni siquiera se ha tomado la molestia de conseguir unas compresas. Se tapona con papel higiénico —contó Gisselle, e hizo una mueca de repugnancia.

—No lo creo.

—¿Y por qué había de mentirte? Ve a comprobarlo tú misma. Entra en su habitación y pregúntale qué lleva debajo de las bragas. ¡Vamos, hazlo! —me urgió mi hermana.

—Está bien, Gisselle, cálmate. Te creo.

—No quiero que juzgues mal a la pobre Samantha —dijo—. ¿Y bien?

—¿Qué?

—¿Te instalarás con Abby y dejarás que Samantha venga aquí, sí o no?

—¿Qué me dices de tus necesidades especiales?

—Samantha hará de mil amores todo lo que yo le pida.

—Aún así, estoy indecisa. A papá no le gustará.

—¡Por supuesto que sí! Él sólo desea verme contenta —afirmó esbozando una sonrisa.

—No sé que opinará Abby —dije acariciando la idea en mi fuero interno.

—Sin duda estará encantada. Os compenetráis como... como dos hermanas —proclamó Gisselle, y me taladró con la mirada. ¿Qué era lo que rezumaban aquellos ojos? ¿Celos, envidia, o puro odio?

—Hablaré con ella —respondí—. Además, si tu plan no da resultado, siempre podemos volver a empezar. Pero ¿qué será de tu otra ropa, de todo lo que te emperraste en traer? Quizá ahora no tenga espacio para mis prendas en la habitación de Abby.

—Le diré a la señora Penny que me guarde algo en el almacén, tal y como ofreció ella misma —contestó al punto Gisselle. Obviamente, salvaría cualquier obstáculo con tal de salirse con la suya—. Y tu guardarropa tampoco es muy amplio.

—Sé por qué quieres librarte de mí —dije en tono imperioso—. Es para que no te agobie a todas horas con los deberes. Pues bien, que esté en una habitación diferente no significa que no vaya a preocuparme de tu actitud.

—De acuerdo, prometo esforzarme más en mi trabajo. Por si no lo sabías, Samantha es también una buena estudiante. Ya me ha ayudado mucho con las matemáticas.

—Es decir, que te ha hecho los deberes. Así no aprenderás nada —sentencié, y Gisselle puso los ojos en blanco.

No le había mencionado mi encuentro con la señora Ironwood el primer día de escuela. Pensaba que si sabía lo que habíamos hablado, y que la directora me había encomendado la responsabilidad de vigilarla, se pondría como un basilisco y exigiría volver a casa. Pero en ese instante estuve a punto de contárselo.

—Si no sacas buenas notas, en cierto sentido yo seré la culpable —dije.

—¿Por qué? Tú vas muy bien. Siempre has sido muy aplicada.

—Es una de mis obligaciones —insinué, en una alusión más directa a mi entrevista con la señora Ironwood. Naturalmente, mi hermana no la captó.

—No en lo que a mí respecta. ¿Sabes? Es verdad que me agobias. Necesito un respiro. ¡Y necesito tratar a más gente! —exclamó.

—Conforme, Gisselle. Serénate. Tendrás aquí a todas tus chicas.

—¿Vas a proponérselo a Abby?

—Sí —respondí.

Tal vez no debería haber claudicado tan fácilmente, pero la perspectiva de huir de ella era demasiado tentadora. Salí de la habitación y fui a discutir el proyecto con Abby, quien lo escuchó muy ilusionada.

Aquella noche hicimos la mudanza. Vicki, lejos de sentirse insultada, se mostró visiblemente complacida por tener una habitación para su uso exclusivo. Incluso ayudó a Samantha a trasladar sus cosas. Desde luego, tuvimos que informar a la señora Penny, que al principio se alarmó mucho, pero enseguida cambió de actitud al ver lo exultante que estaba Gisselle.

—Siempre que viváis en buena armonía, supongo que vuestros arreglos particulares son secundarios —concluyó—. Pero no lo olvides, Gisselle, mañana, tu hermana Abby y tú iréis a tomar el té con la señora Clairborne. Saldremos del edificio a la una y cincuenta minutos. Vuestra anfitriona es una maniática de la puntualidad.

—Estoy sobre ascuas —dijo Gisselle. Parpadeó varias veces y adelantó un hombro—. Ya he escogido mi vestido formal para meriendas y unos zapatos a juego. Espero que el azul pastel sea un color apropiado.

—¡Estoy segura de ello! —exclamó la gobernanta—. ¿No es maravilloso? No sabéis cómo me gustaría volver a ser una jovencita para empezar de nuevo a vivir, a experimentar en todos los campos. Supongo que por eso amo tanto mi trabajo. Me da la oportunidad de recuperar mi juventud a través de mis encantadoras niñas.

En el momento en que desapareció de su vista, Gisselle juntó remilgadamente las manos y comenzó a imitarla, actuando para su camarilla.

—¡Cómo me gustaría volver a ser virgen —clamó— para poder experimentar con el sexo una vez y otra!

El club de admiradoras de mi hermana, como ya las había etiquetado, rió y la vitoreó. Acto seguido Gisselle las congregó en la que había sido nuestra alcoba para narrar a su devoto público una nueva fábula de promiscuidad. Fue un alivio poder cerrar la puerta y recluirme en la tranquila habitación de Abby, que ahora también era la mía.

Pasamos despiertas gran parte de la noche, reviviendo episodios de nuestras respectivas infancias. A Abby le encantó que hablase de *grandmère* Catherine y su labor como *traiteur*. Le expliqué que era un curandero para la comunidad cajun y los prodigios que obraba *grandmère* liberando a la gente de sus dolencias y miedos.

—Fuiste muy afortunada por conocer a tu abuela —aseguró—. Yo ni siquiera he visto a los míos. Debido a nuestras constantes mudanzas, mi contacto con el resto de la familia ha sido mínimo. Gisselle no sabe apreciar su suerte —añadió al cabo de un momento—. ¡Ojalá tuviera yo una hermana!

—Ahora ya la tienes —afirmé emocionada.

Estuvo callada unos segundos, conteniendo las lágrimas como yo contenía las mías.

—Buenas noches, Ruby. Me alegro de ser tu compañera de habitación.

—Buenas noches. Yo también.

Era feliz, muy feliz. Sólo me inquietaba que papá se disgustase y que los demás me tildaran de ser demasiado egoísta. Pero en el fondo, presentía que a no mucho tardar Samantha se sentiría apabullada por Gisselle y suplicaría que la dejasen volver a su antigua habitación. Así pues, decidí que más valía gozar de mi situación mientras durase, y me dormí dichosa por primera vez desde nuestra llegada.

5. TRISTES MELODÍAS

Nuestro padre llamó a la mañana siguiente y le dije que Gisselle y yo ocupábamos habitaciones separadas. Gisselle estaba enojada porque papá había preguntado antes por mí, así que se quedó farfullando a mi espalda, amenazando con no ponerse al teléfono, mientras hablaba con él.

—¿Y da resultado? —inquirió mi padre sin salir de su asombro—. Me refiero a que tu hermana comparta habitación con otra persona.

—Su nueva compañera es Samantha. ¿Te acuerdas de ella? —Papá dijo que sí—. En unos días se ha encariñado mucho con Gisselle —expliqué.

—Puedo contárselo yo —reclamó mi hermana—. Dame el teléfono. —Situó la silla junto a mí y le pasé el auricular.

—Papá, aborrezco este sitio —dijo para empezar—, pero al menos mi nueva compañera no me fastidia continuamente —dijo, sin dejar de espiarme—. Sí... —añadió, de pronto con gran dulzura—. He tenido un buen comienzo en mis tareas escolares. El otro día saqué un sobresaliente en los deberes de matemáticas y ayer mismo me pusieron un notable alto en literatura. Y lo he logrado sin la ayuda de Ruby —se jactó—. De todas formas, eso no significa que me guste Greenwood. Díselo a Daphne de mi parte —terminó, y me entregó el auricular.

—Hola, papá.

—¿Quieres que vaya a veros? —me preguntó él. Parecía estar muy cansado, su voz sonaba tenue y quebrada.

—No. Las dos estamos bien. Además, hoy nos han invitado a tomar el té en casa de la señora Clairborne.

—¡Vaya, eso suena bien! No pretendo cargar sobre tus hombros una carga excesiva, Ruby —me dijo—, pero...

—No te preocupes, papá. Gisselle acabará adaptándose si le damos tiempo —contesté, mirando airadamente a mi hermana—. Estoy segura.

—¿Hay algo más que pueda hacer por mis queridas hijas?

—Nada en absoluto. De verdad que estamos bien, papá. Y tú, ¿cómo te encuentras?

—Tengo una pequeña congestión en el pecho. No es nada grave. Debo pasar una semana ausente, pero intentaré llamaros desde donde esté —prometió—. Si entretanto necesitáis algo, telefonead a ca..., a la oficina —rectificó a última hora. Sabía que aquello equivalía a decir: «No os molestéis en recurrir a Daphne.»

—¿Cómo va todo por casa, papá?

—Bastante bien.

—¿Qué me cuentas de Nina, Edgar y Wendy?

Mi padre vaciló unos instantes.

—Hemos reemplazado a Wendy —me confesó.

—¿Que la habéis reemplazado? Pero ¿por qué?

—A Daphne no le satisfacía su trabajo. Me he ocupado de darle unas buenas referencias y algunas indicaciones prácticas. Ahora tenemos a una mujer mayor. Daphne la escogió personalmente en la agencia; se llama Martha Woods.

—Lo siento mucho por Wendy.

—Saldrá adelante —me tranquilizó papá—. Y ahora, disfrutad del fin de semana. Os quiero —dijo.

—Y nosotras a ti —respondí.

Gisselle esbozó una sonrisa maliciosa.

—¿Qué ha pasado con Wendy?

—Daphne la ha despedido.

—¡Bien! Esa chica tenía demasiados humos —comentó mi hermana.

—Eso es mentira. A ti te aguantó muchas impertinencias, Gisselle. Dudo de que la nueva doncella sea tan paciente.

—Tendrá que serlo o la echarán a ella también —pronosticó mi hermana con una risita. Luego se alejó velozmente, regresando a su habitación en una especie de arrebato.

Yo estaba segura de que haría algo para avergonzarnos en el té de la señora Clairborne, quizá poniéndose un atuendo inadecuado sólo por despecho, así que me sorprendió ver que, como anunciara la víspera, había elegido un hermoso vestido azul celeste y zapatos del mismo color. Después de arreglarse, Samantha le cepilló el cabello y se lo sujetó en los lados con dos pasadores. La señora Penny nos había advertido de que a la señora Clairborne no le gustaba el maquillaje en las adolescentes, si bien nos estaba permitido un discreto toque de pintalabios. Pensé que Gisselle se mostraría desafiante y se pintaría los párpados y los pómulos; pero una vez más me equivoqué.

Samantha llevó a mi hermana hasta el vestíbulo para reunirse con Abby y conmigo un poco antes de la una cincuenta.

—Mofletes me ha pedido que le robe almendras garrapiñadas —nos dijo—. Cuando veáis una ocasión propicia, echad algunas en mi bolso.

—A Kate no le conviene comer tantas calorías —repliqué.

—Si a ella no le importa, ¿por qué te metes en sus asuntos?

—Las buenas amigas intentan ayudarse entre sí, no alimentar sus debilidades —declaré.

—¿Y quién te ha dicho que somos amigas? —Gisselle se rió alevosamente.

Abby y yo nos miramos y meneamos la cabeza. Un momento más tarde apareció la señora Penny, ataviada con un vestido floreado de algodón que completaba un ancho fajín rosa abrochado en el talle. Lucía un ramillete encima del seno derecho y llevaba una pamela y una carterita de paja con una rosa roja bordada a cada lado.

—Yo haré las presentaciones —dijo Gisselle—. Ésta es Escarlata O'Hara.

Samantha se echó a reír y fue corriendo a contar a las otras —es lo que supuse— la ocurrencia de mi hermana. La señora Penny se ruborizó.

—Estáis guapísimas —afirmó—. Vais a encantar a la señora Clairborne. Por aquí, chicas. Buck ha aparcado la ranchera delante mismo del edificio.

—¿Buck? —repitió Abby, volviéndose hacia mí. Las dos nos reímos.

—¿Quién es? —preguntó Gisselle.

—El mozo que se encarga del mantenimiento general de la escuela —contestó la gobernanta, pero mi hermana nos observó maliciosamente mientras la empujaba por la rampa hacia el vestíbulo.

De cerca y a la luz del sol, Buck Dardar parecía más joven que cuando le vi en el embarcadero o segando la hierba. Tenía el cabello casi tan negro como el de Abby, pero sus ojos eran pardos. Exhibía la tez cobriza de un nativo americano. Incluso a través de su camisa de cuadros se notaba lo fuerte que era. También lo encontré más alto y esbelto que la primera noche, con la cintura y las caderas estrechas y las piernas largas. En cuanto nos vio sonrió amablemente, algo que a Gisselle no le pasó inadvertido.

—Hola, señor Paria —le saludó Abby. Él sonrió, aunque su mirada denotó sorpresa y un enorme interés cuando vio que Gisselle y yo éramos gemelas.

—No me digas que estás duplicada —bromeó. Yo amagué una sonrisa.

—¿Cómo es que le conocéis? —inquirió mi hermana. Ninguna de las dos contestó.

—Deja que te ayude —se ofreció Buck.

Le rodeó la cintura con el brazo izquierdo, pasó el derecho bajo sus piernas, y la alzó tan delicadamente de la silla que era como si no pesara más de veinte kilos. Mi hermana sonrió, acercándole tanto el rostro que sus labios casi rozaron su mejilla. Luego Buck la acomodó en el coche y dobló la silla de ruedas con tal destreza, que pensé que ya había manipulado antes una.

Montamos todas en la ranchera, la señora Penny en el asiento de delante.

—¿Quién huele a jazmín? —preguntó Gisselle en cuanto estuvimos instalados en el vehículo.

—Yo, querida —contestó la gobernanta—. Es el perfume favorito de la señora Clairborne.

—Pues no tiene muy buen gusto —refunfuñó mi hermana—. Además, debería ponerse lo que a usted le apetezca, no lo que quiere una anciana ricachona.

—¡Gisselle! —exclamé, enarcando las cejas. ¿Es que no tenía un ápice de discreción?

—Es lo que pienso —insistió ella.

—Verás, a mí también me gusta —dijo la señora Penny—. No debes preocuparte. Y ahora, mientras avanzamos, deseo daros cuatro datos sobre la mansión. A la señora Clairborne le agrada que las chicas conozcan su historia. De hecho, es un requisito ineludible —añadió en voz más baja.

—¿Y tendremos que pasar un examen? —preguntó Gisselle con ironía.

—¿Un examen? ¡Nada de eso, cielo! —respondió la señora Penny, lanzando una risotada. Enmudeció unos segundos y reflexionó—. Debéis ser muy respetuosas con ella. Y recordad que es su generosidad la que mantiene abierto Greenwood.

—Además de proporcionar un empleo a su sobrina —murmuró Gisselle. Hasta yo tuve que reír de aquella ocurrencia, pero la señora Penny, como de costumbre, pareció no oír la insinuación e inició su conferencia.

—La mansión Clairborne era una importante plantación azucarera hace sólo diez años.

—¿«Sólo»? —repitió Gisselle.

La gobernanta sonrió como si mi hermana hubiera dicho una simpleza, algo tan pueril que no requería respuesta.

—La vivienda original de cuatro habitaciones se construyó en 1790 —continuó—, y en la actualidad se comunica con la casa grande por una vía porticada para vehículos que sirve de entrada principal si el tiempo es inclemente. En el apogeo de su fama como productora de azúcar, la hacienda tenía cuatro refinerías, cada una con una unidad de cultivo independiente y su propio equipo de esclavos...

—Mi padre dice que la Guerra de Secesión no acabó con la esclavitud, que sólo elevó el coste de la mano de obra al salario mínimo —interrumpió Gisselle. Vi aflorar una sonrisa a los labios de Buck.

—¡Dios nos asista! —dijo la señora Penny—. Te ruego por lo que más quieras que no hagas esos comentarios delante de la señora Clairborne. Y pase lo que pase, no debes mencionar la guerra.

—Ya veremos —advirtió mi hermana, exultante por su dominio sobre nuestra atribulada gobernanta.

—En cualquier caso —reanudó ella su relato, una vez hubo recuperado el aliento—, una buena parte del mobiliario, como por ejemplo los armarios de luna, datan de antes de la guerra civil. Los jardines, como pronto comprobaréis, fueron diseñados al estilo francés del siglo XVII, con estatuas de mármol importadas de Italia.

Unos minutos más tarde cruzamos la verja de la finca Clairborne, y la señora Penny continuó haciendo su papel de guía turística.

—Fijaos en los magnolios y los añejos robles —nos señaló—. Allí, detrás del viejo granero, está el camposanto de la familia. Veréis la reja de hierro forjado bajo la sombra de ese encinar. Todas las librerías de la casa se hicieron artesanalmente en Francia. Observaréis que en la mayoría de las ventanas hay colgaduras de brocado cubriendo las cortinas de encaje de bolillos o los visillos de hilo pintados a mano. Tomaremos el té en una de las bonitas salas de estar. Quizá tengáis oportunidad de ver el salón de baile.

—¿Se usa con frecuencia? —inquirió Gisselle.

—No, cariño, ya no.

—¡Qué despilfarro! —exclamó mi hermana, pero incluso a ella la impresionó el tamaño de la mansión.

La enorme estructura de dos plantas tenía unas majestuosas columnas dóricas, con una galería superior que circundaba todo su perímetro. Sobre el segundo piso había un belvedere de cristal. El lado oeste de la casa parecía más oscuro, probablemente a causa de los descomunales sauces cuyas ramas colgaban como si las hubieran sobrecargado, proyectando unas sombras alargadas y densas en las paredes de ladrillo enlucido y las ventanas de gablete.

En cuanto nos detuvimos se abrió la puerta de acceso y apareció un negro alto y flaco, con el cabello níveo. Estaba encorvado hasta tal extremo que su cabeza sobresalía de un modo antiestético, dando la impresión de que escalaba montañas incluso de pie en el umbral.

—Es Otis, el mayordomo de los Clairborne —nos informó al instante la señora Penny—. Hace más de cincuenta años que está al servicio de la familia.

—Por su aspecto diría que lleva más de un siglo —se mofó Gisselle.

Bajamos del coche y Buck fue muy diligente a sacar la silla de Gisselle. Ella aguardó con alegre expectación que rodeara el vehículo, la levantara en volandas y la depositara suavemente en su asiento. Por fortuna había muy pocos peldaños hasta el pórtico, y el hombre pudo sortearlos sin dificultad. Tras dejar a Gisselle con su silla frente a la puerta, volvió a la ranchera.

—¿Por qué no viene Buck con nosotras? —preguntó mi hermana.

—No, pequeña, eso no puede ser —contestó la señora Penny, moviendo la cabeza como si Gisselle hubiera sugerido un disparate—. El té de hoy es sólo para nuevas alumnas. La señora Clairborne os recibe por grupos a lo largo del mes.

—El señor Paria, ¿eh? —susurró Gisselle—. Tienes que contarme cómo le conociste.

Fingí no oírla y procedí a empujar su silla. Otis inclinó la cabeza y saludó a la señora Penny. Una vez dentro, la gobernanta redujo su voz a un murmullo, como si estuviéramos en una iglesia o un museo célebre.

—Todas las estancias están amuebladas, como vais a comprobar, con antigüedades francesas, y contienen divanes de tapicería granate y molduras de nogal en forma de volutas.

Los encerados suelos de mármol brillaban como espejos. En realidad, todo relucía, desde las vetustas mesas y sillas hasta las esculturas y los mismos muros. Si había polvo en la casa debían de haberlo escondido debajo de las alfombras, aunque reparé en que el responsable de dar cuerda al reloj de madera de pacana situado junto a la puerta no había cumplido su cometido, el mecanismo se había parado a las dos y cinco minutos.

Las espaciosas y ventiladas habitaciones de la planta baja se abrían alrededor del vestíbulo central. La señora Penny nos explicó que la cocina estaba en la parte de atrás. En medio de la sala se erguía la suntuosa escalera elíptica, con su pulida balaustrada de caoba y los peldaños marmóreos. Sobre nuestras cabezas habían encendido unas magnas lámparas de araña cuyos cristales refulgían como carámbanos de hielo. Y es que, a pesar de los tapices, los cuadros, los principescos cortinajes y aterciopelados muebles, reinaba en la casa un ambiente de frialdad. Aunque los Clairborne la habían habitado largo tiempo, carecía del calor y la personalidad que normalmente imprime una familia a su residencia. Era como un gélido museo. Sus adornos parecían objetos acumulados, coleccionados sólo por su valor, y el estado y la apariencia inmaculada de cuanto nos rodeaba produjo en mí la sensación de que nada había sido utilizado, que eran obras de exposición, una casa que se exhibía al público, pero no un hogar donde la gente vivía y amaba.

Nos condujeron a un pequeño salón, donde encontramos un regio sofá y un canapé a juego orientados de tal modo que quedasen frente a una butaca de alto respaldo, tapizada de un terciopelo azul intenso bordado en oro, con sus brazos y patas de nogal oscuro rematados circularmente y presentando motivos tallados a mano. Recortada sobre una lujosa alfombra persa, aquella silla más bien parecía un trono. El resto del pavimento estaba a la vista y era de madera noble. Entre la butaca, los sofás y los otros asientos había una mesa larga también de nogal.

Después de que Abby y yo nos sentásemos en el

canapé y a Gisselle le hicieran sitio a nuestro lado, tuve ocasión de contemplar el historiado papel de la pared y las pinturas al óleo reproduciendo diversas escenas de la plantación. En la repisa de la chimenea había otro reloj parado, con las manecillas señalando las dos y cinco. Justo encima vi el retrato de un hombre de elegante porte, que había sido plasmado ligeramente de perfil y mirando hacia abajo, lo que le confería el aspecto de un personaje de la realeza.

De repente oímos un golpeteo de bastón en el suelo del vestíbulo. La señora Penny, que se había quedado de pie cerca de la puerta, recordó algo y fue corriendo a decírnoslo.

—Olvidé avisaros, niñas, que cuando entre la señora Clairborne tenéis que levantaros.

—¿Y cómo se supone que voy a hacerlo? —preguntó Gisselle.

—Naturalmente, querida, tú estás disculpada —dijo la gobernanta. Antes de que Gisselle pudiera abrir la boca, todas las miradas se volvieron hacia la puerta de la estancia y Abby y yo nos pusimos de pie para la gran entrada.

La señora Clairborne se detuvo un instante en el umbral, como si esperase que le hicieran una fotografía, y luego nos miró de arriba abajo, dirigiendo la mirada a Abby, luego a mí y por fin posándola en Gisselle. Al natural era más alta y robusta que en los retratos que se esparcían por la escuela. Además, en ninguno de ellos la habían representado con aquel tinte azulado en su cabello cano, que ahora se veía más ralo y mucho más corto, pues apenas le llegaba a media oreja. Llevaba un vestido de seda azul marino con el cuello ancho, abrochado hasta el último botón. Lucía asimismo un reloj de bolsillo montado en plata y suspendido de una cadena del mismo metal, sus pequeñas agujas estaban inmovilizadas en las dos y cinco.

Me pregunté si Abby o Gisselle se habrían fijado en el raro fenómeno de los relojes.

Alcé la vista hacia los grandes pendientes en forma de lágrimas que colgaban de sus lóbulos. Las mangas de su vestido se terminaban en unos escarolados puños de encaje que le cubrían hasta la base de las palmas; pero encima de la seda, ceñía la muñeca izquierda una pulsera de oro y brillantes. Sus dedos largos y huesudos estaban llenos de anillos de las más variadas piedras preciosas, engarzados unos en platino, otros en oro y algunos en plata.

Ya en los retratos, la señora Clairborne tenía una cara enjuta que quedaba desproporcionada con su cuerpo voluminoso, pero en persona el contraste aún se acentuaba más. Debido a la notable prominencia de su nariz afilada, los ojos parecían hundirse más en sus cuencas de lo que lo estaban en realidad Su boca era grande y fina, tanto que, cuando apretaba los labios, se asemejaba a una línea de lápiz tirada desde el interior de una mejilla al centro de la otra. Su tez, desprovista de cualquier realce cosmético, era de un blanco descolorido, salpicado por las típicas manchas del envejecimiento en la frente y los pómulos.

Viéndola llegué a la conclusión de que los artistas que la habían pintado habían utilizado tanto su imaginación como el modelo real. Nuestra anfitriona dio un paso al frente y se apoyó en su báculo.

—Bienvenidas, jovencitas —dijo—. Sentaos, por favor.

Abby y yo obedecimos sin demora y la señora Clairborne se dirigió a su butaca, punteando cada paso con un golpe de bastón como para confirmarlo. Hizo un signo a la señora Penny, que tomó asiento en otro canapé, y por último se sentó ella misma, afianzó el puño de la vara en el brazo de la silla, observó un momento a Gisselle y nos miró a Abby y a mí.

—Me gusta tener una relación personal con todas mis chicas —empezó a decir—. La escuela de Greenwood se diferencia de las demás en que para nosotros las estudiantes no son, como suele ocurrir en la mayoría de los centros públicos, números ni datos estadísticos. Por lo tanto, quiero que cada una de vosotras se presente personalmente —añadió— y me hable un poco de sí misma. Después os explicaré por qué decidí hace ya tiempo garantizar la continuidad de Greenwood y qué objetivos espero alcanzar ahora y en los años venideros. —Su voz era firme, enérgica, a veces tan grave como la de un hombre—. Más tarde nos servirán el té.

Finalmente se suavizó su expresión, aunque lo manifestó más como una mueca que como una sonrisa afable y genuina.

—¿Quién quiere empezar? —preguntó. No hubo voluntarias. Entonces nuestra anfitriona clavó la mirada en mí—. Bien, puesto que sois las tres tan tímidas propongo que comencemos con las gemelas, así no podremos confundiros.

—Yo soy la que está tarada —declaró Gisselle con una risita altanera. Hubo una exclamación inaudible, como si hubieran succionado todo el oxígeno de la habitación. La señora Clairborne se volvió despacio hacia ella.

—Confío en que sea sólo físicamente —dijo.

A Gisselle se le colorearon las mejillas y su boca se abrió cuan grande era. Al mirar a la señora Penny vi que tenía la satisfacción reflejada en el rostro. La señora Clairborne era, a sus ojos, una criatura heroica que no podía ser desestabilizada. Supuse que otras chicas mucho más listas que mi hermana lo habían intentado antes y habían terminado exactamente como ella: tragándose sus propias palabras.

—Me llamo Ruby Dumas y ésta es mi hermana Gisselle —dije al instante para colmar el embarazoso silencio—. Tenemos casi diecisiete años y procedemos de Nueva Orleans. Vivimos en una zona residencial conocida como el Garden District. Nuestro padre es inversor, especializado en el sector inmobiliario.

La señora Clairborne parpadeó. Asintió pausadamente, pero me contempló con tanta fijeza que me sentí como si estuviera sentada sobre un montículo de barro del pantano y fuera a ser engullida de un momento a otro.

—Conozco muy bien el Garden District, uno de los barrios más hermosos de la ciudad. Hubo una época —dijo con cierta añoranza— en que visitaba frecuentemente Nueva Orleans. —Suspiró y dedicó su atención a Abby, quien le describió el lugar donde vivía su familia y el trabajo de contable de su padre.

—¿No tienes ningún hermano?

—No, madame.

—Ya veo. —La rancia dama exhaló otro suspiro, éste más profundo—. ¿Estáis bien instaladas en vuestras habitaciones?

—Son pequeñas —objetó Gisselle.

—¿No las encontráis acogedoras?

—No, sólo pequeñas —insistió mi hermana.

—Quizá se deba a tu desafortunada situación —dijo la señora Clairborne—. Estoy segura de que la señora Penny hará todo lo posible para que te sientas cómoda durante tu estancia en la escuela —añadió, mirando a la gobernanta, quien no dudó en asentir—. Sé que llegaréis a apreciar Greenwood como el lugar idóneo para vuestra formación. Siempre digo que nuestras estudiantes entran aquí siendo apenas unas crías y abandonan la escuela convertidas en unas mujercitas no sólo muy cultas, sino robustecidas moralmente.

»Considero —continuó en actitud reflexiva y sosegada— que Greenwood es uno de los últimos baluartes del entramado moral que en un tiempo hizo del Sur la auténtica capital de la nobleza y la gallardía. Aquí, muchachas, adquiriréis un nuevo sentido de la tradición y de vuestra herencia. En otros puntos del país, particularmente en el Nordeste y el Oeste, los radicales están invadiendo todas las facetas de nuestra cultura, empobreciéndola, diluyendo lo que en su día fue pura crema y reduciéndola a leche desnatada.

Hubo un silencio, y de sus labios brotó un nuevo suspiro.

—Hoy en día impera la inmoralidad, una falta total de respeto por lo que había de sagrado en nuestras vidas. Eso sólo sucede cuando olvidamos quiénes somos y de qué clase de mundo descendemos. ¿Me vais comprendiendo?

Ninguna de nosotras habló. Gisselle parecía estar abrumada. Observé a Abby, que me devolvió vivamente la mirada con expresión de inteligencia.

—Pero ya basta de disquisiciones filosóficas —dijo la señora Clairborne y desvió la vista hacia la entrada, donde se alzaban dos camareras aguardando la señal para servir el té, un surtido de pastas y las populares almendras.

La conversación se hizo más liviana. Gisselle, tras un pequeño apremio, relató su accidente, atribuyendo íntegramente la culpa a un desajuste en los frenos. Yo expuse mi amor por las artes y la señora Clairborne me sugirió que ojease las pinturas que había en los pasillos. Abby fue la más remisa a hablar de sus asuntos, algo que —según vi— nuestra anfitriona notó, aunque prefirió no acosarla.

Mientras merendábamos, pedí que me excusaran para ir al lavabo y Otis me acompañó al más cercano, que estaba en el ala oeste de la casa. Cuando me disponía a volver, oí música de piano procedente de una estancia situada al fondo del pasillo. Era tan hermosa que me sentí atraída hacia ella, y me asomé por una puerta abierta a una preciosa sala de estar con una terraza desde donde se accedía a los jardines. A la derecha de esta salida había un imponente piano de cola que tenía la tapa levantada, de modo que apenas pude atisbar al joven que lo tocaba. Di un paso adelante y a la derecha para despejar el panorama, y escuché.

Enfundado en una camisa de algodón blanco con el cuello desabrochado y pantalón azul oscuro, vi a un sujeto delgaducho cuyo cabello castaño oscuro, al tener las mechas lacias y sueltas, le caía libremente por los lados de la cabeza y la frente, tapándole los ojos. Pero no parecía importarle ni, a decir verdad, era consciente de nada. Estaba ensimismado en la música, los dedos vagaban por encima del teclado como si sus manos estuvieran dotadas de vida propia y él fuera, al igual que yo, un espectador y un oyente.

De pronto dejó de tocar, dio un respingo en su banqueta y se volvió hacia mí. No obstante, sus ojos derivaron hacia mi derecha, como si mirase a alguien erguido detrás de mí. Tuve que girarme yo también para constatar que no me habían seguido.

—¿Quién anda ahí? —preguntó, y comprendí que era ciego.

—Perdón, no quería molestar.

—¿Quién eres?

—Me llamo Ruby. He venido a merendar con la señora Clairborne.

—¡Ah, eres una de las novatas! —dijo el joven con tono desdeñoso, torciendo las comisuras de los labios. Por lo demás tenía una boca sensual, con carácter, la nariz perfectamente recta y una frente lisa que ni siquiera se arrugó al emitir su sarcasmo.

—No soy sólo una novata —repliqué—, sino Ruby Dumas, una estudiante del curso superior.

Él se echó a reír, cruzando los brazos sobre el estrecho torso, y enderezó la espalda.

—Ya veo. Eres una persona.

—En efecto.

—Dentro de poco, mi abuela y la prima Margaret, a quien tú conoces como la señora Ironwood, se encargarán de que pierdas ese espíritu independiente y te conviertas en una legítima hija del Sur, que pise únicamente sobre terreno seguro, diga lo que tiene que decir, siempre con extrema propiedad, y —añadió con una carcajada— piense lo que marcan los cánones de la buena crianza.

—Nadie va a dictarme lo que tengo que decir y pensar —respondí en tono desafiante. Él no se rió esta vez, sino que contuvo un segundo su sonrisa y al fin se puso serio.

—Detecto en tu voz un acento característico. ¿De dónde vienes?

—De Nueva Orleans —respondí, pero el joven negó con la cabeza.

—No, no me refiero a eso. Vamos, tengo un oído muy sensible, más agudizado de lo normal. Esas consonantes... Déjame pensar... Eres del *bayou*, ¿verdad? —Su perspicacia me dejó anonadada—. Espera, soy un experto en entonaciones regionales...

—Nací en Houma —confesé.

Él asintió.

—Claro, una cajun. ¿Conoce mi abuela tu verdadero origen?

—Es probable. La señora Ironwood está al corriente.

—¿Y ha permitido que te matricules? —preguntó con franco estupor.

—Sí. ¿Por qué iba a oponerse?

—Ésta es una escuela para señoritas de pura raza. Habitualmente, si no eres una criolla de familia insigne...

—Es que también lo soy —le interrumpí.

—¡Qué curioso! Has dicho que te llamabas Ruby Dumas, ¿no?

—Sí. ¿Y tú quién eres? —El joven titubeó—. Tocas el piano espléndidamente —rectifiqué enseguida.

—Gracias, pero «tocar» no es la palabra adecuada. Lloro, me desespero y río a través de mis dedos. La música es mi lenguaje, las notas mis letras. Sólo otro músico, un poeta o un artista podría entenderlo.

—Yo soy pintora —afirmé.

—¿En serio?

—Sí. He vendido algunos cuadros en una galería del barrio francés —dije, fanfarroneando a mi pesar.

No era propio de mí, pero había algo en la postura prepotente y escéptica de aquel individuo que plantaba un mástil en mi espina dorsal e izaba el estandarte de mi orgullo. Quizá no tenía la sangre linajuda que exigían la señora Clairborne y su familia, pero era la nieta de Catherine Landry.

—No me digas. —El joven sonrió, mostrándome unos dientes casi tan blancos como las teclas de su instrumento—. ¿Y qué pintas?

—Casi todas mis obras son imágenes captadas de cuando vivía en el *bayou*.

Él hizo una inclinación de cabeza y adoptó un aire más meditabundo.

—Deberías pintar el lago en el crepúsculo —susurró—. Era mi lugar preferido, sobre todo a esa hora en la que el sol agonizante cambia las tonalidades de los jacintos, haciéndolos pasar del malva a un vivo púrpura. —Hablaba de los colores como si fuesen unos amigos muertos, perdidos en las brumas del pasado.

—¿No eres ciego de nacimiento?

—No —contestó el desconocido con tristeza. Pasados unos momentos, se centró de nuevo en el piano—. Deberías reincorporarte al té de mi abuela antes de que te echen de menos.

—No me has dicho tu nombre —insinué.

—Louis —respondió, y en el acto empezó a tocar una pieza clásica, sólo que esta vez lo hizo con ira.

Le observé unos segundos más y volví al saloncito del té de un humor muy melancólico. Abby se dio cuenta de inmediato, pero antes de que pudiera preguntarme el motivo la señora Clairborne anunció que la reunión había terminado.

—Os agradezco, muchachas, que hayáis podido venir a verme —declaró, y se puso en pie. Hubo de apoyarse en el bastón para continuar—. Lamento que tengáis que marcharos tan pronto, pero sé que las jóvenes de hoy siempre estáis muy ocupadas. Confío en que pronto os extenderé una nueva invitación. Entretanto, trabajad con ahínco y procurad distinguiros por ser unas intachables hijas de Greenwood.

Luego salió de la sala, con el báculo repiqueteando en el mármol y el reloj balanceándose en la cadena que rodeaba su cuello como una carga pequeña, pero gravosa, que estuviera condenada a llevar el resto de su vida.

—Vámonos, chicas —dijo la señora Penny. Estaba eufórica—. Ha sido una tarde estupenda, ¿no os parece?

—Con tantas emociones casi he sufrido un infarto —ironizó Gisselle, a la vez que me miraba intrigada, deseando saber dónde había estado y por qué se había alterado mi talante.

Empujé la silla hasta el exterior y Buck acudió veloz para ayudarla a salvar la escalinata del pórtico. De nuevo la elevó suavemente en sus brazos, sólo que ahora ella le rozó deliberadamente la mejilla con los labios. El hombre lanzó una mirada furtiva a Abby y a mí, y especialmente a la señora Penny, para comprobar si habíamos visto la maniobra de Gisselle. Nosotras dos disimulamos, la gobernanta estaba tan ida como siempre. Buck respiró aliviado.

Ya dentro del coche, Abby me preguntó por qué había estado ausente tanto rato.

—Me he tropezado con un joven interesante, pero muy triste —dije. La señora Penny dio un rebrinco.

—¿Te has internado en el ala occidental de la casa?

—Sí. ¿Por qué?

—Nunca dejo a las chicas entrar por allí. ¡Dios mío, espero que la señora Clairborne no se entere! Olvidé deciros que no deambularais por vuestra cuenta y riesgo.

—¿Por qué no está permitido visitar esas dependencias? —inquirió Abby.

—Es la zona privada de la mansión, donde residen habitualmente la señora y su nieto —respondió la gobernanta.

—¿Un nieto? —repitió Gisselle, y me miró—. ¿Es el joven que has conocido?

—Sí.

—¿Cuántos años tiene? ¿Es guapo? ¿Cómo se llama? —me bombardeó mi hermana—. ¿Por qué no ha asistido al té? Lo habría animado un poco, a menos que sea tan feo como su abuela.

—Me ha dicho que se llama Louis. Es ciego, aunque no de nacimiento. ¿Qué le ocurrió, señora Penny?

—¡Oh, cielos! —exclamó ella en vez de contestar—. El Señor nos asista.

—Deje ya de lamentarse y cuéntenos qué pasó —ordenó Gisselle.

—Perdió la vista tras la muerte de sus padres —dijo la gobernanta—. Y no sólo está ciego, sino que sufre accesos de melancolía. Nunca habla con nadie. No ha vuelto a reaccionar desde la tragedia. Entonces tenía catorce años.

—¿La madre de Louis era hija de la señora Clairborne? —inquirió Gisselle.

—Sí —contestó escuetamente la señora Penny.

—No entiendo lo de la melancolía —intervino Abby. La gobernanta calló—. ¿Acaso es una enfermedad?

—Es una forma de psicosis, un estado mental depresivo que se apodera del cuerpo. Algunas personas languidecen hasta morir —la ilustré yo con voz apagada. Gisselle me escudriñó un instante.

—¿Quieres decir que les mata la angustia?

—Así es.

—¡Qué estupidez! ¿Y ese chico nunca sale?

—No es ningún chico, cariño. Ronda la treintena. Pero respondiendo a tu pregunta, Louis vive recluido en la mansión. La señora Clairborne atiende todas sus necesidades y procura que nada ni nadie le perturbe. Y ahora, por favor —pidió la señora Penny—, dejemos este tema. A la señora no le gusta que se divulgue.

—Quizá por eso su nieto está tan abatido —insistió Gisselle—, porque tiene que vivir con ella. —La señora Penny se puso lívida.

—Basta ya, Gisselle —dije—. No la importunes más.

—No la importuno —replicó, pero en la comisura de sus labios se había asentado una sonrisita malévola—. ¿Te ha explicado cómo murieron sus padres? —me preguntó.

—No. Ni siquiera sabía que fuese huérfano. La verdad es que hablamos muy poco.

Mi hermana volvió a dirigirse a la señora Penny.

—¿Cómo fallecieron sus padres? —inquirió. Al ver que la gobernanta guardaba silencio, exigió una respuesta—. ¿No puede decirnos qué les sucedió?

—No es asunto de nuestra incumbencia —dijo la señora Penny con el rostro contraído. Nunca antes se había mostrado tan inflexible. Era obvio que la explicación no saldría de sus labios.

—Así pues, ¿por qué ha empezado a contarnos la historia? —inquirió mi hermana—. No es justo iniciar algo y luego dejarlo a medias.

—Yo no he iniciado nada. Te has empeñado en saber por qué estaba ciego. ¡Dios bendito! Es la primera vez que una de mis chicas se cuela en el ala oeste.

—A él no pareció disgustarle, señora Penny —le aseguré.

—¡Qué extraordinario! —exclamó—. Jamás había dirigido la palabra a una alumna de Greenwood.

—Es un espléndido pianista.

—Aunque te resulte difícil, te ruego que no cotillees sobre él con tus compañeras. Por favor —insistió la gobernanta.

—No soy una chismosa, señora Penny. Lo último que haría sería ponerla en evidencia.

—Bien. Zanjemos esta cuestión. ¿Os han gustado las pastas del té?

—¡Maldita sea! —renegó Gisselle—. Me he olvidado de hacer provisión para Mofletes. —Me observó unos instantes, luego miró a Abby e inclinó la cabeza—. Quiero hablar con vosotras en cuanto estemos a solas —ordenó en voz baja. Y mantuvo la mirada fija en Buck Dardar el resto del trayecto.

En cuanto la señora Penny nos dejó en los dormitorios, Gisselle se encaró con nosotras y exigió saber cómo habíamos conocido a Buck. Le referí nuestro paseo nocturno hasta el embarcadero y el hangar.

—¿Vive allí?

—Supongo que sí.

—¿Eso es todo? ¿No le habéis visto ninguna otra vez? —preguntó, obviamente decepcionada.

—Sólo una tarde que cortaba el césped —dije.

Gisselle meditó unos segundos.

—Está para comérselo, pero es un simple empleado de la escuela. Aun así —añadió, todavía pensativa—, por el momento no hay mejor caza a la vista.

—Gisselle, aléjate de él y no le causes complicaciones.

—Como mandes, adorada hermana. Ahora háblanos de ese nieto ciego y lo que realmente ha pasado entre vosotros, o seré yo quien difunda rumores y dé un buen susto a la señora Penny —me desafió. Yo suspiré y meneé la cabeza.

—Eres imposible, hermanita. Ya te lo he contado antes. He oído música, me he asomado a la habitación y he charlado con él unos minutos. No hay nada más.

—¿Te ha explicado cómo perdió a sus padres?

—No.

—¿Y tú qué crees que ocurrió?

—No lo sé —dije—, pero debió de ser terrible. —Abby me dio la razón.

—En fin —concluyó Gisselle, sonriendo de oreja a oreja—, por lo menos tenemos un misterio que aclarar y un arma contra la señora Penny si amenaza con ponernos una falta.

—Ya es suficiente, Gisselle. Y no empieces a irte de la lengua con tu club de admiradoras —le advertí.

Fue como predicar en el desierto. En el instante en que las otras chicas entraron en escena, mi hermana estaba lista para soltarlo todo, desde la anécdota de Buck hasta mi «aventura» con el nieto de la señora Clairborne.

Solas en nuestra habitación, y después de cambiar los vestidos de fiesta por unos vaqueros y un suéter ancho, detallé a Abby mi conversación con Louis. Estábamos tumbadas boca abajo en mi cama, una al lado de la otra.

—No tiene una opinión muy elevada de las chicas de Greenwood —dije—. Cree que su abuela y la señora Ironwood nos convierten en marionetas.

—Tal vez no ande desencaminado. Ya has oído la arenga de la señora Clairborne sobre las tradiciones que debemos salvaguardar y cómo tenemos que comportarnos.

—¿Has observado que no funcionaba ningún reloj de la casa, ni siquiera el que ella llevaba como colgante?

—No —admitió Abby—. ¿En serio?

—Estaban todos parados a la misma hora: las dos y cinco.

—Es extraño.

—Quería consultarlo con la señora Penny, pero mi incursión marginal y mi encuentro con Louis la ha trastornado tanto que he decidido no echar más sal al quingombó.

Abby se echó a reír.

—¿Qué pasa?

—Que de vez en cuando salen a la superficie tus vivencias cajun —dijo.

—Lo sé. Louis ha reconocido por mi acento que vengo del *bayou*. Considerando que no soy una auténtica pura sangre, le ha sorprendido que admitieran mi inscripción.

—¿Qué supones que ocurriría conmigo si averiguasen la verdad de mi pasado? —comentó Abby.

—¿Qué verdad es esa? —preguntó Gisselle.

Ambas saltamos en el lecho y nos quedamos sin habla al verla en el umbral. Estábamos tan enfrascadas en nuestra conversación que no la habíamos oído abrir la puerta o, conociéndola, quizá la había desajustado con sigilo para podernos espiar. Mi hermana se impulsó hasta el centro de la estancia mientras yo me sentaba en la cama.

—¿Estamos de confidencias, chicas?

—Deberías llamar y no irrumpir así, Gisselle. Estoy segura de que tú proteges tu intimidad.

—Creí que os alegraríais de mi presencia. Resulta que he descubierto la historia del pobre Louis —dijo, exhibiendo su sonrisa felina, aunque en realidad me recordó más a los ratones almizcleros que solía atrapar *grandpère* Jack.

—¿Y cómo ha sido eso?

—Jacki la conoce. Al parecer, no es un secreto tan inviolable como pretendía la señora Penny. Hay calaveras en los armarios de los Clairborne —proclamó mi hermana jocosamente.

—¿Qué clase de calaveras? —preguntó Abby.

—Primero tienes que contarme tu propio secreto.

—¿Qué secreto?

—Ese que no quieres que sepa la señora Ironwood. Os he oído al entrar, así que menos cuento.

—Es una tontería —dijo Abby, ruborizada.

—Razón de más para que me lo cuentes. Habla ahora mismo o... o ya tramaré algo.

—¡Gisselle!

—Sólo os propongo un trato equitativo. Yo os digo lo que me han contado y a cambio vosotras me reveláis también algo. Ruby, sabía que antes le abrirías tu corazón a ella que a tu propia hermana gemela. Tal vez ya le habrás hablado de nuestras intimidades.

—En absoluto. —Miré a Abby, cuyo rostro nublaba ahora un hondo pesar, tanto por mí como por sí misma—. De acuerdo, te lo explicaremos —dije. A Abby se le desencajaron las pupilas—. Gisselle sabe guardar un secreto, ¿no es así?

—Por supuesto. Conozco entresijos y líos que tú jamás sospecharías, en particular de los compañeros de la escuela de Nueva Orleans..., incluido Beau —subrayó muy ufana.

Barrunté unos momentos y al fin inventé algo que sabía que Gisselle aceptaría.

—Una vez, Abby fue expulsada porque la sorprendieron con un chico en el sótano de su colegio —dije. La sorpresa de Abby favoreció mi plan, pues dio la impresión de que la había traicionado. Gisselle nos observó a ambas con renuencia y soltó una risotada.

—¡Vaya una proeza! —se mofó—. A menos, claro, que estuvieras desnuda cuando te pillaron. ¿Fue así?

Abby me miró algo confusa antes de entrar en la onda y hacer un gesto de negación.

—No del todo.

—¿No del todo? ¿Hasta dónde entonces? ¿Te habías quitado la blusa? —Abby asintió—. ¿Y el sostén? —Abby volvió a asentir. Gisselle estaba con el alma en vilo—. ¿Qué más?

—Eso fue todo —terminó mi amiga.

—Bien, bien, veo que doña santurrona no es tan pura como aparenta.

—Gisselle —intervine—, te recuerdo que has hecho una promesa.

—¿Y qué más da? De todos modos, esa bobada no basta para interesar a nadie —dijo mi hermana. Se encerró en sus cábalas, y luego sonrió—. Ahora supongo que querréis que os cuente por qué está ciego Louis y qué les pasó a sus padres.

—Era nuestro pacto —le recordé.

Ella vaciló, disfrutando de su pasajero predominio.

—Tal vez lo haga más tarde, si es que me apetece —declaró. Dio un giro completo a la silla y abandonó la alcoba.

—¡Gisselle! —exclamó Abby.

—Deja que se marche —dije—. Sólo lograrás que nos tome el pelo.

Sin embargo, no pude por menos que preguntarme qué había podido transformar a aquel apuesto joven en un ser alicaído e invidente que sólo desahogaba su pesar y sus pensamientos a través del teclado de un piano.

6. UNA INVITACIÓN SORPRENDENTE

Pese a que sentía bastante curiosidad como para matar a una docena de gatos, no di el placer a Gisselle de mendigarle información sobre el drama de los Clairborne, ni tampoco recurrí a Jacqueline. Además, tal y como se desarrollaron los hechos, no hubo que suplicar nada a los miembros del club de mi hermana.

A la mañana siguiente, poco después de desayunar, fui reclamada en el teléfono para hablar con la señorita Stevens, mi profesora de arte.

—Me disponía a salir para trabajar un rato y he pensado en ti —me dijo—. Conozco un lugar próximo a la carretera desde donde se dominan unas bellísimas vistas del río. ¿Quieres acompañarme?

—Sí, me encantaría.

—Muy bien. Ahora el cielo está algo cubierto, pero el hombre del tiempo ha pronosticado que no tardará en despejar y que las temperaturas ascenderán unos grados. Sólo llevo un pantalón vaquero y una chaqueta de chándal —me informó.

—Yo también.

—Perfecto. Pasaré a recogerte dentro de diez minutos. No te preocupes por el material, en el coche tengo todo lo necesario.

—Gracias.

Me ilusionaba tanto la perspectiva de dibujar y pintar una vez más escenas de la naturaleza, que casi derribé a Vicki en el corredor. Tenía las manos llenas de libros que acababa de sacar de la biblioteca.

—¿Dónde vas tan deprisa? —me preguntó.

—A pintar con mi profesora... Perdona por el empellón.

Entré rauda en la habitación y se lo conté a Abby, que estaba tumbada en la cama leyendo un tema de ciencias sociales.

—Es fabuloso —dijo, mientras yo me cambiaba los mocasines por unas zapatillas de deporte—. ¿Sabes que no había reparado en el adorno de tu tobillo? —comentó—. ¿Qué es?

—Una moneda de diez centavos —respondí, y le expliqué con qué objeto me la había dado Nina—. Ya sé que te parecerá una sandez, pero...

—No lo creas —declaró ella con tono enigmático—. Mi padre practica el vudú en secreto. Recuerda que mi abuela era haitiana. Conozco algunos rituales, y tengo esto —dijo, levantándose y yendo hasta el armario. Extrajo una prenda de ropa de su maleta y la desdobló ante mí. Era una falda de color azul. Al principio no observé nada anormal, pero Abby la revolvió entre sus dedos y me hizo ver un diminuto nido trenzado con crin de caballo y atravesado por dos raíces en forma de aspa que había cosido al dobladillo.

—¿Qué es? —inquirí.

—Un amuleto contra los espíritus malignos. Lo reservo para una ocasión especial. Sólo usaré esta falda cuando tema estar en algún tipo de peligro —me aclaró.

—Nunca había visto nada semejante, y creí que Nina me había enseñado todos los símbolos del vudú.

—¡Eso es imposible! —exclamó Abby riendo—. Cualquier *mama* puede inventar algo nuevo siempre que le convenga. —Volvió a reír—. Lo escondía porque no quería que me considerases un bicho raro y, mira por donde, resulta que tú llevas una moneda, un *gri-gri* en el tobillo.

Las dos nos echamos a reír y nos abrazamos en el instante en que Samantha, Jacki, Kate y Gisselle pasaban por delante de nuestra puerta.

—¡Fijaos en la parejita! —exclamó mi hermana señalándonos con el índice—. Eso es lo que ocurre cuando una no tiene chicos en la escuela.

Las risas del clan ruborizaron nuestras mejillas.

—¡Vaya con la niñata! —se indignó Abby—. Un día de éstos voy a arrojarla por un barranco a ella y a su silla de ruedas.

—Tendrás que ponerte en la cola —dije, y una vez más nos echamos a reír. Después salí corriendo al encuentro de la señorita Stevens.

Apareció unos minutos más tarde en un jeep marrón que tenía bajada la capota de lona y me monté de un salto.

—Me alegro mucho de que hayas podido venir —dijo.

—Y yo de que me haya invitado.

Llevaba el cabello recogido en una coleta y las mangas de la sudadera arremangadas hasta los codos. Aquella prenda debía de ser una veterana con muchas horas de pintura, porque lucía manchas y lamparones de toda la gama cromática. Enfundada en sus gastados vaqueros y unas zapatillas de deporte, Rachel Stevens parecía tener a lo sumo un par de años más que yo.

—¿Cómo te va en el edificio Clairborne? La señora Penny es un encanto, ¿verdad?

—Sí. Siempre está de buen humor. —Al cabo de un

momento añadí—: Anteayer me mudé de habitación.

—¡Caramba!

—Antes me alojaba con Gisselle, mi hermana gemela.

—¿No os llevabais bien? —preguntó la profesora, y enseguida se moderó—. Si crees que me entrometo demasiado...

—¡Nada de eso! —exclamé.

Era sincera. *Grandmère* Catherine solía decir que tu primera impresión sobre el prójimo casi siempre era la correcta, porque la dictaba el corazón. Yo me había sentido a gusto desde el principio con la señorita Stevens y estaba segura de que podía confiar en ella, aunque sólo porque compartíamos la vocación artística.

—Es cierto, no nos llevamos muy bien —admití—. Y no es porque yo no quiera o no me esfuerce. Quizá si nos hubiésemos criado juntas, la relación sería distinta.

—¿Si os hubieseis criado juntas? —La sonrisa que exhibía la señorita Stevens se convirtió en desconcierto.

—Ni siquiera hace un año que nos conocemos —puntualicé, y le relaté mi historia. Todavía estaba hablando cuando llegamos al mirador del río. Ella no había pronunciado una sola palabra en todo el trayecto; se había limitado a escucharme atentamente—. Y así fue como accedí a venir a Greenwood con Gisselle —concluí.

—Es asombroso —dijo—. Y yo que creía que mi vida era irregular porque me habían educado las monjas del orfanato de Saint Mary en Biloxi...

—¡Vaya! ¿Qué les ocurrió a sus padres?

—Nunca lo he sabido. Lo único que me contaron las hermanas fue que mi madre me entregó a su custodia poco después de nacer. Intenté averiguar un poco más, pero fueron muy estrictas en su silencio.

La ayudé a montar los caballetes y desplegué papel

y útiles de dibujo. El cielo había empezado a aclararse, tal como habían predicho los meteorólogos, y las espesas capas de nubes se estaban separando para revelar un cielo de un azul diáfano. Aquí, en el río, soplaba una brisa intensa. Detrás de nosotras las ramas de los nogales y robles escarlata se estremecieron y agitaron, catapultando a una bandada de gorjeantes gorriones sobre las márgenes hasta una alameda de ambiente más apacible.

Un carguero y varias barcazas de las compañías petrolíferas navegaban río abajo mientras, en la distancia, una moderna réplica de buque de vapor que transportaba turistas trazaba perezosamente su curso hacia St. Francisville.

—¿Cree que algún día logrará averiguar su auténtica identidad? —pregunté.

—No lo sé. De alguna forma he aceptado vivir en la ignorancia. —La profesora sonrió—. Pero no me quejo. Tengo una familia numerosa: todos los huérfanos que conocí y algunas monjas. Es bonito este paraje, ¿no crees? —dijo, echando un vistazo alrededor.

—Sí.

—¿Qué es lo primero que destacarías?

Contemplé el río, las embarcaciones y las orillas. En segundo plano vi cómo las espirales de humo que vomitaban las chimeneas de las refinerías de petróleo eran apresadas por el viento y desaparecían entre las nubes, pero fue una pareja de pelícanos pardaduscos posados en el agua lo que atrajo mi atención. Se lo dije, y ella rió.

—Eres igual que yo. Te gusta incluir el elemento animal en tus paisajes. Muy bien, empecemos. Trabajemos la perspectiva y veamos si podemos captar la sensación de movimiento en las aguas.

Nos pusimos a dibujar, pero la conversación no cesó mientras lo hacíamos.

—¿Cómo fue el té con la señora Clairborne? —preguntó la profesora. Le hice un somero recuento y comenté cuán fastuosa había encontrado la casa. Luego le referí el episodio de Louis.

—¿De verdad estuviste con él? —inquirió, dejando el lápiz.

—Sí.

—He oído hablar mucho a mis colegas tanto de la señora Clairborne como de su nieto, pero hay profesores que llevan varios años en el centro y nunca han conseguido verle. ¿Cómo es?

Le describí su físico y sus excepcionales dotes de pianista.

—Cuando le mencioné mi afición por el arte, me sugirió que fuera al lago al caer la tarde e intentara pintar esa escena. No siempre ha estado ciego, la recuerda nítidamente.

—Sí. ¡Qué historia tan trágica!

—No la conozco.

—¿Ah, no? Imagino por qué. Es una especie de tabú, uno de esos secretos a voces que todo el mundo sabe pero finge ignorar —afirmó la señorita Stevens—. Los antiguos del lugar me han advertido en más de una ocasión que mis superiores no deben oírme chismorrear sobre los Clairborne.

Yo asentí.

—Pero voy a explicarte lo que ocurrió —añadió risueñamente—, aunque pueda parecer un comadreo. Nuestra fraternidad artística nos autoriza a cometer alguna pequeña indiscreción. —Se puso seria un instante con la mirada absorta en el río. Luego comenzó—. Dicen que la hija de la señora Clairborne, la madre de Louis, tuvo un idilio con un hombre más joven. —Calló y volvió la vista hacia mí—. Mucho más joven... Al fin el marido lo descubrió, y quedó tan herido y trastocado emocionalmente que perpetró lo que llamaríamos un crimen pasional. Como en una nueva versión de *Otelo*, asfixió a su esposa hasta la muerte utilizando una almohada de su dormitorio, después se disparó un tiro en la cabeza. Al parecer, el pobre Louis lo presenció todo. Los efectos traumáticos lo sumieron en un coma del que despertó ciego. Por lo que me han contado, se tomaron drásticas medidas para silenciar los hechos, pero con el tiempo hubo filtraciones. La señora Clairborne se niega todavía hoy a aceptar la realidad y prefiere creer que su hija murió de un paro cardíaco y el yerno, incapaz de sobreponerse a su pérdida, acabó suicidándose.

La profesora se tomó un respiro. Al mirarme de nuevo tenía los ojos muy abiertos.

—Tras celebrar una jornada orientativa con los nuevos miembros del personal docente, fuimos invitados a tomar el té en la mansión Clairborne. Cuando fuiste tú, ¿no notaste nada insólito en los relojes de la casa?

—Sí. Están todos parados a las dos y cinco minutos.

—Al parecer es la hora en que murió su hija. Al preguntar al respecto a uno de los profesores, me dijo que la señora Clairborne considera que el tiempo ha dejado de discurrir para ella, y así es como lo manifiesta simbólicamente en su hogar. Desde luego, es una historia muy dolorosa.

—Entonces ¿Louis no tiene nada en los ojos, ninguna enfermedad oftalmológica?

—Por lo que me han explicado, no. Rara vez sale de los recovecos de su mansión. A lo largo de los años le han tratado e instruido allí y, que yo sepa, sólo hay un contado de personas con quien ha establecido un contacto verbal. Ayer hiciste historia —dijo la profesora, y me dedicó una cálida sonrisa—. De todos modos, después de conocerte, aunque sea superficialmente, no me resulta difícil comprender que incluso una persona tan retraída quisiera hablar contigo.

—Gracias —dije, ruborizándome.

—Todos tenemos problemas para comunicarnos —prosiguió—. Yo soy consciente de los míos y prefiero expresarme a través de la pintura. Soy particularmente vergonzosa en el trato con los hombres —confesó—. Quizá se deba a la educación que recibí. Supongo que por eso me siento tan relajada en Greenwood, por eso quise enseñar en un internado para chicas.

La señorita Stevens me sonrió una vez más.

—Bien. Ya hemos intercambiado algunas intimidades, como corresponde a dos artistas hermanas. Francamente —continuó—, siempre he anhelado tener una hermana de verdad, alguien en quien confiar y que a su vez pudiera apoyarse en mí. Gisselle no sabe lo que se pierde al tratarte tan mal. La envidio.

—Ella jamás creería que puede despertar ese sentimiento en otra persona. Además, no es envidia lo que busca, sino lástima.

—Pobre muchacha. Una invalidez tan grave después de haber llevado una vida activa debe de ser devastadora. Supongo, Ruby, que no tendrás más remedio que armarte de paciencia. Sin embargo, si puedo ayudarte en algo, no dudes en decirlo.

—Gracias, señorita Stevens.

—Por favor, fuera de clase puedes tutearme y llamarme Rachel. Me gustaría que fuésemos como dos amigas más que simplemente profesora y alumna. ¿De acuerdo?

—De acuerdo —respondí, sorprendida pero no disgustada.

—¡Oh, qué desastre! Hemos hablado tanto que no hemos hecho casi nada. Vamos, cerremos la boca y pongamos manos a la obra —dijo. Su risa jovial y amable alertó a los pelícanos, que alzaron hacia nosotras lo que se me antojó una mirada irritada. A fin de cuentas, estaban allí capturando peces para alimentarse.

«Los animales saben cuándo los respetas sinceramente —había dicho una vez *grandmère* Catherine—. Es lamentable que las personas no tengan ese don.»

Trabajamos sin tregua durante dos horas y media, luego la señorita Stevens decidió que podíamos ir a comer. Me llevó a un bonito restaurante de las afueras de la ciudad. Incluso antes de entrar, inhalamos los deliciosos aromas del cangrejo hervido, las gambas salteadas, el salami, las ostras fritas, las rodajas de tomate y los aros de cebolla que componían un «bocadillo de pobre». Lo pasamos en grande charlando, comparando nuestras preferencias y aversiones en materia de estilos, modas, comida y libros. Me sentí realmente como si estuviera con una hermana mayor.

Era ya media tarde cuando me devolvió a los dormitorios. Se quedó mi trabajo tras prometer que lo llevaría al estudio de arte para que pudiera completarlo en clase.

—Ha sido muy divertido —dijo—. Si quieres, podemos repetir la experiencia.

—¡Ya lo creo! Pero no puedo permitir que me pagues siempre el almuerzo. —Ella sonrió.

—Tengo que hacerlo —bromeó—, o de lo contrario podría interpretarse como un soborno.

Me despedí y entré en el edificio, donde encontré a la señora Penny esperándome. Estaba despeinada, retorcía las manos sin cesar y se pellizcaba el labio con los dientes.

—¡Gracias al cielo que has vuelto! Loado sea Dios.

—¿Qué ha pasado, señora Penny? —pregunté muy inquieta.

Ella respiró hondo, agarrándose el pecho con la palma derecha, y se sentó en el sofá.

—Ha telefoneado la señora Clairborne. ¡Se ha puesto ella misma! Lo sé porque yo he tomado el recado. —La gobernanta estaba tan alterada como si hubiera recibido una llamada personal del presidente de Estados Unidos—. Quería hablar contigo, así que he ido a buscarte y Abby, tu compañera de habitación, me ha dicho que estabas pintando en algún lugar del río con la profesora de arte. Esa joven no debería ser tan imprudente. No señor, no debería.

—¿Imprudente? ¿Por qué? —pregunté con una sonrisa inquisitiva—. ¿Qué hay de malo en eso?

—Los fines de semana, más que ningún día, has de presentar una autorización firmada si quieres salir del recinto. Debo tener constancia escrita.

—¡Pero si sólo hemos ido al río a tomar unos apuntes! —exclamé.

—No importa. Tu profesora me ha puesto en un compromiso. He tenido que decir a la señora Clairborne que no estabas y se ha llevado una gran desilusión.

—¿Qué quería? —pregunté.

—Ha sucedido algo inaudito —contestó la señora Penny, reclinándose en el asiento y barbotando en voz alta. Miró en todas las direcciones para asegurarse de que no nos oían las otras chicas.

—¿De qué se trata?

—Louis, su nieto, le ha pedido que te invite a cenar en la mansión... ¡esta noche!

—¡Oh! —fue todo lo que logré decir.

—Nunca una alumna de Greenwood se ha sentado a la mesa de los Clairborne —proclamó la gobernanta. Yo la miré totalmente inexpresiva. Mi falta de entusiasmo la descompuso—. ¿No lo comprendes? Ha llamado la señora Clairborne para invitarte a cenar. Te recogerán a las seis y veinte. La cena se sirve a la media en punto.

—¿Le ha dicho que iría?

—Por descontado. ¿A quién se le ocurriría rechazar una cosa así? —me increpó. Me escudriñó unos momentos, con cierto temblor en la cara—. Vas a ir, ¿verdad?

—La idea me pone un poco nerviosa —admití.

—Es natural, querida —dijo con alivio la señora Penny—. Qué gran privilegio, ¡y a una de mis chicas! —exclamó, juntando animadamente las manos. Pero su júbilo se esfumó al instante—. Tendré que amonestar a la profesora de arte. Ha sido una indisciplinada.

—Me opongo rotundamente, señora Penny. Si lo hace, no asistiré a esa cena —la amenacé.

—¿Qué?

—Yo misma la informaré de las reglas y me ocuparé de que mi padre le envíe el permiso oportuno, pero no quiero que la señorita Stevens sufra contratiempos por mi culpa —dije con firmeza.

—¿Y si se enterase la señora Ironwood?

—No se lo diremos.

—Está bien, pero no olvides hablar con tu profesora y conseguir ese documento —insistió la gobernanta. Se produjo una pausa, que devolvió a su rostro la usual sonrisa beatífica—. Ahora ve a elegir tu mejor vestido. Yo cuidaré de que tengas el coche a punto a las seis y veinte. Enhorabuena, tesoro. Una de mis chicas..., mis chicas —canturreó mientras se alejaba.

Tragué saliva. No podía reprimir los temblores de mi cuerpo. «No seas majadera —pensé—. No es más que una cena.» No iban a ponerme a prueba ni a concederme una audición para algo importante.

No obstante, ahora que conocía la sórdida historia de los Clairborne y por qué Louis estaba disminuido, no pude evitar ponerme nerviosa. ¿Quién me había mandado seguir los acordes de aquella música tan melodiosa y patética, y meterme donde no me llamaban?

Obviamente habría sido imposible mantener la invitación en secreto aunque lo hubiera intentado. La señora Penny había resuelto pregonarla a bombo y platillo y, en cuestión de minutos, todas las chicas del pabellón estaban al tanto de la llamada. Gisselle se enfadó porque creía que conocía la noticia desde la víspera y se la había ocultado.

—Tengo que enterarme de lo que hace mi hermana por terceras personas —me regañó tras cruzar la puerta de mi alcoba. Como siempre, Samantha estaba a su lado, presta a satisfacer su menor capricho.

—Acabo de llegar de una sesión de pintura en el río con la señorita Stevens, así que no lo sabía...

—¿En serio has ido a pintar con tu profesora? ¡Es fascinante!

Mi hermana miró los vestidos que había extendido sobre la cama para escoger uno con Abby.

—Veo que lo has planeado a conciencia. Tenías que saberlo antes de lo que dices.

—Te equivocas. No hace ni cinco minutos que he sacado esa ropa. ¿Es así, Abby?

—Lo es —respondió mi amiga mirando a Gisselle, que todavía estaba enfurecida.

—¿Y por qué te han invitado sólo a ti? —inquirió mi hermana.

—No lo sé —contesté.

—¿No será por decisión del nieto? —apuntó Gisselle astutamente. En algunos asuntos no se le podía ocultar nada. Su mente fluía tan a menudo por los laberintos del engaño y la intriga, que conocía los caminos mejor que un espía profesional.

—Supongo —dije.

—¿Ni siquiera puede verte y ya quiere que vuelvas? Me gustaría saber qué hiciste ayer.

—¡Gisselle! —Mi mirada fue de Abby a Samantha y de nuevo a mi hermana—. No hicimos nada de nada. Hablé con él unos minutos, le oí tocar el piano y me marché. Además, esta situación me desquicia los nervios, así que ten la amabilidad de no complicarla aún más. La verdad es que no me apetece ir, pero la señora Penny se lo ha tomado como el acontecimiento del siglo.

—Yo me pondría el vestido azul —sugirió Abby—. Es elegante pero no demasiado formal.

—El atuendo perfecto para cenar con un chico ciego —se burló Gisselle, mirándome enfurecida—. Mientras tú te das un festín, nosotras nos quedaremos aquí encerradas y comeremos la bazofia de la escuela.

—No es una bazofia —replicó indignada Abby.

—Obviamente, estás acostumbrada a ella —dijo Gisselle—. Sácame de aquí, Samantha. El aire es demasiado rico para nuestras plebeyas narices.

Abby palideció, y se disponía a aguijonear a Gisselle con su réplica cuando la miré e hice un gesto de negación.

—No dejes que te afecte, Abby —le aconsejé—. ¿No ves que es lo que pretende?

—Tienes razón —dijo ella, y nos concentramos de nuevo en el vestuario.

El vestido azul era distinguido. Tenía un escote en forma de corazón que revelaba el nacimiento del pecho, pero pensamos que con mi medallón y la cadena quedaría más discreto. Abby me prestó unos pendientes laminados en oro y un brazalete que era también un talismán. En cuanto al peinado, decidimos que me cepillaría la melena y me pondría un simple pasador. Me apliqué una pizca de pintalabios, me rocié con la colonia de jazmín que me había dejado la señora Penny y finalmente salí a esperar el coche. La gobernanta dio un último repaso a mi apariencia y estampó el sello de aprobación.

—Esto es un hecho histórico —insistió—. Graba bien cada detalle en tu memoria para que no se te olvide. ¡Qué ganas tengo de saber cómo ha ido! Te esperaré aquí mismo, ¿conforme?

—Sí, señora Penny —convine.

Abby sonrió y me deseó una feliz velada.

—Gracias, pero estoy más nerviosa que un conejo de monte.

—No tienes por qué preocuparte —respondió mi amiga, y me guiñó el ojo—. Todavía tienes tu *gri-gri* de la buena suerte.

Me eché a reír. Había escondido la moneda en el zapato, pero no renuncié a ella.

—Ya está aquí —anunció la señora Penny.

Salí sin tardanza. Buck Dardar esperaba junto al coche, con mi portezuela abierta. Al girarse hacia mí, sus ojos se ensancharon y emitieron un destello de admiración, aunque no dijo nada. Entré en el vehículo y él dio un rápido rodeo para ocupar el asiento del conductor. La gobernanta se quedó en la escalera y alzó la mano mientras nos íbamos. Cuando estábamos ya fuera de su vista, Buck volvió la cabeza.

—Estás muy guapa —dijo.

—Agradezco el cumplido.

—Sólo hace tres años que trabajo en Greenwood —comentó—, pero ésta es la primera vez que llevo a una estudiante a cenar en la mansión. ¿Eres pariente de los Clairborne?

—¡No! —contesté con una risotada.

Cuando llegamos a la casa, Buck fue muy diligente a abrirme la puerta.

—Gracias —dije.

—Que lo pases bien.

Le sonreí y subí por la escalinata. El portalón se abrió antes de que lo alcanzase y Otis me saludó formalmente.

—Buenas noches, mademoiselle —dijo, más encorvado aún de lo habitual.

—Buenas noches.

Entré y él cerró la puerta.

—Tenga la bondad de seguirme, mademoiselle.

El mayordomo me guió por el corredor y luego hacia la derecha, enfilando un nuevo pasillo que se adentraba en el ala izquierda y conducía al comedor. A diferencia de las otras secciones de la casa, aquí reinaba una atmósfera sombría. Todo era más oscuro: el papel de las paredes, los cortinajes de las ventanas, las alfombras que cubrían el suelo. Los cuadros recreaban los rincones más penumbrosos del río y el *bayou*, pantanos donde el espectral musgo colgante —la conocida «barba española»— aparecía meciéndose en la brisa crepuscular y el Mississippi en uno de sus tramos más anchos, con el agua de un rojo oxidado y los buques y las barquichuelas derivando como evanescentes sombras de sí mismos. Los retratos que vi eran semblanzas de austeros antepasados que miraban al espectador con expresiones de animosidad y condena.

La enorme mesa de roble estaba preparada en un extremo con tres cubiertos. Había en ella dos candelabros de plata que sostenían unas velas escuálidas, blancas como osamentas, donde oscilaban unas débiles llamas. La lámpara de techo estaba encendida sólo parcialmente. Otis fue hasta la silla de mi derecha y la apartó para indicarme que era la que debía utilizar.

—Gracias —dije.

—Madame y monsieur Clairborne vendrán dentro de un momento —anunció, y me dejó sola en aquella solemne habitación.

Pasé largo rato inmersa en un silencio letal, hasta que oí el ya familiar golpeteo del bastón de la señora Clairborne avanzando por el pasillo exterior y desviándose por fin hacia el comedor. Llevaba un vestido negro con una cenefa que le llegaba casi al tobillo. El color ébano de su atuendo resaltaba más aún el reloj parado que descansaba en el valle de sus senos. No había cambios en su tocado, aunque había sustituido los pendientes de brillantes por unos de perlas y lucía una pulsera del mismo aderezo. Llenaba sus dedos una idéntica colección de anillos.

—Buenas noches —me saludó, dirigiéndose a su asiento en la cabecera de la mesa.

—Buenas noches. —Después de que Otis corriera la silla y la ayudara a acomodarse, añadí—: Le agradezco mucho su invitación.

—No ha sido cosa mía.

Vista de cerca, su nariz me pareció todavía más puntiaguda. La cérea piel de su rostro era tan fina que casi se transparentaba. Pude ver las venillas azules de las mejillas y sienes, y la línea velluda del labio superior se hizo más conspicua y oscura. La augusta dama iba bañada en perfume de jazmín, cuyos efluvios anulaban los míos.

—Temo no comprenderla —dije.

—Es mi nieto quien ha insistido en que vinieras. Tengo por norma no invitar a cenar a mis colegialas. ¡Son tantas las que lo merecen! —puntualizó—. Durante nuestro té no me di cuenta de que te habías separado del grupo y os habíais conocido.

—Le oí tocar el piano cuando fui al lavabo.

—La señora Penny debería haber dejado bien sentado que...

—Abuela, ¿no estarás ya desbarrando? —dijo alguien, y al dar media vuelta vi a Louis erguido en la puerta. Contrariamente a la señora Clairborne, no llevaba ningún bastón para sortear corredores y estancias y, por lo que pude apreciar, nadie le había acompañado al comedor.

—Yo no desbarro —objetó ella. Louis sonrió y se encaminó con absoluta precisión hacia el sitio que tenía asignado.

—No te dejes impresionar, Ruby —me explicó mientras esperaba que Otis moviera su silla—. He recorrido los pasillos de esta casa durante tanto tiempo que casi he cavado surcos en los suelos, y todo el mundo sabe que no deben tocar ni un solo mueble en ninguna de las estancias.

—Por eso no permito la entrada de visitantes en esta parte de la mansión —intervino la señora Clairborne—. Si alguien desplaza una silla o cambia una mesa de lugar...

—¿Y por qué iban a hacer nada semejante, abuela, especialmente Ruby?

La señora Clairborne suspiró. Dio una indicación a Otis, quien empezó su servicio vertiendo agua embotellada en los tres vasos.

—¿No tomaremos un poco de vino esta noche? —propuso Louis.

—Yo no doy alcohol a una hija de Greenwood —replicó la abuela enérgicamente.

Louis conservó su sonrisa.

—Al menos tendremos una cena especial, ¿no es así?

—Por desgracia, sí —contestó la señora Clairborne, y me miró—. Mi nieto también ha insistido en hacer un menú cajun.

—Déjame que se lo cuente yo —pidió Louis con vehemencia—. Empezaremos con una *bisque* de langostinos y después comeremos quingombó de pato. Sin embargo, para postre he encargado naranja flameada a la crema, uno de mis platos favoritos de Nueva Orleans.

—Creo que estará riquísimo —dije.

La señora Clairborne gruñó. Al fin, aún reticente, dio la señal y empezamos a comer. Durante la cena apenas habló. Louis se mostró interesado por mi arte y quiso que le describiera las pinturas que había vendido en la galería del barrio francés. Nunca había estado en el *bayou* e hizo mil preguntas sobre la vida en los pantanos. En el curso de la conversación, la señora Clairborne chasqueó varias veces la lengua y me lanzó miradas reprobatorias, en particular cuando mencioné a *grandmère* Catherine y su labor como *traiteur*.

—Me pregunto si un *traiteur* podría ayudarme a recuperar la vista —dijo Louis en voz alta. Este comentario incitó a su abuela a la discusión.

—No admitiré charlatanes en esta casa. Toda la región está inundada de curanderos milagrosos y artistas fraudulentos. Desgraciadamente, el río ha atraído a mucha chusma desde que llegaron los primeros colonos. Tienes a tu disposición a los mejores médicos del país.

—Que no han hecho nada por mí —recalcó Louis ásperamente.

—Te curarás. Debemos tener... —La señora Clairborne se interrumpió. Su nieto giró la cabeza hacia ella y sonrió.

—¿Debemos tener fe? ¿Era eso lo que ibas a decir, abuela?

—No..., sí. Pero fe en la medicina, una ciencia consolidada, no en la brujería. Antes de que te des cuenta habrás sentado a nuestra mesa a un seguidor del vudú —proclamó la señora Clairborne, y contuvo el aliento. Hubo unos segundos de silencio, hasta que Louis soltó una carcajada.

—Como ves, mi abuela tiene unos criterios muy definidos en ciertas materias. Así me soluciona la vida —añadió entristecido—. Ya no tengo que pensar por mí mismo.

—Nadie pretende coartar tus iniciativas, Louis. ¿Acaso no he aceptado que trajeras hoy a esta jovencita?

—Sí. Gracias, abuela. —Se volvió hacia mí—. ¿Te ha gustado la cena?

—Ha sido excelente.

—Por supuesto. Tengo contratada a la mejor cocinera de Baton Rouge —afirmó la señora Clairborne.

—¿Te apetece oírme tocar el piano? —propuso Louis.

—Me encantará.

—Bien. Si nos disculpas, abuela...

—He dado instrucciones al chófer de la escuela que pase a recogerla a las nueve en punto. Las alumnas de Greenwood tienen mucho que estudiar y un horario riguroso.

—Ya he hecho los deberes de mañana —intervine.

—Aun así, deberías regresar pronto a los dormitorios.

—¿Qué hora es en este momento, abuela? —preguntó Louis—. ¿Qué hora es? —la apremió. Yo contuve la respiración. ¿Respondería que las dos y cinco?

—Otis, ¿qué hora es? —consultó la dama al mayordomo, que montaba guardia en la puerta.

—Son las siete y cuarenta minutos, madame.

—En ese caso, tenemos tiempo de sobra —afirmó Louis—. Vayamos al estudio de música. —Se levantó de su silla. Miré a la señora Clairborne, que parecía estar muy contrariada, y también me alcé.

—Gracias por la exquisita cena, señora Clairborne.

Sus delgados labios se separaron en un grotesto simulacro de sonrisa.

—Ha sido un placer —dijo sin convicción.

Louis me ofreció su brazo, yo rodeé la cabecera de la mesa y me aferré a él.

—Veo que llevas la fragancia predilecta de la abuela —dijo sonriente—. Seguro que alguien te lo ha dicho.

—Ha sido la señora Penny, nuestra gobernanta —confesé. Él sonrió y me condujo del comedor a su estudio. Circulaba por la casa con tanta soltura como si pudiera verla y, cuando llegamos a la estancia, fue directamente al piano, sin la menor vacilación.

—Siéntate a mi lado —sugirió, haciéndome sitio en la banqueta.

En cuanto obedecí, atacó una pieza ligera y romántica. La melodía parecía brotar de sus dedos para imprimirse en el instrumento. Balanceó el pecho suavemente, con su hombro rozando el mío. Observé su cara mientras tocaba y vi un pequeño titilar en sus labios y en los párpados. Cuando la canción llegó a su fin, mantuvo las manos en el teclado, como si la música continuara fluyendo.

—Ha sido preciosa —dije casi en un susurro.

—Mi profesor de piano, normalmente un tipo muy altivo, cree que la ceguera da un mayor virtuosismo a mis interpretaciones. A veces se diría que me tiene envidia. Incluso me confesó que acostumbra vendarse los ojos cuando practica él solo. ¿Lo imaginas?

—Sí —respondí.

Pese a tener los dedos aún sobre las teclas y el cuerpo en la postura de quien va a acometer una segunda pieza, Louis continuó hablando en vez de tocar.

—Nunca había tenido a una chica..., a una mujer sentada tan cerca —dijo—. Esta proximidad es nueva para mí.

—¿Por qué?

Él se echó a reír.

—¡Vaya una pregunta! —comentó, y se esfumó su sonrisa—. No lo sé. Supongo que por miedo.

—¿Miedo de qué?

—De sentirme en desventaja. Para tranquilidad de mi abuela, más que por mí mismo, finjo estar bien adaptado. Naturalmente, nunca me ve andar a tientas. Yo me ocupo de evitarlo. Tampoco oye mis lamentos. Ni siquiera recuerdo la última vez que lloré en su presencia. Aquí todos somos maestros en el arte del disimulo; sin duda ya lo habrás notado. Actuamos con absoluta normalidad. Hacemos como si no hubiera pasado nada. Pero estoy harto de tanto fingimiento —dijo, volviéndose hacia mí—. Necesito... un poco de realidad. ¿Te parece mal?

—En absoluto.

—Ayer, cuando entraste en esta sala, percibí algo singular en tu voz, una nota honesta y auténtica que me reconfortaba, que me infundía esperanzas. Fue casi como... si pudiera verte. Sé que eres guapa.

—No lo creas, sólo...

—Sí que lo eres —me interrumpió—. Lo he advertido por el tono en que te habla la abuela. Mi madre fue una belleza —agregó. Me quedé en suspenso. El ritmo de mis latidos empezó a crecer. ¿Iba a contarme su tremenda odisea?—. ¿Te molestaría que palpase tu rostro y tu cabello?

—No —respondí.

Louis posó los dedos en mis sienes y, lenta y delicadamente, delineó mis rasgos faciales, pasando las yemas por mi boca y bajando hasta el mentón.

—¡Qué maravilla! —murmuró. Se humedeció el labio inferior con la punta de la lengua mientras proseguía su descenso por el cuello y la clavícula—. Tienes la piel muy sedosa. ¿Puedo continuar?

Sentí una presión en la garganta. Mi corazón se disparó. Estaba aturdida, pero lamentaba negárselo. ¡Parecía tan desesperado!

—Sí —contesté.

Sus dedos buscaron la línea de mi escote y la bordearon hasta el canal del pecho. Noté que se aceleraba su pulso. Tanteó el contorno de mis senos, hurgando y apretando con los dedos como si fuese un escultor empeñado en moldearlos. Sus manos descendieron por la caja torácica, alcanzaron el talle y volvieron a subir, de tal modo que sus palmas se deslizaron sobre mis pezones.

De pronto, se apartó como si hubiera tocado un cable de alta tensión. Bajó la cabeza.

—No importa —dije.

En silencio, Louis devolvió los dedos al teclado y empezó a tocar, aunque esta vez la música fue dura y estentórea. Empezó a sudar. Respiraba con fatiga. Parecía resuelto a agotarse. Al fin concluyó, aporreando las teclas con la palma de las manos abiertas.

—Lo siento —dijo—. No debí pedir a la abuela que te invitase.

—¿Por qué? —Él se ladeó lentamente.

—Porque es una tortura, por si no te has enterado —bramó—. Pronto cumpliré treinta y un años, y eres la primera mujer que he tocado. Mi abuela y mi prima me han conservado siempre en alcanfor —añadió con acritud—. Hoy mismo no te habrían llamado si no hubiera sido por mi mal genio.

—Es terrible, Louis. No deberías vivir prisionero en tu propia casa.

—Sí, soy un prisionero, pero mi cárcel no son estas paredes. ¡Son mis propios pensamientos los que me encadenan! —exclamó, sepultando el rostro entre las manos. Exhaló unos profundos gemidos. Conmovida, le puse la mano en el hombro. Él levantó la cabeza y preguntó—: ¿No te asustas de mí? ¿No te doy asco?

—¡Claro que no!

—Más bien me tienes lástima, ¿no es eso? —inquirió con suspicacia.

—Sí, en cierto modo, aunque también admiro tu talento —dije. Él suavizó su expresión y respiró hondo.

—Quiero recobrar la visión —declaró—. No obstante, los médicos dicen que temo ver. ¿Crees que es posible?

—No me sorprendería.

—¿Has huido alguna vez de un conflicto que no pudieras afrontar?

—Desde luego —contesté.

—¿Me lo explicarás un día? ¿Volverás a visitarme?

—Si tú lo deseas, sí.

Louis sonrió.

—He compuesto una melodía para ti —dijo—. ¿Quieres oírla?

—¿De verdad? Sí, por favor.

Comenzó a interpretarla. Era una balada fluida y cautivadora que curiosamente me trajo reminiscencias del *bayou*, de sus aguas, de sus bellísimos pájaros y flores.

—Es preciosa —dije cuando terminó—. Me ha entusiasmado.

—Voy a titularla *Ruby*. Pediré al profesor que me la transcriba y te daré una copia la próxima vez que vengas.

—Muchas gracias.

—Me gustaría saber algo más de ti, sobre todo por qué creciste en el ámbito cajun y acabaste viviendo en el seno de una acomodada familia criolla del Garden District.

—Es una larga historia.

—Mejor —dijo él—. Será como Sherezade en *Las mil y una noches*, una concatenación de relatos para que tengas que pasar aquí mucho tiempo.

Me eché a reír y, una vez más, Louis acercó los dedos a mi rostro y trazó las facciones hasta los labios, con la salvedad de que esta vez los mantuvo allí más rato.

—¿Puedo besarte? —imploró—. Sería una nueva experiencia.

—Sí —accedí, sin saber por qué le permitía tantas confianzas.

Se inclinó hacia mí y le guié con las manos hasta que nuestras bocas se encontraron. Fue un beso superficial que alteró su respiración. Depositó las manos en mi pecho y se acercó para besarme de nuevo, estampando más tiempo sus labios en los míos mientras sus dedos rozaban los senos con la sutileza de una pluma. Trató de apartar la tela y tocar la carne, pero fue un intento frustrado.

—Louis, no deberíamos...

Fue como si le hubiese abofeteado. No sólo retrocedió, sino que esta vez se alzó de la banqueta.

—No, no deberíamos. Más vale que te marches —dijo de mal humor.

—Yo no pretendía...

—¿No pretendías qué? —exclamó—. ¿Ridiculizarme? Así es justamente como me siento. ¿Acaso no ves mi excitación?

Una mirada me bastó para confirmarla.

—Lo lamento, Louis.

—Di a mi abuela que estoy cansado —dijo, y con los brazos caídos rígidamente a ambos lados, echó a andar hacia el pasillo.

—Louis, espera —le supliqué, pero no se detuvo. Salió de la estancia de forma precipitada.

Se adueñó de mí un sentimiento de compasión. Fui tras él hasta la puerta y escudriñé el corredor. Absorbido por la oscuridad misma que habitaba, en unos segundos pareció difuminarse. Afiné el oído para detectar sus pisadas, per sólo me respondió el silencio. Intrigada, me aventuré un poco más en el ala occidental de la casa, pasando junto a otra sala de estar de menores dimensiones y, tras doblar la esquina, me detuve en la primera puerta. Llamé discretamente con los nudillos.

—¿Louis?

No oí contestación, pero aun así accioné la manilla. La puerta cedió y me asomé a un dormitorio muy regio y espacioso, con una formidable cama de dosel que tenía la mosquitera de tul echada en amplios pliegues. Flotaba en el aposento un fétido olor a humedad y advertí que las flores de los jarrones estaban muertas. Había encendidas dos lámparas pequeñas que imitaban a los antiguos candiles de aceite. Estaban en las mesillas de noche, y proyectaban la suficiente luz para perfilar lo que me pareció una persona acostada en el lecho, si bien una inspección más detallada me demostró que era una bata de mujer desplegada.

Me disponía a retroceder cuando, de manera imprevista, se abrió violentamente la puerta de una estancia contigua y apareció Louis. Quise llamar su atención, pero empezó a gemir desconsolado y a golpearse los ojos, hincando las rodillas al mismo tiempo. Aquella acción me dejó estupefacta. Me puse a temblar en el umbral. Luego se acurrucó en sus propios brazos, hizo unos breves bamboleos y se sujetó a la jamba de la puerta para incorporarse. Con la cabeza gacha, dio media vuelta y ajustó la hoja. Aguardé unos instantes, observé de nuevo la habitación, y por fin reculé muy sigilosa y volví al pasillo.

Prácticamente de puntillas, regresé al vestíbulo y de allí al saloncito donde habíamos tomado el té. La señora Clairborne estaba en su butaca, contemplando el retrato de su marido.

—Disculpe —dije. Ella se volvió con parsimonia. Me pareció divisar un rastro de lágrimas en sus blancas mejillas—. Louis ha dicho que estaba fatigado y se ha retirado a su cuarto.

—Muy bien —respondió, y se puso de pie—. El chófer te espera en el portal para llevarte a los dormitorios.

—Gracias otra vez por la cena.

Otis se personó en la puerta como si hubiera surgido de la nada y la abrió enseguida.

—Buenas noches, mademoiselle —dijo con una reverencia.

—Buenas noches.

Salí a toda prisa y bajé por la escalinata. Buck saltó fuera del coche y aguantó la portezuela.

—¿Te has divertido? —preguntó.

No respondí. Me instalé y él volvió a su puesto.

Mientras nos íbamos, eché un último vistazo a la mansión. Pensé que Louis y su abuela eran más ricos e influyentes que cualquier otra familia que había conocido o llegaría a conocer jamás, pero eso no significaba que la desgracia no llamase a su puerta.

¡Cómo anhelé que *grandmère* Catherine viviera todavía! Una noche habría podido introducirla en la finca a hurtadillas y ella habría tratado a Louis, devolviéndole la vista, además de ahuyentar toda su angustia. Años más tarde, yo asistiría a un concierto en algún prestigioso auditorio donde actuase como solista. Antes de terminar, se erguiría ante el público y anunciaría que la siguiente pieza había sido escrita para una persona muy especial.

«Se llama *Ruby*», diría, y cuando la tocase, yo me sentiría como una estrella desfilando bajo los focos.

Grandmère me habría advertido que todo aquello eran cábalas ilusorias, sueños tan frágiles como pompas de jabón. Pero luego habría meneado la cabeza tristemente y habría añadido: «Al menos tú puedes soñar. Ese chico infortunado vive en una casa donde no existen las ilusiones. Pulula realmente en la oscuridad.»

7. REGLAS Y MÁS REGLAS

Como me había prometido, la señora Penny me esperaba en el vestíbulo del pabellón. Cuando me vio llegar se levantó de un brinco y fue corriendo a saludarme, con los ojos rezumando júbilo y expectación.

—¿Cómo ha ido la cena? —preguntó a gritos.

—Ha sido muy agradable, señora Penny —dije, y miré de soslayo a las chicas de los cuadrángulos «B» y «C» que estaban mirando la televisión. La mayoría de ellas me observaba con curiosidad.

—¿Sólo agradable? —preguntó la gobernanta, muy decepcionada. Parecía una niña pequeña a la que hubieran castigado sin helado. Sabía que quería de mí un catálogo de superlativos, un aluvión de alabanzas, pero no estaba de humor. Su rostro volvió a iluminarse al ocurrírsele otra pregunta—: ¿Con qué te ha obsequiado la señora Clairborne?

—Con un plato de marisco —contesté, omitiendo el guiso cajun—. ¡Ah, y de postre, naranja flameada a la crema! —añadí. Aquello la satisfizo.

—Sabía que habría algún plato original. ¿Dónde habéis hecho la sobremesa? ¿Habéis estado charlando en la misma sala donde tomamos el té, o habéis ido a uno de los patios con el techo acristalado?

—Louis me ha dado un recital de piano. Luego ha ido a descansar y yo he vuelto aquí —sinteticé.

Ella asintió.

—Ha sido un honor —dijo, moviendo aún la cabeza—, un gran honor. Deberías enorgullecerte.

«¿Porque me han invitado a cenar? ¿No es un honor mucho mayor pintar un cuadro bonito o tener una calificación alta en un examen de la escuela?», habría querido replicar, pero opté sencillamente por sonreír y batirme en retirada.

Gisselle, rodeada por Samantha, Kate y Jacqueline, celebraba asamblea en la sala comunitaria cuando yo entré. A juzgar por el alegre sonrojo que teñía sus rostros, deduje que mi hermana les estaba relatando una de sus hazañas sexuales en Nueva Orleans. Todas me miraron como si fuera una intrusa, pero no tenía intención de unirme al grupo.

—Fijaos quién ha vuelto —bromeó Gisselle—, la princesa de Greenwood.

La camarilla celebró su ocurrencia con risas.

—¿Cómo habéis pasado la velada, alteza?

—¿Por qué no dejas de hacer payasadas, Gisselle?

—Habréis de perdonarme, princesa. No pretendía ofender a vuestro real corazón —continuó burlándose mi hermana, coreada por las risas de su club de admiradoras. Nosotras, míseras servidoras, hemos tenido una cena de lo más tediosa, excepto cuando derramé accidentalmente mi sopa caliente encima de Patti Denning. —Aquí las carcajadas arreciaron—. ¿Cómo ha estado Louis? Al menos cuéntanos eso.

—Muy divertido —eludí.

—¿Has buceado con él en la oscuridad? —me preguntó. A despecho mío, la sangre afluyó a mis mejillas. Gisselle enarcó las cejas—. ¿Lo has hecho? —urgió.

—¡Basta! —vociferé, y volví con atropello a mi habitación. Di un sonoro portazo para aislarme del jolgorio. Abby levantó la vista de su libro de texto, sorprendida por mi brusca irrupción.

—¿Qué ocurre?

—Es Gisselle —respondí escuetamente, y ella hizo una mueca. Luego se acomodó y cerró el libro en su regazo.

—¿Cómo te ha ido en la mansión?

—Fatal, Abby —me lamenté—. Me he sentido muy... extraña. La señora Clairborne ni siquiera quería que fuese.

Ella asintió con la cabeza como si lo supiera desde el principio.

—¿Y Louis?

—Sufre un intenso desasosiego emocional. Es una persona sensible, con grandes facultades, pero tan retorcida y enmarañada mentalmente como la hierba de los pantanos que se engancha en las hélices de las barcas —dije.

Tomé asiento y le conté lo sucedido. Mi relato nos deprimió a ambas y, después de desnudarnos y meternos en la cama, pasamos horas en vela hablando de nuestros respectivos pasados. Le amplié la historia de Paul y evoqué la tremenda frustración que había sentido al saber que el muchacho que tanto me atraía era en realidad mi hermanastro. Ella comparó la perversa broma que me había jugado el destino con sus propios descubrimientos sobre sí misma y sus antecedentes familiares.

—Al parecer, las dos hemos sido marcadas por circunstancias que escapan a nuestro control, como si tuviéramos que expiar los pecados de nuestros padres y abuelos. Es una injusticia. Todos deberíamos gozar de unos inicios limpios.

—Incluido Louis —señalé.

—Sí —dijo Abby con voz reflexiva—, incluido Louis.

Cerré los ojos y me dormí recordando aquella composición llamada *Ruby*.

La semana siguiente comenzó plácidamente, con augurios de rutina. Hasta Gisselle pareció calmarse y trabajar en sus asignaturas. Advertí en ella un notorio cambio de conducta durante las horas lectivas. En las dos clases que compartíamos estuvo callada y atenta, e incluso me sorprendió deteniendo a su cortejo en el pasillo después de lengua y literatura para pedir a Samantha que recogiera unos envoltorios de chicle que alguien había tirado cerca de la fuente. Por supuesto, aún blandía el cetro en la cafetería, donde se sentaba como una gran duquesa cuyas palabras debieran tratarse con un respeto reverencial, y comentaba anécdotas, habitualmente con tono socarrón que estimulaba coros de risa en la audiencia cada vez más numerosa que congregaba.

Sin embargo, el sarcasmo que había caracterizado sus respuestas a las preguntas formuladas en clase y sus parodias de los profesores y los deberes que impartían, se hallaban ausentes tanto de su discurso como de su actitud. Dos veces en que la señora Ironwood, de pie en los corredores, vigilaba a las estudiantes mientras se desplazaban de un aula a otra, mi hermana hizo parar a Samantha para saludar a la Dama de Acero, quien inclinó la cabeza con gesto aprobatorio.

Observar el inusitado buen comportamiento de mi hermana me hizo sentir como quien ve hervir la leche en un cazo. Antes o después entraría en ebullición, levantaría la tapa y se desbordaría sobre la llama. Había convivido lo bastante con ella para saber que no podía fiarme de sus promesas, sus sonrisas y sus frases amables, siempre que afloraba alguna a su aviesa boca.

En un principio, lo que ocurrió entonces parecía serle totalmente ajeno. Tendría que profundizar en la insidia zigzagueante que había ido envolviendo la mente diabólica de mi hermana gemela para descubrir sus verdaderos propósitos. Huelga decir que se había originado en su cólera inicial por haber sido enviada a Greenwood. A pesar de su aparente adaptación, estaba todavía descontenta y, como no tardaría en saber, decidida a volver a cualquier precio con sus antiguos amigos y costumbres.

El miércoles por la mañana me entregaron un mensaje en la hora de ciencias sociales comunicándome que debía presentarme en el despacho de la señora Ironwood. Siempre que una chica era llamada a presencia de la Dama de Acero en medio de una clase, las otras estudiantes la miraban con conmiseración y alivio porque no eran ellas las que habían sido convocadas. Tras haber sufrido una sesión preliminar, comprendía su pánico. Sin embargo, no delaté ningún nerviosismo al alzarme y salir del aula. Lógicamente tenía el corazón en vilo cuando llegué a la oficina. Una mirada al semblante de la señora Randle me ratificó que había problemas.

—Espera un minuto —dijo muy seca, como si fuera una extensión emocional de la señora Ironwood, un espejo de sus talantes, sus pensamientos, sus furores y plácemes.

Dio unos golpecitos en la puerta y esta vez susurró mi nombre. Luego la cerró y volvió a su mesa, dejándome allí de pie, a la expectativa. No levantó para nada la vista de sus papeles. Yo cambié el peso de una pierna a otra y exhalé un suspiro. Un minuto más tarde, la señora Ironwood salió a buscarme.

—Pase —me ordenó, y di un paso atrás. Lancé un rápido vistazo a la señora Randle, que alzó la mirada y volvió a bajarla de inmediato, como si al mirarme hubiera de padecer un castigo aún más mortífero que el de la esposa de Lot cuando quiso ver Sodoma y se convirtió en una estatua de sal.

Por fin entré en el despacho. La señora Ironwood cerró la puerta detrás de mí y se dirigió muy enhiesta a su butaca.

—Siéntese —me mandó. Así lo hice y aguardé. Antes de empezar, la directora clavó en mí una mirada llena de dureza—. A estas alturas no sería absurdo por mi parte esperar que una nueva estudiante hubiese leído el manual de la escuela de Greenwood, más todavía si dicha estudiante sobresale académicamente —dijo—. ¿Es correcto mi razonamiento?

—Supongo que sí —respondí.

—Y bien, ¿lo ha hecho?

—Sí, aunque desde luego no lo he memorizado —declaré, quizá con excesiva contundencia, porque sus ojos se encogieron y su tez palideció, sobre todo en las comisuras de los labios. Frunció el entrecejo antes de continuar.

—Ni yo espero que lo memorice para poder citarlo palabra por palabra. Sólo le pido que lo lea, lo comprenda y lo obedezca. —La directora se apoyó en el respaldo de su silla y abrió abruptamente un ejemplar, descartando las páginas iniciales y aplanándolo sobre el escritorio al encontrar la que buscaba—. Sección diecisiete, párrafo segundo, epígrafe Salidas del complejo de Greenwood: «Antes de traspasar los límites de la escuela, todas las alumnas inscritas deben tener archivado en la administración un permiso paterno específico y por escrito. Este documento estará fechado y firmado.»

Apartó la vista del libro y prosiguió.

—Las razones subyacentes son simples. Cuando aceptamos a una nueva estudiante asumimos ciertas obligaciones. Si le ocurriera cualquier percance estando bajo nuestra supervisión, habríamos de soportar todo el rigor de la culpa por haberle permitido callejear a su capricho.

»Normalmente no creo necesario justificar nuestros métodos, pero en este caso, con su historial particular, lo he hecho para que entienda que no estoy fastidiándola por sistema, como suele propugnar la gente de su clase.

»Su profesora fue muy imprudente al llevarla en su automóvil. Ya ha sido reprendida, y su indiscreción anotada en el expediente. Cuando haya que renovarle el contrato será una de mis principales consideraciones.

La miré perpleja. Me resultaba difícil respirar, no asfixiarme en aquel torbellino de sucesos. Era evidente, me dije, que la señora Penny me había traicionado, pese a que prometió tener la boca cerrada. Nos había puesto en la picota a la señorita Stevens y a mí.

—Eso no es justo. Ella sólo quería brindarme la oportunidad de pintar. No fuimos a ningún sitio indecente...

—También la llevó a un restaurante, ¿no? —inquirió la Dama de Acero, y sus ojos taladradores se endurecieron aún más.

—Sí —repuse, y noté en el pecho una masa compacta y plomiza que me dolía.

—¿Y si la comida le hubiera sentado mal? ¿A quién cree que culparían? A nosotros —afirmó la señora Ironwood, respondiéndose a sí misma—. ¡Sus padres incluso habrían podido demandarnos!

—No era ningún tugurio inmundo, sino...

—Ésa no es la cuestión. —La directora volvió a arrellanarse en la silla y prendió de mí aquellos fríos ojos de acero—. Conozco a los de su especie —dijo desdeñosamente.

Molesta por su menosprecio, contraataqué.

—¿Por qué se obstina en insultarme? No soy una «especie». Soy una persona, un individuo, como las demás chicas que asisten a esta escuela.

Ella se echó a reír.

—Permítame dudarlo —dijo—. Es la única alumna que nació en un entorno depravado. Ninguna de mis otras chicas tiene una sola mancha en su linaje. De hecho, más del ochenta por ciento de las internas de mi escuela procede de familias cuya estirpe se remonta a las cien *filles à la cassette* o «chicas del cofre», que fueron traídas originariamente a Luisiana.

—También mi padre desciende de ella por vía directa —repliqué, aunque no daba ningún valor a esas cosas.

—Pero su madre era cajun. Tal vez fue incluso una mestiza de origen cuestionable. No, conozco bien a los de su especie, los de su calaña —reafirmó—. Su maldad es sinuosa y taimada. Captan al vuelo quiénes son los más indefensos, los que tienen ciertas debilidades, y juegan con esas flaquezas como un parásito de los pantanos —acusó.

Mi cara se incendió con tanto ardor que creí que me iba a explotar la tapa del cráneo. Pero antes de que pudiera arremeter, la directora añadió lo que reconocí como la auténtica causa de aquella entrevista.

—Fue así como logró engatusar con malas artes a mi pobre primo Louis y se hizo invitar a cenar en casa de mi tía.

De pronto la sangre dejó de circular por mi rostro.

—Eso es falso.

—¿Falso? —La señora Ironwood sonrió con afectación—. Múltiples jóvenes han aspirado a conquistar el corazón de Louis y erigirse así en herederas de su vasta fortuna, la escuela y toda esta propiedad. Por lo demás, un muchacho ciego no es lo que llamaríamos «un buen partido», ¿verdad? Pero es vulnerable. Por eso hemos sido hasta hoy tan selectivas con sus compañías.

»Desafortunadamente, usted se las ingenió para causarle una buena impresión sin conocimiento de mi tía. Pero no crea que va a aprovecharse de él —me advirtió.

—Nunca he tenido esa intención. Ni siquiera me apetecía acudir a la dichosa cena del domingo —desvelé. Sorprendida, la directora arqueó las cejas y apretó los labios con una sonrisa escéptica—. Así es, pero sentí lástima por Louis y...

—¿Cómo dice? ¡Así que es una joven piadosa! —exclamó con una horrenda risotada—. Hágame un favor: no se preocupe por mi primo. Se encuentra bien tal y como está.

—No estoy de acuerdo. Es un error tenerle enclaustrado en la mansión como un gusano en su capullo de seda. Necesita conocer gente, en especial a mujeres jóvenes.

—¿Cómo osa tener el descaro y la audacia de sugerir lo que conviene o no a Louis? No toleraré una sola sílaba más de sus labios sobre este asunto, ¿me ha entendido? —graznó la señora Ironwood con voz chillona.

Desvié la cabeza. En mis ojos bullían lágrimas de furia y desespero.

—Pues bien —continuó—, ahora que, estoy segura, se ha extendido por todo el recinto que ha violado la sección diecisiete de nuestro código de conducta, se impone un castigo. Tal infracción vale veinte puntos negativos, lo que redunda al instante en la suspensión de todos sus privilegios sociales durante dos semanas. Sin embargo, puesto que es su primera falta y como su profesora también tiene una parte de la responsabilidad, limitaré la sanción sólo a una. Desde hoy y hasta el término de la sentencia, debe presentarse en los dormitorios inmediatamente después de las clases, y pasará allí recluida los días festivos. Si transgrede esta orden, aunque sea un minuto, no me quedará otro remedio que expulsarla de Greenwood, lo que temo que causará un fuerte impacto a su pobre hermanita inválida.

Un llanto gélido surcó ahora mis mejillas. Me temblaban los labios y sentía la garganta como si hubiera tragado una piedra pómez.

—Ya puede volver a clase —concluyó la Dama de Acero, cerrando de golpe el manual.

Me erguí con las piernas tambaleantes. Habría querido rebelarme contra aquella arpía, desafiarla, decirle lo que realmente opinaba de ella, pero en mi interior vi la cara desencantada de papá y una honda consternación en su voz. Pensé que era lo que Daphne perseguía. Avalaría sus acusaciones contra mí y haría la vida aún más difícil a mi padre. Así pues, reprimí mi indignación y abandoné el despacho.

Pasé el resto del día como una autómata. Parecía que mi corazón se hubiese transformado en frío metal. Contesté en todos los debates, hice mi trabajo, tomé apuntes y me mudé de un aula a otra con la vista siempre al frente, sin mirar a derecha e izquierda ni interesarme por las conversaciones. Durante el almuerzo, conté a Abby lo sucedido.

—La señora Penny me ha defraudado —afirmé.

—Deben de haberla intimidado para que hablase —sugirió mi amiga.

—Sí, y no puedo reprochárselo. La Dama de Acero sería capaz de arrancar la cola a un caimán.

Abby se carcajeó del dicharacho.

—Yo tampoco me moveré este fin de semana —dijo.

—No quiero que te sacrifiques injustamente porque a mí me ha castigado esa arbitraria mujer.

—Pero yo, sí. Apuesto a que tú en mi lugar harías lo mismo —añadió agudamente mi compañera. Intenté negarlo, pero ella se rió como si hablara en una jerga extranjera—. Además, no considero un sacrificio quedarme contigo —sentenció. Esbocé una sonrisa, exultante por haber trabado una amistad tan estrecha en tan poco tiempo.

Pero cuando entré en el estudio de arte para recibir la última clase de la jornada, volví a sentirme tan mal como si hubiera bebido una taza llena de renacuajos. La señorita Stevens se acercó a mi pupitre en cuanto me vio.

—No te preocupes —masculló—. No me pasará nada. Francamente, lamento mucho más haberte metido en este berenjenal que mi propia situación.

—Yo siento lo mismo contigo.

Ella se echó a reír.

—Supongo que tendremos que seguir el consejo de Louis y dedicarnos a pintar el lago, ya que está en los terrenos de la escuela. Es decir, hasta que obtengas la autorización de tus padres.

—No será esta semana —comenté.

—Entretanto, te recuerdo que el cuadro que iniciaste en el río aún está incompleto. —La profesora apretó mi mano—. Por otra parte, nadie puede pedir a un pintor que sea modosito y acate las normas. Los artistas somos gente impulsiva, imprevisible. De lo contrario, no crearíamos.

Sus palabras tuvieron el don de animarme y no volví a pensar en mi castigo ni en la confrontación con la señora Ironwood hasta que regresé a los dormitorios y vi a la gobernanta ordenando los muebles de la sala recibidor. Me abalancé sobre ella.

—Creía que teníamos un pacto, señora Penny —le espeté—. El otro día estaba de acuerdo.

—¿Un pacto? —preguntó con una risita de confusión—. ¿A qué te refieres, mi querida Ruby?

—Se suponía que no iba a contar a nadie mi escapada del sábado con la señorita Stevens —dije.

La gobernanta negó con la cabeza.

—Y no lo he hecho. Estaba inquieta, lo admito, pero no he dicho una palabra. ¿Por qué? —Se llevó las manos al pecho—. ¿Acaso lo ha averiguado la directora?

—Sí. Debo pasar una semana confinada en mi habitación. Me privan de mis privilegios sociales. Supongo que la dirección no tardará en comunicárselo.

—¡Dios santo! —exclamó la señora Penny, y sus manos se desplazaron del pectoral a las carnosas mejillas como si fueran sendos pájaros en busca de un lugar donde posarse—. Eso significa que va a llamarme para preguntar por qué no lo sabía y, sobre todo, por qué no la informé después de enterarme. ¡Ay, Señor!

—Diga que me escabullí a sus espaldas —le propuse—. Finja que es la primera noticia. Yo lo confirmaré si me lo pregunta.

—No me gusta mentir. Mira, hija, una falsedad lleva a otra y luego a otra.

—Usted no ha mentido.

—No he cumplido con mi deber, que es lo mismo. ¡Qué espanto! —dijo la gobernanta, y se alejó muy alterada.

No fue hasta un rato más tarde, al hablar con Gisselle a solas en su habitación, cuando comprendí qué estaba pasando.

—Ahora ya odias este lugar, ¿no es verdad? —me preguntó después de que le refiriera mi escena con la señora Ironwood—. Quizá por fin le dirás a papá que deberíamos dejarlo y volver a nuestro colegio de siempre. —Su sonrisa se había vuelto pérfida y zalamera—. Yo aún deseo marcharme, pese a que la Dama de Acero me tiene más simpatía a mí que a ti. ¡Si somos casi íntimas! —añadió con hilaridad.

Entonces entendí por qué había fingido ser una buena estudiante y por qué se había portado tan ejemplarmente. Había querido congraciarse con la señora Ironwood para poder denunciarnos a mí y a la profesora de arte.

—Has sido tú, ¿no es cierto, Gisselle? Nos has metido en un buen lío.

—¿Y por qué iba a hacer eso? —preguntó, eludiendo mi mirada.

—Porque creías que estando castigada podrías presionarme para que pida a papá que nos saque de aquí. Y porque estás celosa de mí.

—¿Celosa, yo? —Gisselle se rió—. Ni lo sueñes. Incluso sentada en esta silla de ruedas te supero en todo. Tienes que pasar muchos años de vida en los pantanos para igualarte a mí. ¡Tú y tu familia cajun! —dijo con desprecio—. Y bien, ¿piensas hablar con papá?

—No —contesté—. No quiero partirle el corazón y ofrecer a Daphne otra victoria sobre nosotras.

—¡Ya salió tu maldita rivalidad con Daphne! ¿Es que no te gustaría volver a nuestra escuela, donde no hay Dama de Acero ni todas esas reglas estúpidas? Allí tendríamos mil novios y diversiones —gimoteó.

Incapaz de retenerme, pasé al ataque.

—Por lo que he podido ver —dije—, en Greenwood también tienes mucha diversión..., ya sea a mi costa o a la de cualquier otra que se cruce en tu camino.

Samantha iba a entrar en la alcoba, pero titubeó cuando vio mi cara y oyó mis voces.

—¡Oh, perdón! ¿Queríais estar solas?

—Más bien no —repuse con acaloramiento—. Y si yo fuera tú o tus otras amigas, de hoy en adelante llevaría mucho cuidado con lo que digo y hago.

—¿Por qué? —preguntó Samantha.

Miré furibunda a Gisselle.

—Porque todo lo que ocurre llega misteriosamente a oídos de la señora Ironwood —respondí, y giré sobre mis talones para salir de la habitación.

De todas formas, Gisselle casi obtuvo el triunfo que perseguía cuando me telefoneó Beau al cabo de unas horas. Estaba muy excitado por su inminente viaje a Greenwood para visitarme aquel sábado. Entre tanto alboroto, lo había olvidado por completo. Mi alma se desgarró; las lágrimas manaron en cascada al tener que impedírselo.

—No puedes venir este fin de semana, Beau. No me dejarían verte. Me han castigado a un encierro total en mi dormitorio.

—¿Qué? ¿Cómo ha sido?

Estremecida por llantos y ahogos, le expliqué los últimos sucesos.

—¡Maldita sea! —exclamó—. El domingo que viene tenemos partido fuera de casa. Tardaré al menos otras dos semanas en poder ir a verte.

—Lo siento muchísimo, Beau. Tienes todo el derecho a olvidarte de mí y buscar otra pareja.

—Eso jamás, Ruby —me prometió—. Llevo siempre tu fotografía en el bolsillo superior de la camisa, cerca del corazón. De vez en cuando, la saco en la escuela y la contemplo unos segundos. Incluso hablo contigo a través de tu imagen —confesó.

—¡Cómo te echo de menos, Beau!

—Quizá si voy, podrías fugarte un rato.

—No, es justo lo que espera la directora. Además, Gisselle disfrutaría difundiéndolo aunque nadie más lo supiera, ya que así provocaría mi expulsión.

—Estoy de acuerdo con tu hermana.

—Tal vez, pero daríamos a mi padre un disgusto de muerte y en casa se generarían problemas de todo tipo. De un modo u otro, Daphne nos encontraría un destino peor. Sería horroroso..., aunque Gisselle lo merece —afirmé con enfado.

—De acuerdo —se rindió Beau—. Me contentaré con llamarte y haré una solicitud formal al dios del Tiempo para que pase deprisa.

Después de colgar el auricular, me quedé sollozando junto al teléfono. La señora Penny me vio y acudió presurosa por el corredor.

—¿Qué te ocurre, mi pequeña Ruby? —preguntó.

—Todo, señora Penny. —Me enjugué las lágrimas con los puños y suspiré—. Pero sobre todo se trata de mi novio. Quería venir este sábado y he tenido que decirle que no podremos vernos.

—¡Oh, vaya! —dijo, y su rostro se demudó—. ¿Has hablado con él por teléfono?

—Sí. ¿Por qué lo pregunta?

La gobernanta oteó el pasillo por ambos lados.

—No puedes hacerlo, Ruby. Durante una semana tienes prohibido usar el teléfono para conversaciones sociales. La señora Ironwood lo ha recalcado expresamente.

—¿Qué? ¿Ni siquiera puedo recibir llamadas?

—No si son de tus amigos. Sólo faltaría que se produjera otro incidente para indisponer contra mí a la señora Ironwood. Lo más probable es que me presentase la orden de despido —declaró apesadumbrada—. Fijaré la restricción en el tablón de anuncios y así las demás chicas sabrán que no deben pasarte absolutamente a nadie. Lo siento. Si alguien te llama, me pondré al aparato y le daré las explicaciones oportunas. Sin embargo, te transmitiré los mensajes.

Meneé la cabeza y luego la bajé. Tal vez Gisselle tenía razón. Tal vez sería más sensato huir de Greenwood y enfrentarnos a las decisiones de Daphne. Sentía el corazón dividido: una parte lloraba por mi padre y lo que pudiera suceder, y la otra, por Beau y lo que ya había sucedido.

Regresé a la habitación para sofocar el llanto en la almohada y hacer lo mismo que había dicho Beau: rezar al dios del Tiempo e implorarle que acelerase los minutos, las horas y los días.

Había salvado como pude el resto de la semana, preparándome para mis dos días de lo que cabía equiparar a un arresto domiciliario, cuando ocurrió un segundo hecho inesperado. El viernes por la noche, después de cenar y de que las otras chicas del pabellón fuesen a ver una película en la sala de actos, la señora Penny entró en mi habitación. Abby y yo estábamos entreteniéndonos con un juego de azar y escuchando música. Oímos un tamborileo en la puerta, y al alzar los ojos vi a nuestra gobernanta muy turbada y compungida.

—Has tenido una llamada —me anunció. Al principio imaginé que habría sido de Beau. Como la señora Penny no continuaba, sino que se frotaba nerviosamente las manos y mordía su labio inferior, lancé a Abby una mirada irónica y la interpelé.

—¿Y bien?

—Era Louis, el nieto de la señora Clairborne.

—¡Louis! ¿Qué quería?

—Ha preguntado por ti. Le he dicho que no podías hablar por teléfono y se ha puesto muy... muy...

—¿Muy qué, señora Penny?

—Nervioso —dijo la gobernanta con visible estupor—. He intentado explicarle que no dependía de mí, que no tengo autoridad para cambiar las órdenes, pero...

—¿Y bien? —repetí.

—Ha empezado a gritar y a acusarme de ser cómplice en una conspiración capitaneada por la señora Ironwood. ¡Y qué vocabulario! Francamente —declaró meneando la cabeza—, nunca había oído nada parecido. Al final ha colgado el aparato. Me estremezco sólo de pensarlo —dijo, abrazando su propio cuerpo.

—Yo no me preocuparía mucho, señora Penny. Como usted ha dicho, no tiene voz ni voto en el asunto.

—Claro que es la primera vez que hablo con ese joven. Quizá...

—Créame, no debe darle importancia. En cuanto me levanten el castigo, me pondré en contacto con él y averiguaré qué le pasaba.

—Sí, conforme —dijo la gobernanta—. Pero ¡cuánto odio! Estoy... conmocionada —concluyó, y se marchó.

—¿Qué supones que quería de ti? —inquirió Abby. Me encogí de hombros.

—De todas formas, comprendo por qué piensa que han conspirado contra él. Su abuela y la Dama de Acero controlan cada momento de su vida, especialmente a quién trata. La señora Ironwood manifestó su enojo porque había ido a cenar a la mansión —dije.

Pero fuese cual fuese el yugo que la señora Clairborne y la señora Ironwood hubieran ejercido sobre Louis, parecía estar debilitándose, porque a la mañana siguiente, muy temprano, la señora Penny volvió a mi habitación y anunció un nuevo vuelco en los acontecimientos. Estaba ostensiblemente sofocada e impresionada. Abby y yo apenas habíamos terminado de vestirnos para el desayuno cuando se presentó en nuestra alcoba.

—Buenos días —dijo—. No he podido esperar para contártelo.

—¿Qué tiene que contarme, señora Penny?

—La señora Ironwood me ha llamado personalmente para comunicar que esta mañana se te permitirá salir un par de horas.

—¿Ah, sí? ¿Y dónde se supone que debo ir? —pregunté.

—A la hacienda Clairborne —contestó la gobernanta con los ojos desorbitados.

—¿Me va a dejar salir y consiente en que vaya a la mansión? —Miré a Abby, que estaba tan asombrada como yo—. Pero ¿por qué?

—Por Louis —aclaró la señora Penny—. Supongo que ha insistido en verte.

—Tal vez yo no quiera verle a él —repliqué, dejando boquiabierta a la gobernanta—. No me han dado permiso para pasar un rato con mi novio, que no podrá volver hasta dentro de dos semanas y que habría tenido que viajar muchos kilómetros, pero se me autoriza a visitar el «palacio». Esos Clairborne juegan frívolamente con los sentimientos del prójimo, juegan con las personas como si fueran meras piezas de su tablero de ajedrez —objeté, y me senté en el borde de la cama.

La señora Penny se frotó las manos y movió la cabeza.

—Pero... tiene que ser algo muy importante si la señora Ironwood ha accedido a rebajar el castigo, aunque sea temporalmente. ¿Cómo es posible que te niegues a ir? Sólo conseguirás exaltar aún más los ánimos en tu contra —me advirtió—. Quizá incluso me hagan responsable a mí.

—Vamos, señora Penny, a usted no pueden culparla de nada.

—Sí que pueden. Al fin y al cabo, fui yo quien no comunicó que habías abandonado el recinto el sábado pasado —me recordó la gobernanta—. Así empezó todo —gimoteó. La nube de temor bajo la que vivía el personal de Greenwood me repugnaba.

—Está bien —accedí—. ¿Cuándo tengo que ir?

—Después de desayunar —dijo ella, ya más tranquila—. Buck traerá el coche a la puerta.

Aún quejosa y malhumorada, me puse una ropa más adecuada y fui a desayunar con Abby. Cuando Gisselle se enteró de los nuevos planes, organizó un cisco en plena mesa, impidiendo cualquier conversación y atrayendo todas las miradas hacia nosotras.

—Hagas lo que hagas dondequiera que vas, tienes que convertirte en la señoritinga especial. Incluso la Dama de Acero dicta reglas exclusivas para ti y deja exentas a las otras.

—No creo que la señora Ironwood haya querido darme un trato de favor ni que esté muy contenta ahora mismo —repuse, pero Gisselle sólo veía una cosa: que me habían permitido romper mi confinamiento.

—Si algún día castiga a otra de las chicas, ten por seguro que le recordaremos este asunto —amenazó, paseando sus ojos iracundos entre las demás ocupantes de la mesa.

Después del desayuno, dejé el edificio y subí al coche. Buck apenas habló, salvo para refunfuñar porque no paraban de interrumpir sus reparaciones. Aparentemente a nadie satisfacía mi comparecencia forzosa en la hacienda Clairborne. La señora Clairborne ni siquiera salió a saludarme. Fue Otis quien me acompañó por el largo pasillo hasta el estudio de música, donde Louis aguardaba sentado al piano.

—Mademoiselle Dumas —me anunció el mayordomo, y se retiró.

Louis, vestido con un batín corto de seda gris, una camisa blanca de algodón y pantalón ancho de franela oscura, levantó la cabeza.

—Entra, por favor —dijo, intuyendo que estaba erguida en el umbral.

—¿Qué sucede, Louis? —inquirí, sin disimular el tono de irritación que había en mi voz—. ¿Por qué has pedido que me trajeran otra vez a tu casa?

—Ya sé que te he ofendido —dijo—. Te traté de un modo ruin, tenías todo el derecho a indignarte conmigo. Te puse en la cuerda floja y encima te dejé plantada. Quería que vinieras para disculparme frente a frente..., aunque no pueda verte —añadió con una tenue sonrisa.

—Olvídalo, no estoy enfadada.

—Lo suponía. Tan sólo te doy pena, y temo que lo merezco. Soy un tipo lastimoso. No me contradigas —me interrumpió cuando me disponía a protestar—. Lo comprendo y lo acepto. ¿Qué otro sentimiento podría inspirarte? Vivo aquí encerrado, regodeándome en la autocompasión, así que ¿por qué no iban los otros a contemplarme patéticamente y negarse a tener cualquier contacto conmigo? Lo que pasa es que... intuí algo en ti que me indujo a buscar tu compañía, que apaciguó mi temor a ser desdeñado y ridiculizado, como habrían hecho la mayoría de las chicas de tu edad, y especialmente las preciosas colegialas de mi abuela.

—Ellas nunca se reirían de ti, Louis. Ni siquiera las más distinguidas, las descendientes directas de las *filles à la cassette* —dije con tono de mofa. A él se le ensanchó la sonrisa.

—A eso me refería —puntualizó—. Piensas lo mismo que yo. Eres distinta a las otras muchachas, y presiento que puedo confiar en ti. Perdóname si esta mañana te he hecho sentir como quien recibe una citación del juzgado —añadió arrepentido.

—No es eso, pero lo cierto es que estaba cumpliendo un castigo y...

—Lo sé. ¿Por qué te han castigado? Espero que haya sido por una buena trastada.

—No lo creas —dije. Le expliqué mi expedición pictórica fuera del complejo y él sonrió circunspecto.

—¿Eso es todo?

Habría querido decirle más —por ejemplo que su pariente, la señora Ironwood, me la tenía jurada por haberle conocido—, pero decidí no echar más leña al fuego. Louis pareció aliviado.

—Bueno, ¿y qué importa si he abusado un poco de mi rango? Mi prima lo superará. Nunca antes le había pedido nada. Por supuesto, la abuela no ha dado saltos de alegría.

—Apuesto a que has hecho más que abusar del rango —apunté, aproximándome al piano—. Seguramente has armado una de las tuyas.

Él se echó a reír.

—Bueno, no ha sido muy sonada. —Se quedó unos instantes en silencio y luego me entregó unas páginas musicales—. Toma —dijo—. Es tu canción.

En la cabecera del cuadernillo figuraba el título: *Ruby*.

—Muchas gracias —exclamé, y lo guardé en el bolso.

—¿Te apetece pasear por el jardín? —me propuso—. O mejor dicho, ¿quieres sacarme a pasear?

—Con mucho gusto.

Louis se irguió y me tendió la mano.

—No tienes más que cruzar las puertas de la terraza y girar a la derecha —me indicó.

Enlazó su brazo con el mío y dejó que yo marcara el camino. Hacía una mañana tibia, parcialmente nublada, y apenas corría la brisa. Con una exactitud pasmosa, mi acompañante me describió las fuentes, los helechos de frondas colgantes, los filodendros, los robles, las cañas de bambú y los emparrados, donde proliferaba una erupción de glicinias violáceas. Lo identificaba todo por el aroma, ya fuesen camelias o magnolias. Había memorizado el entorno en función de los olores y supo enseguida cuándo llegamos a una doble cristalera en el lado oeste de la casa que, según dijo, daba a su dormitorio.

—Nadie excepto la servidumbre, Otis y mi abuela han estado en esa habitación desde que murieron mis padres —aseguró—. Me gustaría que fueras su primera visitante, si tú quieres.

—Será un placer —acepté.

Abrió la puerta y entramos en un aposento bastante grande, que contenía una cómoda, un armario y una cama de caoba. Todo estaba en perfecto orden, tan limpio y lustroso como si la criada acabara de salir. Colgado sobre la cómoda había un cuadro de una bella mujer rubia.

—¿Es un retrato de tu madre? —pregunté.

—Sí.

—Era muy hermosa.

—Sí, lo fue —contestó él con añoranza.

No había imágenes del padre, ni tampoco de sus

dos progenitores juntos. Las otras pinturas de la habitación eran escenas fluviales y no vi marcos con fotografías en ninguno de los muebles. ¿Acaso Louis había hecho eliminar todo vestigio de su padre?

Observé la puerta cerrada que comunicaba la estancia con la habitación que debió de ser el dormitorio de sus padres, la habitación en que hacía unas noches le había visto consumirse en una agonía emocional.

—¿Qué opinas de mi cárcel voluntaria? —preguntó.

—La encuentro muy bonita. El mobiliario reluce como si fuese nuevo. Eres una persona muy pulida —dije.

Él se rió. Sin embargo, enseguida se puso serio de nuevo, soltó mi brazo y avanzó hacia el lecho. Recorrió con la mano el bastidor y el pilar del dosel.

—He dormido en esta cama desde que tenía tres años. Esa puerta —afirmó, girándose hacia ella— da a la habitación de mis padres. Mi abuela la conserva tan limpia e impoluta como los aposentos que aún se utilizan.

—Debió de ser un magnífico lugar donde crecer —dije. Mi corazón había empezado a latir con fuerza, como si notara algo que mis ojos habían pasado por alto.

—Lo fue y no lo fue —me respondió Louis. Sus labios se torcieron al luchar con los recuerdos, mientras se desplazaba hasta la puerta y apretaba la palma contra ella—. Durante años, ningún cerrojo separó las dos estancias —dijo—. Mi madre y yo estábamos... estábamos muy unidos.

Continuó erguido frente a la puerta y habló como si sus ojos pudieran penetrarla para volver al pasado.

—A menudo, por la mañana, después de que mi padre se fuese a trabajar, ella entraba aquí, se arrebujaba conmigo en la cama y me estrechaba muy fuerte para que despertase en sus brazos. Y si algo me asustaba, a cualquier hora del día o de la noche, acudía a mi lado o me acogía en su regazo. —Se volvió muy despacio—.

Fue la única mujer con la que he compartido mis sábanas. ¿No es lamentable?

—No eres tan mayor, Louis. Encontrarás a alguien a quien amar —sugerí.

Él emitió una risa extraña, efímera.

—¿Y quién iba a quererme? No sólo soy ciego... Soy deforme, una criatura tan fea y vil como el jorobado de Notre-Dame.

—Eso no es verdad. Eres un joven muy apuesto y con un gran talento.

—Además de rico. No olvides ese atributo.

Volvió a acercarse a la cama y se agarró al pilar. Luego pasó amorosamente los dedos sobre la manta.

—Solía permanecer acostado esperando que ella viniera, y si no lo hacía, fingía que me había espantado una pesadilla para atraerla —confesó—. ¿Es eso tan terrible?

—Por supuesto que no.

—Mi padre opinaba lo contrario —dijo airadamente—. Siempre la estaba regañando porque me malcriaba y derrochaba atenciones.

Al no haber conocido nunca a mi madre, no podía imaginar exactamente la situación, pero me pareció un pecado delicioso.

—Lo devoraban los celos —prosiguió Louis.

—¿De una madre y un hijo? ¿Hablas en serio?

Él me dio la espalda y se plantó frente al retrato como si pudiera verlo.

—Decía que era demasiado mayor para recibir ciertos cuidados maternales. Todavía venía a mi cama y yo iba a la suya cuando tenía ocho años..., nueve..., diez. Incluso después de cumplir los trece. ¿Actuamos mal? —se preguntó, girándose hacia mí de manera brusca. Mi vacilación le provocó una mueca de dolor—. Tú también lo censuras, ¿verdad?

—No —dije con un hilo de voz.

—Sí que lo haces. —Se sentó en el lecho—. Creía que podría explayarme contigo. Creía que lo entenderías.

—Y lo entiendo, Louis. Ni por un momento he pensado mal de ti. Siento que tu padre lo viera de otro modo.

Él alzó la cabeza esperanzado.

—¿No me consideras un monstruo?

—¡Claro que no! ¿Por qué no iban a quererse y reconfortarse mutuamente una madre y su hijo?

—¿Ni aunque fingiera la necesidad de consuelo para tenerla a mi lado?

—Supongo que es normal —respondí, aunque no acababa de comprenderlo.

—Abría un poco la puerta —dijo Louis—, y luego volvía a la cama y yacía así acurrucado. —Se tumbó y encogió el cuerpo en posición fetal—. Entonces empezaba a lloriquear. —Imitó los sonidos para ilustrarme—. Sitúate junto a la puerta —me ordenó—. Vamos, hazme ese favor.

Obedecí, y mis palpitaciones se hicieron más intensas, más rápidas, a medida que tanto sus palabras como sus actos se volvían más confusos.

—Ábrela —dijo de repente—. Quiero oír cómo chirrían los goznes.

—¿Por qué?

—Por favor —suplicó, y yo la abrí. ¡Parecía hacerle tanta ilusión!—. En ese momento la oía llamarme.

«¿Louis? ¿Estás llorando, amor mío?», me preguntaba. «Sí, mamá», contestaba yo. «No llores, mi vida», trataba de calmarme.

Titubeó y volvió la cabeza hacia mí.

—¿Querrías decirlo como si fueras ella? Te lo ruego —me apremió. Yo no sabía qué hacer—. Inténtalo al menos —insistió.

Sintiéndome como una idiota, y esta vez un poco asustada, accedí.

—No llores, mi vida.

—No puedo evitarlo, mamá. —Extendió su brazo—. Toma mi mano —imploró—. Vamos, tómala.

—Louis, ¿qué...?

—Sólo quiero mostrarte cómo era. Quiero que lo sepas para que puedas darme tu opinión.

Recogí aquella mano y él tiró de mí.

—Tiéndete a mi lado unos segundos. Será muy breve, te lo prometo. Haz como si fueses mi madre y yo tu pequeño Louis. Simulemos.

—Pero ¿por qué, Louis?

—Te lo suplico —clamó, apretando mi mano. Me senté en la cama y él me inclinó hacia su cuerpo tumbado.

—Ella se acercaba igual que tú ahora, y yo le acariciaba el hombro mientras me despejaba la frente o besaba mi mejilla, después dejaba que pasara la mano por sus senos —dijo, palpando los míos— para que sintiera latir su corazón y pudiera sosegarme. Mamá lo quería así. ¡Yo sólo hacía lo que ella deseaba! ¿Qué tiene eso de malo? ¡Dímelo!

—Louis, basta ya —declaré—. Te estás torturando con esos recuerdos.

—Al final ponía la mano aquí —prosiguió, asiendo mi muñeca derecha y llevándola a la entrepierna, donde se apreciaba ya una incipiente dureza. Me aparté como si hubiera tocado fuego.

Las lágrimas fluían abundantemente por su rostro.

—Y mi padre... Un día irrumpió en mi habitación, se enfureció con los dos y mandó echar el pestillo a la puerta. A partir de entonces, siempre que yo lloraba o reclamaba a mi madre entraba aquí y me pegaba con una correa de cuero. Una vez se ensañó tanto, que me salieron llagas en las piernas y la espalda, y mamá tuvo que aplicarme un ungüento, luego intentó que volviera a sentirme bien. Pero no pude reaccionar y ella se deprimió mucho. Creyó que había dejado de quererla —dijo

Louis, mudando su expresión por una de furia. Le temblaron los labios con el esfuerzo de hacer que brotasen las palabras, palabras que le obsesionaban. A borbollones, escupió—: Así que pretendió convertir a otro chico en su hijo, y mi padre lo descubrió.

Apresó mi mano entre las suyas y se la acercó a los labios y el rostro, frotando el dorso contra las mejillas.

—Nunca antes había contado esta historia, ni siquiera a mi médico, pero ya no resisto más guardarla en secreto. Es como si tuviera un avispero en el estómago y el pecho. Siento haberte traído hasta aquí y haberte obligado a escucharla. Lo siento de veras.

—No importa, Louis —dije, acariciando su cabello con mi otra mano—. No sufras más.

Sus sollozos se hicieron más vehementes. Lo abracé y lo acuné mientras lloraba. Finalmente, se fue callando y serenando. Quise depositar su cabeza en la almohada, pero cuando iba a liberar mi mano, volvió a aferrarla.

—Temo que he malogrado también esta visita, pero desearía que te quedaras un rato más —dijo—. Por favor.

—De acuerdo, me quedaré.

Louis se relajó. Su respiración se hizo más pausada y regular. En cuanto se hubo dormido, me incorporé y salí de puntillas por la puerta cristalera. Atravesé presurosa el jardín y entré de nuevo en el estudio para desandar lo andado. Mientras recorría el pasillo hacia el vestíbulo principal, creí vislumbrar una sombra y desvié la mirada a la derecha. Era la señora Clairborne que me espiaba desde una estancia. Me detuve e hice ademán de saludarla, pero ella me cerró la puerta. Sólo titubeé un segundo más antes de huir de aquella plantación tan saturada de pesares y fantasmas.

8. SOSPECHAS

A la hora en que volví a los dormitorios, un peso duro y agobiante se había formado en mi pecho, así que agradecí que por una vez Gisselle y su camarilla no estuvieran en la sala de estar, esperando para asediarme cuando entrase en el cuadrángulo. Al escuchar las revelaciones de Louis sobre su infancia y sus padres, me había sentido como el intruso que se introduce accidentalmente en un confesionario, oyendo las faltas ajenas. Abby echó un vistazo a mi rostro y supo que había sufrido una experiencia nefasta.

—¿Te encuentras bien? —me preguntó muy prudente.

—Sí —respondí.

—¿Qué ha ocurrido?

Meneé la cabeza. No me veía capaz de hablar del tema, y ella se hizo cargo. Me zambullí en el trabajo y empecé a estudiar para unos exámenes inminentes de matemáticas y ciencias naturales. Temía el momento de enfrentarme a las corrosivas preguntas y los comentarios de Gisselle. Sin embargo, no había motivo. Ignoro si trataba de aparentar indiferencia o si realmente no le interesaban mis asuntos, pero ni en la comida ni en la cena indagó sobre mi visita a la mansión. Quizá todavía estaba resentida porque me habían mitigado el castigo.

Lo cierto es que tuvimos una velada de sábado muy pacífica. Jacqueline, Kate y Vicki salieron del pabellón para hacer unas consultas en la biblioteca de la escuela, que estaba abierta hasta las nueve, y Gisselle y Samantha pasaron la mayor parte del tiempo en la habitación o bien en la sala recibidor, mirando la televisión y charlando con las chicas de las otras secciones.

Me sumergí en un baño caliente y me acosté temprano. Antes de que conciliara el sueño, Abby volvió a preguntar para qué me había citado Louis. Tragué saliva y respondí.

—Principalmente para disculparse por su conducta de la última vez —le dije. No sabía cómo empezar a exponer las cosas que me había relatado sobre sus relaciones con sus padres.

—¿Irás a visitarle otro día?

—No quisiera —admití—. Me da mucha pena, te lo aseguro, pero hay más recovecos y cenagales oscuros en la plantación Clairborne que en el *bayou*. Ser rico y proceder de un entorno familiar insigne no garantiza la felicidad, Abby. De hecho, a veces la hace más inaccesible, porque tienes que vivir según unas expectativas.

Mi amiga me dio la razón y formuló un deseo.

—Ojalá mis padres abandonasen ese empeño de esconder la verdad para que no se sepa que desciendo de una mujer haitiana... Soy una cuarterona, y no tiene sentido fingir lo contrario. Creo que todos seríamos más felices si aceptásemos nuestra propia identidad.

—Estoy de acuerdo —corroboré.

Louis no me llamó ni se puso en contacto conmigo el domingo ni el día siguiente, pero el martes la señora Penny me trajo una carta que él mismo había mandado entregar en el pabellón. Aunque la gobernanta se entretuvo unos momentos en la puerta de mi alcoba, supongo que esperando que la abriría en su presencia, le di simplemente las gracias y la dejé en un rincón. Los dedos me temblaban cuando la abrí un poco más tarde.

Querida Ruby:

Sólo quería escribir cuatro líneas para agradecerte que vinieras a verme otra vez después de lo desagradable que fui en la cena anterior. Me sorprendí al despertar en mi alcoba unas horas más tarde de que te fueses y encontrarme solo. Ni siquiera recuerdo qué dije o hice antes de tu marcha, pero confío en no haberte dado ningún disgusto. Naturalmente, espero que vuelvas a visitarme.

Y ahora voy a darte una noticia emocionante. Ayer, al levantarme, percibí por primera vez una luz borrosa. Aún no veo ningún objeto, pero de repente puedo distinguir la luminosidad de la penumbra. Es probable que a alguien con la visión sana no le parezca nada excepcional, pero para mí es casi un milagro. La abuela está también muy esperanzada, al igual que el especialista, que quiere ingresarme en una institución de invidentes orgánicos. Sin embargo, como no me siento con ánimos de abandonar mi hogar, por ahora he preferido que continúen las sesiones periódicas en casa. Así que, si te decides, seguiré aquí y podremos vernos siempre que quieras. Me gustaría mucho. Espero que disfrutes oyendo la canción que he compuesto para ti.

Con todo mi afecto,

LOUIS.

Guardé la nota en una caja junto a la correspondencia que había recibido de Paul y Beau. Luego me senté a redactar una breve respuesta donde expresaba mi felicitación y esperanza sincera de que Louis recobrase realmente la vista. No hice ninguna mención específica a otra visita, limitándome a una vaga promesa de volver a verle pronto. La señora Penny dijo que se ocuparía de que mi carta fuese entregada sin tardanza.

A media semana, la excitación por nuestro primer evento social, el baile de Halloween, empezó a tomar cuerpo. Era prácticamente el único tema que mis compañeras querían discutir en la cena. Me sorprendí al enterarme de que no se permitirían los disfraces. Lo estaba comentando con Abby cuando vimos a Vicki en la sala de estar, leyendo una biografía de Andrew Jackson. Le preguntamos el motivo de aquella prohibición. Molesta por ser interrumpida, ella levantó la vista de la lectura y se caló las gafas en el puente de la nariz.

—Como algunos de los trajes que habían elegido las alumnas en anteriores fiestas de Halloween fueron calificados de «atuendo indecoroso», se decidió que no habría más bailes de disfraces como tales —nos explicó.

—¡Qué fastidio! —exclamé al imaginar los vestidos que habríamos podido diseñar la señorita Stevens y yo. Durante toda la semana me había quedado después de clase para ayudar a mi profesora de arte, a quien habían asignado la tarea de decorar el gimnasio. Dibujamos y recortamos calabazas, brujas, duendes y fantasmas. El sábado nosotras dos y varios miembros del comité social de la escuela lo dispondríamos todo en la sala, además de banderolas de papel multicolor, farolillos venecianos y toneladas de hilos de oro y plata.

—¿Y cómo tenemos que vestirnos? —preguntó Abby a Vicki.

—Te puedes poner lo que quieras, pero si llevas

prendas demasiado escotadas o provocativas, no pasarás de la puerta del gimnasio.

—¿De verdad?

—¡Por supuesto! La señora Ironwood se aposta al otro lado del local y va haciendo movimientos de cabeza a medida que entramos, de forma que el profesor que vigila la entrada, normalmente la señora Brennan o la señorita Weller, la bibliotecaria, te admite o te niega el acceso. Si eres rechazada, debes volver a los dormitorios y cambiarte por una ropa que se juzgue más honesta.

»Se entiende por atuendo indecoroso todo aquello que revele una pizca de escote, una falda que deje las rodillas al descubierto, o una blusa o suéter que ciña demasiado el pecho. El año pasado una chica fue enviada a su cuarto porque llevaba una camisa de tela muy fina y se le transparentaba el contorno del sujetador.

—¿Por qué no llevamos el uniforme y nos dejamos de monsergas? —sugirió Abby asqueada—. ¿O también se considera un disfraz?

—Algunas chicas lo llevan.

—¿Me tomas el pelo? —pregunté—. ¿Van a bailar así?

Vicki se encogió de hombros y me pregunté si habría sido ella una de las asistentes uniformadas.

—¿Cómo es la fiesta? —inquirió Abby.

—Los chicos se agrupan en un lado del gimnasio y nosotras en el otro. Un instante antes o después de que empiece la música, cruzan la sala para sacarnos a bailar. Por supuesto, tienen que pedirlo como marcan los cánones.

—Por supuesto —dije. Vicki sonrió con suficiencia.

—¿No habéis leído el capítulo del manual donde se estipula la conducta apropiada en los actos sociales? —nos preguntó a ambas—. Por descontado, está estrictamente prohibido fumar o tomar bebidas alcohólicas de cualquier clase; pero también existe una manera de bailar aceptable y otra intolerable. Se indica de manera explícita que debe haber un mínimo de diez centímetros entre el chico y tú cuando estéis en la pista de baile.

—No he visto esa cláusula —dijo Abby.

—Es que no está en el texto general. Mira en las notas a pie de página.

—¡En las notas! —gemí, y me eché a reír—. ¿Qué temen que pase en una sala llena de gente?

—No lo sé —repuso Vicki—, pero son las normas. Tampoco puedes abandonar el gimnasio con un chico, aunque muchas infringen esa regla saliendo por separado y encontrándose en un lugar discreto —dijo—. En cualquier caso, el baile dura exactamente dos horas y media, pasadas las cuales la señora Ironwood anuncia su clausura y hace parar la música. Los chicos reciben instrucciones de subir a bordo de su autocar y las muchachas de volver a los dormitorios. Algunas chicas escoltan hasta el vehículo a sus nuevos amigos, pero la directora monta guardia junto a la puerta para supervisar cómo se despiden. No se admiten los besos apasionados, y si la Dama de Acero sorprende a una chica permitiendo que su acompañante se propase, la alumna en cuestión recibe una sanción escrita y varias faltas, que tal vez le impidan asistir al siguiente acontecimiento social.

—La señora Ironwood debería ver uno de los *fais dodo* que se celebran en el *bayou* —susurré a Abby, que emitió un carcajada.

Vicki frunció el entrecejo.

—Sea como fuere —concluyó—, el refrigerio que dan suele ser muy bueno.

—Ya veo que va a resultar divertidísimo —contestó Abby, y nos reímos tan abiertamente que Vicki se hastió de nosotras y reanudó su lectura.

Pero a pesar de las normas y restricciones, y de la

perspectiva de ser fiscalizadas por los ojos de águila de la señora Ironwood y los profesores responsables, la expectación de la fiesta continuó aumentando durante toda la semana.

Gisselle, normalmente contrariada por el hecho de no poder alzarse y bailar, se mostró entusiasmada con todos los preparativos del evento. Sus fieles acólitas se apiñaron entorno a ella más a menudo y en un círculo más estrecho de lo usual, a fin de escuchar sus sabios consejos sobre las relaciones chico-chica. Era obvio cuánto gozaba mi hermana instruyéndolas en las artes de una coqueta, describiendo las artimañas que usaba ella para importunar, atormentar y atraer la atención de un muchacho. El jueves y el viernes por la noche se instaló en la sala de estar y adiestró literalmente a Jacki, Samantha y Kate en el andar, el contoneo de hombros y caderas, la caída de ojos y en cómo rozar con los senos los brazos y el torso de los galanes de los que se encaprichasen. Vicki se quedaba en la puerta de su alcoba en actitud ceñuda, aunque escuchando y observando como quien desea entrar en un mundo prohibido, mientras que Abby y yo nos mantuvimos al margen, riendo entre dientes y procurando no decir nada que pudiera reportarnos una de las odiosas parrafadas de Gisselle.

El sábado por la mañana, antes de que dejase el pabellón para ir a montar la decoración del gimnasio, Gisselle me sorprendió entrando en nuestra alcoba para hablar con Abby. Samantha iba a su rueda.

—Sé que es meterme donde no me llaman, pero esta noche deberías dejarte el cabello suelto y echado hacia atrás para dejar bien visibles la frente y la cara. Todas nosotras hemos votado y hemos convenido en que eres la más guapa del colegio, Abby —le dijo—. Tienes más probabilidades que nadie de ser elegida reina de la fiesta, y eso nos causaría un gran orgullo.

Por unos momentos Abby se quedó sin habla. Me observó y yo le devolví la mirada, sonriendo y meneando la cabeza. Me pregunté qué se proponía ahora mi hermana.

—Toma —prosiguió Gisselle, a la vez que ofrecía a mi amiga una cinta de seda blanca—. Hará un contraste precioso con tu melena negra.

Dubitativa, Abby cogió la cinta. La contempló unos segundos como si creyera que le iba a explotar en las manos, pero era sólo lo que aparentaba, una bonita cinta de seda.

—¿Llevarás alguna prenda azul o rosa? —preguntó Gisselle.

—Pensaba ponerme el vestido azul marino. Es el único que tiene rigurosamente el largo de falda prescrito —añadió sonriendo.

—Una buena elección —declaró Gisselle—. ¿Y tú, Ruby?

—Creo que me decidiré por el verde Irlanda.

—Entonces, yo también. Hoy vamos a ser auténticas gemelas —dijo mi hermana—. ¿Por qué no nos presentamos juntas en el gimnasio y entramos como un bloque unificado?

Abby y yo volvimos a mirarnos con la sospecha y la perplejidad dibujadas aún en los rostros.

—De acuerdo —respondí.

—¡Ah, por cierto! —exclamó mi hermana cuando giraba ya su silla de ruedas—. Susan Peck ha hablado a su hermano de Abby. Está deseando verla y conocerla —añadió—. Sin duda recordarás lo popular que es aquí Jonathan Peck, cómo todas las chicas de Greenwood se ruborizan cada vez que viene con los alumnos de Rosewood.

—¡Qué raro! —exclamó Abby—. No creo que Susan y yo hayamos cruzado dos palabras desde que empezó el curso.

—Es muy tímida —explicó mi gemela—. Pero Jonathan, no —agregó con un guiño. Observamos cómo maniobraba la silla y esperamos a que Samantha ocupara su puesto y la empujara al exterior.

—¿Qué estará planeando? —inquirió Abby.

—No tengo ni idea. Mi hermana es más misteriosa que la lechuza que espía tras el musgo de los pantanos. Nunca sabes qué encontrarás si penetras en sus dominios y, cuando lo haces, siempre es demasiado tarde.

Abby se echó a reír.

—Al menos, la cinta es muy bonita —dijo. Se la anudó al cabello y se contempló en el espejo—. Me parece que voy a ponérmela.

A medida que transcurría el día, el clima de agitación se hizo contagioso. Las alumnas de las distintas secciones iban y venían por las estancias para verse mutuamente, exhibir un vestido nuevo, un par de zapatos, una pulsera, un collar, o simplemente para hablar de peinados y maquillaje. En las fiestas sociales las hijas de Greenwood estaban autorizadas a maquillarse la cara, siempre que no se pasaran y, como decía el manual, «queden bufonescas».

La habitación de Gisselle y Samantha adquirió más relevancia conforme la visitaban las internas de otros cuadrángulos, que al parecer querían rendir homenaje a quien todas aceptaban ya como la chica con mayor experiencia del edificio. A pesar de su invalidez, mi hermana se arrellanaba en la silla, confiada y altiva, aprobando o desechando prendas de vestir, tocados e incluso pinturas de ojos, como si hubiera dirigido los departamentos de guardarropía y maquillaje en unos estudios de Hollywood desde el día en que nació.

—Esta escuela es un cúmulo de anacronismos —me confesó más tarde, cuando coincidimos en el pasillo—. Una de las chichas creía que la palabra «orgasmo» significaba inmovilidad. Ya sabes, por «marasmo».

Tuve que reír. En cierto sentido, me alegraba de que Gisselle lo pasara tan bien. Al principio me inquietaba que, a medida que se aproximaba el gran baile entre Greenwood y Rosewood, cundiera en ella el desánimo y la amargura; pero había ocurrido todo lo contrario, y respiré tranquila. Yo misma no deseaba encontrar otro novio ni nada semejante y, sin embargo esperaba ilusionada la distracción que había de darnos la fiesta. Aunque lo que realmente anhelaba era la llegada de Beau el siguiente fin de semana. Estaba decidida a no hacer nada que pusiera en peligro su visita, una visita que se había pospuesto ya tantos días.

A media tarde, poco después de que volviese de decorar el local, telefoneó nuestro padre. Gisselle fue la primera en ponerse, y le habló tanto y con tanto énfasis del baile, que cuando me pasó a mí el aparato papá todavía estaba riendo.

—Iré a veros el próximo miércoles —prometió tras intercambiar unas palabras. A pesar de su júbilo porque aparentemente Gisselle empezaba a adaptarse a Greenwood, detecté algo anómalo en su voz que me encogió el alma y aceleró mi ritmo cardíaco.

—¿Cómo estás, papá? —le pregunté.

—Muy bien, aunque un poco fatigado. Últimamente me he movido más de la cuenta. Tenía que solventar ciertos problemas de negocios.

—En tal caso, quizá sea mejor que no vengas. El viaje es largo, papá, y tú necesitas descanso.

—¡Ni hablar! Hace mucho tiempo que no veo a mis niñas. No puedo descuidarlas —me contestó, riendo, pero siguió a aquella risa un fuerte acceso de tos—. No es más que un catarro pertinaz —se apresuró a decir—. Divertíos en esa fiesta. Nos veremos pronto —concluyó, y colgó antes de que pudiera seguir preguntando sobre su estado de salud.

Nuestra conversación me había trastornado, pero

no tuve tiempo de reflexionar. Las horas pasaron inexorables. Todo el mundo se aprestó a ducharse, vestirse y arreglar su cabello. La diversión era tan escasa en Greenwood, que cada una de las estudiantes quería acapararla, alimentarla y convertirla en un bien mayor de lo que era. No podía recriminárselo. Yo sentía lo mismo.

Tal y como Gisselle había pedido insospechadamente aquella mañana, las chicas de nuestro cuadrángulo salimos juntas del pabellón para ir al gimnasio. Mi hermana estaba a punto a las siete y media. Con ella y su leal Samantha en cabeza, marchamos hacia el edificio central en medio de un gran bullicio. Todas —incluida Vicki, que habitualmente era bastante descuidada con el peinado y el vestuario— iban muy elegantes. Después de vernos un día tras otro enfundadas en los uniformes de Greenwood, celebramos enormemente los espectaculares cambios de estilo, tejidos y colores. Se diría que habíamos entrado en nuestras respectivas alcobas como anónimas orugas, tan idénticas que parecíamos el fruto de una reproducción agámica, para emerger transformadas en mariposas imperiales, cada una única y bellísima.

Gracias a la señorita Stevens y a nuestro comité, esa misma comparación podía aplicarse a nuestro gimnasio. Los adornos y las luces, las banderitas y el oropel, lo habían convertido en un fabuloso salón de baile. La orquesta de seis instrumentos estaba preparada en la esquina posterior izquierda, todos los músicos con corbatín negro y esmoquin. En la cabecera de la sala había una pequeña tribuna provista de un micrófono para que la señora Ironwood hiciera sus proclamas y declaraciones, y donde debía ser nombrada y coronada la reina de la fiesta. El trofeo, una dorada hija de Greenwood en miniatura danzando sobre su pedestal, destellaba colocado en el centro.

En el extremo derecho vi las mesas largas del bufé, que habían confeccionado los cocineros de los diversos pabellones. Una de las mesas estaba dedicada a los postres y la componían una diversidad de dulces y panes rituales, que iban desde la tarta de almendras y los *brownies* de chocolate bañados de azúcar quemado, hasta el tradicional pan de calabaza o los *muffins* de naranja. Había *crêpes* y buñuelos fritos a la francesa, además de fuentes de garrapiñadas y crujientes nueces de pacana.

—Aquí es donde Mofletes se detendrá, ¿no es verdad, amiga mía? —bromeó Gisselle en cuanto posamos la vista en la sugestiva mesa.

Kate se ruborizó.

—Esta noche seré buena chica y no cometeré excesos.

—¡Qué aburrimiento! —replicó mi hermana.

Atravesamos la entrada, donde las vigilantes de turno nos repasaron visualmente desde los pies hasta el último pelo, mientras la señora Ironwood, plantada en un rincón del fondo, escrutaba en actitud analítica a todas y cada una de sus pupilas para asegurarse de que vestían con propiedad. El cuerpo docente la rodeaba o bien confraternizaba junto a su propia mesa de comida.

Habían dispuesto sillas para las chicas de Greenwood en el lado izquierdo del gimnasio y para los alumnos de Rosewood en el derecho. Al igual que nuestras compañeras, nos dirigimos hacia la ponchera, nos agenciamos tazas para beber, y buscamos sitio en nuestro flanco de la sala mientras aguardábamos la llegada de los chicos de Rosewood. Poco antes de las ocho, Suzette Huppe, una estudiante del cuadrángulo «B» de nuestro edificio, irrumpió en el local para anunciar que acababan de aparcar los autocares. Todas bajamos la voz con el alma en vilo cuando los estudiantes de Rosewood empezaron a entrar en impecable formación.

Llevaban un sobrio uniforme consistente en una americana cruzada azul oscuro y pantalón a juego. En el bolsillo pectoral de la chaqueta lucían la insignia de Rosewood, un escudo bordado en oro con una leyenda en latín que, según dijo Abby, significaba «La excelencia es nuestra tradición». Aquella divisa era supuestamente el emblema original de la familia Rosewood, oriunda de Inglaterra.

Los chicos iban muy bien atildados, y sus cortes de pelo eran casi idénticos. Al igual que las hijas de Greenwood, los estudiantes de Rosewood se reunieron en pequeños corrillos. Lanzaron miradas nerviosas hacia el lado opuesto del gimnasio. Algunos, al reconocer a chicas con las que habían coincidido en otros eventos sociales, las saludaron desde lejos. Luego se arremolinaron en torno a las poncheras como habíamos hecho nosotras y llenaron sus tazas. Los ecos de las risas y la cháchara subieron de tono al aparecer en la sala de baile el último grupo de muchachos.

—Ahí está Jonathan —nos advirtió Jacqueline, señalándole con el mentón.

Todos los ojos confluyeron en un chico alto, de cabello moreno y bien parecido que parecía ser el cabecilla de su clan. Tenía la tez curtida, los hombros atléticos y una aureola tan seductora como la de un galán de cine. No era difícil entender por qué había alcanzado tanta popularidad entre las alumnas de Greenwood; pero posaba, hablaba y se movía con conciencia de ella. Incluso desde el otro lado de la sala percibí esa arrogancia sureña que configura la herencia de la joven aristocracia americana. Mientras sus ojos vagaban de una chica a otra sonrió desdeñosamente, cuchicheó algo a sus compañeros que suscitó las risas de todos y volvió a enderezarse en actitud expectante, como si hubieran organizado la fiesta en su honor.

En el salón se produjo un nuevo silencio cuando la

señora Ironwood ascendió a la tribuna para dar la bienvenida a los alumnos de Rosewood.

—No creo tener motivo alguno para recordarles que son jóvenes procedentes de familias distinguidas y que estudian en dos de las escuelas más prestigiosas y renombradas del estado, cuando no del país. Estoy segura de que se comportarán con absoluta corrección y que se irán como han venido: orgullosos y acreedores al buen nombre y la respetabilidad de que gozan sus familias. Dentro de sesenta minutos interrumpiremos el baile a fin de paladear todos reunidos los sabrosos y exquisitos platos que nuestros *chefs* de Greenwood han preparado para la ocasión.

Hizo una señal al director de la orquesta, que se situó frente a los músicos y atacó el primer número. Los chicos de Rosewood que conocían a alguna de nuestras compañeras empezaron a cruzar la pista para invitarlas a bailar. Gradualmente, otros muchachos se armaron de valor y se fueron acercando al elenco femenino. Cuando Jonathan Peck echó a andar hacia nosotras, dimos por supuesto que abordaría a Abby, tal y como había sugerido Gisselle; pero nos asombró a todas deteniéndose ante mí y pidiéndome que bailase con él. Miré de soslayo a Abby, que sonrió, observé luego a mi hermana, que tenía una expresión jovial, y acepté al fin la mano de Jonathan. Él me sacó al centro de la pista, apoyó la mano derecha en mi cadera y elevó la izquierda a la altura clásica en estas lides, en paralelo a mi barbilla. Con la perfecta precisión de un bailarín experto, mirándome fijamente, comenzó a desplazarse y a llevarme a buen ritmo y cadencia, conservando los mismos aires de superioridad del principio.

—Soy Jonathan Peck —dijo.

—Yo me llamo Ruby Dumas.

—Lo sé. Mi hermana me lo ha contado todo sobre ti y Gisselle, tu hermana gemela.

—¿De verdad? ¿Y qué te ha dicho?

—Tan sólo elogios —respondió, guiñándome el ojo—. Como ya debes de saber, Rosewood y Greenwood están prácticamente hermanadas. Los chicos de Rosewood solemos enterarnos de todos los chismes de las estudiantes de tu escuela. No podéis ocultarnos nada —dijo con tono resabiado, y volvió la vista hacia Gisselle quien, por lo que pude ver, ya había monopolizado a media docena de moscones.

Sin embargo, la que me dejó atónita no fue mi hermana, sino Abby. Estaba sola y arrinconada. Ningún alumno de Rosewood la había sacado a bailar; ni tampoco los que rodeaban a Gisselle, riendo y charlando, demostraron el menor interés por ella. Incluso Kate tenía pareja.

—Por ejemplo —continuó Jonathan con una sonrisa—, sé que presumes de ser una artista.

—Yo no presumo de nada. Soy pintora —dije secamente.

Su mueca se agrandó y echó la cabeza atrás con lo que se me antojó una risa superficial.

—¡No faltaría más! Eres pintora. He sido un grosero insinuando lo contrario.

—¿Y tú qué eres, además de una enciclopedia andante de los entresijos de nuestras vidas? —le pregunté—. ¿O es ésa tu única ambición?

—¡Cielos! Susan tenía razón. Las hermanas Dumas son dos bolas de fuego.

—Pues ten cuidado, no vayas a quemarte —le advertí.

Mi comentario dio pie a otra andanada de risas. Jonathan parpadeó, sonrió a sus compañeros y me hizo girar con mayor ímpetu, pero yo no perdí el equilibrio. Tras bailar algunas veces en los *fais dodo* cajun desde que era niña, no me costaba ningún esfuerzo mantener la estabilidad en los brazos de Jonathan Peck.

—Ésta va a ser una noche memorable —predijo al terminar la pieza—. Volveré a buscarte —prometió—, pero antes tengo que contentar a ciertas admiradoras.

—Espero que no te canses —ironicé.

Mi hosca respuesta le causó un momentáneo estupor. Di media vuelta, dejándole solo en medio de la sala, y corrí junto a Abby.

—¿Qué ha ocurrido? —preguntó ella al ver mis mejillas ruborizadas.

—Es detestable, más arrogante que una serpiente mocasín y quizá no menos venenoso. Apuesto a que tiene espejos en todas las paredes de su habitación.

Abby se echó a reír. Empezó otro número musical y fui requerida por un chico distinto, del sector de los retraídos, lo que me pareció un cambio agradable. La cohorte de Gisselle perduró, y uno de sus miembros fue solícitamente a buscarle otra taza de ponche. Como en la pieza anterior, cuando eché un vistazo desde la pista de baile, comprobé que todas las chicas de nuestra sección estaban bailando excepto Abby. Marginada por segunda vez, se la veía incómoda, pese a que trataba de conservar su aparente alegría, sonriendo y haciéndome signos de simpatía.

—Tendrás que disculparme —rogué a mi nueva pareja—, pero ha empezado a dolerme el tobillo. Me lo disloqué hace unos días. ¿Por qué no pides a mi amiga que baile contigo? —Asentí en dirección a Abby. El muchacho, un pelirrojo con las dos mejillas salpicadas de pecas, la miró de soslayo y se escabulló.

—No tiene importancia —dijo—. Gracias. —Me soltó y volvió a toda prisa con sus camaradas.

—¿Qué ha pasado? —preguntó Abby cuando regresé a su lado.

—Debo de haberme torcido el tobillo en la canción anterior. Me ha empezado a molestar, así que he tenido que dejar de bailar. —No le conté la negativa de mi compañero a sacarla en mi lugar.

—La música es muy buena —comentó balanceándose a su compás.

¿Por qué ninguno de aquellos chicos había solicitado a Abby? Muchos de ellos estaban en el otro lado del gimnasio, deseando bailar. Miré a Gisselle, que en ese mismo instante meneó la cabeza para reír de la ocurrencia de uno de sus acompañantes. Luego extendió su mano y le hizo agacharse para susurrarle algo al oído que encendió sus ojos como las luminarias de Navidad. Con un intenso sonrojo, el muchacho sonrió nerviosamente a sus amigos. Gisselle nos miró por encima del hombro y lanzó una risotada cargada de vanidad.

Al iniciarse la tercera pieza, renació mi esperanza de que alguien sacara a bailar a Abby, especialmente cuando vi a dos chicos que avanzaban juntos hacia nosotras. Pero uno se desvió en busca de Jacki y el otro me invitó a mí.

—No, gracias —respondí—. No quiero forzar mi tobillo dislocado. Pero mi amiga está libre —añadí, ladeando la cabeza hacia Abby. Él la miró un segundo y, sin pronunciar palabra, se giró y recorrió la hilera de candidatas para sacar a otra.

—¿Me habré puesto un perfume inadecuado o algo así? —se preguntó Abby.

Mi corazón empezó a alterarse al nacer un pánico sin nombre en la base de mi estómago y abrirse paso hasta el pecho. Pensé que allí estaba ocurriendo algo muy extraño, y de nuevo miré a mi hermana. Parecía muy contenta y dichosa. Baile tras baile, los alumnos de Rosewood me ofrecieron su brazo, y si yo declinaba la invitación y les sugería a Abby, se daban a la fuga balbuceando excusas y recurrían a cualquier otra. No sólo me asombraba, sino que me intrigaba sobremanera, cómo una de las chicas que más brillaba en la fiesta, si no la que más, podía pasar tanto rato sin que nadie la sacase. Poco antes de que se anunciara la pausa para el refrigerio, llevé a un aparte a Gisselle.

—Todo esto es muy raro —le dije—. Ningún chico ha pedido un solo baile a Abby, ni siquiera al proponérselo yo.

—¿De veras? ¡Qué extraordinario! —ironizó.

—Tú siempre tienes el oído alerta. ¿Qué sucede? Espero que no se trate de una broma pesada, porque si lo es...

—No sé nada de bromas. Además, yo tampoco bailo, como habrás notado, y sin embargo no te veo muy preocupada por mis sentimientos —me reprochó mi hermana.

—¡Pero si lo estás pasando en grande! Todos esos chicos...

—Sólo juego con ellos para mi propio entretenimiento. ¿Crees que disfruto viviendo atrapada en esta silla mientras los demás bailan y campan por sus respetos? Pobre Abby... Pobre, pobrecita niña —dijo, torciendo la comisura de los labios—. La has convertido en tu hermana porque es una persona completa que no tiene deficiencias físicas.

—Sabes mejor que yo que eso es tan injusto como falso. Fuiste tú quien quisiste que me mudase de habitación y...

La música cesó y la señora Ironwood nos informó de que iba a servirse el tentempié. Resonó una fuerte aclamación y todo el mundo se encaminó a las mesas.

—Tengo hambre, y he prometido a los chicos que me sentaría con ellos y les dejaría alimentarme. Tú puedes ir a animar a la desgraciada Abby —dijo ladinamente mi hermana.

Hizo virar las ruedas y se internó en el anhelante enjambre de muchachos de Rosewood, a quienes había conseguido imantar como si fuera su papel cazamoscas. Todos pugnaron por saber quién asumiría el papel de Samantha y conduciría a Gisselle al otro extremo de la sala. Mi hermana volvió la cabeza, me clavó una mirada de profunda satisfacción, y acto seguido soltó una risa estridente y alargó el brazo para agarrar la mano de uno de sus adoradores, mientras los restantes revoloteaban alrededor.

—Mi hermana está tan exasperante como en sus mejores tiempos —le dije a Abby.

Muchos de los chicos se portaron como galantes caballeros e hicieron provisión para una alumna de Greenwood antes de llenar su propio plato; pero ninguno se ofreció a servirnos a Abby ni a mí. Y, aunque me dejaron espacio en las mesas, no se apartaron ante mi amiga. Después de habernos servido lo que queríamos, encontramos una mesa apartada. Nadie se unió a nosotras, ni siquiera las compañeras del pabellón. Nos habían abandonado a nuestra suerte.

La señora Ironwood desfiló entre las mesas con la señorita Weller, saludando a unos estudiantes de Rosewood y conversando con sus propias pupilas. Cuando la ronda las llevó hasta nuestra esquina, la directora nos dirigió una mirada fulgurante y dobló por otro pasillo.

—¿No se me habrá declarado el sarampión? —inquirió Abby.

—No. Estás guapísima.

Mi amiga sonrió débilmente. Ninguna de las dos tenía demasiado apetito, pero comimos para pasar el tiempo. A nuestra derecha, Gisselle había ocupado una mesa sólo con chicos. No podía oír lo que les contaba, pero todos se desternillaban de risa. Se desvivían por atenderla. No tenía más que posar la vista en algo, y dos o tres muchachos casi se arrollaban en su afán de llevárselo.

—¿Tu hermana siempre ha tenido tanto éxito con el otro sexo? —preguntó envidiosa Abby.

—Desde que la conozco, sí. Tiene la facultad de apelar a su fibra más embarazosa. A saber qué promesas les habrá hecho —dije enfurecida.

El comité social de la escuela se desplegó y distribuyó entre las chicas las papeletas para elegir a la reina de la noche. Les siguieron otras dos alumnas con las cajas donde debíamos depositar nuestros votos.

—Seguro que Gisselle las ha conquistado a todas para que la escojan a ella —murmuré.

—Pues yo voy a votarte a ti —repuso Abby.

—Y yo a ti.

Reímos al mismo tiempo, rellenamos el papel y lo entregamos.

Después de tomar el postre, mi amiga y yo fuimos al cuarto de baño para refrescarnos. Estaba abarrotado de chicas que cotilleaban y alborotaban, pero en el momento en que entramos nosotras se acallaron gran parte de las voces. Parecía que fuéramos dos deshauciadas, dos leprosas que tenían aterrorizado al personal porque su mero tacto podía infectarles. Nos miramos mutuamente, en un mar de confusión.

La segunda mitad de la noche no difirió apenas de la anterior, salvo en que cuanto más tiempo pasaba con Abby, menos se acercaban a mí los chicos. Para cuando tocaron el penúltimo número musical, Abby y yo éramos las únicas que no bailábamos. Antes de la pieza de clausura la señora Ironwood fue de nuevo hasta el micrófono.

—Aquí en Greenwood es una tradición, como saben todos los presentes, que al término de un acontecimiento lúdico, y en especial de una fiesta formal, las estudiantes elijan a su reina. El comité social ha efectuado el recuento de votos y me ha rogado que llame a Gisselle Dumas para anunciar los resultados.

Abby y yo intercambiamos una mirada de sorpresa. «¿Cuándo lo habrá pactado mi hermanita?», me pregunté. Gisselle se separó de su séquito masculino y ella misma se impulsó por la sala al son de los aplausos. Luego se volvió hacia la concurrencia con una sonrisa ancha y beatífica. A continuación un miembro del comité fue a darle el resultado de la votación. Bajaron el micrófono para que todos pudiéramos oírla.

—Agradezco tan alto honor —dijo—. Sois fenomenales. —Se giró hacia la chica que tenía el nombramiento—. El sobre, por favor —pidió como si se tratara de los Premios de la Academia.

La asistencia sonrió. Incluso la señora Ironwood relajó los labios en un amago de sonrisa. Entonces Gisselle abrió y desdobló el papelito, lo leyó para sí misma y se aclaró la garganta.

—Hoy tenemos una elección sorprendente —declaró—. A juzgar por lo que ha escrito el comité, es una primicia en Greenwood. —Miró a la señora Ironwood, que estaba más interesada y pendiente de ella—. Leeré el nombre de la ganadora y la anotación textual que han hecho al pie. —Alzó la vista hacia nosotras—. Las alumnas de Greenwood han elegido a Abby Tyler —proclamó.

Abby abrió los ojos desorbitadamente. Yo moví la cabeza sorprendida, pero fue como si sólo hubiera caído la primera bomba. En la sala se hizo el silencio. Abby empezó a incorporarse. Me dio un vuelco el corazón al ver los semblantes de las otras chicas: todas parecían contener el aliento.

Gisselle revisó la nota y acercó la boca al micrófono para añadir:

—¡Que es la primera cuarterona que recibe este premio!

El comentario nos sumergió a todos en el ojo de un huracán. No hubo risitas burlonas, ni siquiera accesos de tos. Abby se inmovilizó. Volvió la cara hacia mí, con los ojos idos por el impacto. Aquél era el motivo de que los chicos no la sacaran a bailar: les habían prevenido de que era mulata. Y por eso Gisselle había sido tan cariñosa y le había ofrecido la cinta de seda blanca, para que nuestros invitados la identificasen en cuanto la vieran.

—¿Quién se lo habrá contado? —susurró Abby.

Hice un rotundo gesto de negación.

—Yo jamás...

—Ven a recoger tu trofeo —retumbó la voz de Gisselle a través de la megafonía.

Abby se detuvo frente a mí, aún más enhiesta y alta de lo habitual, mostrándose ante el mundo como una bella princesa.

—No te preocupes, Ruby —dijo—, no hay ningún problema. De todas formas había decidido pedir a mis padres que dejasen de vivir en el engaño. Me enorgullezco de cada célula de mi ascendencia y nunca más volveré a ocultarla. —Cruzó el gimnasio y se marchó.

—Al parecer, no le ha gustado la distinción —bromeó Gisselle.

Hubo un clamor de risas, que todavía continuaron después de que abandonara el salón de baile en pos de mi amiga. Me precipité hasta el pasillo y salí por la puerta lateral que acababa de utilizar ella. Cuando me asomé al exterior, ya había atravesado la mitad del complejo, con su hermosa cabeza erguida, camino de la oscuridad.

—¡Abby, espera! —la llamé, pero no se detuvo.

Ya estaba cerca de la avenida que enlazaba con la carretera de acceso al colegio. Yo eché a correr en el mismo sentido, pero en ese instante alguien pronunció mi nombre.

—Ruby Dumas.

Al girarme, vi a la señora Ironwood bajo la franja luminosa que proyectaban las luces de la puerta.

—No se atreva a traspasar los límites de esta escuela —me advirtió.

—Pero señora Ironwood, mi amiga..., Abby...

—No se atreva.

Volví la mirada hacia Abby, pero lo único que distinguí fue oscuridad y unas sombras espesas que extendieron su cerco y penetraron lo bastante hondo para envolver mi corazón roto.

9. UNA AMIGA EN APUROS

—Le aconsejo que regrese cuanto antes a la fiesta —me advirtió la señora Ironwood. Se había adelantado unos pasos, y ahora se cernía sobre mí como un halcón dispuesto a abalanzarse. El cielo amenazaba tormenta. Por unos momentos, escudriñé obstinadamente la penumbra, con la esperanza de ver aparecer a Abby, pero no fue así. Me alzaba como un islote cercado por un mar embravecido: tan abatida e infeliz me sentía—. ¿Ha oído lo que le he dicho? —rugió la directora.

Cabizbaja, me volví hacia el edificio y pasé por delante de ella sin dignarme ni siquiera mirarla.

—Nunca había visto un comportamiento semejante. Nunca jamás —insistió en una aborrecible cantinela, siguiéndome de vuelta al gimnasio—. Es la primera vez que una de mis chicas desacredita tan abiertamente a la escuela.

—¿Cómo puede desacreditar a alguien una muchacha inteligente, hermosa y encantadora como Abby? Espero que lleve su herencia con dignidad, igual que yo presumo de mi pasado cajun —dije con orgullo.

La señora Ironwood hinchó el pecho y me taladró

con sus ojos pétreos. Perfilada contra un cielo cada vez más ominoso, la vi tan siniestra y diabólica como los espíritus del vudú que conjuraba Nina.

—Cuando la gente sale de su entorno, lo único que hace es buscar complicaciones —afirmó la directora con su tono impositivo y categórico.

—Abby merece más que nadie estar aquí —repliqué—. Es tan lista, tan estupenda...

—Éste no es el momento ni el lugar para discutir tales asuntos que, además, no son de su incumbencia —me espetó, usando las palabras como diminutos cuchillos para cortar mis protestas de raíz—. Su única preocupación debería ser su propia conducta. Creí haberlo expuesto claramente en la última entrevista que tuvimos.

La observé unos instantes, abrasada por una cólera infinita. *Grandmère* Catherine me había enseñado a respetar a mis mayores, pero desde luego no había previsto que un día estaría sometida al yugo de una mujer de aquel calibre. Su edad y condición, pensé, no tenían por qué escudarla de una crítica razonable, aunque viniese de alguien tan joven como yo, pero me mordí la lengua para poner a buen recaudo las fieras palabras que llenaban mi boca.

La Dama de Acero pareció regodearse en mi lucha por mantener el control. Me miró inquisitivamente, esperando, deseando que me insubordinara para poder justificar un castigo más drástico, quizá incluso ordenar mi expulsión y evitar que volviera a ver a Louis, lo que, según mis sospechas, era su verdadera motivación.

Me tragué las lágrimas y la rabia, giré en redondo y retorné al salón de baile, donde sonaban ya los acordes de la última pieza. La mayoría de mis compañeras me observaban por el rabillo del ojo sin disimular la sonrisa. Lo que quiera que comentasen a sus respectivas parejas provocó sus risotadas. Me enfureció ver tanta jocosidad después de la ignominia que habían hecho a Abby.

En la zona de las mesas, Gisselle presidía la asamblea, rodeada aún de más súbditos y admiradores, entre los que figuraba Jonathan Peck. Los gritos de mi gemela eran tan evidentes que se sobreponían a la música.

—Apuesto a que ésta es la primera vez que una chica rechaza el premio a la reina del baile en Greenwood —dijo al aproximarme yo, más para mis oídos que los de sus muchachos. Las risas aumentaron—. ¡Vaya, ahí viene mi hermana! Danos más información, Ruby. ¿Dónde ha ido la negra cuarterona?

—Se llama Abby —puntualicé—. Y se ha marchado gracias a ti.

—¿Gracias a mí? Lo único que he hecho ha sido leer los resultados de la votación. Además, ¿por qué tenía que salir huyendo después de ganar? —preguntó mi hermana con una expresión de inocencia. Los otros asintieron y sonrieron, aguardando cínicamente mi réplica.

—Lo sabes muy bien, Gisselle. Esta noche has cometido una mezquindad incalificable.

—No me digas que tú tolerarías la presencia de mestizas en Greenwood —recalcó Jonathan. Echó los hombros atrás y se alisó con las manos el cabello, como si estuviera delante de un espejo en vez de una docena de niñas encandiladas. Me revolví contra él.

—Lo que no tolero ni perdono es la presencia de personas crueles y nocivas, como tampoco soporto a los jóvenes cursis, engreídos y narcisistas que creen ser un don de Dios cuando en realidad se aman mucho más a sí mismos de lo que jamás podrán amar al prójimo —Jonathan se ruborizó al instante.

—Bien, ya conocemos tu criterio en lo que respecta a codearse con personas de una clase inferior. Quizá tú también te has equivocado de lugar —insinuó, mirando en busca de apoyo a los jóvenes de ambos sexos que se habían arremolinado alrededor. Casi todos hicieron un gesto aprobatorio.

—Es posible —contesté, con un río de lágrimas ardiendo detrás de mis párpados—. Preferiría vivir en un pantano rodeada de caimanes que aquí, con gente que se cree autorizada a desdeñar a los demás por su entorno o procedencia.

—Pareces un apóstol —se mofó Gisselle—. Tu amiga lo superará.

Me encaré con ella, con los ojos tan desbordantes de furia que las chicas que la rodeaban se apartaron para dejarme paso. De pie frente a la silla, crucé los brazos y lancé mi pregunta.

—¿Cómo te has enterado, Gisselle? ¿Has pegado la oreja a nuestra puerta?

—¿Crees que me interesan tanto vuestras conversaciones privadas? ¿Crees que no he visto y leído en los libros todo lo que vosotras podáis hacer? —me respondió, sonrojándose por mi acusación—. No necesito escucharos a escondidas para saber qué pasa entre tu amiga cuarterona y tú. Pero —dijo, sonriendo y reclinándose en el respaldo—, si quisieras confesar, describirnos qué sentías durmiendo a su lado...

—¡Cállate! —estallé, incapaz de reprimir mi aluvión de emociones—. Cierra esa boca inmunda antes de que te...

—Fijaos cómo amenaza a su hermanita lisiada —exclamó Gisselle, contorsionándose dramáticamente—. Ya veis lo desvalida e indefensa que estoy. Ahora sabéis qué significa ser la gemela inválida y tener que vivir día tras día observando cómo tu hermana se divierte, va adonde se le antoja y hace todo lo que quiere.

Gisselle enterró la cara en las manos y empezó a sollozar. Todos los presentes me miraron indignados.

—En fin, ¿de qué serviría explicar la verdad? —me lamenté, y di media vuelta en el momento en que terminaba la música.

La señora Ironwood se acercó de inmediato al micrófono.

—Al parecer, se está fraguando una tormenta —dijo—. Será mejor que los chicos vayan enseguida a los autocares y que las señoritas se retiren sin demora a los dormitorios.

Todo el mundo se dirigió a las salidas salvo la señorita Stevens, que se acercó a hablar conmigo.

—Pobre Abby. Lo que le han hecho es una brutalidad. ¿Adónde ha ido? —me preguntó.

—No lo sé, Rachel. Se ha alejado por los jardines hasta salir a la carretera. Estoy muy intranquila, pero la señora Ironwood no me ha permitido ir tras ella.

—Sacaré mi jeep y la buscaré —prometió la profesora—. Tú vuelve al pabellón y espérame allí.

—Gracias. Se avecina un buen chaparrón y podría sorprenderla a la intemperie. Por favor, si la encuentras, dile que no he tenido nada que ver con los manejos de Gisselle. ¿Le darás mi mensaje?

—Sí, pero estoy segura de que ya lo sabe —dijo Rachel Stevens con una sonrisa de afecto. Vimos que la señora Ironwood nos vigilaba desde una esquina y seguimos al gentío hacia el exterior del gimnasio.

El zigzag de un relámpago abrió un sesgo blanco en el cielo oscuro y tenebroso. Algunas chicas chillaron con el sobresalto. Los muchachos de Rosewood que iban aparejados cambiaron furtivos besos de despedida antes de subir presurosamente al autocar. Jonathan Peck llevaba a sus talones una nutrida pléyade de embelesadas hijas de Greenwood, todas muy ansiosas esperando que estampara sus preciosos labios en los de ellas, o por lo menos en la mejilla.

Un nuevo trueno ocasionó más griterío y premuras. Vi que la señorita Stevens iba a recoger el coche y miré esperanzada la avenida por si había señales de Abby, antes de darme la vuelta y retornar a paso ligero a los dormitorios. Quizá, calculé, había trazado un círculo y corrido a cobijarse en nuestra habitación; pero cuando llegué, la encontré vacía. Me dirigí al recibidor para esperar a mi profesora. Fueron entrando las otras muchachas, rebosantes de entusiasmo por el baile y los chicos que habían conocido. No les hice caso ni, en su mayor parte, ellas a mí tampoco.

La tempestad, que avanzaba desde el río, pronto descargó sobre el recinto. A los pocos minutos un vendaval zarandeaba las recias ramas de los robles. El ambiente se oscureció hasta la tiniebla y la lluvia empezó a caer en tromba, azotando las ventanas y repicando contra las vías empedradas. Las barandillas de la galería goteaban en un continuo torrente, mientras los rayos fulguraban en la noche, iluminando la escuela y sus terrenos con un segundo escaso de albos resplandores para después sumirlos de nuevo en la oscuridad. ¿Y si la señorita Stevens no había encontrado a Abby? La imaginé aterrorizada debajo de uno de los árboles que flaqueaban la carretera de Greenwood. O tal vez había conseguido llegar a una de las bonitas casas que había en las cercanías y sus habitantes habían tenido la bondad de acogerla hasta que amainase el aguacero.

Transcurrió casi una hora antes de que, al mirar por la ventana del vestíbulo, viese los faros de un coche. El vehículo de la señorita Stevens frenó delante del edificio y al fin se apeó su conductora, con el impermeable suelto y echado sobre la cabeza en la corta carrera hasta el pabellón. Fui a recibirla en la puerta principal.

—¿Ha regresado? —preguntó, y se me cayó el alma a los pies.

—No.

—¿No? —La señorita Stevens se sacudió el agua que chorreaba por las puntas de su cabello—. He recorrido la calzada en ambas direcciones. He hecho más kilómetros de los que habría podido cubrir Abby aunque hubiera corrido sin parar, pero no había rastro de ella. Esperaba que se le hubiera ocurrido volver.

—¿Qué puede haberle pasado?

—Quizá se ha detenido algún automovilista para llevarla.

—Sí, pero ¿adónde? Abby no conoce a nadie en Baton Rouge.

La profesora de arte meneó la cabeza, con una faz que delataba angustia mientras ambas cavilábamos sobre las horribles desgracias que podía sufrir una atractiva jovencita deambulando sola de noche, en plena tormenta, por una carretera tan poco transitada.

—Tal vez ha encontrado refugio en algún sitio y está esperando que pase el temporal —apuntó la señorita Stevens.

La señora Penny se acercó a nosotras. Tenía la cara desencajada y se frotaba las manos más que nunca.

—Acabo de recibir una llamada de la señora Ironwood, que quería saber si ha aparecido Abby. ¿Dónde se ha metido, Ruby?

—Lo ignoro, señora Penny.

—Ha abandonado el recinto en la oscuridad... ¡y con este diluvio!

—No lo ha hecho por su propia voluntad.

—¡Dios mío! —gimió la gobernanta—. ¡Señor del cielo! En Greenwood nunca habíamos tenido problemas de esta clase. Para mí siempre ha sido un trabajo plácido, una gratísima experiencia. Y ahora perdemos a Abby...

—Estoy segura de que no le sucederá nada —dijo la señorita Stevens—. Por si acaso, deje la puerta abierta.

—Pero yo siempre cierro con llave después del toque de queda. Tengo que pensar en mis otras chicas. ¿Qué voy a hacer?

—No se preocupe por la puerta, señora Penny. Tengo intención de quedarme aquí mismo hasta que vuelva —declaré, aposentándome en uno de los sofás del recibidor.

—¡Virgen santa! —exclamó la gobernanta—. Con lo estupendas que habían sido siempre las veladas sociales...

—Llámame si me necesitas —me ofreció en voz baja la señorita Stevens—. Y si Abby volviera, avísame enseguida. No descansaré hasta que sepa que está bien.

—Gracias por todo, Rachel —dije después de que me diera su número de teléfono. La seguí hasta el portal para despedirla. Ella estrechó mis manos entre las suyas.

—Ya verás como todo se arregla —vaticinó para animarme. Me esforcé en formar un símil de sonrisa, y vi que se tapaba de nuevo la cabeza con el chubasquero, dispuesta a cruzar a toda velocidad el tramo que separaba el edificio del vehículo. Todavía llovía a mares. Me quedé en la puerta hasta que se hubo marchado. Unos momentos más tarde, se presentó la señora Penny, me hizo entrar y echó el cerrojo.

—Tengo que llamar a la señora Ironwood —dijo—. Va a disgustarse mucho cuando sepa que no hay novedad. Querida, por favor, ¿me avisarás si regresa pronto?

Asentí, retorné al sofá y permanecí un rato acechando la puerta y escuchando las resonantes gotas de lluvia, que parecían caer con tanta tenacidad en mi corazón como en las paredes y el tejado de la casa. Di alguna que otra cabezada, despertando de manera abrupta cuando creía haber oído un golpe en la puerta, que luego resultaba ser sólo el viento. Exhausta por la inquietud y la fatiga, finalmente me levanté y fui a la habitación. Ni siquiera me desnudé. Me desplomé sobre el lecho, lloré pensando en Abby y caí en un sueño plomizo del que no desperté hasta que me alertó la algarabía de las chicas en los pasillos poco antes del desayuno. Me giré al instante para mirar la cama de Abby y sentí un gran desaliento al verla lisa e intacta.

Tras frotarme los ojos, me senté y estuve unos momentos pensativa. Después fui al cuarto de baño y me lavé la cara con agua helada. Oí unas risas susurrantes de mi hermana y abrí la puerta para enfrentarme con ella cuando pasaba junto a mi cuarto.

—Buenos días, hermana querida —dijo, alzando la vista y sonriéndome. Estaba fresca y exultante, llena de una felicidad malsana—. Parece que hayas pasado la noche en vela. ¿Ha... ha vuelto tu amiga?

—No, Gisselle. No ha dado señales de vida.

—¡Vaya lata! ¿Qué haremos ahora con el trofeo? —barruntó en voz alta y miró a Jacqueline, Kate y Samantha, que le respondieron con amplias sonrisas, las cuales se esfumaron como por ensalmo en cuanto me miraron. Al menos sentían cierto remordimiento, siendo Samantha la más apenada.

—No es para tomarlo a broma, Gisselle. Tal vez durante la noche le haya ocurrido algún percance. ¿Adónde podía ir? ¿Qué podía hacer?

—Quizá encontró cobijo en alguna cabaña de aparcero. ¿Quién sabe? —dijo mi hermana, y se encogió de hombros—. Incluso podría tratarse de un pariente desconocido. —Se echó a reír como una histérica—. Vámonos —ordenó a Samantha—. Esta mañana tengo un apetito voraz.

Avergonzada y renegando de que aquella criatura fuese mi hermana, bajé la cabeza y regresé a mi habitación. Tenía poca hambre y no me apetecía sentarme a desayunar con las otras chicas, que sin duda me esperaban deseando ver qué hacía y decía. Sin embargo, me cambié de ropa. Cuando me aprestaba a ir al comedor, se personó en mi alcoba la señora Penny. Una simple ojeada me confirmó que sabía algo de Abby. Tenía los dedos tan entrelazados como si hubiera de sujetarse para que no se le escapara la vida.

—Buenos días, cariño —dijo.

—¿Qué ha sucedido, señora Penny? ¿Dónde está Abby?

—La señora Ironwood acaba de telefonear para informarme de que sus padres pasarán por aquí dentro de unas horas a recoger su equipaje —respondió, y suspiró.

—Así pues, ¿está bien? ¿La han encontrado?

—Al parecer, anoche bajó a la ciudad y les llamó —explicó la señora Penny—. Va a dejar la escuela, aunque la habrían expulsado de todos modos por huir del recinto en las horas nocturnas —añadió.

—Es cierto que la habrían echado, pero no por su escapada —dije, negando con la cabeza y fijando en nuestra gobernanta una mirada penetrante—. No son ésas las auténticas razones de la señora Ironwood.

La señora Penny bajó la vista y movió tristemente la cabeza.

—Nunca habíamos tenido conflictos como éste —musitó—. Es muy perturbador. —Levantó de nuevo el rostro y echó un somero vistazo a la habitación—. En cualquier caso, sé que las jóvenes internas soléis mezclar vuestras pertenencias. Querría que separases lo que es tuyo, de manera que cuando vengan los señores Tyler terminen lo antes posible. Es una situación embarazosa para todos, y en particular para ellos.

—Lo supongo. De acuerdo, me encargaré de todo —prometí, y empecé a seleccionar ropa y objetos, colocando lo que era de Abby en sus maletas y cajas para facilitar la tarea a sus padres. Las lágrimas fluyeron por mis mejillas mientras trabajaba.

Al volver las otras alumnas de desayunar, ya lo había organizado casi todo y estaba sentada taciturnamente en el borde de la cama, mirando el suelo con ojos extraviados. Gisselle se detuvo en el umbral, seguida de cerca por Samantha.

—¿Qué está pasando aquí? —demandó al ver las

maletas hechas—. La señora Penny no ha querido soltar prenda.

Levanté la cabeza lentamente. Tenía los ojos irritados por el llanto.

—Los padres de Abby van a venir a buscar sus cosas. Se marcha de Greenwood. ¿Estás satisfecha ahora? —la increpé con acritud. Samantha se mordió el labio y eludió mi mirada.

—Será lo mejor para todos los implicados —respondió Gisselle—. Habría ocurrido igualmente tarde o temprano.

—Tal vez, pero si tenía que irse debería haber sido por decisión propia, no porque tú y tus compinches la pusierais en evidencia delante de todo el cuerpo estudiantil y esos chicos de Rosewood —me sublevé.

—Es el riesgo que corre la gente como ella cuando intenta equipararse a nosotras —repuso Gisselle, sin una nota de contrición en su voz. Estaba tan ufana, tan imbuida de su superioridad, que sentí náuseas.

—No deseo hablar más de esto —dije, volviéndome de espaldas.

—Como gustes —respondió mi hermana, e hizo que Samantha la sacara al pasillo.

Pero a primera hora de la tarde, poco antes de que llegasen los padres de Abby, la pequeña Samantha entró sola en mi habitación. Había dejado a Gisselle en el recibidor junto a sus otras amigas y venía a cumplir un encargo.

—¿Qué quieres? —le pregunté con tono adusto.

—Gisselle me ha pedido un disco de las cajas que tiene almacenadas en el armario de Abby —dijo muy apocada—. Va a prestárselo a una compañera del cuadrángulo «B».

Me di la vuelta mientras se adentraba en la habitación y se arrodillaba para rebuscar entre las numerosas cajas de cartón. Cuando encontró lo que quería, empezó a retirarse. Pero se detuvo junto a la puerta y se giró hacia mí.

—Lamento lo de Abby —dijo—. No imaginaba que pudiera acabar así.

—¿Ah, no? ¿Qué creías que pasaría después de humillarla públicamente en presencia de todo el colegio? Además, ¿por qué? ¿Qué os ha hecho a vosotras o a cualquier otra chica para merecer ese trato?

Samantha bajó la vista sin saber qué contestar.

—¿Cómo averiguó mi hermana su secreto? —la interrogué al cabo de un momento—. ¿Se ha dedicado a espiarnos? —Ella hizo un gesto de negación—. ¿Cómo lo averiguó?

Samantha se aseguró de que no había moros en la costa antes de responder.

—Un día vino a buscar no sé qué objeto en el armario de Abby, estuvo hojeando las cartas de sus padres —me desveló—. Pero por lo que más quieras, no le digas que te lo he contado —me suplicó, con el miedo reflejado en las pupilas.

—¿Por qué? ¿Acaso podría revelar algo sobre ti? —repliqué sagazmente. La ansiedad desorbitó sus ojos y le dejó los mofletes, por lo general sonrosados, blancos como la cera—. Jamás deberías haberle contado tus intimidades si no querías que se difundieran —seguí fustigándola.

Samantha asintió ante aquel consejo tardío.

—No obstante, lamento lo que le ha ocurrido a Abby.

No estaba muy dada a la clemencia, pero vi que era sincera, así que asentí con la cabeza. Samantha se quedó unos segundos indecisa y salió con precipitación.

Poco después llegaron los padres de Abby.

—¡Señora Tyler! —exclamé, saltando del asiento cuando apareció con su marido en el marco de la puerta—. ¿Cómo está Abby?

—Se encuentra bien —dijo la señora Tyler, con la

expresión firme y los labios tensos—. Mi hija tiene más coraje que todas las estudiantes de esta encopetada escuela —añadió con tono amargo. El padre de Abby eludió mirarme.

—Necesito hablar con ella, señora Tyler. Tiene que saber que no he participado en este desgraciado incidente.

La madre de Abby enarcó las cejas.

—Tengo entendido que fue tu hermana gemela quien hizo el trabajo sucio.

—Sí, pero somos muy diferentes a pesar del parentesco. La misma Abby puede confirmarlo.

Por la forma en que miró a su esposo, comprendí que ya lo había hecho.

—¿Dónde están sus cosas?

—Lo he preparado todo. Ahí lo tiene —dije, y señalé el lugar donde había dispuesto el equipaje. El padre pareció agradecerlo—. ¿Cómo puedo ponerme en contacto con su hija? ¿Cuándo podré verla?

—Se ha quedado fuera, en el coche —confesó el señor Tyler.

—¿Abby está aquí?

—No ha querido entrar con nosotros —dijo la madre.

—Es comprensible —respondí, y salí arrebatadamente.

En el recibidor, las chicas emitían sus comentarios muy quedamente desde que los Tyler estaban en el edificio. Incluso la voz de Gisselle era moderada. No me detuve a mirarlas, sino que atravesé como un gamo la puerta principal. Vi a Abby sentada en el automóvil de sus padres y bajé por las escaleras de dos en dos para ir a su encuentro. Ella bajó la ventanilla al acercarme.

—Hola —le dije.

—Hola. Disculpa que anoche no atendiera a tus llamadas, pero una vez fuera no podía parar. Mi única obsesión era marcharme.

—Lo sé, aunque admito que me tenías preocupada. La señorita Stevens fue a inspeccionar la zona en su jeep cuando vio que la señora Ironwood no me permitía dejar el complejo.

Abby esbozó una sonrisa forzada y masculló:

—¡Ay, la Dama de Acero!

—¿Dónde te metiste?

—Me escondí hasta que remitió la lluvia, conseguí que me llevaran al centro y telefoneé a mis padres.

—¡Estoy hecha polvo, Abby! Ha sido una grave injusticia. Mi hermana es más ruin de lo que suponía; me he enterado de que registró tus cajones y leyó la correspondencia de tus padres.

—No me sorprende. No obstante, estoy segura de que no fue todo obra suya —dijo Abby—. Aunque realmente se volcó en su papel, ¿no crees? —preguntó. Yo asentí. Me sonrió de nuevo y se apeó del vehículo—. Vamos a dar un paseo —sugirió.

—¿Qué vas a hacer ahora? —inquirí.

—Matricularme en la escuela pública. En algunos aspectos he salido ganando. Mis padres han decidido renunciar a esa manía de enmascarar mi origen y el suyo propio. Se han terminado los peregrinajes por todo el país, se ha terminado el fingir ser quien no soy. —Dio un repaso visual a los jardines—. Nunca más pisaré una escuela de élite.

—Yo también estoy harta de escuelas selectas.

—No, Ruby, a ti te va muy bien en Greenwood. Los profesores te aprecian, y has creado una relación fantástica con la señorita Stevens. Puedes hacer grandes progresos en tu pintura. Aprovecha las oportunidades y prescinde de lo demás.

—No me gusta estar en un sitio donde hay tanta hipocresía. *Grandmère* Catherine no querría verme aquí metida.

Abby se echó a reír.

—Tal y como la has descrito, creo que te aconsejaría que te enterraras como una almeja, te atrincherases contra los farsantes como una ostra y te afianzaras con fuerza a lo que quieres como un caimán. Además —dijo en apenas un murmullo—, sabes desterrar el mal *gri-gri*. Mi error de ayer fue no ponerme la falda azul que lleva el talismán cosido.

Me guiñó el ojo y se carcajeó. Aquello me animó, aunque también me obligó a tomar conciencia de que nunca más oiría su risa; no volveríamos a hacernos confidencias, no volveríamos a compartir nuestros sueños ni nuestros temores. Gisselle tenía motivos para estar celosa: Abby había sido la hermana que siempre había deseado, la hermana que ella, pese a nuestras fisionomías idénticas, jamás llegaría a ser.

—Me gustaría ayudarte, hacer algo más por ti —me lamenté.

—Has hecho más que suficiente. Me has dado tu amistad, algo que desde luego no podemos perder. Nos escribiremos. Confío en que la señora Ironwood no interceptará el correo.

—Es muy capaz.

—Te diré cómo puedes ayudarme —declaró Abby, de repente animada—. La próxima vez que la señora Ironwood te convoque en su despacho, por cualquier motivo, procura robarle un cabello que haya caído en el escritorio o en el suelo. Métele en un sobre, envíamelo, y yo se lo entregaré a una *mama* para que lo use en la confección de una muñeca donde clavar agujas.

Las dos nos reímos, pero intuí que Abby no bromeaba. Detrás de nosotras, sus padres estaban acabando de cargar el coche. Dejamos de caminar y les observamos un instante.

—Será mejor que volvamos —dijo mi amiga.

—Me alegro de haber tenido ocasión de verte.

—Por eso he venido —me confesó—. Adiós, Ruby.

—¡Oh, Abby!

—Nada de lágrimas, o conseguirás que yo también llore y daremos a Gisselle y sus secuaces exactamente lo que pretenden —me advirtió en actitud desafiante—. Lo más probable es que ahora mismo estén con la nariz pegada a la ventana, vigilándonos.

Eché un sucinto vistazo al pabellón. Reprimí al punto mis sollozos e hice un asentimiento.

—Seguramente —convine.

—Y no le tomes mucho apego a Louis —me dijo, con los ojos pequeños y meditabundos—. Comprendo que te dé pena, pero hay demasiados fantasmas pululando por las pesadillas de la familia Clairborne.

—Descuida, lo sé muy bien.

—En fin...

Nos abrazamos brevemente y Abby echó a andar hacia el automóvil.

—¡Oye! —me llamó con voz risueña—. No olvides despedirte de mi parte del señor Paria.

—Lo haré —dije riendo.

—Te escribiré lo antes posible —prometió mi amiga.

Su padre cerró el maletero de un golpe seco y la madre entró en el coche. Abby también subió y por último el señor Tyler se sentó al volante, puso el motor en marcha y desapareció. Mientras se alejaban, mi amiga se volvió y agitó la mano. Yo hice lo mismo hasta que se perdieron en la distancia. Acto seguido, con un pecho que parecía un mortero de cemento, regresé al edificio y a mi habitación medio vacía.

El resto del día transcurrió como un período de duelo. La tormenta de la víspera había pasado, pero dejó tras de sí una estela de nubes alargadas y compactas, nubes que fluctuaron amenazadoramente sobre Baton Rouge y los aledaños hasta muy entrada la noche. Fui a cenar sólo porque no había probado bocado desde el sábado. Las chicas estaban exuberantes y alegres; algunas discutían aún sobre Abby, pero la mayoría parloteaban de otros temas como si nunca hubiera existido. Gisselle, por supuesto, era una de ellas. Peroró incesantemente acerca de chicos que había conocido en Nueva Orleans, y que eran tan guapos que a su lado Jonathan Peck parecería el monstruo de Frankenstein. Oyendo las historias que contaba, se diría que había salido con todos los chicos de América.

Hastiada y agotada emocionalmente, me retiré de la mesa lo antes posible y me encerré sola en mi habitación. Decidí escribir una carta a Paul, que se alargó varios folios al relatar lo ocurrido, todas las maquinaciones de Gisselle. «No pretendo descargar mis muchos pesares sobre ti, Paul», le decía hacia el final.

... Todavía hoy, cuando pienso en quién puedo confiar mis sentimientos más íntimos, surge tu nombre. Supongo que debería recurrir a Beau, pero hay ciertas cosas que una chica prefiere decir a un hermano antes que a un novio. Aunque quizá no... No lo sé, ahora mismo me siento muy desorientada. Gisselle se ha salido con la suya a pesar de todo. Odio este lugar y estoy a punto de llamar a mi padre y rogarle que haga lo que ella deseaba desde el principio: sacarnos de Greenwood. A la única persona a la que echaré de menos será a la señorita Stevens.

Por otra parte, me tienta la idea de quedarme y aguantar lo que haga falta sólo para no dar ese placer a Gisselle. No sé qué camino tomar. No sé qué está bien ni qué está mal. Los buenos sufren y los canallas se libran con tanta frecuencia, que me pregunto si el mundo albergará más *gri-gri* maléficos que benignos. Me acuerdo mucho de

grandmère Catherine; añoro su sabiduría y forta-
leza.

Pero dejémonos de tristezas. Estoy deseando
que lleguen las vacaciones de Navidad para que
vayas a visitarnos a Nueva Orleans, tal y como
prometiste. Se lo he comentado a papá y él también tiene muchas ganas de verte. Creo que cualquier persona o detalle que le recuerde a mi madre le proporciona una paz interior que sólo nos
revela a través de su sonrisa.

Escríbeme pronto. Con todo mi cariño,

RUBY.

Hasta que empecé a doblar la carta para franquear-
la no vi las manchas húmedas de mis lágrimas sobre el
papel.

A la mañana siguiente me levanté, me vestí y desayuné en silencio, sin penas mirar ni dirigir la palabra a
nadie excepto a Vicki, que me preguntó si había estu-
diado para el examen de ciencias sociales. Hablamos de
él camino del edificio principal. Durante el día, tuve la
inevitable sensación de que todos los ojos convergían
en mí. La noticia de la marcha de Abby se había difundido con rapidez, y era natural que las otras chicas es-
pecularan y me observaran para ver cómo reaccionaba
y actuaba. Resolví no dar a nadie la satisfacción de verme alicaída, algo que me resultó más sencillo cuando
entré en la clase de arte de la señorita Stevens.

Nos impartió la lección teórica y cada una se centró
en su trabajo. Hasta que sonó el timbre anunciando el
final no me abordó para interesarse por Abby. Le dije
que mi amiga parecía conformada e incluso más feliz
ahora que todo había terminado. La profesora asintió.

—Todo aquello que no te destruye te hace más
fuerte. Las penalidades, si no nos matan, poseen la vir-

tud de templarnos —dijo con una sonrisa—. Fíjate sino en ti misma y las circunstancias adversas que has tenido que soportar.

—Pero no me han templado, Rachel.

—Mucho más de lo que crees.

Bajé la mirada hacia el pupitre.

—Me estaba planteando pedir a mi padre que nos saque de Greenwood a Gisselle y a mí —dije.

—¡No, Ruby! Me horroriza perderte. Eres la alumna con más talento que he tenido nunca y que probablemente volveré a tener. La situación mejorará. Es preciso que lo haga —proclamó—. Intenta no pensar en las contrariedades. Piérdete en tu arte. Convierte la pintura en toda tu vida —me recomendó.

—Lo intentaré —prometí.

—Bien. Y no olvides que siempre estaré cuando me necesites.

—Gracias, Rachel.

Alentada por nuestra pequeña charla, desterré de mi mente los sucesos funestos y desdichados que acababa de vivir para ilusionarme con la llegada de papá el miércoles y de Beau el sábado. Al menos, dos de las personas que más quería sobre la tierra estarían pronto a mi lado y traerían un rayo de sol a un mundo que se había vuelto inhóspito, gris.

Además, cuando regresé a los dormitorios me dijeron que se había recibido una carta de Paul, antes incluso de que le mandase la mía. Su misiva era un cúmulo de optimismo y buenas noticias: cuánto habían subido sus calificaciones académicas, cómo había prosperado el negocio familiar y qué nuevas responsabilidades le iba dando su padre.

... Aunque todavía me queda tiempo de desatracar la piragua y remar por el *bayou* para ir a pescar en mis rincones secretos. Ayer mismo me tumbé en la barca y vi cómo el sol se teñía de rojo mientras declinaba tras el ramaje de los sicomoros. Su luz fragmentada prestaba a la «barba española» la apariencia de hebras de seda. Luego las nutrias empezaron a salir más osadamente. Las libélulas ejecutaron su danza ritual sobre las aguas y el pejerrey plateado y el pez brema nadaron por la superficie de los canales como si el sedal y los demás aparejos no estuvieran allí. Un airón nevado planeó tan bajo que creí que iba a aterrizar en mi hombro antes de virar el rumbo y alejarse hacia las lagunas.

Al mirar a tierra vislumbré un ciervo de cola blanca que asomaba la cabeza por detrás de un junco y que contempló cómo derivaba la piragua antes de desaparecer entre los sauces.

El espectáculo me hizo pensar en ti, en las maravillosas tardes que pasamos juntos, y me pregunté cómo te habrás adaptado a vivir en un lugar tan distinto, tan lejos del *bayou*. Me entristecí mucho, hasta que recordé la capacidad que tienes para asimilarlo todo y luego, con ese sublime talento artístico, verterlo de nuevo para que perviva eternamente en un lienzo. ¡Qué afortunados serán quienes compren tus cuadros!

Cuento los días que faltan para verte. Tuyo,

PAUL.

La carta me invadió de una deliciosa clase de dicha, aquélla donde se alternan el regocijo y la melancolía, los recuerdos y la esperanza. Me sentí levitar —como dicen— por encima de la refriega. La sonrisa que exhibí durante la cena debió de ser de puro éxtasis, porque vi que Gisselle me miraba con aparente frustración.

—¿Qué diantre te pasa? —demandó al fin. Todas

las chicas que hablaban animadamente alrededor enmudecieron para mirar y escuchar.

—Nada. ¿Por qué lo preguntas?

—Porque pareces una imbécil ahí sentada con esa sonrisa de oreja a oreja, como si supieras algo que las demás ignoramos —dijo mi hermana. Yo me encogí de hombros.

—Pues no es así —repuse. Luego reflexioné un momento y dejé el tenedor en el plato. Me crucé de brazos, fijé la mirada en las otras chicas y añadí—: Aunque sí sé que muchos conceptos que vosotras consideráis fundamentales, como el linaje familiar y la opulencia del dinero, no proporcionan la felicidad.

—¿Ah, no? —insistió Gisselle—. ¿Qué la da entonces?

—Aceptarse a uno mismo como quien realmente es —dije—, y no quien esperan los demás que sea. —Me erguí y regresé a mi habitación.

Releí la carta de Paul, apunté en una lista todo lo que quería hacer antes de las visitas de mi padre y de Beau, repasé los deberes y me metí en la cama. Estuve un rato con los ojos abiertos, absortos en el oscuro techo, imaginando que navegaba a la deriva en la piragua de Paul. Incluso creí atisbar la primera estrella.

Por la mañana desperté con un sinfín de proyectos de pintura que deseaba realizar bajo la supervisión de la señorita Stevens. Su amor por la naturaleza era tan intenso como el mío, y sabía que apreciaría mis visiones. Me aseé y vestí muy diligente, y fui una de las primeras en presentarse en la mesa del desayuno, algo que también pareció molestar a Gisselle. Advertí, además, que cada vez estaba más intolerante e impaciente con Samantha, a quien abroncó por no cumplir sus órdenes lo bastante deprisa.

A nuestra sección le tocaba de nuevo el turno de limpieza. Gisselle, por supuesto, estaba eximida de estas tareas, pero me las dificultó a mí y a las demás demorándose todo lo que pudo en la mesa. Faltó poco para que llegásemos tarde a la escuela, y yo tenía un control de lengua.

Estaba preparada para la prueba y bien predispuesta, pero en medio del examen entró en el aula una mensajera. Se dirigió al señor Rinsel y le murmuró algo al oído. Él asintió, pasó revista a la clase y anunció que me esperaban en el despacho de la señora Ironwood.

—Pero mi ejercicio... —balbuceé.

—Entrégame sólo lo que hayas completado —dijo el profesor.

—No...

—Más vale que te apresures —añadió él con una mirada impenetrable.

«¿Qué querrá ahora esa mujer?», discurrí. ¿De qué demonios se proponía acusarme esta vez?

Dominada por la ira, surqué el pasillo a paso marcial e irrumpí en la antesala de la dirección. La señora Randle levantó la vista de su mesa, pero curiosamente no parecía estar enfadada ni escandalizada. Me miró con compasión.

—Pasa sin llamar —dijo.

Los dedos me temblaron un poco en el pomo. Lo hice girar y entré, asombrándome al descubrir a Gisselle en su silla de ruedas, con el pañuelo arrugado en la mano y los ojos enrojecidos.

—¿Qué sucede? —pregunté, desviando la mirada de mi hermana a la señora Ironwood, que estaba de pie junto a la ventana.

—Se trata de su padre —repuso la directora—. Su madrastra acaba de llamar.

—No entiendo...

—¡Papá ha muerto! —vociferó Gisselle—. Ha sufrido un ataque al corazón.

En las profundidades de mi ser, un alarido se convirtió en clamor, la clase de clamor que se expande sobre las aguas, que se enrosca en los árboles y los arbustos, que hace que el día se transforme en noche, que los cielos soleados se oscurezcan y las gotas de lluvia devengan lágrimas.

Debajo de mis párpados, cerrados herméticamente para olvidar las caras y el momento, reviví una antigua pesadilla que solía tener en la niñez. En ella corría por la orilla del pantano, persiguiendo a una lancha que ganaba velocidad antes de doblar un meandro del *bayou* y llevar lejos de mí al hombre misterioso a quien deseaba llamar «padre».

La palabra se atoraba en mi garganta, y un segundo más tarde se había ido. Yo me quedaba sola una vez más.

10. HUÉRFANA OTRA VEZ

En lo que a mí concierne, los funerales de papá empezaron con nuestro retorno a Nueva Orleans. Incluso Gisselle estuvo fúnebre y callada en las horas previas a la marcha, reduciendo su habitual sarta de protestas a algunas lamentaciones por el apremio con que tenía que empaquetar su ropa y por cómo la trasladaron de la silla de ruedas a la limusina que había enviado Daphne. Al conductor no le habían avisado de que una de sus pasajeras era minusválida, y la experiencia le cogió a trasmano. No supo plegar la silla y ubicarla en el maletero junto a nuestros bultos. Afortunadamente, Buck Dardar acudió en su ayuda, lo que alegró de inmediato el semblante de mi hermana y devolvió a sus ojos un casquivano brillo de placer.

—Menos mal que ha aparecido tu señor Paria —declaró, lo bastante alto para que Buck la oyera mientras colaboraba en la operación—. De lo contrario el pobre papá llevaría una semana enterrado cuando saliéramos de aquí.

Le clavé una mirada furiosa, pero ella la desechó con una de sus risitas frívolas y a continuación sacó la cabeza por la ventanilla para posar su tierna mirada en Buck mientras le agradecía profusamente su gentileza.

—Ahora no puedo darte las gracias como es debido —le dijo—. Tenemos que irnos enseguida; pero cuando regrese...

Él me miró huidizo y volvió raudo a su tractor para reemprender las faenas del jardín. El chófer montó en el automóvil y partimos sin más. Las otras estudiantes estaban en clase. Gisselle había contado lo de papá a su camarilla con tales alardes, que les había extraído hasta la última gota de solidaridad y condolencia. La señorita Stevens era la única persona a quien yo había informado. Se llevó un gran disgusto y sus ojos se llenaron literalmente de lágrimas cuando vio mi rostro devastado.

—Ahora soy una huérfana de verdad, igual que tú —le comenté.

—Tienes a tu madrastra y a tu hermana.

—Que es lo mismo que ser huérfana —repetí.

Ella apretó los labios y no se atrevió a refutar mi declaración.

—Aquí siempre tendrás una familia —dijo, ciñéndome en un abrazo—. Sé fuerte.

Le expresé mi gratitud y volví a los dormitorios para hacer las maletas.

La limusina nos transportó en un viaje que más parecía una pesadilla, un recorrido por lo que, al menos en mi imaginación, era un túnel infinitamente lóbrego cuyas paredes se habían tejido con las fibras de mis terrores más arraigados, el más acuciante de los cuales era el miedo a la soledad. Desde el momento en que crecí lo suficiente para comprender que mi madre había muerto y mi padre, según me contaron, me había abandonado, sentí abrirse aquel pozo cavernoso en mi corazón, aquel vívido sentimiento de estar amarrada a la orilla sólo por un fino hilo de cáñamo trenzado. Más de una noche me despertó la visión espeluznante de mí misma naufragando sin remedio mientras dormía en el fondo de mi piragua. La tempestad que asolaba el *bayou* zarandeaba el frágil cabo hasta partirlo, y era arrastrada corriente abajo hacia la oscuridad y lo desconocido.

Por supuesto, el reconfortante abrazo y las palabras de consuelo de *grandmère* Catherine siempre lograban sosegarme. Ella era aquel hilo de cáñamo, mi único resquicio de seguridad; y cuando murió, me habría sentido perdida y a la merced de los huracanados vientos del destino si, poco antes de expirar, no me hubiera infundido una nueva esperanza revelando el nombre de mi padre y exhortándome a ir en su busca. Como una vagabunda que mendigara un mendrugo de amor, llamé a la puerta de Pierre Dumas, pero tonificó mi espíritu la euforia inconmensurable con la que me acogió en su hogar y su corazón. Una vez más me sentí segura, y mi sueño de ser engullida por una galerna tempestuosa casi se disipó.

Ahora papá también se había ido. Aquellas proféticas pinturas que había hecho en mi infancia, dibujos y acuarelas en que visualizaba a mi enigmático padre perdiéndose en lontananza, cobraban al fin una dramática realidad. Las negras sombras me envolvieron de nuevo, el viento empezó a ulular. Entumecida hasta la médula, me recliné en la limusina y contemplé el paisaje que reculaba a nuestro paso con una fluidez grisácea, haciéndome sentir que el mundo, monótono y amorfo, se volatilizaba detrás de nosotras y pronto quedaríamos suspendidas en el espacio.

Al cabo de un rato, incapaz de guardar la compostura un solo segundo más, Gisselle vertió un nuevo torrente de quejas.

—Ahora sí que Daphne va a aplastarnos bajo su bota —gimió—. Todo lo que hayamos heredado estará en fideicomiso. Tendremos que hacer lo que ella diga y quiera. —Se interrumpió para que pudiera aportar mi propia enumeración de agravios, pero yo permanecí en silencio, ojeando el panorama, escuchando sus disquisiciones sin reconocer apenas su presencia—. ¿Acaso no has oído lo que he dicho?

—Me da igual, Gisselle. En estos momentos no es importante —murmuré.

—¿Que no es importante? —Mi hermana soltó una carcajada—. Espera que lleguemos a casa y compruebes por ti misma cuánta razón tengo. Entonces comprenderás lo importante que es —declaró—. ¿Cómo ha podido morir? —gritó histéricamente, no porque le apenase la muerte de nuestro padre, sino recriminándole que hubiera sucumbido a ella—. ¿Cómo no se dio cuenta de que estaba mal y acudió a un médico? Y además, ¿por qué enfermó? Aún no era viejo.

—Tuvo que afrontar más tensiones que un hombre que le doblara la edad —dije con tono tajante.

—¿Y eso qué demonios significa, Ruby? ¿Qué insinúa concretamente nuestra santita bondadosa?

—Nada —respondí con un suspiro—. No discutamos hoy, Gisselle, te lo suplico.

—Yo no discuto. Sólo quería aclarar el comentario que acabas de hacer. ¿Pretendes decir que papá ha muerto por mi culpa? Porque si es así...

—Nada de eso. Nuestro padre tenía otros problemas además de nosotras: el pobre tío Jean, Daphne, sus aprietos financieros...

—Es cierto —dijo Gisselle, aprobando mi explicación—, su vida no era fácil. Pero aun así debería haberse cuidado mejor. Mira cómo nos ha dejado ahora. Estoy lisiada y sin un padre que me proteja. ¿Crees que Daphne va a acceder a mis deseos con sólo pronunciarlos? ¡Jamás! Ya la oíste antes de que nos fuéramos. Opina que papá nos ha mimado en exceso, ¡sobre todo a mí!

—No precipitemos ninguna conclusión —sugerí con voz queda—. Daphne debe de estar también destrozada. Tal vez sea... diferente. Tal vez nos necesite y nos quiera más.

Gisselle entrecerró los ojos mientras meditaba mis palabras. Sabía que sólo trataba de dilucidar cómo sacar partido de la situación si era verdad lo que había dicho, cómo imponerse a la tremenda aflicción de Daphne y manipularla hasta conseguir sus propósitos. Se acomodó para pensar mejor, y el resto del trayecto discurrió apaciblemente, aunque pareció durar siglos. Me quedé un rato traspuesta y, al despertar, divisé el lago Pontchartrain inmerso en la bruma. Pronto se recortaron en el horizonte los contornos de Nueva Orleans y enfilamos las primeras calles de la ciudad.

La encontré muy distinta. Era como si la muerte de mi padre hubiera cambiado el mundo. Las callejas pintorescas, los edificios con sus balcones de forja acabados en volutas, los jardincillos de los pasajes, los cafés, el tráfico y la gente se me antojaron todos foráneos. Era como si el alma de la urbe se hubiera difuminado junto a la de papá.

Gisselle no tuvo la misma reacción. En el instante en que entramos en el Garden District, se preguntó en voz alta cuándo podría ver a sus antiguas amistades.

—Estoy segura de que ya saben lo de papá. Tendrán que visitarnos, ¿no? La impaciencia me devora —dijo, sonriendo alegremente—. Voy a ponerme al día de todos los chismes.

¿Cómo podía ser tan egoísta? ¿Cómo podía no tener la mente y el corazón anegados de dolor? ¿Cómo podía no pensar en la sonrisa de papá, en su voz, en la ternura de sus besos? ¿Cómo, en suma, no estaba abrumada por una congoja que le petrificara los huesos y le helara la sangre en las venas? ¿Me habría vuelto yo así de ser la primera en nacer y, por ende, la que mi abuelo entregó a la familia Dumas? ¿Acaso la iniquidad de aquel acto se había asentado en su ser como un rescoldo encendido, infectando cada uno de sus pensamientos y sus emociones? ¿Me habría sucedido a mí lo mismo?

Como si hubiera pasado horas apostado en la puerta, Edgar estaba allí cuando llegamos. Parecía haber envejecido varios años; tenía los hombros hundidos, la faz demacrada. Acudió presuroso para ayudarnos a descargar.

—Hola, Edgar —le saludé.

Sus labios temblaron en un conato de respuesta, pero sólo la enunciación de mi nombre, el nombre que a mi padre tanto le había gustado decir, le trabó la lengua e hizo que sus ojos vertieran lágrimas.

—¡A ver si me sacáis de aquí! —bramó Gisselle. El conductor abrió en el acto el maletero y Edgar fue a echarle una mano con la silla de ruedas—. ¡Vamos, Edgar!

—Sí, mademoiselle, voy enseguida —dijo el mayordomo, cojeando muy atareado por la parte trasera del vehículo.

—Que sea antes de Navidad.

Los dos hombres desplegaron la silla y acomodaron a Gisselle. En cuanto entramos en casa, percibí la fría lobreguez que impregnaba incluso las paredes. Habían bajado las luces, las persianas estaban echadas. Del salón salió un sujeto alto y escuálido, embutido en un traje y corbata negros. Tenía una cara larga y angulosa que hacía aún más puntiagudas la nariz y la barbilla, recordándome a un pelícano. La calva casi total de su cabeza, aunque brillante, presentaba algunas manchas, con dos mechones de cabello castaño claro encima de las orejas. Parecía una criatura escurridiza que patinara sobre el suelo, caminando sin emitir un solo ruido.

—Madame ha dispuesto que el velatorio se celebrase aquí —nos informó Edgar—. Éste es monsieur Boche, el empleado de la funeraria.

La sonrisa de monsieur Boche era obsequiosa y espectral. Los labios se levantaban sobre la dentadura amarillenta como si su boca fuera una cortina recogida en los extremos. Se frotó las huesudas manos y luego deslizó la palma derecha por el dorso de la izquierda, dándome la impresión de que intentaba secarla antes de extenderla para saludarme.

—Mademoiselles —dijo—, reciban mi más sentido pésame. Me llamo monsieur Boche, y mi misión es satisfacer todas sus exigencias inherentes al duelo. Si quieren cualquier cosa, no tienen más...

—¿Dónde está mi padre? —pregunté con más autoridad de la que pretendía. Incluso Gisselle arqueó las cejas.

—Sígame, mademoiselle —dijo el hombre, haciendo una reverencia y girándose con un movimiento deslizante.

—¡Uf! —exclamó Gisselle—. Ahora no quiero enfrentarme a él.

Me encaré con mi hermana.

—Era tu padre. Nunca más volverás a verle.

—Pero está muerto —porfió Gisselle—. ¿Cómo puede apetecerte mirar un cadáver?

—¿No quieres despedirte de él? —pregunté.

—Ya lo he hecho. Edgar, llévame a mi habitación —ordenó mi hermana.

—Como guste, mademoiselle.

El mayordomo me dirigió una fugaz mirada e hizo virar la silla hacia la escalera. Yo seguí a monsieur Boche hasta el salón, donde yacía papá en su ataúd abierto. Alrededor de él había docenas de rosas multicolores. Tan intensa era la condensación de aromas que enrarecía la atmósfera. A ambos lados del féretro oscilaban las llamas de varios velones. La visión de aquella estancia me cerró un nudo en la garganta. Era verdad; no había soñado ni una sola secuencia.

Me volví porque sentí la mirada de Daphne clavada

en mí. Estaba sentada en una butaca. Ataviada de negro, con un tupido velo levantado sobre el rostro, parecía una reina regente esperando que me arrodillara a sus pies y le besase la mano. No la vi tan macilenta y deshecha por el golpe como había augurado. Aunque había prescindido del colorete en las mejillas, lucía su tono favorito de pintalabios y no había olvidado la sombra de ojos. Llevaba el cabello recogido hacia atrás con peinetas de nácar y tenía una aureola general de elegancia que resultaba intimidatoria.

—¿Dónde está Gisselle? —inquirió.

—Ha preferido subir a su habitación —respondí.

—Bobadas —añadió mi madrastra, y se alzó de su poltrona—. Tiene que venir aquí de inmediato.

Salió al vestíbulo y yo me acerqué al ataúd. Oí que Daphne daba órdenes a Edgar, apremiándole para que bajase de nuevo a mi hermana.

Mi corazón latía a un ritmo enloquecido; las piernas me flaqueaban. Posé la vista en mi padre. Lo habían vestido con un esmoquin negro y, de no ser por la pastosa lividez del cutis, se diría que estaba sólo dormitando. Monsieur Boche se me aproximó tan calladamente, que di un respingo cuando empezó a murmurar en mi oído.

—Está soberbio, ¿verdad? Es uno de mis trabajos más logrados —se ufanó.

Le miré con tanta repulsión, que sólo atinó a inclinar la cabeza y retirarse, flotando sobre aquellos pies oleosos. Ya sola, me volqué sobre el ataúd y estreché la mano de papá. Su tacto ya no era humano, pero ahuyenté de mi mente la sensación de frialdad, de rigidez, y me exhorté a pensar en él como un ser risueño, cálido y amoroso.

—Adiós, papá —le dije—. Siento no haber estado aquí cuando más me necesitabas. Siento no haberte tenido cerca mientras crecía; siento que nuestra convivencia haya sido tan corta. Sé que mi madre te quiso mucho y que tú la adorabas. Sin duda he heredado lo mejor de aquel amor. Os echaré de menos hasta el fin de mis días. Confío en que habrás encontrado a mamá, que tu alma descansará en paz y ambos navegaréis felizmente a bordo de una piragua en el *bayou* del cielo.

Me incliné hacia él y le besé en la mejilla, rechazando desesperadamente el helor que emanaba su rostro. Luego me arrodillé y elevé una pequeña plegaria. Iba a apartarme del ataúd en el momento en que entraba Gisselle, emitiendo quejas rotundas y claras.

—Estoy cansada. Hemos tenido un viaje largo y fatigoso. ¿Por qué me obligan a venir aquí?

—Deja ya de alborotar —ordenó Daphne. Le hizo a Edgar un signo por el que le instaba a marcharse y seguidamente volvió a su butacón. Gisselle me miró sañuda, la observó a ella, y torció la boca en una mueca—. Acércala un poco más —ordenó mi madrastra con tono glacial. Fui hasta la silla y la empujé como Daphne quería—. Siéntate —dijo, señalando un asiento que había frente al suyo. Yo obedecí al instante.

—¿Por qué no podemos descansar un poco? —gimoteó mi hermana.

—Cállate —exclamó Daphne. Su brusquedad impresionó y acobardó incluso a Gisselle. Con la boca abierta, mi hermana irguió la espalda. Nuestra madrastra fijó en ella una mirada incisiva, capaz de penetrar en sus más recónditos pensamientos—. Durante mucho tiempo he tenido que aguantar tus lloriqueos, tus quejidos y lamentos. Pues bien, se ha acabado, ¿me oyes? Mira ese ataúd —dijo, volviendo el rostro hacia papá—, y verás qué les ocurre a quienes se preocupan por los problemas de los demás, sus necesidades, sus gustos y aversiones. Mueren jóvenes, ésa es su recompensa. Sin embargo, yo os aseguro que no será la mía. A partir de ahora van a producirse algunos cambios radicales en nuestra familia, y conviene que lo comprendáis de buen principio. Todavía soy una mujer muy joven. No pienso permitir bajo ningún concepto que estos acontecimientos me envejezcan y debiliten mi salud, que es lo que pasaría si todo continuara como hasta ahora.

—¿Acontecimientos? —pregunté.

—Sí, acontecimientos —reafirmó mi madrastra—. Todo suceso lo es. —Torció los labios en una sonrisa perversa—. Y no empieces con tus histrionismos, Ruby. Te conozco mejor de lo que crees. —De pronto, la mueca se desvaneció y fue sustituida por una dura mirada de rencor—. Llegaste de los pantanos y te ganaste un lugar en el corazón de tu padre, conspirando, recordándole su romántico idilio en el *bayou*, y todo para conseguir tu porción de la herencia. Estoy segura de que fue tu abuela quien te instigó.

Noté que la sangre se agolpaba en mis mejillas, pero antes de que pudiera replicar, Daphne siguió hablando.

—No sufras, no seré yo quien lo censure —dijo—. De haber calzado tus mismos mocasines, probablemente yo habría actuado igual. En fin, lo hecho, hecho está. Figuras en el testamento de tu padre y tendrás tu parte. Las dos la recibiréis —añadió, mirando a Gisselle—. La entrega oficial se efectuará cuando cumpláis veintiún años. Hasta entonces, todo lo que habéis heredado quedará en fideicomiso, conmigo como albacea. Seré yo quien decida lo que hay que daros ahora y lo que no. Seré yo quien diga adónde podéis ir y cómo vais a vivir.

Gisselle esbozó una sonrisa maliciosa.

—Siempre quisiste ser la jefa, mamá —comentó con sarcasmo.

—Hace tiempo que lo soy, pequeña necia. ¿De verdad creías que era tu padre quien dirigía Dumas Enterprises? Él no tenía ningún sentido comercial. Le faltaban arrestos. Nunca supo tomar decisiones comprometidas si entrañaban desposeer a alguien o dejarle excluido. Era demasiado blando para estar en el mundo de los negocios. De no haber sido por mí, no tendríamos ni la mitad del capital que hemos llegado a acumular; y ahora vosotras dos heredaréis una fracción muy sustancial. Demasiado, según mi criterio, pero ya no hay remedio. No espero vuestro agradecimiento, pero sí que seáis obedientes y participativas —continuó—. Los servicios fúnebres concluirán dentro de dos días —declaró, irguiéndose en la butaca aún con mayor resolución—. Después volveréis a Greenwood.

—Pero mamá... —empezó a suplicar Gisselle.

—Así será —se cuadró Daphne—. Ahora no tengo fuerzas ni paciencia para enfrentarme diariamente a vosotras y a vuestra problemática. Quiero que volváis, que os apliquéis, que acatéis todas las reglas y que no os metáis en ningún lío, ¿me oís? Te lo advierto, Gisselle: si provocas la más ínfima alteración, os enviaré a las dos a un colegio todavía más estricto. Y si te empeñas en hacerme la vida imposible, me ocuparé de que anulen vuestras herencias. ¿Lo has entendido? Te internarán en un hogar para discapacitados físicos y entonces sí que te arrepentirás. En cuanto a ti —dijo, dirigiendo sus iras hacia mi persona—, serás devuelta al *bayou* y habrás de vivir con los parientes cajun que aún puedan quedarte.

Gisselle bajó la cabeza e hizo una mueca. Yo, en cambio, escruté a Daphne con expresión iracunda. Se había convertido en la reina del hielo. Corría por sus venas agua de glaciar. Estaba segura de que si la tocaba, la notaría más gélida que al mismo papá. Debería haber supuesto que se comportaría así. Gisselle había acertado: nuestra madrastra aborrecía más nuestra mera visión de lo que había amado a su marido.

—Lleva a tu hermana arriba y preparaos para atender a las visitas que vendrán dentro de un rato a presentar sus respetos. Procurad vestiros y actuar con toda corrección.

—¿Alguien ha informado a tío Jean? —pregunté.

—Por supuesto que no —repuso mi madrastra—. ¿Para qué?

—Tiene derecho a saberlo. Era su hermano.

—Por favor, Ruby, ese hombre ignora en qué día vive, dónde está e incluso su propio nombre.

—Pero...

Daphne se irguió, empequeñeciéndonos a ambas. Su belleza estaba tan endurecida que resultaba estatuaria, como tallada en un molde.

—Limitaos a obedecer y cuidar de vosotras mismas. Me parece —declaró, ojeándonos de hito en hito— que ya tenemos suficientes preocupaciones. —Y nos dedicó una glacial sonrisa antes de girar en redondo para marcharse.

Gisselle meneó la cabeza.

—Te lo dije, ¿no es verdad? ¿No es verdad? —se lamentó—. Ahora volverá a encerrarnos en Greenwood. Ni siquiera me ha dado la opción de argumentar por qué deberíamos dejarlo. Quizá más tarde consigas disuadirla. A ti te escuchará, lo presiento.

—No quiero quedarme aquí —repuse enfurecida—. Por muy detestable que sea Greenwood, prefiero vivir allí que en esta casa, con ella.

—¡Eres una maldita estúpida! Pasado un tiempo, mamá dejará de molestarnos. Hará su propia vida y nos dejará en paz. Aquí estaremos mejor y tú podrás ver a Beau todos los días.

—No quiero pensar en eso ahora. Mi único interés es nuestro padre —dije, y empecé a mover su silla.

—Papá está muerto. No puede ayudarnos, ni a nosotras ni tampoco a sí mismo.

Edgar esperaba al pie de la escalera para echarme una mano con Gisselle.

—¿Dónde está Nina? —le pregunté.

—Se ha recluido en su habitación. Apenas sale —dijo el mayordomo, e hizo una expresiva mirada para darme a entender que la cocinera había recurrido al vudú en busca de solaz y protección.

Oímos unos pasos en la primera planta y al levantar la vista descubrimos a la nueva sirvienta, Martha Woods, una mujer fondona y ya mayor con el cabello canoso recortado alrededor de las orejas, los ojos castaño oscuro, y una boca más bien grande donde destacaba el labio inferior. Había olvidado depilarse unos pelos faciales, que se le ensortijaban en la barbilla.

—¡Ah, éstas son mademoiselle Gissele y mademoiselle Ruby! —dijo, juntando las manos—. Disculpen si no he salido antes a saludarlas, pero estaba ordenando sus habitaciones. Lo encontrarán todo en perfecto estado —anunció—. Y madame insiste en que lo mantengamos siempre así.

—¡Qué horror! —gimió Gisselle—. Edgar, llévame a mi dormitorio.

—Les ayudaré —ofreció Martha.

—Edgar sabe apañarse solo —intervino mi hermana—. ¿No le quedará algún lavabo por fregar?

Martha contuvo una exclamación y me miró a mí.

—Voy a ver a Nina —musité, y me quité de en medio.

Encontré a la cocinera sentada en su silla almohadillada, rodeada de velas azules encendidas. Llevaba en la cabeza un *tignon* encarnado con los siete nudos apuntando hacia arriba. Cuando me vio, sus ojos absorbieron una parte de la luz. Me sonrió y se incorporó para abrazarme.

—Nina ha estado todo el día pensando en ti —dijo. Observó el entorno amedrentada—. Desde la muerte de monsieur Dumas, la casa se ha llenado de espíritus malignos que se filtran por cualquier fisura. Nina tiene esto para darte. —Estiró la mano y recogió un fragmento de hueso que había en la exigua mesa—. Es un *mojo*, el fémur de un gato negro matado exactamente a la medianoche. Se trata de un *gri-gri* muy eficaz. Guárdalo en tu habitación.

—Gracias, Nina —dije, aceptándolo.

—Alguien debió de consumir una candela contra el desdichado monsieur Dumas. Los espíritus del infierno se colaron en la mansión una noche mientras Nina dormía y fueron a hincar sus dientes en él —explicó muy compungida.

—Vamos, Nina, no fue culpa tuya. Mi padre tenía demasiados quebraderos de cabeza y descuidó su salud. Él habría sido el último en reprocharte lo sucedido.

—Nina lo intentó. Recé a la virgen María. Fui al cementerio e hice las cuatro esquinas, parando en cada una para formular el deseo de que monsieur Dumas recobrase los ánimos. Dije una oración ante la estatua de san Expedito, pero el mal *gri-gri* encontró puesto el felpudo de bienvenida —añadió, y abrió mucho los ojos—. Le habían abierto la puerta.

—Daphne —aventuré.

—Nina no quiere hablar mal de madame.

—Te he echado de menos, Nina —dije, y le sonreí—. En Greenwood me habrían venido muy bien tus candelas y tus polvillos. —Ella me devolvió la sonrisa.

—He cocinado todo el día preparando platos para el velatorio. Intenta comer. Debes conservar tu fuerza —me aconsejó.

—Gracias, Nina.

Nos abrazamos de nuevo y subí a mi dormitorio para llamar a Beau y decirle que ya estaba en casa y que necesitaba tenerle a mi lado desesperadamente.

—Siento que haya sido éste el motivo que te ha traído —dijo Beau—, pero tengo muchísimas ganas de verte.

—Y yo de verte a ti —coreé.

—Mis padres y yo pasaremos luego por tu casa. Pronto estaremos juntos —anunció.

Después de nuestra charla, mudé mi ropa por otra más adecuada para un velatorio y fui a la estancia contigua a ver si Gisselle había hecho lo mismo. Ni siquiera había empezado a cambiarse; estaba enganchada al teléfono, actualizando noticias con sus antiguos amigos.

—Daphne quiere que bajemos al salón para recibir a la gente —le recordé. Ella puso una mueca de asco y continuó cotilleando como si yo no estuviera en la habitación—. ¡Gisselle!

—¡Vaya! Espera un segundo, Collete —dijo. Tapó el auricular con la mano y se volvió agresivamente hacia mí—. ¿Qué quieres ahora?

—Tienes que vestirte y bajar. Las visitas no tardarán en llegar.

—¿Y qué importa? No sé a qué viene tanta prisa. Esto es peor... que Greenwood —dijo y reanudó su conversación telefónica.

Mi ya precario aguante se esfumó. Me volví y salí de su alcoba en un santiamén, diciéndome a mí misma que Gisselle era problema de Daphne. Ella era quien la había educado, quien le había inculcado aquellos valores y le había enseñado a ser tan egocéntrica. Se merecían la una a la otra.

La gente había comenzado a afluir: vecinos, colegas profesionales, empleados y, desde luego, el círculo social de Daphne. La mayoría de los visitantes se acercaron al ataúd de papá, se arrodillaron y dijeron una plegaria, y luego se reunieron con la viuda, quien saludaba a todo el mundo imbuida de una serena distinción que le daba verdaderamente la prestancia de una dama de sangre real. Observé que Bruce Bristow, el gerente del negocio de mi padre, no se separaba del lado de Daphne, presto a cumplir su menor deseo. En varias ocasiones vi que ella estiraba el cuello y le susurraba unas palabras. A veces el gerente sonreía, mientras que otras asentía, o bien se aproximaba a una persona distinguida del duelo, estrechaba su mano y la llevaba junto a mi madrastra.

Bruce no era mucho mayor que papá, si es que había alguna diferencia. Era más alto y un poco más hercúleo, con el cabello moreno oscuro y marcadas patillas. Habíamos coincidido sólo dos o tres veces, y siempre me había incomodado cómo exploraba mi cuerpo con aquellos ojos de color avellana, sonriendo interiormente al bajar la mirada hacia los senos, fijarla allí unos instantes, y proseguir hasta contemplar casi los pies antes de levantar de nuevo los ojos para emprender el ascenso con idéntica ceremonia. Me sentía azorada en su presencia, tenía la impresión de que me había desnudado en su imaginación.

Además, Bruce me había adjudicado un apodo la primera vez que me puso la vista encima. Solía llamarme «Lady Rubí», como si fuese la joya a la que debía mi nombre. Y siempre que tomaba mi mano para besarla, sus labios se dilataban en ella más de lo ortodoxo, transmitiendo a mi brazo un espasmo nervioso.

En un momento en el que no había nadie hablando con ella, Daphne atravesó la sala hacia mí.

—¿Dónde está tu hermana? ¿Por qué no ha bajado? —me interrogó con las manos en las caderas.

—No lo sé, mamá —contesté—. Le he pedido que se vistiera, pero no hay manera de que cuelgue el teléfono.

—Sube a su cuarto ahora mismo y tráela aquí en menos de cinco minutos —ordenó.

—Pero...

—Ya sé —me interrumpió, sonriendo torbamente— que estás clavada en tu silla esperando que llegue tu adorado novio con sus padres. —La sonrisa se volatilizó—. Si no haces venir a Gisselle, me encargaré de que Beau y tú no tengáis un solo momento de intimidad..., ni hoy ni nunca.

—¿Por qué tengo que responsabilizarme de Gisselle?

—Porque eres su querida hermana gemela y estás entera, sin ningún impedimento —respondió Daphne, de nuevo sonriente—. Tómalo como una oportunidad de hacer una buena obra, un acto caritativo. Quiero que todas estas personas vean lo bien que cuidas de tu infortunada hermanita. ¡Vamos, en marcha! —ordenó. No había acabado de hablar cuando la familia Andreas entró en el salón. La visión de Beau resquebrajó el bloque de hielo que me aprisionaba el alma—. Lo primero es lo primero —dijo mi madrastrada, mirando al recién llegado—. Ve a buscar a Gisselle.

—Muy bien, mamá —respondí, puesta en pie.

Beau consultó a sus padres y corrió junto a mí.

—Ruby —dijo, aferrando mi mano y hablando lo bastante alto y formalmente como para complacer a su familia y a quienes les rodeaban—, me ha afectado mucho lo de Pierre. Te acompaño en el sentimiento.

—Gracias, Beau. Ahora, si me disculpas, tengo que ausentarme unos momentos para ir a ver a Gisselle.

—Por supuesto —dijo y dio un paso atrás.

—Volveré enseguida —le susurré.

Subí a toda prisa a la planta superior, donde hallé a mi testaruda hermana picoteando bombones de una caja que había en la mesilla de noche mientras parloteaba con un viejo pretendiente.

—¡Gisselle! —grité, con un semblante que desbordaba rabia y frustración. Mi hermana se volvió sorprendida—. Tu ausencia es deshonrosa para mamá y para mí, por no hablar de la memoria de nuestro padre. —Crucé la alcoba con decisión y le arrebaté el auricular. Ella lanzó un berrido de protesta cuando lo colgué violentamente en el soporte—. Te pondrás ahora mismo el vestido negro y bajarás conmigo.

—¿Cómo te atreves?

—¡He dicho ahora! —bramé, y giré la silla sin más contemplaciones para llevarla al cuarto de baño—. Límpiate el maquillaje mientras saco tu ropa —le dije—, o juro que te arrojaré por esa escalera.

Gisselle observó mi rostro exasperado y accedió. Naturalmente, estuvo lo más pasiva que pudo, forzándome a hacer todo el trabajo de quitarle el atuendo que llevaba para sustituirlo por el vestido y los zapatos adecuados, pero al fin logré empujarla hasta la cúspide de la escalera elíptica.

—Odio estas situaciones —gruñó—. ¿Qué se supone que debo hacer, pasar la tarde sollozando?

—Limítate a aceptar las condolencias de la gente y a guardar la compostura. Si tienes hambre, puedes comer algo.

—Sí que la tengo —dijo—, y mucha. Me has dado una buena razón para bajar.

Edgar subió al rellano y me ayudó a sentar a Gisselle en el artilugio eléctrico que hacía las veces de ascensor. La instalamos en la silla de ruedas que la aguardaba al pie y la conduje hasta el salón. Toda la concurrencia se volvió hacia nosotras, y algunas mujeres nos sonrieron con ternura y tristeza. Los matrimonios que habían llevado a sus hijos les enviaron a darnos el pésame. Finalmente, Beau se unió a los demás y se agachó para besar a Gisselle.

—¡Ya era hora! —dijo mi hermana—. Y no tienes por qué darme un beso de abuela decrépita.

—Te he besado como corresponde —replicó él. La alegría asomó a sus ojos cuando los prendió de los míos.

—Sospecho que a Ruby la besarás también como corresponde dentro de un rato —comentó Gisselle.

Vi que Daphne nos vigilaba y daba muestras de satisfacción. Al cabo de un rato, Gisselle se enfrascó en su cháchara con los otros jóvenes, y Beau y yo pudimos escapar. Fuimos al cenador del jardín.

—¡Hacía tanto tiempo que no estábamos a solas! —dijo—. Estoy un poco nervioso.

—Yo también —confesé.

—Cuesta creer que Pierre haya muerto. Yo no le había visitado recientemente, así que no pude apreciar su transformación, pero mi padre vaticinó que iba a ocurrirle algo terrible. Tenía una perenne expresión de agotamiento e inquietud, y había perdido su optimismo. Ya no se reunía con sus amigos para jugar a las cartas ni iba al teatro. Mis padres rara vez se encontraban con Daphne y con él en los restaurantes de élite.

—¡Ojalá no nos hubieran mandado a un internado! —me lamenté—. Tal vez habría advertido lo que pasaba y habría hecho algo para evitar este desenlace. La última vez que nos llamó papá su voz sonaba muy cansada, pero me aseguró que era un catarro sin importancia.

—¿Regresaréis a Greenwood?

—Daphne insiste en que volvamos.

—Me lo temía. Pero no te preocupes, ahora podré ir a visitarte con más frecuencia. La temporada de béisbol está a punto de terminar.

—Al menos será más soportable —afirmé—. Y dentro de unas semanas nos dejarán volver para pasar las fiestas de Navidad en casa.

Él asintió y apretó mi mano. Sentados en un banco, observamos la noche parcialmente nublada, que permitía exhibir su esplendor sólo a algunas estrellas.

—Beau, antes de marcharme quiero ir a ver a tío Jean. Tiene que saber lo que ha sucedido. Seguramente se preguntará por qué han cesado las visitas de su hermano. No es justo. Daphne ni siquiera se ha dignado avisarle, dice que no lo comprendería; pero yo le conozco y te aseguro que es mentira.

—Te llevaré —prometió Beau.

—¿De verdad?

—Sí. Cuando tú quieras —dijo con determinación.

—¿Y tus padres? ¿No montarán en cólera?

—No tienen por qué enterarse. ¿Cuándo vamos?

—Mañana. Saldremos lo antes posible.

—Me saltaré las prácticas. El entrenador se hará cargo. Pasaré a recogerte sobre las tres.

—Estoy segura de que Daphne no me dejaría ir. Tendremos que encontrarnos en la calle, junto a la verja. Me disgusta actuar a sus espaldas, pero no me deja otra alternativa.

—No debes atormentarte —dijo Beau, deslizando la mano por detrás de mis hombros. ¡Qué bien me sentía arrullada en sus brazos!—. El engaño es aceptable siempre que lo mueva un buen propósito.

—¡Ay, Beau, me siento tan sola! No me queda nadie en el mundo —exclamé, con más desespero del que habría deseado. El pesar embargó su semblante.

—Eso no es cierto. Me tienes a mí, Ruby. Siempre me tendrás —aseveró.

—No hagas promesas, Beau —repliqué, cerrando sus labios con el dedo índice—. Es mejor callar que prometer lo que no se va a cumplir.

—Yo haré honor a mi palabra, Ruby —insistió—. Y voy a sellarla con un beso.

Aplicó sus labios a los míos. Sabían a gloria, pero me sentí culpable por deleitarme en su contacto mientras mi padre yacía exánime en el salón. Pensé que mi mente y mi corazón debían concentrarse sólo en él, y lo detuve.

—Será mejor regresar antes de que nos echen de menos, Beau.

—De acuerdo. Mañana a las tres —repitió.

Aunque el velatorio se disolvió relativamente pronto, a mí me pareció que era muy tarde. Ya no recordaba cuán extenuante podía ser el dolor emocional. Beau y sus padres fueron de los últimos en retirarse. Al despedirse, me hizo un guiño de connivencia y continuó comportándose con sobria propiedad.

Cuando todo el mundo se marchó, Bruce Bristow y Daphne se encerraron en el despacho de papá para debatir ciertos imponderables del negocio, y Gisselle y yo fuimos a nuestras habitaciones. La oí hablar al teléfono con sus amigos hasta una hora tardía. De hecho, el anodino zumbido de su voz y sus risitas estúpidas me indujeron al ansiado sueño.

Daphne no bajó a desayunar, pero el sacerdote se presentó a la hora del almuerzo para ultimar los detalles del funeral y el entierro. Fueron a visitarnos algunos amigos de Gisselle, creo que más por curiosidad que por lealtad con ella. Les dejé cotorrear a sus anchas y me refugié en el que había sido mi estudio de arte. Evoqué lo feliz y emocionado que había estado papá la primera vez que me lo enseñó. Luego mi corazón palpitó con el excitante hormigueo que enardecía mis senos cuando pensaba en el día en que había dibujado a Beau desnudo. Una cosa llevó a otra tan deprisa e inexorablemente, que incluso volví a sentir el descenso mágico y extático que había realizado a las profundidades de mi propia sexualidad al abrazarle, besarle y rendirme a sus impetuosos deseos. Tan perdida me hallaba en mis recuerdos, que casi pasé por alto nuestra cita delante de la mansión.

Salí con sigilo por la puerta lateral y recorrí la avenida de grava hasta la acera para esperar allí a Beau. Llegó muy puntual. Subí ágilmente a su coche y, al cabo de unos minutos, viajábamos veloces hacia la institución donde el hermano menor de mi padre languidecía en un universo de confusión y angustia mental.

No pude por menos que sentir nerviosismo y un cierto temor. Beau sabía que una vez Daphne había intentado internarme en el mismo lugar en un loco afán de expulsarme de su vida.

—Imagino lo aterradora que debe de resultarte esa clínica. ¿Estás segura de que podrás hacerlo? —me preguntó.

—No —respondí—. Pero tengo que intentarlo por mi padre. Él habría querido que hablase con su hermano.

Media hora más tarde aparcamos frente al edificio de cuatro pisos, estucado en gris y con barrotes en las ventanas. Me apeé del coche lentamente y entré en el sanatorio escoltada por Beau. La enfermera apostada tras la mampara de cristal de la recepción no alzó la vista hasta tenernos delante del mostrador.

—Soy Ruby Dumas —me identifiqué—. Desearía ver a mi tío Jean.

—¿Jean Dumas? —dijo la recepcionista—. ¡Ah, sí! Esta misma mañana le hemos trasladado a su nuevo alojamiento.

—¿Un nuevo alojamiento? Pero continúa aquí, ¿no?

—Sí, pero ya no ocupa una habitación particular. Ahora está en una nave.

—Pero ¿por qué?

La enfermera esbozó una sonrisa irónica.

—Porque quienquiera que sufrague su estancia ha dejado de pagar el estipendio adicional, y ahora sólo le cubre el seguro básico —explicó. Yo miré a Beau.

—Es obvio que Daphne no ha perdido ni un minuto —le comenté—. ¿Podría ver a mi tío, por favor? —pedí a la enfermera.

—Sí. Espere un momento. —Oprimió un botón, y unos segundos más tarde se personó un auxiliar—. Acompaña a estas personas a la nave «C» para visitar a Jean Dumas.

—¿A lord Dumas? —puntualizó él con tono joco-

266

so—. Vengan conmigo —dijo y le seguimos a través de una puerta y un largo pasillo.

—¿Por qué le ha llamado lord Dumas? —inquirió Beau.

—Es sólo una pequeña broma entre el personal de la casa. A pesar de su estado, a Jean le encanta vestir bien y cuida mucho su apariencia. Al menos, así solía ser.

—¿A qué se refiere? —intervine.

—Bueno, desde que le han cambiado de habitación e incluso un poco antes, se ha vuelto más desidioso. Los médicos están preocupados. Normalmente le llevamos a la sala de recreo después de la comida, pero estos días se ha acentuado su depresión, así que regresa a la nave.

Intercambié una mirada con Beau.

—¿Qué aspecto tendrá esa nave? —me pregunté en voz alta. El auxiliar hizo una pausa.

—No es el Ritz —me previno.

Aquello era un eufemismo. La nave comunitaria para hombres constaba sucintamente de una docena de camas puestas en hilera, cada una con su propia taquilla de metal. Había tres ventanas muy espaciadas en un lado y dos en el otro, todas ellas provistas de rejas. El suelo era de cemento y habían pintado las paredes de un insulso color marrón. La iluminación era tenue, pero pudimos ver a tío Jean en el extremo más lejano, sentado en el borde de su cama. Una enfermera acababa de ponerle una inyección y avanzaba hacia nosotros.

—Tengo un par de visitantes para Jean —le comunicó el auxiliar.

—Hoy está un poco bajo. Apenas ha probado el almuerzo y he tenido que administrarle medicación especial. ¿Son parientes? —preguntó la enfermera.

—Soy su sobrina Ruby.

—¡Ah! —exclamó ella con voz risueña—. ¿La misma Ruby que le envía cartas de vez en cuando?

—Sí —respondí, alegrándome de que las recibiera.

—Le entusiasman esas cartas, aunque a veces me pregunto si realmente las lee. Puede pasar horas mirándolas ensimismado. Cuando estaba en la celda individual, yo misma le leí alguna. Son entrañables.

—Gracias. ¿Ha empeorado mi tío?

—Me temo que sí. Y el traslado no le ha hecho ningún bien. Se sentía muy orgulloso de lo pulcra que tenía su habitación.

—Lo sé —dije—. No la he olvidado.

—Entonces, ¿fue a verle allí?

—No exactamente —contesté.

Aquella enfermera no trabajaba en el centro cuando me habían ingresado a la fuerza, así que no podía acordarse de mí. Sin embargo, me pareció superfluo resucitar toda la historia.

Con Beau siempre a mi lado, me dirigí hacia mi tío Jean, que estaba en la cama inmóvil, contemplando sus manos. Tenía el cabello muy revuelto, y vestía un pantalón arrugado y una camisa blanca, también sin planchar, que tenía restos de comida en el pectoral.

—Hola —le dije, sentándome a su lado.

Tomé sus manos entre las mías y ladeó la cabeza, primero para mirar a Beau, que seguía erguido, y luego para observarme a mí. Vi una chispa de reconocimiento en sus ojos azules y un amago de sonrisa en la comisura de sus labios.

—¿Te acuerdas de mí, tío? ¿Te dice algo el nombre de Ruby? Soy la otra hija de Pierre, la que te ha escrito toda esa correspondencia. —La sonrisa se iluminó—. He vuelto a casa desde el pensionado porque... ha ocurrido una tragedia, tío Jean, y creo que estás en tu derecho a saberla.

Desvié la vista hacia Beau para consultar si debía continuar. Él asintió. Tío Jean me miraba insistentemente, moviendo los ojos de un lado a otro mientras examinaba mi rostro.

—Se trata de papá, tío. Está... Le ha fallado el corazón y... y ha muerto —dije—. Por eso he venido a visitarte; es el motivo de que te hayan llevado a la sala común. Pero voy a quejarme y a hacer las gestiones necesarias para que te permitan regresar a tu habitación. Al menos, lo intentaré —concluí.

De un modo gradual, la frágil sonrisa que había aflorado de sus labios se marchitó y vi nacer en su boca un ligero tremor. Posé la mano en su hombro y lo froté con suavidad.

—Estoy segura de que papá me habría agradecido que viniese, tío. Vivía traumatizado por lo que había pasado entre vosotros y le entristecía mucho tu enfermedad. Deseaba con toda el alma que mejorases. Te quería mucho —declaré.

Se acrecentó el temblor de los labios. Tío Jean empezó a parpadear y noté un movimiento espasmódico en sus manos. De repente movió la cabeza, al principio débilmente, luego con más vigor.

—Tío, ¿qué te ocurre?

Abrió la boca y volvió a cerrarla, cada vez más estremecido. La enfermera y el auxiliar se acercaron. Alcé la mirada hacia ellos en el momento en que tío Jean exhalaba unos sonidos ininteligibles.

—Aaaaaa...

—¡Jean! —exclamó la enfermera, corriendo a auxiliarle—. ¿Qué le ha contado? —inquirió.

—He tenido que comunicarle que su hermano, mi padre, ha fallecido —contesté.

—¡Vaya por Dios! Cálmate, Jean —le dijo.

Los hombros de mi tío se convulsionaron, mientras abría la boca obsesivamente para repetir aquel horrendo alarido.

—Será mejor que se marchen —nos pidió la enfermera.

—Lo siento mucho. No quería causarle ningún perjuicio, pero creí que debía saberlo.

—No pasa nada. Su tío se repondrá enseguida —aseguró la mujer, aunque estaba ansiosa por librarse de nosotros.

Me incorporé y tío Jean me miró con desesperación. Enmudeció unos segundos; decidí darle un rápido abrazo y así lo hice.

—Volveré otro día, tío —prometí entre lágrimas y me alejé. Beau me siguió hacia la puerta. Casi la habíamos alcanzado cuando tío Jean chilló:

—¡Pierre!

Me volví y vi que sepultaba el rostro entre las manos. La enfermera lo tendió en la cama y le levantó las piernas para que estuviera más relajado.

—¡Beau! —me desahogué—. No debí venir. Daphne tenía razón; no debería habérselo dicho.

—¡Por supuesto que sí! De lo contrario, se habría sentido abandonado cuando Pierre no apareciese nunca más por aquí. Al menos ahora comprende la razón y sabe que todavía te tiene a ti —dijo Beau y me pasó el brazo por el talle.

11. SALTAN LAS CHISPAS

Pedí a Beau que se arrimase a la acera una manzana antes de llegar a la mansión.

—Me siento como si fuera mi hermana, fugándome de casa a hurtadillas —dije—, pero preferiría que Daphne no me viera salir de tu coche. —Él se echó a reír.

—No hay problema. A veces, las trapacerías de Gisselle pueden resultar muy prácticas. Es una lástima que ella no aprenda algo de ti. —Se inclinó para darme un beso en los labios antes de que me apease—. Vendré esta noche —dijo cuando ya me iba. Le despedí con la mano, enfilé la avenida y entré por la puerta pequeña.

Dentro de la casa reinaba un total silencio. Crucé cautelosa varias estancias y empecé a subir por la escalera, que pareció crujir más sonoramente que nunca ahora que intentaba ser discreta. Estaba casi en la cúspide cuando de pronto Daphne me llamó desde el vestíbulo. Me volví y la miré fijamente. Bruce Bristow se erguía a su lado.

—¿Dónde has estado? —inquirió mi madrastra con los brazos en jarras. Llevaba un traje sastre, colorete, carmín y raya de ojos, pero no se había recogido el cabello.

—He ido a visitar a tío Jean —admití. Había decidido que no la engañaría si me atrapaba y, de todas maneras, quería preguntarle por qué había cortado la subvención de su cuñado en la clínica mental y lo había hecho arrinconar.

—¿Que has hecho qué? Ven aquí ahora mismo —me ordenó, agitando el dedo índice como si fuese a apuñalar el suelo.

Se dio la vuelta y entró marcialmente en la sala de estar que había tras ella. Bruce me miró unos momentos, con aquella sonrisa lasciva bien aposentada en los pliegues de su boca. Luego desapareció en busca de Daphne. A mitad de la escalera, Gisselle me llamó desde el rellano, adonde había salido para presenciar mi confrontación con nuestra madrastra.

—Te habría encubierto —afirmó—, pero no me has dicho adónde ibas. —Meneó la cabeza—. Ni siquiera he podido inventar una coartada cuando me ha abordado preguntando por ti.

—No tiene importancia. No me gusta ir por ahí mintiendo.

—Peor para ti —contestó mi hermana—. Te has metido en un buen lío.

Me dedicó una meliflua y triunfal sonrisa antes de maniobrar su silla para regresar a su dormitorio. Yo salvé con presteza los últimos peldaños y pasé a la sala de estar. Daphne se había sentado en el sofá, pero Bruce se quedó de pie en su flanco, con las manos juntas delante del cuerpo. Tenía el entrecejo fruncido, un gesto que había adoptado más en honor de mi madrastra que como censura hacia mí.

—Entra —dijo Daphne al ver que me detenía ante la puerta. Me aproximé a ellos con el corazón en vilo—. Creía haberte prohibido que fueses a ver a Jean. Creía haber especificado claramente que no le dijeras nada —añadió con decisión.

—Papá habría querido que lo supiese —repuse—. Y además, si no le hubiera advertido, le habría estado esperando y pensando por qué no iba a verle.

—Dudo mucho que tu tío pueda pensar —dijo Daphne con marcado cinismo. Entrecerró los ojos y apretó los labios brevemente—. ¿Quién te ha acompañado, Beau? —No respondí y ella esbozó una sonrisa distante—. Sus padres no van a saltar de júbilo cuando averigüen que ha sido cómplice de tu desobediencia. Desde que fuiste a Greenwood no había vuelto a darles ningún disgusto, pero en cuanto regresas...

—Te ruego que no le delates. Él no ha hecho nada malo, sólo ha tenido la gentileza de acompañarme en su automóvil.

Mi madrastra meneó la cabeza y observó a Bruce, que era un fiel reflejo de su propio desdén.

—Por otra parte —continué, armándome de valor—, ahora ya conozco la auténtica razón por la que te oponías a que viese a tío Jean. —Hablé con tanta contundencia que Bruce enarcó las cejas—. Has ordenado en secreto que le trasladaran de su celda privada a una nave.

Ella se arrellanó en la butaca y cruzó los brazos en el pecho.

—¿En secreto? —Emitió una risa hueca, insustancial, antes de mirar a su gerente y volverse hacia mí con la frente arrugada—. Yo no tengo que actuar de forma clandestina. No necesito tu permiso, ni el de tu hermana ni el de nadie para hacer lo que se me antoje en lo que respecta a esta familia.

—¿Por qué le has cortado el suministro? —la interpelé—. Podemos permitirnos el lujo de mantenerlo en su habitación.

—Una celda particular era un despilfarro. Siempre

he opinado lo mismo —afirmó mi madrastra—. Y no tengo que justificarme con Gisselle ni contigo.

—Pero según el personal médico, ha entrado en una fase regresiva. Ya no le preocupa su aspecto como antes y...

—Nunca hizo el menor progreso en ninguna dirección. Lo único que pretendía Pierre era acallar su conciencia derrochando dinero con Jean. Era un gasto banal.

—No, no lo era —insistí—. Yo he visto la diferencia; tú, no.

—¿Desde cuándo tienes una licenciatura en enfermedades mentales? —ironizó mi madrastra. Luego volvió a sonreír fríamente, una sonrisa que provocó escalofríos en mi columna vertebral—. ¿O quizá has heredado los poderes extrasensoriales de tu abuela curandera?

Mi semblante se acaloró. Daphne jamás desperdiciaba una oportunidad de mancillar la memoria de *grandmère*; gozaba ridiculizando el mundo cajun. Respiré hondo y contraataqué con valentía.

—No, sólo he heredado su compasión y humanidad —dije. Mis palabras surgieron tan altivas, que Daphne dio un respingo. Bruce ya no sonreía lujuriosamente ni de ningún otro modo. Equilibró el peso de su cuerpo y observó con recelo a mi madrastra.

—Ya es suficiente —dijo ella despacio, con la mirada tan turbulenta como las sombras del pantano—. Me has desobedecido. Quiero que comprendas desde el comienzo las consecuencias de la insubordinación. Ahora tu padre ya no está aquí para buscar atenuantes. —Se acomodó en el asiento y levantó los hombros para dictar sentencia—. Subirás a tu cuarto y permanecerás en él hasta la hora de asistir a las exequias de tu padre. Mandaré a Martha que te sirva las comidas, no podrás ver a nadie excepto a Gisselle y a mí.

—Ya pretextaremos algo, diremos a la gente que no te sientes bien y de esa forma evitaremos que se sepa tu mala conducta —contestó Daphne con voz seca.

—No creo haber cometido ninguna falta —repliqué—. No he ofendido a nadie visitando a tío Jean, puesto que alguien tenía que informarle de la muerte de papá, y además insisto en que no deberías haberle recluido en una sala comunitaria.

Por un momento, mi continuo desafío la desarmó. Pero pronto recuperó toda su acritud y se encorvó hacia mí.

—Cuando cumplas veintiún años —me respondió, con los ojos desorbitados—, tomarás tus propias decisiones financieras sin mi injerencia ni beneplácito. Podrás cobrar tu dinero y dilapidarlo íntegramente en Jean, si eso es lo que quieres. Pero hasta entonces yo soy la única que decide cómo ha de gastarse la fortuna de los Dumas. Cuento con un experto en esas cuestiones —dijo, señalando a Bruce—, así que no preciso tu asesoramiento. ¿Lo has entendido? ¿Lo has entendido? —repitió al no obtener contestación.

—No —dije, plantando los pies en el suelo en actitud retadora—. No entiendo cómo has podido hacer esa jugada al pobre tío Jean, que ni siquiera tiene una vida propia, que no posee otro bien que su mente trastocada.

—En efecto, no comprendes nada —dijo mi madrastra. Volvió a reclinarse en el almohadón del sofá—. ¡Qué se le va a hacer! Por ahora, ve directamente a tu cuarto y cierra la puerta, o llamaré a los padres de Beau, les pediré que le traigan aquí sin tardanza para que conozcan vuestra gran aventura —amenazó—, y así podremos castigaros a ambos con el máximo rigor.

Me ardían los ojos con las ardientes lágrimas de la ira y la impotencia.

—Pero tengo que estar en el velatorio... No puedo faltar...

—Haber respetado mis instrucciones —dijo Daphne firmemente, escupiendo las palabras. Extendió el brazo, con el dedo en línea recta hacia la escalera—. ¡Sal de aquí!

—¿No podrías imponerme otro castigo? —imploré incapaz de contener el llanto.

—No. Carezco de tiempo y energías para quedarme aquí sentada calibrando posibles métodos de recompensar tu insolencia, y menos aún cuando te indisciplinas en estas circunstancias. Tengo un marido que enterrar. No puedo convertirme en la niñera de una adolescente consentida y rebelde. Haz lo que te he dicho, ¿me oyes? —gritó con estridencia.

Tragué saliva, me di la vuelta y salí de la estancia cansinamente, sintiendo el estómago como si me hubiera bebido cinco litros de barro pantanoso. Cuando llegué a mi habitación, me arrojé sobre el lecho y lloré largo rato. Constaté que no podría ayudar a tío Jean; ni siquiera había sabido defenderme a mí misma.

—¿Dónde has estado? —indagó Gisselle desde la entrada. Giré la cabeza y enjugué las lágrimas de mis mejillas—. ¿Habéis ido al lago Pontchartrain? —preguntó, con una sonrisita libidinosa asomando a sus labios—. Ya sabes, a pelar la pava.

—No. Beau me ha llevado a la clínica de tío Jean —repuse, y le describí lo que había encontrado en la institución—. Ha ordenado que lo instalen en una nave donde sólo tiene el camastro y una taquilla desvencijada —terminé.

Ella se encogió de hombros, sin mostrar apenas interés.

—No me sorprende. Ya te dije el otro día que Daphne es una mala pieza, pero tú no quisiste escucharme. Te empeñas en creer que la vida es un camino de miel y rosas. Y también nos hará unos cuantiosos recortes monetarios, ya lo verás —dijo. Impulsó su silla hacia mí y redujo la voz a un murmullo—. Es mejor que nos quedemos aquí en vez de volver a Greenwood. Debes invertir tu tiempo y tu mente perspicaz en buscar la manera de engatusarla para que no nos saque de casa —me urgió.

—¿Para que no nos saque? —Me reí tan frenéticamente que incluso yo me asusté—. Daphne no soporta ni vernos la cara. Eres tú quien vive en un mundo de ilusión si piensas que iba a plantearse la eventualidad de tenernos bajo su mismo techo.

—Genial —objetó mi hermana—. ¿Quieres tirar la toalla antes de empezar?

—Sólo me remito a los hechos —contesté, en un tono de fatalismo que la dejó perpleja. Se quedó frente a mí, mirándome con fijación como si esperara que mi humor diera un giro brusco y le dijese lo que ella quería oír.

—¿No vas a asearte y vestirte para el velatorio? —me preguntó al fin.

—Como he desobedecido a Daphne y he ido al sanatorio para ver a tío Jean, no se me permite participar. Estoy castigada.

—¿No asistir al velatorio es la penitencia? ¿Por qué no me castigan a mí también? —exclamó mi gemela.

Me abalancé sobre ella tan abruptamente, que hizo retroceder la silla.

—¿Qué bicho te ha picado, Gisselle? Papá te quería.

—Sólo hasta que apareciste tú. A partir de entonces me olvidó por completo —gimió mi hermana.

—Eso no es cierto.

—Lo es, pero ya no importa. En fin —dijo, suspirando y ahuecándose el cabello—. Alguien tendrá que entretener a Beau cuando llegue. Supongo que soy la persona idónea. —Sonrió y se metió en su habitación.

Yo me levanté y fui hasta la ventana, preguntándome si me convendría tomar los portantes. Lo habría considerado seriamente de no haber recordado las promesas que había hecho a mi padre. Debía quedarme en casa para cuidar de Gisselle como mejor pudiera, descollar en la pintura y enaltecer así su memoria. Juré que de algún modo salvaría los obstáculos que sin duda Daphne interpondría en mi camino, y un día haría lo que ella misma había sugerido: ayudar a tío Jean.

Volví a la cama y pasé las horas reflexionando y dormitando, hasta que oí deambular a Gisselle junto a la escalera y llamar a Edgar para que la pusiera en su ascensor y poder así acudir al velatorio. Me arrodillé y recité las oraciones que habría dicho ante el ataúd de papá.

Martha me subió la bandeja de la cena. Aunque tenía órdenes explícitas de Nina de mandarme comer, sólo di cuatro bocados, ya que había perdido el apetito, y tenía la tripa demasiado encogida y revuelta para admitir más alimento.

Horas más tarde, oí un quedo golpeteo en mi puerta. Estaba tendida en la penumbra, con los haces de luna que se derramaban en la estancia como única fuente de luz. Alargué el brazo, encendí una lámpara y di la entrada a quienquiera que hubiese al otro lado. Era Beau, flanqueado por Gisselle.

—Daphne no sabe que está aquí —se apresuró a decir mi hermana con una pícara sonrisa en los labios. ¡Cómo disfrutaba saltándose las prohibiciones, aunque eso entrañara hacerme un favor!—. Todos creen que hemos ido a pasear por la casa. Hay tanta gente que no nos echarán de menos. No te apures.

—Beau, no deberías pasar ni un minuto conmigo. Daphne ha amenazado con hacer venir a tus padres y tomar graves represalias por haberme acompañado a la clínica —le avisé.

—Correré el riesgo —aseguró—. Además, ¿por qué se ha enfadado tanto?

—Porque he descubierto la ruindad que ha hecho a mi tío —dije—. Ése es el principal motivo.

—Es una injusticia que tengas que sufrir aún más en estos momentos —declaró Beau, y nuestras miradas se encontraron.

—Podría dejar sola un rato a la parejita —propuso Gisselle cuando vio cómo nos mirábamos—. Me esconderé en lo alto de la escalera y seré vuestro centinela.

Yo iba a negarme, pero Beau le dio las gracias. Cerró la puerta suavemente, se sentó a mi lado en la cama y me ciñó con su brazo.

—Pobrecita Ruby, no mereces ese trato —susurró. Me besó en la mejilla antes de echar un vistazo a la habitación y sonreír—. Ya había estado aquí una vez. Fue cuando probaste la hierba de Gisselle, ¿te acuerdas?

—No quiero ni pensarlo —respondí, riendo por primera vez en mucho tiempo—. Aunque recuerdo que fuiste un caballero y te preocupaste por mí.

—Siempre lo haré —puntualizó. Me besó en el cuello, en la punta del mentón, y por fin llevó sus labios a los míos.

—Para, Beau, te lo ruego. Ahora mismo estoy muy confusa y trastornada. Deseo que me beses, que me toques, pero al mismo tiempo no dejo de pensar en mi padre, en la desgracia que me ha hecho volver.

Él asintió con la cabeza.

—Lo comprendo. El problema es que no puedo apartar la boca de ti estando tan cerca —musitó.

—Pronto estaremos juntos de nuevo. Si no puedes ir a Greenwood en las dos próximas semanas, te veré en cuanto comiencen las vacaciones.

—Sí, es verdad —dijo Beau, abrazándome aún muy amartelado—. Ya verás lo que te tengo preparado para Navidad. Nos divertiremos mucho, celebraremos la Nochevieja y...

De súbito se abrió la puerta y Daphne irrumpió en la estancia con una mirada rezumante de indignación.

—Lo suponía —dijo—. Sal —ordenó a Beau, con el brazo alzado en dirección del pasillo.

—Daphne, nosotros...

—No quiero oír cuentos ni excusas. Éste no es tu sitio y lo sabes muy bien. En cuanto a ti —dijo, taladrándome con su mirada iracunda—, ¿así es como lloras la muerte de tu padre, camuflando a tu novio en tu propia habitación? ¿Es que no tienes sentido de la decencia ni del decoro? Quizá esa salvaje sangre cajun corre tan caliente y tan espesa por tus venas que no puedes resistir a la tentación, ni siquiera con Pierre de cuerpo presente a sólo unos metros de distancia.

—¡No hacíamos nada! —estallé—. Sólo...

—No quiero oír los detalles —me interrumpió mi madrastra, cerrando los ojos y elevando la mano frente a mí—. Beau, haz el favor de irte. Tenía una buena opinión de ti, pero obviamente eres como todos los jóvenes de tu edad. No puedes renunciar a la promesa de un buen revolcón ni siquiera en las peores circunstancias.

—Eso es falso. Sólo hablábamos, forjábamos planes. —Mi madrastra sonrió gélidamente.

—Yo en tu lugar no haría muchos planes en los que intervenga mi hija —dijo—. Ya sabes lo que piensan tus padres de vuestras relaciones, y cuando se enteren de esto...

—Pero no hemos hecho nada malo —insistió él.

—Has tenido suerte de que no esperase unos minutos más. Quizá Ruby te habría incitado a desnudarte con la excusa de que quería dibujarte de nuevo —acusó Daphne. Beau se ruborizó tanto que creí que iba a sufrir una hemorragia nasal.

—Márchate, Beau. Será lo mejor —le supliqué.

Él me miró y se encaminó hacia la puerta. Daphne

se apartó a un lado para dejarle pasar. Ya en el corredor, se giró una última vez, meneó la cabeza y se marchó precipitadamente escaleras abajo. Mi madrastra se encaró de nuevo conmigo.

—Y pensar que antes me has partido el alma, rogándome con aquel desconsuelo que te dejara estar en el velatorio... Como si de verdad te importase —añadió.

Cerró la puerta entre nosotras con un chasquido que más se parecía a un disparo y que, al sonar, me paró el corazón. Luego empezó a palpitar, y seguía atronando cuando se presentó Gisselle unos momentos más tarde.

—Lo siento —dijo—. Me he vuelto de espaldas un instante para ir a buscar una tontería y, antes de que me diera cuenta, había subido la escalera y pasado junto a mí como un vendaval.

Escruté a mi hermana. Estuve a punto de preguntarle si en realidad se había colocado en un lugar visible para que Daphne supiese que Beau andaba por el piso de arriba, pero no habría servido de nada. El daño ya estaba hecho y, tanto si Gisselle era responsable como si no, el resultado sería el mismo. La brecha entre Beau Andreas y yo había sido ensanchada unos centímetros más por mi madrastra, que parecía existir con una única finalidad: hacerme la vida imposible.

El funeral de papá fue el más fastuoso que había visto jamás, y se diría que el tiempo había sido divinamente concebido para la ocasión: nubarrones grises y bajos encapotando el cielo, y una brisa cálida pero intensa que hizo que los ramajes de sicomoros, robles, sauces y magnolios se mecieran y doblasen en el trayecto. Era como si el mundo entero quisiera rendir el último homenaje a un príncipe caído. Un tren de opulentos vehículos se alineó en las calles anexas a la iglesia por espacio de varias manzanas, y asistió una auténtica multitud, tan numerosa que muchas personas tuvieron que quedarse en el pórtico y la entrada del templo. A pesar de mi inquina contra Daphne, no pude por menos que sentir cierta fascinación ante ella, ante su elegancia, su aplomo inquebrantable y la manera en que nos guió a Gisselle y a mí en todo el ceremonial, de casa a la iglesia y de allí al cementerio.

Yo deseaba sentir algo muy íntimo en el oficio religioso, captar la presencia de papá, pero con Daphne continuamente pendiente de mí y los asistentes observándonos como si fuésemos una familia real obligada a mantener una dignidad intachable, a actuar conforme a sus expectativas, me resultó difícil invocar a mi padre en aquel féretro tan reluciente y ostentoso. Hubo momentos en que incluso tuve la impresión de estar presenciando un sofisticado espectáculo público, una ceremonia social desprovista de cualquier sentimiento.

Cuando al fin lloré, creo que fue tanto por él mismo cuanto por lo que serían mi universo y mi vida sin el padre que me había restituido *grandmère* Catherine con sus últimas revelaciones. Aquel caro obsequio de felicidad y nuevas perspectivas me había sido arrebatado por la celosa muerte, que siempre vagaba alrededor, vigilando y acechando la oportunidad de robarnos todo lo que ponía de relieve cuán deplorable sería para siempre nuestro destino. Era lo que *grandmère* me había enseñado sobre ella, y lo que yo creía ahora con plena convicción.

Daphne no vertió lágrimas en público. Pareció desfallecer sólo dos veces: una durante la misa, cuando el padre McDermott mencionó que era él quien había oficiado sus esponsales con papá, y la segunda en el cementerio, poco antes de que los restos de mi padre fueran enterrados en lo que los habitantes de Nueva Orleans denominaban «horno». Debido a los altos índices pluviales, las tumbas no se cavaban en la tierra como en otras ciudades del país. Se sepultaba a los muertos por encima del nivel del suelo en bóvedas de cemento, muchas de las cuales tenían el escudo familiar grabado en la puerta.

En vez de sollozar, Daphne se llevó a la cara un pañuelo de seda y lo apretó contra la boca. Sus ojos permanecieron absortos en sus propias cábalas, la mirada baja. Tomó mi mano y la de Gisselle cuando llegó el momento de abandonar el templo, y una vez más a la salida del cementerio. Sólo las retuvo unos instantes, una acción que, a mi juicio, estaba destinada más a la concurrencia que a nosotras.

Durante el oficio, Beau se quedó en la parte trasera con sus padres. Apenas intercambiamos una mirada. Los familiares de Daphne se agruparon, sin elevar la voz más allá del susurro, atentos siempre a nuestro menor movimiento. Cada vez que alguien se acercaba a Daphne para expresar o reiterar sus condolencias, ella le tendía la mano y decía quedamente «*Merci beaucoup*». Acto seguido, el personaje se dirigía a nosotras. Gisselle imitó a su madrastra a la perfección, hasta el extremo de adoptar idéntica entonación francesa y de no alargar ni acortar el saludo una milésima de segundo. Yo me limité a dar las gracias en mi lengua.

Previendo quizá que Gisselle o yo podíamos ponerla en un compromiso con nuestra forma de actuar, Daphne nos observó y escuchó atentamente, en especial cuando se aproximaron los Andreas. Yo aferré la mano de Beau más tiempo que la de nadie, pese a sentir los ojos de Daphne en la nuca y la cabeza como dos lenguas de fuego. Sabía que el proceder de Gisselle la satisfaría más que el mío, pero no estaba allí para agradar a mi madrastra; estaba para despedirme por última vez de mi padre y agradecer su compañía a las personas que le habían querido de verdad, tal y como a él le habría gustado que lo hiciese: cordialmente, sin pretensiones.

Bruce Bristow no se alejó ni un segundo de nosotras, haciendo algún comentario ocasional a Daphne y recibiendo sus instrucciones. Al llegar a la iglesia, se ofreció a reemplazarme y empujar la silla de Gisselle por la nave central. También estuvo alerta a la hora de llevarla a la calle, y la ayudó a acomodarse en la limusina y a apearse nuevamente en el cementerio. Por descontado, Gisselle se regodeó en aquellas atenciones extraordinarias, lanzándome alguna que otra mirada con una sonrisa presuntuosa en los labios.

El momento culminante de las exequias se produjo hacia el final, mientras nos dirigíamos al automóvil que debía conducirnos a casa. Volví el rostro a la derecha y vi a Paul, mi hermanastro, corriendo por el camposanto. Aceleró aún más la marcha para alcanzarnos antes de que entrásemos en el vehículo.

—¡Paul! —exclamé.

No pude contener el asombro y el placer que me causaba su visión. Daphne empinó la espalda en la portezuela de la limusina y me fulminó con sus ojos feroces. También se giraron otras personas próximas. Bruce Bristow, que se aprestaba a trasladar a Gisselle de la silla al coche, hizo una pausa para mirar cuando habló mi hermana.

—Fijaos quién ha venido en el último momento —dijo.

Aunque hacía sólo unos meses, podrían haber transcurrido años desde la última vez que vi a Paul. Parecía mucho más maduro, con los rasgos mejor definidos. Enfundado en su traje azul marino y bien encorbatado, me pareció más alto y ancho de hombros. La semejanza de facciones entre Paul, Gisselle y yo misma se apreciaba esencialmente en la nariz y los ojos cerúleos, pero el cabello de él, mezcla de rubio y moreno —lo que los cajun llamaban *chatin*—, era algo más fino. Se alisó las greñas que le habían caído sobre la frente cuando emprendió el galope desenfrenado hacia la limusina. Sin decir una palabra, se agarró a mí y me abrazó.

—¿Quién es esta persona? —inquirió Daphne. Los últimos rezagados que se disponían a abandonar el recinto se giraron también para ver y escuchar.

—Paul —me adelanté yo—. Paul Tate.

Daphne estaba al corriente de que teníamos un hermanastro, pero siempre se había negado a reconocer su existencia y hacer referencia alguna a él. No quiso saber nada la única vez que había ido a visitarnos a Nueva Orleans. Daphne torció la boca en una horrible mueca.

—Comparto sinceramente su aflicción, madame —dijo Paul—. He venido lo antes posible —añadio, volviéndose hacia mí, al no recibir respuesta—. No me he enterado hasta hoy, cuando te he telefoneado a la escuela y me ha dado la noticia una de vuestras compañeras de pabellón. He subido al coche y he ido directo a la mansión. El mayordomo me ha indicado cómo llegar al cementerio.

—Me alegro de que estés aquí, Paul —dije.

—¿Podemos entrar ya en el automóvil y marcharnos a casa —intervino Daphne—, o tenéis la intención de estableceros en el cementerio y pasar toda la tarde charlando?

—Síguenos —sugerí a mi hermano, y fui a reunirme con Gisselle.

—Está guapísimo —me susurró ella en cuanto me hube sentado. Daphne nos traspasó a las dos con la mirada.

—Hoy no quiero tener más visitas rondando por los salones —declaró Daphne al enfilar el Garden District—. Atiende a tu hermanastro fuera y procura abreviar. Quiero que empecéis a hacer las maletas para regresar a la escuela mañana mismo.

—¿Mañana? —exclamó Gisselle.

—Naturalmente.

—Pero mamá, es demasiado pronto. Deberíamos prolongar nuestra estancia al menos una semana por respeto a papá.

Daphne sonrió con cinismo.

—¿Y qué harías durante esa semana? ¿Te dedicarías a meditar, rezar y leer? ¿O llamarías por teléfono a tus amigos para que vinieran todos los días?

—Tampoco tenemos que ingresar en un convento porque haya muerto papá —replicó mi hermana.

—En efecto. Lo que haréis es volver a Greenwood y reanudar vuestros estudios. Ya lo he organizado todo —anunció nuestra madrastra.

Gisselle cruzó los brazos enfurruñada y echó el cuerpo hacia atrás.

—Deberíamos fugarnos —farfulló—. Eso sí que estaría bien.

Daphne la oyó y volvió a sonreír.

—¿Y adónde irías, princesa Gisselle? ¿Tal vez a buscar a tu tío chiflado al manicomio? —la zahirió, sin perderme de vista a mí—. ¿O te asociarías a tu hermana y volverías al paraíso del cieno, para vivir con personas que llevan pieles de gamba incrustadas en los dientes?

Gisselle desvió la cara y miró a través de la ventanilla. Por primera vez en todo el día, las lágrimas afluyeron a sus ojos. Me habría gustado pensar que era realmente por papá, pero sabía que si lloraba era sólo porque la desquiciaba la idea de volver al internado y ver interrumpido el reencuentro con sus antiguas amistades.

Cuando llegamos a la mansión, estaba demasiado alicaída incluso para hablar con Paul. Dejó que Bruce la pusiera en su silla de ruedas y la condujera al interior sin decir una sola palabra a Daphne ni a mí. Mi madrastra me aleccionó desde el portal mientras Paul aparcaba detrás de nosotros.

—Sé breve —persistió—. Me disgusta que merode en por mis dominios esos cajun de origen dudoso. —Me dio la espalda y entró en la mansión antes de que pudiera reaccionar.

Corrí hacia Paul tan pronto como emergió de su vehículo y me lancé en sus brazos acogedores. Súbitamente, todo el dolor y el abatimiento que había reprimido en los confines de mi corazón desgarrado brotaron a borbollones. Lloré libremente, con el pecho convulso y la faz oculta en su hombro. Él me acarició la melena, me besó en la frente y musitó frases de consuelo. Finalmente recobré la serenidad y me retiré. Paul tenía un pañuelo a punto para secarme las mejillas, y dejó que me sonara la nariz.

—Perdóname —dije—, no podía aguantar más. No me han dado opción de llorar abiertamente a papá desde que volví de la escuela; Daphne nos ha tenido a todos en un puño. Pobre Paul —añadí, sonriendo con los ojos aún lagrimosos—. Ahora eres tú quien ha de soportar mi aluvión de llanto.

—No digas eso. Me alegro de estar contigo para poder reconfortarte después del amargo trance que has pasado. Recuerdo bien a tu padre. ¡Era tan joven y vital la única vez que le vi en el *bayou*! Fue muy amable conmigo, un genuino caballero criollo. Vamos, un hombre con clase. Comprendí por qué nuestra madre se había enamorado de él perdidamente.

—Sí, yo también. —Apretujé su mano y amagué una sonrisa—. ¡Oh, Paul, qué ganas tenía de verte! —Ojeé la puerta principal e intenté disculparme—. Mi madre ha prohibido que entre en casa una sola persona más —dije, llevándole hasta un banco del jardín coronado por una arcada de rosas—. Mañana nos mandará de vuelta a Greenwood —le comenté una vez se hubo sentado.

—¿Tan deprisa?

—Si de ella dependiese, ya estaríamos allí —afirmé resentida. Aspiré una bocanada de aire—. Pero no dejes que me centre tanto en mí misma. Háblame del hogar, de tus hermanas, de todo el mundo.

Me acomodé para escucharle, concediéndome la libertad de viajar en el tiempo. Cuando yo habitaba en el *bayou*, la vida era más ardua y mucho más humilde, pero gracias a *grandmère* Catherine, también había sido más feliz. Mal que me pesara añoraba el pantano, la vegetación, los exóticos pájaros, incluso los ofidios y los caimanes. Había aromas y ecos, parajes y vivencias que rememoraba con deleite, entre los que destacaba el recuerdo de derivar en una piragua hacia el crepúsculo sin otro peso en el corazón que una liviana dicha.

—La señora Livaudis y la señora Thibodeau están las dos en plena forma —dijo Paul—. Echan de menos a tu *grandmère*. —Se rió, y fue como un bálsamo para mis oídos—. Saben que he mantenido el contacto contigo, aunque no se reprimen y lo preguntan. Su táctica es especular en mi presencia sobre el paradero de Ruby, la nieta de Catherine Landry.

—¡Cuánto las añoro! A ellas y a los demás.

—Tu abuelo Jack continúa viviendo en la misma casa y, siempre que se emborracha, lo cual ocurre con bastante frecuencia, hace hoyos en el suelo buscando el tesoro que según él enterró *grandmère* para ocultárselo. Es un milagro que siga vivo. Mi padre dice que es mitad hombre y mitad serpiente. Tiene la piel tan apergaminada como si hubiera pasado por las manos de un curtidor, y aparece reptando entre las sombras y los matojos cuando menos lo esperas.

—He estado tentada de huir de mi madrastra y regresar al *bayou* —confesé.

—Si algún día lo haces, me encontrarás allí dispuesto a ayudarte —dijo Paul—. Ahora trabajo como director de la conservera familiar —proclamó orgullosamente—. Gano un buen sueldo y estoy pensando en independizarme y construir una casa.

—¿Lo dices en serio, Paul? —Él asintió—. Entonces ¿has conocido a una chica?

La sonrisa que había en sus labios se difuminó.

—No.

—¿Lo has intentado al menos? —le acucié. Él giró la cara—. ¿Paul?

—No es fácil encontrar a alguien que se te pueda comparar, Ruby. No espero que ocurra de la noche a la mañana.

—Pero tiene que ocurrir, Paul. Es imprescindible. Mereces a una mujer que te ame sin cortapisas, y fundar una familia un día no muy lejano.

Guardó silencio. Al fin, me miró y sonrió.

—He leído con atención las cartas que me escribiste desde el internado, sobre todo lo que me contabas de Gisselle.

—Ha sido un verdadero estorbo, y sospecho que nuestra relación va a deteriorarse aún más ahora que papá se ha ido, pero me hizo prometer que velaría por ella. Preferiría vigilar una jaula de mocasines verdes —dije. Paul volvió a reír y sentí elevarse la carga del pesar que aplastaba mi pecho. Fue como si de repente pudiese respirar de nuevo.

Sin embargo, antes de que pudiéramos proseguir, vimos acercarse a Edgar. Parecía cariacontecido.

—Lo lamento, mademoiselle, pero madame Dumas quiere que entre en casa y vaya de inmediato al salón —anunció, arqueando las cejas para mostrar con qué contundencia había dado el encargo.

—Gracias, Edgar. Voy enseguida —dije. El mayordomo asintió y nos dejó solos.

—Paul, siento que hayas hecho todos esos kilómetros para pasar conmigo tan poco rato.

—No importa —aseguró—. Ha valido la pena. Un minuto a tu lado es como una hora en el *bayou* sin ti.

—Paul, por favor —le pedí, estrechando sus manos entre las mías—. Prométeme que buscarás una chica a quien amar. Promete que aceptarás ser amado. Vamos, hazlo.

—Está bien —se resignó—, lo prometo. ¿Qué no haría yo por ti? Incluso me enamoraría de otra... si pudiese.

—Puedes y debes —insistí.

—Lo sé —contestó balbuceante. Parecía que le hubiera forzado a beber aceite de ricino. Habría querido quedarme con él, conversar y rememorar los viejos tiempos, pero Edgar se alzaba en el portal como una demostración viva de lo insistente que estaba Daphne.

—Debo marcharme antes de que mi madrastra monte una escena que nos violente a ambos, Paul. Deseo que tengas un buen viaje. No olvides llamar y escribirme al pensionado.

—Cuenta con ello —dijo mi hermanastro. Me dio un beso apresurado en la mejilla y salió hacia el coche a toda carrera, esforzándose en no mirar atrás. Yo sabía que era porque tenía lágrimas en los ojos y no quería que las viese.

Sentí que me dolía el alma cuando Paul partió, y por unos momentos visualicé una vez más la expresión de su cara el día que averiguó la verdad sobre nosotros, una verdad que ambos habríamos deseado ahogar en las aguas del pantano junto a los pecados de nuestros progenitores.

Me armé de valor y me encaminé al portalón de entrada para ver qué nuevas reglas e imposiciones querría descargar Daphne sobre mi cabeza y la de mi hermana, ahora que ya no teníamos ningún mediador que nos protegiera.

Mi madrastra esperaba en el salón, en una mullida

butaca. Gisselle había sido convocada y también aguardaba, botando en su silla y con cara de pocos amigos. Me sorprendió ver a Bruce sentado frente al secreter de madera de pino. ¿Acaso iba a ser testigo de todas nuestras discusiones familiares?

—Siéntate —ordenó Daphne a Ruby, mirando la silla vacante que había junto a Gisselle. La ocupé sin rechistar.

—¿Ya se ha marchado Paul? —me preguntó mi hermana.

—Sí.

—Callaos las dos. No os he llamado para hablar de un insignificante muchachito cajun.

—Ni es insignificante ni es ningún «muchachito» —me sublevé—. Es todo un hombre y está dirigiendo la fábrica de su padre.

—Estupendo. Espero que llegue a convertirse en el rey de la ciénaga. Y ahora —dijo Daphne, apoyando las manos en el brazo del sillón—, puesto que os iréis a primera hora de mañana, quiero aclarar ciertas cuestiones y zanjar determinados trámites antes de retirarme a mis aposentos. Estoy extenuada.

—Así pues, ¿por qué tienes tanta prisa en que nos marchemos? Nosotras también nos sentimos cansadas —replicó Gisselle.

—Está decidido, debéis volver —dijo Daphne con los ojos muy abiertos. Hubo de tranquilizarse antes de continuar—. En primer lugar, voy a rebajar a la mitad la asignación que os enviaba vuestro padre. De todos modos, tendréis pocas ocasiones de gastar dinero mientras residáis en Greenwood.

—Eso no es verdad —rebatió mi hermana—. De hecho, si nos das permiso para salir del complejo...

—No pienso hacer tal cosa. ¿Me tomas por imbécil? —Daphne clavó su crispada mirada en Gisselle como si esperase una respuesta—. Vamos, dilo —la azuzó.

—Ni mucho menos —repuso mi hermana—, pero es aburridísimo tener que vivir enclaustradas, en particular los fines de semana. ¿Por qué no podemos bajar en taxi a la ciudad, ir al cine o de compras?

—No estáis allí de vacaciones, sino para estudiar y aprender. Si necesitáis alguna cantidad por una urgencia concreta, podéis telefonear a Bruce en el despacho, explicarle de qué se trata, y él se encargará de remitírosla…, con cargo a vuestro legado, naturalmente. Ninguna de las dos tiene que renovar su vestuario. Es evidente que vuestro padre pecó de un exceso de indulgencia en lo que se refiere a la ropa. Se obstinó en que te llevase de tiendas el mismo día en que llegaste, Ruby. ¿Te acuerdas?

—Creí que a ti también te apetecía —dije tímidamente.

—Sólo cumplí con mi deber de preservar cierta dignidad social. No podía dejarte vivir aquí vestida como una cajun proscrita, ¿no crees? Pero a Pierre aún le pareció poco lo que te había comprado. ¡Nada bastaba para sus preciosas gemelas! Estoy segura de que entre vuestros dos armarios se podrían montar unos grandes almacenes. Bruce Bristow conoce el importe de las facturas, ¿verdad, Bruce?

—En efecto —corroboró el gerente con una risita.

—Explícales cómo se ejecuta el fideicomiso de manera sencilla y escueta, Bruce, por favor —demandó Daphne.

Él se incorporó y hojeó unos documentos que había en el tablero del secreter.

—Dicho en pocas palabras, quedarán cubiertas vuestras necesidades básicas: escolarización, gastos de desplazamiento, artículos de uso cotidiano, y habrá también una provisión para pequeños lujos, regalos y demás. A medida que se precise el dinero, se extraerá de una cuenta de depósito previa firma de Daphne. Si necesitáis un estipendio adicional, redactad una solicitud por escrito y mandádmela a la oficina para que la curse debidamente.

—¿Por escrito? ¿Qué somos ahora, empleadas administrativas? —se sulfuró Gisselle.

—Ni siquiera empleadas —dijo Daphne con el semblante cruel, la sonrisa vaga y sardónica—. Ellas al menos trabajan para poder cobrar.

Intercambió con Bruce una mirada de satisfacción antes de volver a arremeter contra nosotras.

—Quiero reiterar lo que ya os dije sobre vuestra conducta en Greenwood. Si me llamara la directora porque habéis cometido alguna infracción, os aseguro que las consecuencias podrían ser catastróficas.

—¿Hay algo más catastrófico que estar interna en Greenwood? —rezongó Gisselle.

—Existen otras escuelas más alejadas de Nueva Orleans y con normas mucho más severas que las que imperan en el pensionado.

—Como no sea en un reformatorio... —dijo mi hermana.

—Gisselle, deja de porfiar —le aconsejé—. Es inútil.

Ella me observó con ojos llorosos.

—Una vez casi me recluyó de por vida. Es capaz de todo.

—¡Basta! —exclamó Daphne—. Subid a preparar las maletas, y no olvidéis mi advertencia sobre el comportamiento que espero de vosotras. No quiero oír una palabra de queja. Ya es suficiente con que a Pierre se le haya ocurrido morir ahora y me haya dejado en custodia el fruto de sus alocadas veleidades. No tengo ni el tiempo ni la fuerza moral de afrontarlo.

—Fuerza sí que tienes, Daphne —discrepé—. La tienes de sobra.

Ella me miró en silencio un instante y se llevó la mano al pecho.

—Mi corazón late a dos kilómetros por minuto,

Bruce. Tengo que ir arriba. ¿Querrás ocuparte de que hagan lo que he mandado y que la limusina venga a recogerlas puntualmente mañana?

—No faltaría más.

Me levanté antes que ella y saqué a mi hermana del salón. Quizá por fin lo había comprendido. Quizá había tomado conciencia de que al morir papá nos habíamos quedado huérfanas, aunque fuese huérfanas de una familia pudiente, pero más pobres que un mísero mendigo en el capítulo de los afectos.

12. NUBES DE TORMENTA

A pesar de lo que había visto y oído en el salón la tarde anterior, Gisselle insistió en culparme a mí, argumentando que no había hecho todo lo necesario para persuadir a Daphne de que nos dejase quedarnos y continuar el curso en un colegio de Nueva Orleans.

—Tú al menos encuentras algún aliciente en Greenwood —me había reprochado antes de acostarnos—. Tienes a tu idolatrada señorita Stevens y la pintura para ocupar el tiempo, y puedes correr hasta la mansión de los Clairborne y flirtear a tu capricho con el nieto ciego; pero yo no disfruto de otra diversión que ese grupo de crías tontas e inmaduras.

—Yo no flirteo con Louis —puntualicé—. Siento lástima de él. Es un joven que sufre un serio trastorno psicológico.

—¿Y qué me dices de mí? ¿Crees que mi psique no sufre también? Estuve en las puertas de la muerte; soy una tullida. Y tú, mi propia hermana, no me tienes ni una pizca de piedad.

—Te equivocas —respondí, pero había un fondo de mentira. Pese a que Gisselle estaba confinada en una silla de ruedas, cada vez me resultaba más difícil compadecerme de su suerte. La mayor parte del tiempo, mi hermana se las ingeniaba para hacer su voluntad por encima de todo, y habitualmente a costa de terceros.

—¡No es verdad! Y ahora tengo que volver a ese agujero infrahumano.

Luego le había dado una rabieta y había empezado a dar tumbos por la habitación, tirando los objetos de la cómoda y esparciendo la ropa en el suelo. La infortunada Martha tuvo que entrar y enderezar aquel caos antes de que Daphne descubriera lo que había hecho su hijastra.

Por la mañana Gisselle se sentó rígidamente en su silla de ruedas, tan erguida como si la hubieran rebozado de cal, sin mover un solo miembro y entorpeciendo al máximo el traslado de una silla a otra. Rehusó probar un bocado del desayuno y tuvo los labios tan apretados que parecía que se los habían cosido con sutura. Aunque hacía todo aquel número en honor de nuestra madrastra, Daphne no presenció su desplante. Se limitó a transmitir órdenes a Edgar, Nina y el chófer, y a enviar recordatorios con avisos adjuntos para nosotras. Bruce Bristow llegó poco antes de nuestra partida a fin de comprobar que la operación se realizaba sin incidentes y a la hora exacta. Fue la única vez en que Gisselle se pronunció.

—¿Quién eres tú —le provocó—, el ordenanza de Daphne? «Bruce, ve a buscar esto; Bruce, trae lo otro.»

Gisselle rió de su propia mofa. Bruce sonrió como si nada y fue a supervisar la colocación del equipaje. Frustrada y rabiosa, Gisselle capituló y se sentó con el cuerpo tenso y los ojos cerrados, en una postura muy similar a la de los pacientes que había en el sanatorio de tío Jean aprisionados por una camisa de fuerza.

El trayecto de vuelta a Greenwood fue casi tan desolador como el viaje de ida para asistir al duelo de papá. El día estaba aún más plomizo que entonces, con unos desvaídos cielos grises escoltándonos todo el camino, pespunteados por una fina llovizna que al salpicar el parabrisas creó la necesidad de aplicar las monótonas escobillas. Gisselle se encerró con la hermeticidad de una ostra en su rincón del asiento trasero, sin contemplar el paisaje ni siquiera una vez después de que dejásemos Nueva Orleans. Ocasionalmente me dirigía a mí miradas de animadversión.

Yo, por mi parte, estaba ansiosa de hacer literalmente lo que había dicho mi hermana: volver al trabajo con la señorita Stevens y volcar todas mis energías y mi atención en el desarrollo de mi talento artístico. Tras pasar unos días sometida a los ojos escrutadores y el tiránico dedo pulgar de Daphne, casi agradecí la visión de Greenwood cuando ascendimos el camino de acceso y atisbé a las chicas que rondaban por el césped después de las clases matutinas, riendo, bromeando, hablando con una animación que ahora envidiaba. Incluso Gisselle se permitió rebullir un poco. Yo sabía que no reconocería su derrota y su desilusión ante las discípulas de su cohorte.

A decir verdad, en cuanto se vio en el pabellón, volvió instantáneamente a su actitud y talante anteriores, negándose a aceptar las expresiones de simpatía y actuando como si la muerte de nuestro padre no hubiera sido más que un tremendo engorro. Llevaba apenas un par de minutos en la habitación y ya había abierto la veda contra su chivo expiatorio y compañera de cuarto, Samantha, abochornándola porque había tenido la osadía de cambiarle de sitio algunas cosas durante su ausencia. Todas oímos la conmoción y salimos a ver qué pasaba. Samantha estaba desecha en llanto en el umbral, allí donde Gisselle la había acorralado con su diatriba.

—¿Cómo te has atrevido a tocar mis cosméticos? Y

me has robado perfume, ¿no es así? ¿No es así? —machacó—. Recuerdo que el frasco estaba más lleno.

—Yo no he hecho nada.

—¡Ya lo creo que sí! Y también te has probado mis vestidos. —Viró de manera abrupta y me miró echando chispas—. Fíjate lo que he tenido que tolerar desde que me obligaste a abandonar tu habitación para compartir ésta con ella —me increpó.

Casi me desternillé de risa al oír tamaño embuste.

—¿Yo? ¿Que yo te eché? Te recuerdo que fuiste tú quien me instigó a mudarme al cuarto de Abby. ¡Y con qué insistencia! —dije. Vicky, Kate y Jacqueline hicieron gestos de aquiescencia porque sabían que era la pura verdad, pero ninguna quiso salir en mi defensa y exponerse a las iras de Gisselle.

—¡Lo niego rotundamente! —rugió ella, tan congestionada por la furia de haber fracasado que parecía que fuese a estallarle el cráneo. Aporreó con los puños los brazos de la silla y agitó el cuerpo convulsivamente, tanto que temí que volcase—. ¡Te deshiciste de mí en tu afán obsesivo de estar con aquella mulata! —Sus párpados temblaron, puso los ojos en blanco y empezó a sacar espuma por la boca, tosiendo y atragantándose. Todas creyeron que iba a sufrir un ataque epiléptico, pero yo había visto otras veces la actuación.

—Muy bien, Gisselle —dije con tono resignado—, serénate. ¿Qué quieres?

—¡Quiero que ella salga de aquí! —exigió con el dedo índice estirado hacia Samantha, que estaba tan perpleja y atemorizada como un pequeño gorrión al que expulsaran del nido.

—Entonces, ¿debo instalarme otra vez contigo? ¿Es eso lo que deseas? —pregunté, haciendo acopio de toda mi flema.

—No. Viviré sola y ya me las arreglaré —clamó mi hermana gemela, cobijando el cuerpo en su propio abrazo y afianzándose en la silla—. Mi única condición es que ella se vaya.

—No puedes meter y sacar a la gente de tu habitación como harías con tus animales de peluche, Gisselle —la reprendí. Gisselle ladeó despacio la cabeza y prendió los ojos de la pequeña Samantha, abrasando con su escrutinio a aquella diminuta rubia panocha.

—Yo no saco a nadie. Es ella quien quiere dejarme, ¿no es verdad, Samantha?

La muchacha me miró. Era la viva estampa del desamparo.

—Puedes alojarte conmigo, Samantha —ofrecí—, si Gisselle está segura de que se apañará bien por su cuenta.

Ahora que Daphne nos había forzado a volver a Greenwood, sabía que mi hermana no tendría otro objetivo en la vida que hacernos a todos tan desdichados como lo era ella.

—Sí, claro —se lamentó—, ponte de parte de la otra, como sueles hacer. Somos gemelas, pero ¿cuándo te has portado conmigo como una hermana? ¿Cuándo?

Cerré los ojos y conté hasta diez.

—Gisselle, por favor, aclaremos este asunto de una vez por todas. ¿Quieres que Samantha se cambie de habitación, sí o no?

—¡Por supuesto que sí! Es una... ¡una patética virgen! —despotricó mi hermana. Luego retorció la boca en una mueca malévola para añadir—: Su sueño es acostarse con Jonathan Peck. —Arrimó la silla a ella—. ¿No es eso lo que tú misma me contaste, Samantha? ¿No anhelas saber qué sentirías si Jonathan tocara tus lindos pechitos y te besara más abajo del ombligo, te lamiera con su húmeda lengua...?

—¡Cállate, Gisselle! —exclamé con voz atronadora. Mi hermana sonrió a Samantha, por cuyas mejillas fluían gruesos lagrimones. No sabía cómo reaccionar, cómo enfrentarse a aquella virulenta traición.

—Recoge tus pertenencias, Samantha —la urgí—, y llévalas a mi habitación.

—Quiero que todas las cosas que dejé guardadas allí sean trasladadas a la mía —ordenó Gisselle—. Kate os echará una mano, ¿verdad, Kate? —le rogó con tono amable.

—¿Cómo? ¡Ah, sí, desde luego!

Mi hermana me dedicó una sonrisa hipócrita, miró con encono a Samantha y por fin maniobró la silla de ruedas para retornar a su alcoba, mascullando en voz alta que tendría que revisarlo todo para ver qué más había robado o utilizado su antigua compañera.

—No le he quitado nada, lo juro —volvió a exclamar Samantha.

—Limítate a liar tus bártulos —le recomendé—, y no intentes justificarte ni dar explicaciones.

No me molestaba tener una nueva compañera de habitación, y pensé que a Gisselle le sentaría bien luchar un tiempo en solitario. Tal vez así aprendería a valorar la ayuda que todos le prestábamos. Pero, ya fuera por despecho o por terquedad, mi hermana me sorprendió deshaciendo sus maletas sin mi intervención, cambiándose de vestido y zapatos para la cena, lavándose el cabello. A Kate le fue concedido el privilegio de transportarla de un sitio a otro ahora que Samantha era persona *non grata*. Al menos temporalmente, las aguas parecieron volver a su cauce.

Aquella noche, después de cenar y mientras Vicki me ponía al día de los temas que habían tratado en las clases en las que ambas coincidíamos, Jacki fue a la alcoba para avisarme de que tenía una llamada telefónica. Acudí al punto, suponiendo que sería Beau o Paul, pero resultó ser Louis.

—Me he enterado por la señora Penny del fallecimiento de tu padre. Quise llamar a Nueva Orleans, pero mi tía se negó a darme el número de teléfono.

Dijo que sería inadecuado. En fin, Ruby, lo he sentido mucho.

—Gracias, Louis.

—Sé lo que significa perder a tus padres —continuó. Estuvo callado un momento y mudó el tono de voz—. Mi vista ha hecho progresos lentos, pero significativos —dijo—. Distingo las formas mejor y más claramente. Aunque todavía lo envuelve todo una bruma grisácea, los médicos se muestran optimistas.

—Me alegro mucho por ti, Louis.

—¿Podré verte pronto? «Verte», ¡qué palabra tan maravillosa! ¿Qué me dices?

—Sí, naturalmente.

—¿Por qué no vienes a cenar mañana? —me propuso muy excitado—. Le diré a la cocinera que prepare un quingombó de gambas.

—No podrá ser, Louis. Mañana tengo servicio de comedor y no sería correcto pedir a otra compañera que me sustituyera.

—Pues ven a hacer la sobremesa.

—Lo más probable es que tenga un montón de deberes atrasados —contesté.

—Claro. —Su desencanto supuró a través del teléfono.

—Dame un poco de tiempo para reintegrarme —le rogué.

—Sí, perdóname. Es que estoy impaciente por que veas cuánto he mejorado. Una mejoría —recalcó tiernamente— que se inició al conocerte a ti.

—Eres muy gentil al decir eso, Louis, pero no sé cómo puedo haber influido en tu proceso.

—Yo sí —respondió con voz enigmática—. Te lo advierto, voy a volverte loca hasta que vengas a visitarme —bromeó.

—De acuerdo —dije, soltando una carcajada—. Iré el domingo después de cenar.

—Espléndido. Quizá para entonces habré progresado más y te asombraré diciendo de qué color son tu cabello y tus ojos.

—Así lo espero —aseguré.

Sin embargo, una vez hube colgado el aparato, sentí que una ansiedad indefinible se arremolinaba en mi estómago y ascendía al corazón, donde se asentó como un dolor sordo. Era agradable que Louis creyese que yo le había ayudado, y me halagaba pensar que podía haber ejercido un impacto tan sensacional en un problema de la gravedad de su ceguera, pero sabía que él me estaba atribuyendo demasiada importancia y que empezaba a depender excesivamente de mi compañía. Temía que creyese que se había enamorado de mí, y que imaginase ni siquiera que era correspondido. Me prometí que pronto, muy pronto, le hablaría de Beau. El conflicto era que tal vez malograría su delicada curación; y su abuela y su prima, la señora Ironwood, tendrían una infamia más que achacarme.

Regresé a mi habitación y mi trabajo, zambulléndome en la lectura, los apuntes y los estudios porque eran el mejor medio de abstraerme de los fúnebres sucesos que había vivido y la carga abrumadora que pesaba ahora sobre mis espaldas. Al día siguiente todos los profesores nos dieron comprensión y estímulo, siendo Rachel Stevens quien más me alentó, ¡cómo no! Volver a su clase fue como emerger de una tumultuosa tormenta de estío a la brillante luz del sol. Retomé mis pinturas inconclusas, y quedamos provisionalmente en encontrarnos en el lago interior de la escuela el sábado por la mañana para acometer nuevas obras.

En los días siguientes, Gisselle siguió maravillándonos a mí y a todas las demás con su nueva autonomía. Excepto por las ayudas motrices de Kate, proveyó a sus propias necesidades. Cerraba a cal y canto la puerta de su habitación siempre que estaba dentro. Samantha, por el contrario, parecía triste y perdida. Cuando Gisselle iba con Kate y Jacqueline, pasaban las tres de largo. La muy infeliz se arrastraba tras ellas como un perrito faldero que hubiera sido apaleado y echado de su casa, pero no tuviera otro sitio donde ir. Obviamente por orden de Gisselle, Jacki y Kate se pegaron a su rueda y no se dignaron hablarle, ni siquiera admitir su presencia. Actuaban como si fuera invisible.

—¿Por qué no intentas hacer nuevas amistades, Samantha? —le sugerí—. Quizá podrías incluso exponerle el caso a la señora Penny y pedirle que te busque alojamiento en otra sección.

Ella agitó la cabeza vigorosamente. La idea de dar tamaña campanada, ni aunque fuese en una situación extrema, aterraba a aquella muchachita tímida e insegura.

—No es necesario. Todo se solventará —me dijo.

No obstante, el jueves por la noche al volver de la biblioteca con Vicki, encontré a mi compañera ovillada en la cama llorando en silencio. Cerré la puerta y corrí a su lado.

—¿Qué ocurre, Samantha? ¿Qué ha hecho ahora mi hermana? —pregunté con voz de hastío.

—Nada —balbuceó—. Todo va bien. Volvemos a ser... amigas. Me ha perdonado.

—¿Cómo? ¡Pero eso es absurdo! ¿Dices que te ha perdonado?

Ella asintió, aunque continuó de espaldas a mí, arrebujada obstinadamente en las sábanas. Aquel modo de comportarse espoleó mis más negras sospechas. El pulso se me disparó con una premonición cuando le puse la mano en el hombro y dio un rebrinco, como si tuviera los dedos de fuego.

—Samantha, ¿qué ha pasado mientras estaba fuera? —demandé. El llanto arreció—. ¿Samantha?

—No he podido evitarlo —contestó entre gemidos—. Me han obligado entre todas. Han dicho que tenía que hacerlo.

—¿Que hacer qué, Samantha? ¿Samantha? —insistí, vapuleándola—. ¿De qué se trata?

De pronto, dio media vuelta y enterró la faz en mi regazo, a la vez que me rodeaba la cintura con los brazos. Todo su cuerpo se estremeció en sollozos.

—¡Estoy muy avergonzada! —gritó.

—¿De qué? Samantha, tienes que explicarme lo que Gisselle te ha mandado hacer. Vamos, cuéntamelo —la apremié, atenazando fuertemente sus hombros. Ella se sentó en el lecho con los ojos entornados y apoyó la cabeza en la almohada. Advertí que estaba desnuda debajo de la manta.

—Me ha enviado a Kate con el encargo de presentarme en su habitación. Cuando he entrado, me ha preguntado si quería volver a formar parte del grupo. Le he respondido que sí, pero ella ha dicho... que antes tenía que cumplir una penitencia.

—¿De qué clase?

—Me ha acusado de que mientras estabais ausentes he soñado con ser ella. Quería suplantar su personalidad, y por eso he usado su pintalabios, el maquillaje y el perfume. Ha afirmado que estoy sexualmente reprimida, que incluso me he puesto sus bragas, lo cual es falso —se exculpó una vez más—. Te aseguro que lo es.

—Te creo, Samantha. ¿Qué ha pasado después?

La chica cerró los ojos y tragó saliva.

—¿Samantha?

—He tenido que desnudarme y meterme en la cama —desveló de pronto.

Contuve el aliento, pues sabía qué sórdidas obscenidades era capaz de imponerle mi hermana.

—Adelante —dije en un murmullo ahogado.

—Me da vergüenza.

—¿Qué te ha forzado a hacer, Samantha?

—Han sido las tres. Me han asediado y atosigado hasta que he accedido.

—¿Accedido a qué?

—A abrazarme a la almohada y fingir que era Jonathan Peck —confesó al fin—. Me han hecho manosearla, besarla y...

—¡Oh, no, Samantha! —La pobre chica temblaba en un paroxismo de llanto, y le acaricié el cabello—. Mi hermana es una enferma mental. Lo siento por ti; no deberías haberla escuchado.

—¡Pero todas me odiaban, incluso las otras alumnas del pabellón y mis compañeras de clase! —exclamó a la defensiva—. Nadie hablaba conmigo en los lavabos ni en las taquillas, y hoy alguien ha vertido un tintero lleno en mi libreta de sociales, emborronando las páginas escritas. —Sus lloros se hicieron más histéricos.

—Está bien, Samantha, tranquilízate —le dije. No dejé de acunarla hasta que los sollozos remitieron. Entonces me puse en pie—. Ahora mismo voy a tener dos palabritas con mi hermana.

—¡No! —gritó ella, atrapando mi mano—. No lo hagas. —Tenía los ojos desorbitados por el pánico—. Si la sacas mucho de quicio, volverá a las chicas otra vez en mi contra. Te ruego que no le digas nada —suplicó—. Me ha hecho prometer que no te contaría este horrible episodio, y me acusará nuevamente de traicionarla.

—Quiere que me lo ocultes porque sabe que entraré en su cuarto enfurecida —dije. Samantha se mordisqueó el labio con la alarma dibujada en el rostro—. De acuerdo, no te preocupes. No haré nada de nada. Pero ¿te encuentras bien, Samantha?

—Ya estoy más tranquila —aseguró, y se enjugó enseguida las lágrimas. Incluso hizo una sonrisa forzada—. No ha sido tan grave, ya ha pasado todo. Somos amigas de nuevo.

—Con amigas como ésas no necesitas enemigas

—contesté—. Mi abuela Catherine solía decir que aunque viviéramos en un mundo libre de epidemias y males, de tempestades, ciclones, sequías y pestilencia, hallaríamos la manera de hacerle un hueco al diablo en nuestros corazones.

—¿Cómo?

—Olvídalo. ¿Volverás a mudarte con ella?

—No. Está empeñada en vivir sola —respondió Samantha—. ¿Te parece bien que continúe durmiendo aquí?

—Por supuesto. Sólo me siento intrigada. Ha caído un zapato, pero todavía falta el otro —musité, barruntando qué planes maquiavélicos estaría fraguando la mente de Gisselle para hacer la vida insoportable a todos los residentes en Greenwood, y en especial a mí.

El resto de la semana discurrió deprisa y sin novedades. No sabía si lo que la agotaba era la falta de asistencia en su cuarto y el hecho de tener que abastecer sus necesidades elementales, pero cada mañana, cuando Kate la llevaba finalmente a la mesa del desayuno, Gisselle daba la impresión de estar drogada. Aparecía con los párpados entrecerrados y comía cualquier fruslería, prestando nula atención a la cháchara general. Antes era siempre la primera en interrumpir o desautorizar todo lo que se comentaba a su alrededor.

El viernes, Vicki me paró en el pasillo después de la clase de ciencias y me dijo que, si su información era correcta, Gisselle se había quedado dormida en una charla sobre hábitos de estudio. Evidentemente, mi hermana era demasiado terca para admitir que cuidar de sí misma estaba mermando las energías que aún poseía. Al término de la jornada la intercepté a la salida de un aula.

—¿Qué tripa se te ha roto? —inquirió. La fatiga la había vuelto aún más irascible.

—No puedes seguir así, Gisselle. Te vence el sueño en clase, en las comidas, cabeceas en tu silla. ¿Por qué no dejas que te ayudemos? Acoge otra vez a Samantha, o bien convive conmigo —le dije.

Mi sugerencia devolvió el color a su rostro y lo reanimó.

—Eso te gustaría, ¿verdad? —replicó en un volumen de voz bien alto para atraer a quienes pasaban por las proximidades—. Quieres que esté desvalida, que tenga que pedir socorro incluso cuando vaya a cepillarme el pelo o los dientes. Pues bien, no te necesito ni a ti ni a la dulce Samantha para desenvolverme en esta escuela. No necesito a nadie —subrayó, y dio empujoncitos a las ruedas a fin de alejarte cuanto antes. Kate se quedó plantada y boquiabierta.

—Bueno —dije, encogiéndome de hombros—, me encanta que intente ser independiente. De todos modos, avísame si notas algo anormal —rogué a Kate, que asintió con la cabeza y salió corriendo en pos de Gisselle. Yo me encaminé a la clase de arte.

Aquella noche me telefoneó Beau. Había estado esperando ansiosamente su llamada toda la semana.

—Mañana tenía planeado hacer una escapada y llegarme a Baton Rouge, pero mi padre me ha restringido el uso del coche desde que Daphne sostuvo una larga conversación con mi familia. Les contó que te había acompañado al sanatorio.

—¿Tanto se enojaron al saberlo?

—Tu madrastra les dijo que habíamos perturbado a Jean de tal manera que han tenido que aplicarle tratamiento de choque.

—¡Qué horror! —exclamé—. Espero que sea mentira.

—Mi padre se puso como una fiera, y más todavía cuando les dijo que nos había sorprendido en tu habitación durante el velatorio. Además, creo que exageró un poco lo que estábamos haciendo.

—¿Cómo puede ser tan abyecta?

—Quizá asiste a algún cursillo —se mofó Beau—. En cualquier caso, espero que me levanten el castigo durante las fiestas. Sólo faltan diez días.

—Sí, pero ¿consentirán tus padres que vuelvas a tener ningún tipo de relación conmigo? —elucubré en voz alta.

—Ya me ingeniaré algo. Cuando estés aquí, no habrá criatura humana que pueda impedirme verte —me aseguró.

Luego me preguntó por la escuela, y le hablé de Gisselle y de cómo amargaba la existencia a quien cayera en sus manos.

—Desde luego, tienes una buena papeleta. No es justo.

—Hice una promesa a mi padre —repuse—. Tengo que intentarlo.

—Anoche oí que mis padres hablaban de Daphne —dijo Beau—. Bruce Bristow y ella han hecho algunas jugadas maestras, ejecutando las hipotecas de varias empresas y propietarios particulares para adueñarse de sus locales. Mi padre comentó que Pierre nunca habría sido tan despiadado, ni aunque así beneficiara a su negocio.

—Estoy segura de que mi madrastra disfruta con ello. Por sus venas corre agua de carámbano.

Beau se echó a reír y proclamó una vez más cuánto me extrañaba, cómo me quería y con qué impaciencia aguardaba el momento de estar juntos. Casi sentí sus labios en los míos cuando me envió un beso a través del hilo.

Al retornar al cuadrángulo, tenía la sensación de que Gisselle me esperaría en la sala de estar para interrogarme sobre la llamada, pero encontré totalmente encajada la puerta de su alcoba. Kate me informó de que mi hermana había decidido acostarse temprano.

Quise cerciorarme de que estaba bien y, al accionar la manecilla, descubrí que había cerrado con pestillo. Asombrada, llamé discretamente.

—¿Gisselle?

No contestó. O dormía ya o lo aparentaba.

—¿Necesitas algo, Gisselle?

Esperé, pero no hubo respuesta. Pensé que, si era eso lo que quería, por mí no había inconveniente. Me recogí en mi habitación para leer y escribirle una carta a Paul antes de meterme en la cama. La señorita Stevens me había citado en el lago a la mañana siguiente después del desayuno, y al fin pude cerrar los ojos ilusionada con algo.

Amaneció un sábado esplendoroso. El cielo de diciembre lucía un azul cristalino, e incluso las nubes parecían ser de alabastro vidriado. La señorita Stevens ya estaba en la orilla cuando yo llegué, montando los caballetes. Reparé en que había extendido una manta sobre la hierba y que llevaba una cesta de picnic. El lago mismo despedía fulgores de un azul argénteo. Aunque brillaba el sol, sentí el aire fresco y vivificante. La profesora me vio acercarme y me saludó con la mano.

—Será todo un reto mezclar las pinturas para reproducir esos tonos —dijo, examinando las aguas—. ¿Cómo estás?

—Bien, muy motivada —respondí, y nos pusimos manos a la obra.

Cuando empezamos, las dos nos aislamos en nuestro trabajo, dejándonos absorber por el proceso. Yo me imaginaba a menudo como uno de los animales que pintaba en mis paisajes, viendo el mundo con los ojos de una golondrina, un pelícano o incluso un caimán.

Rompieron la concentración de ambas unos sonoros martillazos y, al girarnos hacia el hangar, divisamos a Buck Dardar aplanando las cuchillas de una segadora de césped. El hombre se detuvo como si se sintiera observado, y miró fugazmente en nuestra dirección antes de reemprender su tarea. La señorita Stevens se echó a reír.

—Por un momento he olvidado dónde estaba.

—Yo también.

—¿Te apetece un refresco? Tengo té helado y zumo de manzana.

—Prefiero el té —dije—. Muchas gracias.

Me preguntó cómo había asimilado Gisselle la muerte de papá y nuestro retorno al internado, y le describí su proceder. Ella escuchó ávidamente y asintió con aire reflexivo.

—Déjala hacer su vida durante unos días —me aconsejó—. Necesita triunfar en su intento de independencia. Verás cómo sale de él más fortalecida, más feliz. Tu hermana ya sabe que estarás a su disposición siempre que sea preciso —añadió.

Me sentí aliviada y pintamos un poco más antes de hacer una pausa para saborear el almuerzo campestre que había preparado. Mientras comíamos y platicábamos sentadas en la manta, pasaron junto a nosotras otras estudiantes, unas saludándonos con la mano, las más mirando curiosamente. Vi asimismo a algunos profesores, e incluso detecté a la señora Ironwood cuando nos espiaba ojo avizor y se alejaba por el jardín.

—Louis tenía razón en lo que dijo sobre el lago —comenté cuando reanudamos la labor—. Desprende una magia propia. Parece cambiar de esencia, de color y hasta de forma a medida que avanza el día.

—Me entusiasma pintar escenas acuáticas. Un día de éstos voy a hacer una excursión al *bayou*. Quizá quieras acompañarme y ser mi guía por los pantanos —apuntó la señorita Stevens.

—Nada me gustaría más —afirmé. Ella sonrió cordialmente y me hizo sentir como si tuviera una hermana mayor. Aquél resultó ser uno de los días más dichosos que había pasado en Greenwood.

Por la noche hubo una fiesta informal en nuestro edificio. Vinieron las chicas de los otros dormitorios para escuchar música, comer palomitas y bailar en el salón recibidor. Luego se quedaron a dormir, algunas compartiendo la cama de sus amigas, otras poniendo colchones y mantas en el suelo. Durante la velada se gastaron las inevitables bromas. Un grupo de alumnas del cuadrángulo «B», que estaba en la planta baja, subió al piso superior y llamó a una puerta. Cuando sus compañeras salieron a abrir, les echaron cubos de agua fría y se dieron a la fuga. Naturalmente, las damnificadas no dudaron en vengarse. Habían capturado un par de sapos y los soltaron en la sala comunitaria de la sección «B», provocando una auténtica estampida por los pasillos. La señora Penny tuvo que correr como una peonza de un sector del pabellón a otro.

Con gran pasmo por mi parte, Gisselle encontró todo aquello pueril y estúpido y, en lugar de participar e idear jugarretas para que las hiciera su grupo, se replegó nuevamente en los confines de su dormitorio, cerrando la puerta a los intrusos. Empecé a preguntarme si se estaría sumiendo en una profunda depresión que, quizá, era la responsable de su antinatural fatiga matutina.

El domingo terminé los deberes pendientes, preparé con Vicki unos exámenes de lengua y matemáticas, cumplí mis tareas en el comedor y me vestí para ir a visitar a Louis. Le dije que no importunase a Buck, que prefería dar un paseo hasta la mansión. Hacía una noche espléndida, con un cielo rutilante de estrellas donde la Osa Mayor y la Osa Menor se delineaban como rara vez las había visto. Mientras caminaba sentí la mirada de un par de ojos vigilantes y, al alzar la cabeza hacia la derecha, descubrí a una lechuza. Supuse que un ser humano andando solo y de noche por sus dominios constituía para ella un objeto de curiosidad mayor aún que a la inversa. Su presencia me recordó la vida en el *bayou* y el sentimiento que solía abrigar de que la fauna del pantano se había acostumbrado a mí.

El cervato no tenía miedo de acercarse donde yo estaba. Las ranas toro me saltaban literalmente a los pies; los patos y los gansos volaban tan bajo sobre mi cabeza, que notaba cómo la brisa removida por sus alas me despeinaba algunos mechones del cabello. Formaba parte del microcosmos en el que vivía. Quizá también la lechuza de Greenwood intuyó que era un espíritu afín. No ululó; no salió huyendo. Se limitó a aletear tranquilamente, a modo de bienvenida, y continuó posada en su rama como una estatua, quieta y alerta.

La enorme finca se recortaba delante de mí, con algunas luces refulgiendo vivamente en las galerías, aunque la mayoría de las ventanas estaban a oscuras. Al aproximarme, llegaron a mis oídos las melodiosas notas del piano de Louis. Golpeé la puerta con la gran aldaba de metal y aguardé. Unos segundos más tarde apareció Otis. Su semblante se turbó al ver que era yo, pero me hizo una reverencia y se apartó para dejarme entrar.

—Hola, Otis —dije con desenvoltura. Antes de devolverme el saludo, él desvió la mirada a ambos lados para comprobar que su señora no nos espiaba desde alguna estancia.

—Buenas noches, mademoiselle. Monsieur Louis la está esperando en el estudio de música. Venga por aquí —dijo, y empezó a guiarme con gran diligencia a través del pasillo, aunque yo giré la mirada a la izquierda justo a tiempo de ver cómo ajustaban una puerta, y me pareció adivinar tras ella la figura de la señora Clairborne.

Otis me llevó hasta la entrada del estudio, hizo una inclinación de cabeza y se retiró en silencio. Pasé al interior y escuché unos breves momentos la interpretación de Louis, que no se había dado cuenta de mi llegada. Vestía una chaqueta informal de terciopelo azul, con una camisa de seda blanca y pantalón también azul. Al girarse hacia la puerta, dejó de tocar y se levantó de un salto de su banqueta. Noté enseguida algo diferente en su manera de enfocar los ojos y la soltura con la que ahora andaba.

—¡Ruby! —exclamó, y cruzó muy ligero la estancia para estrechar mi mano—. Veo nítidamente tu silueta —declaró—. Es muy emocionante, aunque por el momento sólo capte el mundo en grises y blancos. ¡Me maravilla no tener que vivir pendiente de tropezar con todos los muebles! Y lo que es más, a veces vislumbro una pincelada de color. —Extendió el brazo para tocar mi cabello—. Quizá podré ver tu bonita melena antes de que concluya la velada. Lo intentaré. Pensaré en ella y haré un esfuerzo. Si me concentro lo suficiente... Vaya —se interrumpió a él mismo, dando un paso atrás—. Aquí me tienes, perorando sobre mis cosas sin preguntar ni siquiera como estás.

—Estoy muy bien, Louis.

—No me engañes —insistió—. Has pasado por una experiencia terrible, muy lastimosa. Ven, siéntate conmigo y cuéntamelo todo —me animó, sujetando mi mano y llevándome hacia un diván. Me senté y él se acomodó a mi lado.

Había en su faz una plenitud nueva y radiante. Era como si cada partícula de luz, al hender la negra cortina que hasta entonces había velado sus ojos, le hiciera renacer a la vida, le acercase más y más a un mundo de esperanza y de júbilo, regresando a un lugar donde podría sonreír, disfrutar, cantar, charlar, y encontrar también la posibilidad de amar otra vez.

—No me molesta que seas egoísta, Louis, y hables de tus progresos. No tengo ganas de revivir mi tragedia. Las heridas son aún muy recientes y dolorosas.

—Es cierto —convino—. Sólo pretendía ser un oyente compasivo, alguien en cuyo hombro pudieras llorar. —Sonrió—. A fin de cuentas, yo he llorado en el tuyo.

—Gracias. Es un ofrecimiento muy generoso, y más aún conociendo tus problemas.

—No es nada saludable obsesionarse con uno mismo, y el mejor modo de evitarlo es preocuparse por los demás —afirmó Louis—. ¡Pero si estoy pontificando como un anciano sabio! Discúlpame, pero en los últimos días he tenido mucho tiempo para la reflexión. En fin —dijo, tras hacer un paréntesis y sentarse más recto en el diván—, he decidido claudicar e ingresar en una clínica de Suiza el mes que viene. Los especialistas me han prometido que será una hospitalización corta y que entretanto podré asistir al conservatorio de música y perfeccionar mis conocimientos.

—¡Eso es fabuloso, Louis!

—Le he preguntado a mi médico —dijo, apresando mi mano en la suya y dulcificando la voz— por qué mis ojos han cobrado vida de forma tan repentina, y me ha asegurado que es porque he conocido a alguien en quién podía confiar. En realidad, más que un oftalmólogo es lo que llamaríamos un psiquiatra —me aclaró sonriente—. Su hipótesis respecto a mi enfermedad es que eché un telón impenetrable sobre mis ojos y lo he mantenido así todos estos años. Dice que no me permitía a mí mismo curarme porque me asustaba volver a ver. Me sentía más a salvo agazapado en mi propio mundo de oscuridad, sin dejar otra vía de escape a mis sentimientos que la que fluía de mis dedos al teclado del piano. Cuando te describí a ti y todo lo que me inspirabas, convino conmigo en que has sido una de las razones primordiales de que esté recuperando la vista. Siempre que te tenga cerca... Siempre que sepa que vas a pasar algún tiempo conmigo...

—Louis, me abruma la responsabilidad que me adjudicas.

Él se echó a reír.

—Sabía que dirías eso. ¡Eres tan dulce y altruista! No sufras, la responsabilidad es toda mía. Naturalmente —añadió *sotto voce*—, mi abuela está que rabia. Se indignó tanto que quiso contratar a otro médico. Luego hizo venir a mi prima para que hablase conmigo y tratase de convencerme de que si siento lo que siento es porque he sido demasiado vulnerable. Pero yo les dije... les dije que era imposible que fueses la clase de persona que ellas querían representar: alguien que conspira y se aprovecha del prójimo.

»También les dije... —Calló, y su cara adoptó una nueva firmeza—. No, no lo dije; les exigí que te autorizasen a visitarme siempre que puedas antes de mi viaje a Europa. De hecho, dejé bien sentado que no iré a menos que pueda verte cuando me venga en gana y, por supuesto, cuando a ti te apetezca estar conmigo. Porque tú quieres que nos veamos ¿verdad, Ruby? —me preguntó. Su tono era casi suplicante.

—Louis, no me importa venir en mis ratos libres, pero...

—¡Colosal! Entonces, todo arreglado —declaró—. ¿Sabes lo que he proyectado? Voy a escribir una sinfonía completa. Trabajaré en ella lo que queda de mes y estará dedicada a ti.

—Louis —respondí con los ojos llorosos—, debo...

—No —me interrumpió—, lo tengo decidido. A decir verdad, ya he compuesto unos acordes. Era lo que estaba tocando cuando has llegado. ¿Quieres oírlo?

—Claro que sí, Louis, pero...

Se irguió y fue hasta el piano antes de que pudiese pronunciar una palabra más.

Mi corazón era un volcán. De algún modo, había calado tan hondo en la vida de Louis que no veía cómo salir de ella sin herirle mortalmente. Quizá cuando completara el tratamiento en Suiza y su visión se hubiera normalizado, lograría hacerle entender que estaba vinculada sentimentalmente a otra persona. Pensé que en ese momento sería capaz de sobreponerse al desengaño. Hasta entonces, no me quedaba otra alternativa que escuchar su música y alentarle a continuar luchando para que sus ojos volvieran a ver.

La sinfonía era magnífica. Sus tiempos melódicos se enlazaban tan grácilmente que me sentí transportada. Me relajé con los ojos cerrados y dejé que la composición me remontase a través del tiempo hasta verme de nuevo como una niña, correteando sobre la hierba y coreada por la risa de *grandmère* Catherine mientras lanzaba gritos de entusiasmo a los pajarillos que planeaban encima del agua o al pez brema que saltaba en las lagunas.

—Bien —dijo Louis cuando hubo terminado—, eso es todo lo que he escrito hasta ahora. ¿Crees que voy por buen camino?

—Es maravilloso, Louis. Y además tiene una calidad única. Estoy segura de que llegarás a ser un compositor famoso.

Él volvió a reír.

—Ven —me ofreció—. Le he pedido a Edgar que tuviera café cajun y unos buñuelos traídos del Café du Monde, en Nueva Orleans, listos para servir en el patio acristalado. Allí podrás hablarme de tu hermana gemela y sus últimas diabluras —añadió.

Levantó el brazo para que le pasara el mío por debajo, y dejamos el estudio de música. Mientras avanzábamos por el corredor volví una vez la vista atrás. En las sombras del rincón, tuve la certeza de ver a la señora Clairborne erguida y acechante. Sentí su encono incluso a aquella distancia.

Sin embargo, hasta la mañana siguiente en la escuela no descubriría con qué determinación se habían propuesto ella y su sobrina, la señora Ironwood, desterrarme de la vida de Louis.

13. FALSAS ACUSACIONES

La profesora que atendía la sala de tutorías en el edificio central había empezado a leer las notificaciones del día, cuando se presentó una mensajera de la oficina de la señora Ironwood reclamando mi comparecencia inmediata. Miré a Gisselle, y la vi tan confundida y curiosa como a todas las demás. Sin decir una palabra, abandoné el aula y enfilé con apremio el pasillo. Al llegar a las oficinas de la dirección, encontré a la señora Randle en la puerta del despacho interior, con un bloc de papel en la mano.

—Entra enseguida —urgió, retrocediendo para darme acceso.

Sintiendo el corazón tan desbocado que creí que iba a desgarrarme el pecho, me asomé al despacho de la señora Ironwood. Estaba sentada detrás de su escritorio, con la espalda enhiesta, los labios proyectados hacia fuera y los ojos más llenos de furia de lo que los había visto nunca. Tenía las manos sobre la mesa, posadas en unos documentos.

—Siéntese —ordenó. Hizo un signo a la señora Randle, que entró detrás de mí y cerró la puerta. Luego ocupó una silla que había al lado de la mesa y apoyó el cuaderno en su falda. Tenía la mano en suspenso, con el bolígrafo bien agarrado.

—¿Qué sucede? —pregunté, incapaz de soportar el silencio largo y siniestro que se cernía sobre mí.

—No recuerdo haber convocado en mi oficina a otra alumna con tanta frecuencia y en tan poco tiempo como he tenido que hacerlo con usted —comenzó a decir la directora, fruncidas sus cejas morenas. Miró a la señora Randle buscando confirmación y la secretaria asintió, al mismo tiempo que abría y cerraba los ojos.

—No ha sido por mi culpa —contesté.

La señora Ironwood gruñó entre dientes. Miró a la señora Randle como si ambas hubieran oído voces inaudibles para mí.

—Nunca es culpa de ellas —dijo con una sonrisa petulante, y la señora Randle volvió a asentir, repitiendo también el movimiento de ojos. Se asemejaba a un títere cuyos hilos estuvieran en manos de la Dama de Acero.

—Y bien, ¿por qué soy requerida? —pregunté.

Antes de responder, la señora Ironwood irguió los hombros hasta tenerlos más derechos y firmes.

—He pedido a la señora Randle que tome nota de cuanto digamos, puesto que me dispongo a abrirle un expediente formal de expulsión.

—¿Cómo? Pero ¿qué he hecho ahora? —exclamé. Consulté a la señora Randle, que esta vez mantuvo la mirada baja. Mi vista volvió a fijarse en la directora, que me escrutó con tal intensidad que casi noté sus ojos como dos rayos que me horadasen la piel.

—Qué no ha hecho sería más adecuado. —Meneó la cabeza y me observó en la cima de su desdén—. No ha acatado ninguna norma. Desde el primer día, desde que su madrastra me confesó tan francamente su lamentable entorno familiar, desde que exhibió tal arrogancia y menosprecio durante nuestra conferencia inicial o la actitud tomada ante el reglamento, violando nuestras restricciones de salida casi antes de empezar, desde que desafió mis deseos más urgentes, supe que su asistencia a Greenwood era una equivocación de dimensiones gigantescas y predestinada a un fracaso estrepitoso.

»Los castigos, las advertencias e incluso los consejos amistosos han sido todos en vano. Los de su especie raramente cambian para mejor. Llevan la podredumbre en la sangre.

—¿De qué se me acusa exactamente? —pregunté con valentía.

En vez de contestar sin más complicaciones, la directora se aclaró la garganta y se puso las gafas de leer con montura de nácar. Luego inclinó los papeles que tenía en las manos para verlos mejor.

—«Con este documento se inician formalmente los trámites del procedimiento de expulsión tal y como se estipula en los estatutos vigentes de la escuela de Greenwood promulgados por la junta rectora. La estudiante encausada —leyó, y me miró por encima de los lentes—, la llamada Ruby Dumas, ha sido convocada en la fecha que se indica para ser informada de la apertura de un expediente oficial y para escuchar los cargos presentados contra ella por la administración del Consorcio Escolar de Greenwood.: Número uno —empezó a enumerar con una voz aún más autoritaria—: Ha penetrado consciente y voluntariamente en un área designada como externa en los límites del complejo de Greenwood y ha permanecido en dicha área después del toque de queda.»

—¿Cómo? —protesté, mirando de nuevo a la señora Randle, que había bajado la cabeza y garabateaba a gran velocidad en su bloc de anotaciones—. ¿Qué área? ¿Qué límites?

—«Número dos: Ha incurrido con premeditación y nocturnidad en una conducta inmoral dentro del territorio de la escuela y estando bajo su jurisdicción.»

—¿Conducta inmoral, yo?

—«Los cargos mencionados serán expuestos y juzgados en la encuesta oficial de expulsión que se celebrará hoy mismo a las cuatro de la tarde en este mismo despacho.»

La directora dejó los papeles en el escritorio y se quitó las gafas.

—Debo ilustrarla sobre nuestra metodología. Una comisión formada por dos miembros del profesorado y la presidenta de su consejo estudiantil, la señorita Susan Peck, analizarán los cargos y las pruebas y emitirán veredicto. Por supuesto, yo supervisaré el proceso.

—¿Cargos, pruebas, veredictos? Pero ¿de qué habla?

—Ya le he leído las acusaciones —dijo la señora Ironwood.

—No he oído nada específico. ¿Adónde se supone que fui para transgredir los límites del recinto? ¿A la mansión Clairborne? ¿Se trata de eso? —pregunté. Las mejillas de la directora se sonrojaron mientras miraba fugazmente a la señora Randle y luego de nuevo a mí.

—En absoluto —repuso—. Fue vista en el hangar del lago fuera de horas.

—¿Qué dice?

—Sí, en el hangar, donde acudió a una cita ilícita con un empleado del centro, Buck Dardar.

—¡No puedo creerlo! ¿Y quién me vio?

—Un miembro del cuerpo docente, una profesional respetable que ha pertenecido a nuestra plantilla durante muchos años.

—¿Quién es? ¿Acaso no tengo derecho a saber el nombre de mi acusador? —exigí al verla vacilar.

—Es la señora Gray, su propia profesora de latín.

320

Por lo tanto, es obvio que la reconoció sin dificultad —concluyó la Dama de Acero.

Moví la cabeza en un gesto de negación.

—¿Cuándo?

La señora Ironwood revisó sus documentos como si entrañase un gran esfuerzo y dijo:

—Fue vista entrando en el hangar a las siete y media de la tarde de ayer.

—¿De ayer domingo?

—Y se quedó hasta después de la retreta —añadió—. Los restantes detalles del testimonio de la señora Gray se darán a conocer durante la encuesta.

—Ha habido un error de identidad. Yo no pude estar en el hangar a la hora que ha mencionado. No tiene más que llamar a Buck y preguntárselo —le recomendé. Ella rió con altivez.

—¿Cree que no tengo el suficiente sentido común como para hacerlo? —espetó—. Buck Dardar se ha personado en esta oficina nada más levantarse y ha firmado una confesión en toda regla donde ratifica lo que vio nuestra testigo ocular —dijo, blandiendo el documento ante mí.

—No —contesté con la voz y el gesto—. O se ha equivocado o miente. Usted misma lo constatará cuando aparezca en el juicio, me vea y comprenda...

—El señor Dardar no se encuentra ya en esta institución. Ha sido relevado de su puesto y ha abandonado la escuela —declaró la directora.

—¿Cómo? ¿Le han despedido porque alguien ha presentado unos cargos falsos contra mí? Es injusto.

—Le garantizo —replicó ella, sonriendo glacialmente— que ha hallado mi oferta muy ecuánime. Todas ustedes son menores de edad. De no ser por el escándalo potencial, le habría denunciado a la policía.

—Todo esto es absurdo. Pregunte a su tía qué hice ayer por la noche.

—¿A mi tía? —La directora se plegó sobre sí misma como un acordeón—. ¿Quiere involucrar a la señora Clairborne en este asunto tan vulgar y odioso? ¿Cómo osa sugerir semejante desatino? ¿Es que no existen límites en el abismo de su inmoralidad?

—¡Pero si ayer estuve en la mansión! Además, volví a los dormitorios mucho antes de que apagaran las luces.

—Tenga por seguro —dijo la señora Ironwood con toda parsimonia—, que la señora Clairborne jamás consentiría en prestar testimonio. —Parecía estar muy segura y ufana de que así fuera.

—En ese caso, telefonee a Louis...

—¿A un joven ciego? ¿Quiere complicarle también a él? ¿Acaso se ha propuesto deshonrar a una familia tan eminente? ¿Es ése su propósito, producto de algún resabio de enfermiza envidia cajun?

—Desde luego que no, pero ahí ha habido un gran malentendido.

—Eso lo decidirá nuestra comisión a las cuatro de la tarde. Sea puntual. —La Dama de Acero entornó un momento los ojos y volvió a abrirlos—. Puede traer a alguien para que hable en su defensa. —Hizo una pausa y se inclinó hacia mí con una lacónica sonrisa en los labios—. Huelga decir que si desea evitarse las incomodidades, puede confesar los cargos y aceptar que la expulsemos.

—No —respondí encolerizada—. Quiero enfrentarme a mis acusadores. Quiero que todos los cómplices de esta patraña me miren a los ojos y comprendan su propia bajeza.

—Como le plazca. —La directora se arrellanó en la silla—. Sabía que sería desafiante hasta el final y abrigaba pocas esperanzas de poder suavizar el golpe a su familia, ni siquiera después de la reciente desgracia que le ha sobrevenido a su madrastra. Lo siento por usted, pero quizá será más feliz volviendo con los de su calaña.

—Es indudable que estaré mucho mejor con ellos, señora Ironwood —repliqué—. Los de mi «calaña» no miran a la gente por encima del hombro sólo porque no es rica o no desciende de una estirpe noble. Los de mi «calaña» no maquinan traiciones ni tejemanejes —dije. Aunque sentía arder las lágrimas bajo los párpados, las tuve bien sujetas para no proporcionarle el placer de verme derrotada—. Pero no me sacarán de aquí en una lancha construida con calumnias e infundios despreciables.

La señora Ironwood observó a su secretaria, que enseguida posó la mirada en la libreta, como ya hiciera anteriormente.

—Para que conste en acta —dictó la directora—, anote que la estudiante, Ruby Dumas, niega todos los cargos y desea proceder con la encuesta formal. Se le han comunicado sus derechos.

—¿Derechos? ¿Qué derechos tengo yo aquí? —dije con una risa sarcástica.

—Se le han comunicado todos sus derechos —subrayó enfáticamente la Dama de Acero—. ¿Lo ha copiado bien, señora Randle?

—Sí —respondió la aludida.

—Déle a firmar sus notas como prescriben los estatutos —ordenó la señora Ironwood. La secretaria giró el bloc y lo empujó hacia mí, a la vez que me alargaba un bolígrafo.

—Estampa tu firma en este lugar —me dijo, señalando una línea que había trazado a pie de página. Le arranqué el bolígrafo de los dedos y empecé a escribir mi nombre.

—¿No quiere leerlo antes? —preguntó la señora Ironwood.

—¿Para qué? —repuse—. Todo esto no es más que

una farsa muy bien ensayada, con el desenlace predeterminado.

—Entonces, ¿por qué continuar? —demandó en tono inquisitivo.

«Sí —me pregunté—, ¿por qué continuar?» Pero de pronto me acordé de *grandmère* Catherine, de las múltiples veces en que la habían instado a afrontar el más peligroso de los desafíos, lo desconocido, lo oculto; y pensé en cómo ella acudió siempre gustosamente a batallar por el bien y la equidad, aunque tuviera todas las probabilidades en contra.

—Voy a seguir hasta el fin para que todos los que han tomado parte en esta conspiración se sometan a un careo conmigo y pueda dejar una profunda huella en sus conciencias —aseveré.

Los ojos de la señora Randle se llenaron de asombro y un atisbo de admiración, sentimiento este último que se guardó muy bien de mostrar ante su jefa.

—Puede reincorporarse a sus clases —dijo la señora Ironwood—. Ya sabe que debe estar aquí a las cuatro en punto. Si no compareciese, sería juzgada *in absentia*.

—No me cabe la menor duda —respondí, y me puse en pie.

Mis piernas flaquearon, pero cerré los ojos e invoqué una corriente de fuerza cruda y fría que pasó de mi orgulloso corazón a las venas, y por ellas a las plantas de los pies. Con los hombros erguidos y la cabeza alta, di media vuelta y abandoné el despacho de la señora Ironwood, sin derrumbarme hasta que me senté al pupitre de mi primera clase y recapacité en lo que iba a suceder. De pronto se apoderó de mí una especie de entumecimiento.

Fui como una autómata el resto del día. No relaté a nadie mi entrevista con la señora Ironwood, las acusaciones proferidas ni lo que podían significar, pero no hacía falta que yo susurrase una sola palabra a ningún alma viviente. Tan pronto le fue notificado a Susan Peck que sería jurado en una causa de expulsión, la noticia circuló por los corredores y las aulas más deprisa que una anguila persiguiendo a su cena en el pantano. A mediodía, el colegio en pleno se había enterado y era la comidilla general. Antes de mi último período lectivo, Gisselle me asaltó en el pasillo, primero para reprenderme porque no había corrido a confiarle mi problema, y segundo para expresarme su felicidad porque, si a mí me obligaban a dejar Greenwood, ella también se iría.

—No te he dicho nada justamente por esa reacción, Gisselle —declaré—. Sabía cómo te regodearías.

—¿Por qué te tomas la molestia de asistir al juicio? Llamemos a Daphne y pidámosle que nos envíe la limusina.

—Porque es todo una sarta de embustes, ¿te enteras?, y si puedo remediarlo no voy a permitir que la Dama de Acero salga victoriosa —reivindiqué—. No me echarán de este lugar en un cubo de basura, embreada y emplumada.

—Ahora ya no hay quien lo pare, y te estás empecinando con toda tu terquedad e idiotez cajun. No acudas a la encuesta, Ruby —me ordenó—. ¿Lo oyes? No vayas.

—Tengo una clase, Gisselle. No quiero sumar un retraso a todo lo demás y dar motivos a esa bruja para ensañarse aún más conmigo —dije, y empecé a sortear la silla de ruedas. Mi hermana me agarró por una manga de la blusa.

—No te presentes, Ruby —repitió. Yo liberé mi brazo.

—Voy a ir —contesté, con los ojos tan llameantes que casi sentí la piel socarrada.

—Pierdes el tiempo —exclamó a mi espalda—. Y

no vale la pena. ¡Greenwood no merece nada! —vociferó.

Aceleré el paso y entré en el aula de arte en el momento en que tocaban el timbre. Una mirada a la señorita Stevens me lo dijo todo: lo sabía y estaba angustiada por mí. Era tal su zozobra, que asignó a mis compañeras una tarea trabajosa y me llevó a una esquina apartada de la sala, donde me rogó que le contase mi versión.

—Soy inocente, Rachel. ¡Me han tendido una trampa! Anoche no pudieron verme en el hangar. La señora Gray comete un gran error.

—¿Y por qué no pudieron verte?

Le referí mi visita a la mansión.

—Pero dicen que la señora Clairborne no declarará en mi favor, y tampoco dejan que testifique Louis —le expliqué.

La profesora meneó la cabeza, con los ojos ensombrecidos por pensamientos contrapuestos.

—Me cuesta mucho imaginar a la señora Gray participando de una confabulación para hacerte saltar de Greenwood. Es una buena mujer, una persona encantadora. ¿Os lleváis mal en clase? —preguntó.

—¡No! Creo que en latín tengo un promedio de sobresaliente.

—Para mí ha sido como una madre —dijo la señorita Stevens—, aconsejándome y ayudándome desde el principio. Y además es una cristiana devota.

—¡Pero yo no estuve en el lago, Rachel! Tu amiga tuvo que sufrir una confusión.

La profesora asintió en actitud meditabunda.

—Quizá se dé cuenta y rectifique su testimonio.

—Me extrañaría. Hace un rato la señora Ironwood estaba muy complacida, muy segura de sí misma, y con Buck Dardar despedido y fuera de la escuela, será mi palabra contra la de la señora Gray y esa ficción que le han hecho firmar a Buck —gemí.

—¿Por qué te tiene la señora Ironwood esa manía persecutoria? —preguntó la señorita Stevens.

—Principalmente por causa de Louis, pero le caí mal desde el comienzo, y me dejó constancia ineludible la primera vez que me recibió en su despacho. Mi madrastra sembró cizaña contra mí antes ya de matricularnos. Ignoro por qué lo hizo, como no fuese para asegurarse de que mi estancia sería un infierno. Quiere que fracase, que quede como una indeseable, y de ese modo podrá desembarazarse impunemente de mí... y de Gisselle —agregué.

—¡Pobre criatura! ¿Quieres que vaya a la encuesta contigo y atestigüe tu capacidad y tus éxitos?

—No. No será tenido en cuenta y sólo lograrías implicarte en este sucio fraude. Lo único que puedo hacer es presentarme a juicio y escupirles en la cara.

Los ojos de la profesora se anegaron en llanto. Me abrazó, me deseó suerte y regresó a la parte frontal de la sala para dar instrucciones, aunque yo no vi ni oí nada. Después de la clase fui a los dormitorios, flotando en una nebulosa y sin mirar ni siquiera por dónde pisaba. Una vez en mi cuarto, empecé a hacer las maletas. Gisselle se puso eufórica cuando llegó.

—¿Has decidido seguir mi consejo y renunciar? ¡Bien! ¿A qué hora vendrá la limusina?

—Sólo me estoy preparando para lo inevitable, Gisselle. Asistiré a la encuesta, que se iniciará dentro de una hora. ¿Quieres acompañarme?

—¡Ni hablar! ¿Por qué iba a hacerlo?

—Para estar a mi lado.

—Querrás decir para compartir tu humillación. Gracias, pero no. Me quedaré en mi alcoba e iré recogiendo mis cosas. Bueno, será una bendición decirles «¡ahí os quedáis!» a este antro y todos sus habitantes —exclamó, sin importarle que pudieran oírle las demás chicas.

—Yo no echaría las campanas al vuelo, Gisselle. Daphne tendrá algún tormento esperándonos, ya lo verás. Nos enviará a otra escuela, un centro peor, tal y como nos amenazó en su día.

—No iré. ¡Me ataré a la cama!

—Mandará al empleado de la mudanza que la incluya también. Nada ni nadie la hará desistir.

—Pues me da igual. Cualquier sitio será mejor que éste —insistió mi hermana, y se marchó decidida a hacer el equipaje. Yo me centré de nuevo en el mío, aunque me reservé un tiempo para arreglarme el cabello y aparecer ante mis jueces lo más presentable y confiada posible.

Me puse en camino a las cuatro menos cuarto. En el vestíbulo del pabellón había una multitud de alumnas de todas las plantas hablando de mí. Callaron cuando hice mi aparición y me espiaron al partir, algunas apostándose incluso en las ventanas para verme marchar por la avenida altiva, con la cabeza erguida. No llevaba nada en las manos, pero había tomado la precaución de ajustarme el talismán de Nina, mi moneda de diez centavos, al tobillo.

El cielo se había puesto ominosamente gris, con una densa nubosidad que fue cubriendo todos los retazos de azul hasta sumir el mundo en un ambiente lóbrego, melancólico, que reflejaba mi estado de ánimo. Incluso hubo un súbito enfriamiento del aire, por lo que corrí a refugiarme en el edificio.

A aquella hora del día había pocas estudiantes deambulando por las aulas. Las que aún quedaban interrumpieron su quehacer sin excepción para mirarme y luego cuchichear, mientras me alejaba pasillo adelante hacia las oficinas de la señora Ironwood. La puerta del despacho estaba cerrada, y la señora Randle no ocupaba su puesto habitual. Tomé asiento y aguardé, vigilando las agujas del reloj en su implacable avance. Exactamente a las cuatro, se abrió la puerta interior. La directora se recortó en su marco, con una expresión a la vez de desencanto y repugnancia cuando me vio en la antesala, a la espera.

—Pase y siéntese —ordenó, antes de girar sobre sus talones y volver al escritorio.

Habían cambiado la disposición del mobiliario para que se pareciese más a un tribunal de justicia. Una silla colocada junto al escritorio de la directora haría las funciones de banquillo de los testigos. La señora Randle, cuya misión sería la de estenógrafa, estaba sentada delante de una mesita auxiliar situada a la derecha de su jefa. A la izquierda del citado banquillo se encontraba la comisión del jurado: el señor Norman, mi profesor de ciencias; la señorita Weller, la bibliotecaria; y Susan Peck, luciendo una mueca de satisfacción que me revolvió las tripas. Supuse que le faltaría tiempo para llamar a su hermano en cuanto concluyera la vista. La señora Gray aguardaba a la izquierda en un sofá, con cara de disgusto y consternación.

Había un asiento para mí, la acusada, enfrente del escritorio o estrado, que la señora Ironwood me indicó con la barbilla. Me instalé sin dilación, con la mirada fija en el jurado. Estaba decidida a no mostrarme amilanada ni contrita, pero notaba el pecho como si me hubiera tragado una nube de mosquitos del pantano y todos zumbaran a un tiempo y aguijoneasen mi corazón palpitante.

—Esta encuesta formal servirá para determinar la pertinencia o no de expulsar a la estudiante Ruby Dumas —abrió la sesión la señora Ironwood. Se caló las gafas y leyó nuevamente los cargos. Mientras lo hacía, sentí que todas las miradas confluían en mí, pero no me dejé acobardar. Mantuve la vista fija en ella, la espalda recta, las manos posadas cómodamente en el regazo—. ¿Se declara culpable o inocente de estas acusaciones? —me preguntó como conclusión.

—Inocente —contesté. Mi voz amenazó con quebrarse, pero logré conservar la entereza. La señora Ironwood enderezó el cuerpo.

—Muy bien. En ese caso, prosigamos. Señora Gray —convocó a la testigo, una mujer de constitución menuda, cabello castaño oscuro y unos afables ojos azules. Hasta entonces me había demostrado una gran simpatía, felicitándome sin remilgos por mi aplicación en clase. Parecía que tenía el corazón deshecho, que se aprestaba a hacer algo terriblemente penoso para ella, pero se irguió, respiró hondo y fue hacia el banquillo—. Por favor, describa a la comisión lo que sabe y lo que ha visto —le urgió la directora.

La señora Gray me miró de soslayo y se dirigió a las tres personas que debían dictar sentencia.

—Ayer por la noche, aproximadamente a las siete y veinte o las siete y veinticinco, volvía a mi alojamiento después de cenar con la señora Johnson, la gobernanta del pabellón Waverly. Había dejado mi coche en el aparcamiento reservado e iba dando un paseo. Al doblar un recodo, vi una figura que bajaba muy presurosa hacia el hangar, amparándose clandestinamente en las sombras. Intrigada, porque sabía que sólo podía ser una de nuestras alumnas, enfilé la vereda del lago.

Dejó de hablar para cobrar aliento y carraspear.

—Oí que se abría la puerta del cobertizo. Luego resonaron unas risas inconfundiblemente femeninas y la puerta se cerró. Descendí hasta la pasarela y la recorrí. Cuando llegué al hangar, me detuve, porque la ventana estaba abierta y desde allí tenía una clara visión de lo que pasaba dentro.

—¿Y qué pasaba? —inquirió la señora Ironwood al verla titubear. La testigo cerró los ojos, se mordió el labio, hizo una nueva inhalación de aire y reanudó el relato.

—Vi a Buck Dardar en paños menores abrazando a una chica. Cuando se apartó, la joven se expuso a mis ojos con toda claridad.

—¿Quién era? —inquirió la directora.

—Ruby Dumas. Naturalmente, sentí perplejidad y una gran decepción. Antes de que emitiera un solo sonido, la muchacha se desabrochó su blusa blanca y empezó a quitársela. Buck Dardar volvió a abrazarla.

—¿Qué ropa llevaba ella en ese momento? —interrogó la señora Ironwood.

—Estaba medio desnuda —contestó la señora Gray—. Se cubría sólo con la falda.

Perpleja, Susan Peck abrió la boca. La señorita Weller meneó la cabeza en señal de repulsa. El señor Norman, por su parte, se limitó a bajar un poco los párpados, pero su cara permaneció inexpresiva, los labios inmóviles y los ojos pendientes de la señora Gray.

—Adelante —exhortó la directora a su testigo.

—Estaba tan atónita y escandalizada, que sentí vahídos y náuseas —explicó—. Me marché de allí a toda prisa.

—Tras lo cual me llamó para informarme. ¿No es cierto?

La señora Gray me miró y asintió.

—Sí.

—Muchas gracias.

—No era yo, señora Gray —dije dulcemente.

—Cállese. Ya tendrá oportunidad de hablar —me interrumpió la señora Ironwood—. Puede retirarse, señora Gray —ordenó con un gesto de cabeza.

—Lo siento. Tenía que contar lo que vi —dijo la profesora al levantarse—. Estoy muy conmocionada.

Yo guardé silencio. Notaba las lágrimas agolpadas y a punto de escapar.

—Después de recibir aquel comunicado —comenzó su alegato la señora Ironwood en cuanto se hubo ausentado la testigo—, he llamado a Buck Dardar a mi presencia a primera hora de la mañana. Le he confrontado con el testimonio de la señora Gray, luego he buscado el archivo de Ruby Dumas y le he enseñado su fotografía para que pudiera confirmar que la muchacha a quien la profesora asegura haber descubierto en el hangar era realmente ella. Paso a leerles su declaración jurada y firmada.

Levantó el documento del escritorio.

—«Yo, Buck Dardar, admito por la presente que en la ocasión especificada y en un número de ocasiones anteriores —leyó, arqueando las cejas y mirando al jurado—, he tenido relaciones íntimas con Ruby Dumas. La señorita Dumas acudió a mi morada por lo menos media docena de veces para coquetear y ofrecerse a mí. Confieso que acepté sus proposiciones. En la ocasión que se delibera, Ruby Dumas llegó al hangar a las siete treinta y no lo abandonó hasta pasadas las nueve treinta. Me arrepiento de mi aventura con la citada estudiante y me avengo al castigo que me ha sido impuesto por la señora Ironwood en el día de hoy.» Como verán —terminó, entregando el papel a la señorita Weller—, la confesión está debidamente formalizada.

La bibliotecaria revisó la prueba, asintió y se la pasó al señor Norman. El profesor de ciencias la ojeó rápidamente y se la dio a Susan, quien la retuvo más tiempo que nadie antes de devolverla a la directora. Tan oronda como un mapache con el estómago lleno, mi «compañera» volvió a acomodarse en su silla.

—La encausada puede presentar su defensa —dijo la señora Ironwood. Yo me encaré con los miembros de la comisión.

—No dudo de que la señora Gray vio entrar a alguien en el cobertizo del lago a las siete y media de la tarde de ayer, y sé que ella cree de buena fe lo que ha dicho en esta sala, pero se ha confundido de persona. Yo no estuve allí. Fui...

—Yo les contaré dónde fuiste —declaró una voz masculina. Me volví en mi silla para ver a la señorita Stevens ayudando a Louis a cruzar la puerta.

—¿Qué significa esto? —inquirió la señora Ironwood.

Creo que no estaba más anonadada que yo misma. Vestido con americana y corbata, Louis avanzó hasta el centro de la estancia.

—He venido para testificar en favor de Ruby Dumas, la acusada. —Sonrió volviéndose hacia mí—. ¿Puedo...?

—Por supuesto que no. Éste es un conflicto de orden interno y...

—Pero tengo información relativa al caso —insistió Louis—. ¿Es ése el banquillo de los testigos? —preguntó, mirando en la dirección correcta.

La señora Ironwood clavó en la señorita Stevens una mirada furibunda y luego la desvió hacia los tres jurados, que estaban atentos y expectantes.

—Esto es muy irregular —dijo.

—No veo por qué. Se está celebrando una encuesta, y el objetivo prioritario de toda causa judicial es aportar evidencias, ¿no es así? —preguntó Louis—. ¿O es que su señoría no quiere conocer la verdad? —insinuó con una sonrisa.

Todas las miradas fueron de Louis a la directora. En vista de que su prima guardaba silencio, Louis avanzó hasta la silla. Tomó asiento y buscó una postura cómoda.

—Me llamo Louis Turnbull. Soy nieto de la señora Clairborne y resido en la mansión familiar, como es de todos sabido. —Se volvió hacia su pariente—. ¿Tengo que decir mi edad y ocupación?

—Déjate de ridiculeces, Louis. No tienes nada que hacer en esta sala.

—Yo opino que sí —replicó Louis con firmeza—. Si no lo he entendido mal, lo que se intenta esclarecer es si Ruby Dumas fue al hangar del embarcadero anoche a partir de las siete y media, ¿no es cierto? Pues bien, puedo asegurar a los señores del jurado que la respuesta es *no*. Estuvo conmigo. Llegó a mi casa a las siete y cuarto y no se movió hasta las nueve.

Un silencio sepulcral cayó sobre la estancia, realzando aún más el tictac del reloj de péndulo que había en el rincón.

—¿Es o no es ésa la cuestión? —insistió Louis.

—Muy bien, si te empeñas, no tendré más remedio que preguntártelo: ¿Cómo sabes la hora exacta? —le acució la directora—. Eres ciego. —Dirigió a la comisión una mirada de superioridad. Louis se giró también hacia ellos.

—He sufrido, no lo niego, una enfermedad de la visión. Pero en los últimos tiempos he experimentado una notoria mejoría —dijo, y me sonrió furtivamente. Luego miró hacia el vetusto reloj de pared—. Veamos. Según el reloj del despacho de mi prima, ahora son las cuatro y... veintidós minutos —afirmó con una precisión exacta.

Observé a las personas del jurado: estaban impresionadas. Louis continuó su discurso.

—Por descontado, puedo ayudarles a verificar estos datos llamando a Otis, nuestro mayordomo, que fue quien recibió a mademoiselle Dumas y la acompañó a la puerta al término de la velada. También nos sirvió café durante su visita. Como ven, no hay manera física de que Ruby Dumas estuviera en el hangar anoche a las siete y media, las ocho, las ocho y media o las nueve —puntualizó.

—Un respetado miembro de nuestro cuerpo docente ha declarado lo contrario y tengo una confesión firmada...

—Por favor, vaya hasta el coche y pida a Otis que entre —le dijo Louis a la señorita Stevens.

—Eso no será necesario —se opuso tajantemente la señora Ironwood.

—Pero si mi testimonio ha despertado algún resquemor, bueno será disiparlo. —Louis hizo frente a la directora—. En último extremo, estoy seguro de que podré convencer a mi abuela de que corrobore mis palabras.

Su prima le miró sin pestañear. La rabia que se había ido acumulando en su rostro había teñido de rojo los pómulos y se había propagado al cuello, dándole unas tonalidades purpúreas.

—Así no vas a beneficiar a nadie, Louis —masculló.

—Excepto a mademoiselle Dumas —replicó él.

La señora Ironwood se mordisqueó el labio inferior y apoyó el cuerpo en el respaldo de la silla, reprimiendo un acceso de cólera.

—Muy bien. Dadas las circunstancias, con la actual contradicción de los hechos, no sé cómo podemos exigir a la comisión que pronuncie un veredicto cabal. Supongo que estarán todos de acuerdo —dijo.

El señor Norman, la señorita Weller y Susan, aún con los ojos desencajados, asintieron al unísono.

—Por consiguiente, queda sobreseída la causa ante la imposibilidad de fallar sentencia. Quiero recalcar que eso no entraña ni mucho menos la absolución de la estudiante inculpada. Es tan sólo una constatación de que en estos momentos no puede llegarse a conclusiones definitivas.

La Dama de Acero me miró a los ojos.

—La sesión ha terminado. Puede irse —dijo. Apartó la vista, enrabietada hasta tal punto por su fracaso que incluso creí ver humo manando de sus orejas. Mi corazón latía a un ritmo tan descontrolado, con un retumbo tan ensordecedor en mi cerebro, que deduje que los otros debían de oírlo tan bien como yo—. Le he dicho que se vaya —me espetó la directora al ver que tardaba en levantarme.

Me puse en pie. Louis abandonó el banquillo y salió de la estancia con la señorita Stevens y conmigo.

—¿Por qué le has traído, Rachel? —pregunté en cuanto estuvimos fuera del despacho—. La señora Ironwood se ha enfadado tanto que es capaz de desquitarse contigo.

—Lo pensé bien y decidí que no podía perder a mi mejor artista —dijo jovialmente la profesora—. Además, cuando Louis se hubo enterado de lo que estaba pasando, ni yo ni nadie habría podido mantenerle al margen, ¿no es verdad, mi buen amigo?

—Absolutamente —dijo Louis con una sonrisa.

—¡Y cómo ha mejorado tu visión! —exclamé—. Has leído la hora con una exactitud pasmosa.

Louis volvió a sonreír y la señorita Stevens soltó una risotada.

—¿Qué os hace tanta gracia?

—Verás, Louis ha presentido que usarían su ceguera para descalificarle y me ha preguntado la hora unos instantes antes de entrar en la oficina —me explicó la profesora.

—Sabía que si me equivocaba en uno o dos minutos seguiría siendo efectivo —dijo él.

—Pero lo has calculado a la perfección. ¡No te has desviado ni un segundo! —grité, y le di un abrazo—. Gracias, Louis.

—Ha sido divertido —me contestó—. Por fin he podido ayudar a los demás.

—Lo que seguramente te acarreará problemas con tu abuela —dije.

—Me da igual. Estoy harto de que me traten como

a un niño. Puedo tomar mis propias decisiones y responder de mis actos —declaró Louis con orgullo.

Continuamos recorriendo el pasillo hacia la salida, los tres con las manos juntas. De repente, estallé en carcajadas.

—¿De qué te ríes? —preguntó Louis con una sonrisa de expectación.

—De mi hermana Gisselle. Estoy deseando contárselo y ver la cara que pone.

—¿Cómo? —bramó Gisselle—. ¿No te han echado de Greenwood?

—Se ha suspendido la encuesta indefinidamente, y todo gracias a Louis y a la señorita Stevens. Deberías haber estado allí, Gisselle —dije, tan exuberante de gozo que mis mejillas resplandecían sin ningún rubor—. Habrías disfrutado mucho viendo la expresión de la señora Ironwood cuando ha tenido que tragarse sus ofensas e intimidaciones.

—No habría disfrutado. Yo esperaba que volveríamos a casa. ¡Pero si tengo las maletas a punto de cerrar!

—Pronto estaremos en Nueva Orleans... para pasar las vacaciones —comenté, y la dejé bullendo en una exasperación casi tan intensa como la de la directora.

De igual modo que la noticia de las acusaciones y mi juicio sumarísimo se había difundido por toda la escuela con la velocidad de un huracán, también corrió la voz de que no me habían expulsado. El episodio global tuvo el efecto contrario al que, estaba segura, había previsto la señora Ironwood. En vez de convertirme en una paria ante los ojos de las otras estudiantes, fui repentinamente encumbrada como una heroína. Había resistido la embestida letal, la furia y el poder de nuestra temida directora. Era el David que combatió a Goliat y logró sobrevivir. Dondequiera que fuese, las chicas se apiñaban alrededor de mí para conocer los detalles; pero no quise alardear de mi proeza, y sé que mis respuestas las decepcionaron.

—Ha sido un asunto muy desagradable —les decía—. No me gusta hablar de él continuamente. Ha salido perjudicada más de una persona.

Pensé en el infortunado Buck Dardar, que había perdido su empleo, y no le guardé rencor por haber suscrito aquella declaración falsa. Suponía que le habían coaccionado y había actuado así sólo bajo la amenaza fatídica de ser detenido y desacreditado. Pero la señora Gray seguía siendo una incógnita, un misterio que no desentrañaría hasta después de asistir a su clase al día siguiente.

—Ruby —me llamó en cuanto sonó el timbre de salida.

Esperé que se vaciara el aula antes de acercarme a su mesa.

—Dígame, señora Gray.

—Quiero que sepas que no inventé aquella historia —proclamó resueltamente, y con una tal sinceridad que no pude sustraerme a mirarla—. Respeto el testimonio que dio el nieto de la señora Clairborne, pero eso no altera lo que yo vi y dije en el banquillo. Ni miento ni conspiro contra nadie.

—Lo sé, señora Gray —dije—. Sin embargo, yo no estuve en el lago. Se lo prometo.

—Lo lamento —me respondió—, pero no te creo. —Se volvió de espaldas y me dejó con una losa en el alma.

El rostro inconmovible de la señora Gray me persiguió el resto del día. Era como si la Dama de Acero la hubiera envuelto en un hechizo para que viese lo que ella quería y me denunciara a su voluntad. ¡Ojalá estuviera Nina conmigo sólo unos minutos! Así oficiaría algún ritual o encantamiento vudú que invirtiese la situación.

Recordé que, en cierta ocasión, *grandmère* Catherine me había contado la odisea de un hombre que había perdido a su hija de cinco años en un accidente de navegación en los pantanos. Aunque se rescató su cadáver, él siguió creyendo que la niña se había extraviado en el *bayou*, y juró y perjuró que la oía llamarle durante la noche, e incluso que la veía de vez en cuando.

«Ansiaba con tanto ardor que fuese verdad —me había dicho *grandmère*—, que para él lo era, y nadie pudo disuadirle jamás.»

Quizá la señora Gray no tenía las imágenes tan claras ni la misma convicción cuando había informado por primera vez a la señora Ironwood, y fue la directora quien la persuadió de que era a mí a quien había visto.

Continué dándole vueltas. Camino de los dormitorios, tras concluir la jornada, me paré a la altura del hangar para otear el panorama. Habría dado cualquier cosa por encontrar a Buck y obligarle a decir la verdad, a mí y a la señora Gray. Detestaba que me tuviera en tan mal concepto.

Me sorprendí al descubrir que Gisselle no estaba aún en el pabellón, pero poco después de llegar apareció Samantha y dijo que mi hermana había tenido que quedarse en clase de recuperación con la señora Weisenberg para subir sus desastrosas notas de matemáticas. Sabía que echaría chispas cuando por fin volviera.

Ya había deshecho todos los bultos que dejé liados antes de la encuesta, así que me asomé al cuarto de Gisselle para ver cómo los tenía ella. La habitación era un desastre. En un arrebato de ira y frustración, mi hermana había desparramado el contenido de la maleta. Vestidos, faldas y blusas yacían sobre las sillas, la cama, y había algunas prendas tiradas en el suelo. Comencé a recoger aquel caos, doblando y colgando pulcramente la ropa. Al colgar en su percha una blusa de seda blanca con botonadura de perlas, me detuve, ya que me recordó un fragmento del testimonio de la señora Gray.

¿No había dicho que la muchacha se desabrochó una blusa blanca? Yo no vestía ese atuendo; llevaba una gris como la del uniforme de Greenwood. Mis ojos repasaron de un modo instintivo los zapatos de Gisselle, alineados en el suelo del armario. Hubo algo que llamó mi atención. Mi corazón empezó a desbocarse al agacharme y alzar sus mocasines, cuyas plantas y lados estaban cubiertos de barro. ¿Pero cómo...?

Las clamorosas voces de mi hermana lanzando improperios porque la habían retenido después de la hora precedieron a su entrada en el cuadrángulo. La oí desbarrar mientras Kate la empujaba por el pasillo. Me enderecé y aguanté la respiración. Mi mente era un hervidero de elucubraciones, de ideas que a mí misma me parecían demasiado fantasiosas. Antes de que depositaran a Gisselle en el umbral de su alcoba, me agazapé en el armario y moví la puerta corredera hasta no dejar más que una rendija.

—¿Dónde está mi hermana? —inquirió Gisselle.

—En tu habitación —contestó Samantha desde la nuestra—. Ha ido a ordenar tu ropa.

Gisselle ojeó la estancia e hizo una mueca de hastío.

—¿Quién le manda entrometerse en mi vida? En fin, ahora ya no está aquí.

Samantha se plantó a su lado y dio un vistazo.

—¡Vaya! Habrá salido cuando estaba en el lavabo.

—Genial. Quería explicarle la tortura a la que me ha sometido la señora Weisenberg hasta que le he dado las soluciones correctas.

—¿Quieres que la busque? —preguntó Samantha.

—No. Se lo contaré más tarde. Ahora necesito descansar —dijo Gisselle.

Se impulsó ella sola hacia el interior y cerró de un portazo. Estuvo unos momentos quieta, observando la cama. Luego estiró el brazo oblicuamente y echó el pestillo. Contuve el aliento. En cuanto se cerró, Gisselle se levantó de la silla de ruedas sin vacilar, sin ningún esfuerzo.

¡Mi hermana podía andar!

Descorrí la puerta del armario poco a poco, muy cautelosa, pero ella intuyó mi presencia y se giró. Sus ojos se desorbitaron con el estupor, aunque obviamente no los abrió tanto como yo.

—¿Qué haces aquí? —indagó casi sin voz—. ¿Espiarme?

—Puedes erguirte y caminar. ¡*Mon Dieu*, Gisselle!

Ella se sentó de nuevo en la silla.

—¿Y a ti qué te importa? —dijo, tras rehacerse del susto—. No quiero que se sepa todavía.

—Pero ¿por qué? ¿Cuánto tiempo hace que estás curada?

—Bastante —admitió.

—¿Y por qué lo has guardado en secreto?

—Porque me tratan mucho mejor.

—Gisselle, ¿cómo has podido actuar así? Con todas esas personas, todas tus amigas, esclavizadas a ti... ¿Andabas ya antes de que muriese papá? ¡Contesta! —exigí cuando vi que callaba, aunque no era preciso que dijera nada. Sabía que sí—. ¡Qué espanto! Le habrías dado una inmensa alegría.

—Pensaba revelárselo en cuanto nos permitieran ir a casa y dejar este agujero infecto, pero mientras me tuviesen encarcelada no deseaba divulgarlo.

—¿Cómo ocurrió? Quiero decir, ¿cuándo te diste cuenta de que podías caminar?

—No paraba de intentarlo, y un buen día lo conseguí.

Me senté en su cama con la cabeza como un bombo.

—¡Venga, tampoco hay para tanto! —me riñó Gisselle.

Se alzó y fue hasta el armario. Ver que se movía con

aquella facilidad me parecía incongruente. Era como si hubiera caído en un extraño sueño. Erecta de nuevo y capaz de utilizar sus piernas, mi hermana se me antojó distinta. Me dio la sensación de que había crecido y se había robustecido en el tiempo que vivió encadenada a su silla de ruedas. La contemplé unos segundos mientras se cepillaba el cabello, y todo lo que había sospechado saltó por fin al primer plano.

—Fuiste tú, ¿no es cierto? —grité, extendido el índice hacia ella.

—¿Yo? ¿Se puede saber a qué te refieres, Ruby? —me preguntó, simulando ignorancia.

—Estuviste con Buck Dardar hace dos noches. Por eso tienes los zapatos llenos de fango seco. Te escabulliste hasta el embarcadero y...

—¿Y qué? Era la única diversión del lugar, aunque debo reconocer que ha sido un amante formidable. Me supo muy mal que se marchase; pero cuando te acusaron de haber estado con él, pensé que sería la solución ideal. Finalmente íbamos a salir de esta cárcel. Entonces tuvo que aparecer tu caballero andante y sacarte del apuro. ¡Maldita suerte la mía!

—¿Te tomó Buck por mí? ¿Me usurpaste el nombre?

—Sí, pero no sé si él me creyó. Digamos que se avino a fingir que yo era quien me viniese en gana con tal que apareciera.

—¿Con qué frecuencia...? ¡Claro! —me respondí yo misma—. Todas las veces que cerrabas esa puerta —dije, apuntando el pestillo con el dedo. Miré hacia la ventana.

—Acertaste. Me escurría por la ventana para acudir a mis citas. Fascinante, ¿eh? Apuesto a que lamentas no haber pensado tú en ello.

—¡Ni hablar! —Me levanté muy tensa—. Ahora mismo vas a salir de esa habitación con paso firme para decir la verdad —declaré—, especialmente a la señora Gray.

—¿En serio? Verás, es que no estoy preparada para hacer pública mi curación —replicó mi hermana, regresando a su silla de inválida.

—Me da igual que lo estés o no. Confesarás —aseguré, pero ella no se dejó intimidar. Se impulsó hacia mí y me escrutó con una mirada penetrante y glacial.

—No lo haré —repuso—, y si se te escapa ni una sola insinuación, le contaré a la señora Ironwood lo tuyo con tu preciosa señorita Stevens. Eso la destruiría sin remisión.

—¿De qué estás hablando?

Gisselle sonrió.

—Todo el mundo sabe que a la monísima y simpática señorita Stevens le asustan los hombres, pero le encanta rodearse de compañías femeninas —insinuó—. Y tú eres su preferida.

Fue como si hubieran prendido una mecha en mi estómago. La llama de la cólera me incendió el corazón y envió la humareda al cerebro. Ahogué una exclamación.

—Ésa es una mentira vil, asquerosa, y si le dices a nadie semejante monstruosidad...

—No te preocupes. Guardaré vuestro secreto si tú callas el mío —propuso Gisselle—. ¿Cerramos el trato?

La miré como aturdida, con la boca abierta pero incapaz de articular las palabras, trabada la lengua.

—Interpreto tu silencio como una aceptación. Estupendo. —Gisselle maniobró la silla, se dirigió a la puerta y liberó el cierre—. Y ahora, me gustaría descansar un poco antes de cenar. ¡Ah! Gracias por arreglar mi habitación. En mi afán de ser autosuficiente, me he exigido demasiado a mí misma. Tal vez recurra a ti esporádicamente para que me prestes algún servicio. Eso mientras estemos aquí —añadió—. Ni que decir tiene que, una vez hayamos abandonado esta escuela...

—Me estás chantajeando —la acusé al fin—. Eres una delincuente.

—Sólo intento seguir teniendo una vida lo más fácil y regalada posible. Si fueses una buena hermana y me quisieras de veras, satisfarías mis deseos para variar.

—¿De modo que vas a permanecer en la silla de ruedas y a dejar que todos crean que estás tullida?

—Mientras me apetezca hacerlo —contestó mi hermana.

—Espero que te apetezca toda la eternidad —exclamé y me dirigí marcialmente hacia la puerta—. Me das lástima, Gisselle. Te odias tanto a ti misma que ni siquiera eres consciente.

—Recuerda lo que te he dicho —me replicó, con los ojos pequeños y cargados de animosidad—. No es una broma.

Abrí la puerta tanto para respirar una bocanada de aire fresco como para huir de mi hermana gemela, cuyo rostro vicioso y egoísta, a pesar de las similitudes, dejaba bien patente que éramos seres antagónicos.

14. REGALOS INESPERADOS

Desde mi causa de expulsión hasta el inicio de las ya vecinas fiestas, hice cuanto pude por esquivar y prescindir de Gisselle. Era evidente que mi hermana gozaba desplegando sobre mí el oscuro nubarrón de su amenaza, y si me atrevía ni siquiera a mirarla aviesamente mientras fingía debatirse con la silla o llamaba a alguna chica de su séquito para que le hiciera cualquier tarea, clavaba en mí su mirada gélida y preguntaba: «¿Cómo está la señorita Stevens?» Yo me limitaba a menear la cabeza con hastío y, o bien me alejaba, o bien reemprendía mi lectura o la actividad que desarrollase en aquel momento.

Debido a la constante tensión que vivíamos en Greenwood, esperaba ansiosamente las vacaciones. Sabía que una vez en Nueva Orleans Gisselle se distraería con sus amistades, y podría eludirla aún más. Desde luego, tenía muchas ganas de ver a Beau, que me telefoneaba casi cada noche, pero, antes de irme, debía hacer una última visita a Louis. Me había llamado para decirme que había decidido iniciar su estancia en la clínica suiza y los cursos del conservatorio de música durante las fiestas, en lugar de pasar en la mansión Clairborne lo que él denominaba «otra Navidad tediosa». Y este año la auguraba todavía más lúgubre, a causa de mi ausencia y de la persistente inquina de su abuela y su prima por haberme salvado en la encuesta.

Fui a cenar a la mansión la víspera del día en que comenzaban las vacaciones escolares. La abuela Clairborne no hizo acto de presencia, ni siquiera para vigilarme por un estrecho resquicio de puerta, y mucho menos para sentarse a la mesa. Louis y yo cenamos solos en el vasto comedor, a la luz de los candelabros, y tomamos un delicioso menú de pato seguido por una finísima tarta de chocolate francés.

—Tengo dos obsequios para ti —declaró Louis durante la sobremesa.

—¿Dos?

—Sí. He bajado a la ciudad por primera vez en... vaya, he perdido la cuenta..., y te he comprado esto —dijo, y extrajo una cajita del bolsillo de su esmoquin.

—Louis, me estás avergonzando. Yo no te he traído nada.

—¡Por supuesto que sí! Me has traído tu compañía, tu comprensión, y me has dado el deseo de volver a ver y ser útil. Es imposible tasar tal regalo en su justo precio, pero te aseguro —dijo, apretando mi mano un breve instante— que vale infinitamente más de lo que yo pueda ofrecerte en compensación.

Tanteó la mano, se la llevó a los labios y me besó en los dedos.

—Gracias —susurró con sentimiento. Luego volvió a sentarse bien y sonrió—. Ahora abre el primer presente, y no reprimas tus reacciones. Todavía no veo con nitidez, pero tengo un oído muy agudo.

Me reí y desaté la cinta para poder eliminar el hermoso envoltorio sin romperlo. Por último abrí la caja y contemplé lo que debía de ser un rubí de muchos quilates engarzado en un anillo de oro. Me quedé sin habla.

—¿Es tan bonito como me han garantizado? —preguntó.

—¡Oh, Louis, es la sortija más soberbia que he visto nunca! Te habrá costado una fortuna.

—Si no te va bien, haré que la adapten a tu diámetro. Pruébatela —me dijo, y yo obedecí.

—Se ajusta perfectamente, Louis. ¿Cómo lo has hecho?

—He memorizado todas las partes de tu cuerpo con las que he tenido contacto —respondió—. Fue sencillo. Palpé el dedo de la dependienta de la joyería y le dije que tú tenías dos medidas menos. —Sonrió muy hueco.

—Gracias, Louis. —Me incliné hacia él y le di un tímido beso en la mejilla. Su expresión cambió al instante. Con una nueva seriedad, se acercó los dedos al rostro como si aún pudiera sentir el calor de mis labios en la piel.

—Y ahora —declaró en una voz contundente, parapetándose para oír mis palabras—, debes decirme si es verdad lo que ve mi corazón.

Aguanté el aliento. Iba a preguntarme si le amaba.

—Amas a otro —fue lo que dijo—. ¿Me equivoco?

Agaché la cabeza esquivamente, pero él me levantó el mentón con la mano.

—No me rehúyas, por favor. Di la verdad.

—Sí, Louis, estoy enamorada de un chico de Nueva Orleans. Pero ¿cómo lo has sabido?

—Lo he percibido en tu voz, en tu reserva siempre que me hablabas cariñosamente. Lo he sentido ahora mismo en tu forma de besarme; era el beso de una buena amiga, no el de una amante.

—Lo siento, Louis, pero nunca tuve intención de...

—Lo sé muy bien —me interrumpió, sellando mi

boca con sus estilizados dedos—. No te creas en la necesidad de excusarte. No voy a reprocharte tu conducta, ni espero nada más de ti. A pesar de todo, estaré eternamente en deuda contigo. Sólo confío en que quienquiera que sea el elegido merezca tu amor y llegue a quererte tanto como te habría querido yo.

—Ojalá sea así —dije. Louis sonrió.

—Pero no hay que ponerse nostálgico. Como decimos los criollos francófonos, *je ne regrette rien*, no me arrepiento de nada. Además, siempre podremos ser amigos, ¿no?

—¡Por supuesto que sí, Louis! Siempre.

—Bien. —Esbozó una sonrisa luminosa—. No podría pedir mejor regalo de Navidad. Y ahora —dijo, incorporándose—, veamos tu segundo presente. Mademoiselle Dumas —solicitó, a la vez que alzaba galantemente el brazo para ofrecérmelo—, permítame escoltarla, *s'il vous plaît*.

Me agarré a él y nos desplazamos del comedor al estudio de música. Louis me llevó primero hasta el canapé, y acto seguido se dirigió al piano y se sentó.

—Tu sinfonía está completa —anunció.

Muy bien aposentada, le oí interpretar armonías de una belleza sublime e inefable. Me dejé arrastrar por aquella música; era realmente una alfombra mágica que me transportó a lugares maravillosos con la imaginación y con la memoria. Unas veces los acordes me recordaban el gorgoteo del agua que fluía por los canales del *bayou*, sobre todo después de un buen chaparrón; otras escuché los trinos matutinos de los pájaros. Visualicé auroras y crepúsculos, y soñé con unos deslumbrantes cielos nocturnos donde las estrellas titilaban tan fúlgidas, que perduraban varias horas en la superficie de mis ojos incluso mientras dormía. Cuando cesó la música, sentí un gran desencanto porque había terminado. Louis se había superado ampliamente a sí mismo.

Corrí junto a él y le eché los brazos al cuello.

—¡Ha sido portentosa! Demasiado bella para definirla con palabras.

—¡Eh, Ruby! —me regañó, agobiado por mis efusiones.

—Es increíblemente bonita, Louis, de verdad. Nunca había escuchado una melodía semejante.

—Me alegro mucho de que te guste. Tengo algo especial para ti —dijo.

Rebuscó debajo de la banqueta hasta encontrar otra caja envuelta para regalo, ésta mucho más grande. Tras suprimir apresuradamente la cinta y el papel, alcé la tapa y posé la mirada en un disco.

—¿Qué es esto, Louis?

—Mi sinfonía —contestó—. La he grabado.

—¿Que la has grabado? Pero ¿cómo...?

Observé la etiqueta que había junto a la marca. Decía: «*Sinfonía Ruby*, compuesta e interpretada por Louis Turnbull.»

—No puedo creerlo.

—Pues es cierto —afirmó con una carcajada—. Un día trajeron a casa el equipo técnico e improvisamos un estudio de grabación aquí mismo.

—Pero te costaría un dineral.

Él se encogió de hombros.

—Eso es lo de menos —dijo.

—¡Qué tremendo honor! Se la pondré a quien quiera escucharla. Me gustaría que mi padre estuviera vivo para participar de esta emoción —comenté. No pretendía intercalar una nota de tristeza, pero no pude evitarlo. Tenía el corazón rebosante y no había conmigo ningún ser querido con quien compartirlo, ni *grandmère* Catherine, ni papá, ni Paul, ni siquiera Beau.

—Sí —respondió Louis, contagiado por mi decaimiento—, es desalentador no tener a tu lado a las personas que verdaderamente amas cuando te ocurre algo hermoso. Pero —añadió más optimista—, nuestras penas pronto se acabarán. Yo abrigo grandes esperanzas. ¿Tú no?

—Yo también, Louis.

—Espléndido. Feliz Navidad, Ruby, y que tengas el Año Nuevo más floreciente y venturoso de toda tu vida.

—Lo mismo te deseo. —Volví a besarle en la mejilla.

Aquella noche, mientras volvía paseando a los dormitorios, me sentí ingrávida. Era como si hubiera bebido dos botellas del vino de moras de *grandmère* Catherine. Me siguió todo el camino un garcilote nocturno de cresta negra, que me llamó con su graznido en *staccato*.

—Felices fiestas para ti también —le grité cuando dio unos airosos aleteos y aterrizó en un roble. Me eché a reír y aligeré el paso hasta el pabellón. Desde la puerta abierta de su habitación, Gisselle me vio entrar en el cuadrángulo y reculó en su silla a fin de obstruirme el paso.

—¿Has tenido otra cena entrañable en la mansión? —bromeó.

—En efecto, ha sido entrañable.

—Ya —dijo, y entonces reparó en la caja que sostenía. La curiosidad iluminó sus ojos—. ¿Qué llevas debajo del brazo? —inquirió.

—Un obsequio de Louis. Un disco —dije—. Es una sinfonía que ha escrito y grabado él mismo.

—¡Oh, qué regalazo! —exclamó mi hermana, lanzando una risita burlona y empezando a retirarse.

—Sí que lo es. La compuso para mí, y se titula *Sinfonía Ruby*.

Gisselle se quedó perpleja un instante, con la envidia reflejada en la faz.

—¿Quieres oírla? —le propuse—. Podríamos ponerla en tu tocadiscos.

—¡De eso nada! —se negó en redondo—. Detesto

la música clásica. Me da sueño. —Cuando iba a darse la vuelta, se fijó en mi anillo. Esta vez los ojos casi saltaron de sus cuencas.

—¿También te lo ha regalado él?

—Sí.

—A Beau no le hará ninguna gracia —declaró, toda ella contraída. Meneó la cabeza—. Has aceptado obsequios caros de otro hombre.

—Louis y yo sólo tenemos una buena amistad. Él así lo entiende y lo respeta —dije.

—Sí, claro. Invierte todo su dinero y su tiempo en agasajarte, y tú no le has dado más que conversación —replicó con una ladina sonrisa en los labios—. ¿Con quién crees que estás hablando, con una anodina niñita cajun que cree en los cuentos de hadas?

—Es la verdad, y no se te ocurra tergiversarla con nadie —la avisé.

—¿Qué pasará si lo hago? —me desafió.

—Que... que te partiré el pescuezo —aseveré. Di un paso al frente y ella me miró estupefacta. Por fin retrocedió.

—¡Vaya una hermana! —gimió, usando toda su potencia de voz para que la oyera el edificio entero—. Ha amenazado a su gemela tullida con la agresión física. ¡Feliz Navidad! —vociferó, haciendo virar la silla en dirección de su cuarto.

No pude por menos que reír, lo cual la irritó todavía más. Cerró su puerta violentamente y yo fui a mi habitación para empaquetar todo lo que quería llevarme a casa en vacaciones.

Al día siguiente tuvimos un horario de clase reducido, a cuyo término fuimos todas en tropel a la sala de actos para asistir al discurso de la señora Ironwood, que debería haber sido una sucinta charla festiva, deseando al alumnado unas felices vacaciones y próspero Año Nuevo, pero que en cambio estuvo presidido por un rosario de amenazas en el que advirtió de las consecuencias de no hacer las memorias de fin de trimestre, y nos recordó que poco después de nuestro regreso nos enfrentaríamos a los exámenes parciales de mitad de curso.

No obstante, nada de lo que ella dijera habría disminuido la excitación que impregnaba el aire. Los padres fueron pasando a recoger a sus hijas, había limusinas por todas partes y, allí donde posaba los ojos, veía chicas que se abrazaban e intercambiaban deseos de felicidad. Los profesores vagaban entre el tumulto, saludaban a los padres y transmitían también a las estudiantes sus mejores votos.

Nuestro coche fue uno de los últimos en llegar, lo que desencadenó el previsible malestar de Gisselle. La señora Penny se sintió obligada a quedarse a su lado y consolarla, pero con aquella actitud no hizo sino prestar a mi hermana un oído propicio en el que verter sus imprecaciones. Poco antes de que apareciese la limusina, la señorita Stevens fue a despedirse de mí y a desearme un feliz Año Nuevo.

—Yo pasaré las fiestas con una de las monjas de mi antiguo orfanato —me dijo—. Se ha convertido en una tradición. Hemos celebrado juntas incontables Navidades; para mí es lo más parecido a una madre.

Gisselle observó desde el portal del pabellón cómo la señorita Stevens y yo intercambiábamos besos y abrazos.

—Nunca te he agradecido bastante cómo me ayudaste en el proceso, Rachel. Debiste de necesitar mucho valor.

—A veces obrar honestamente requiere cierta valentía, pero el sentimiento que provoca dentro de ti compensa, te lo aseguro. Tal vez eso es algo que sólo los artistas podemos comprender —dijo con un guiño—. Aprovecha tu tiempo de asueto. Tráeme una pintura que tenga como fondo el Garden District —me encargó, montando en su jeep.

—Así lo haré.

—Feliz año, Ruby.

La vi partir y me invadió una súbita oleada de pesar. Habría querido llevarla a casa conmigo. Habría querido tener un auténtico hogar, con unos padres que acogieran calurosamente a alguien como Rachel Stevens, y deleitarnos todos juntos en la música, la comida, la algarabía y la confraternización de la Navidad.

El jeep desapareció tras una curva en el mismo momento en que surgía de ella la limusina. Gisselle dio un grito de euforia, pero cuando el conductor hubo aparcado para poner los equipajes en el maletero, le riñó díscolamente por su tardanza.

—He salido cuando madame me ha dicho —protestó el hombre—. No me he retrasado.

Los barboteos de mi hermana se apagaron como el paulatino declinar del trueno en una tempestad agonizante sobre el *bayou* conforme nos alejábamos de la escuela y se acortaba la distancia hasta Nueva Orleans. Cuando divisamos los parajes familiares, se llenó de vitalidad y expectación. Sabía que había hecho llamadas telefónicas a algunas de sus viejas amigas y que habían empezado a formar planes preliminares para reunirse durante las fiestas. Yo me preguntaba qué recibimiento nos depararía Daphne.

Para mi completa sorpresa, no encontramos la casa tétrica y desolada. Daphne había mandado colgar los adornos navideños, y en la sala principal había un abeto más grande que el del año anterior, con el pertinente montón de regalos apilado en su pie. Unos minutos después de que llegásemos y admiráramos el lúdico esplendor, se abrió ruidosamente la puerta del vestíbulo y entró nuestra madrastra como un torbellino, desternillándose de risa. Llevaba un chaquetón de zorro blanco, pantalones de montar, y unas modernas botas de piel. Tenía el pelo recogido debajo de un gorro conjuntado con la chaqueta. Unos pendientes de purísimos brillantes destellaban en los lóbulos de sus orejas, confiriendo aún mayor brillo a su rostro innegablemente vibrante y agraciado. Vi un cierto arrebol en sus mejillas, y me dio la sensación de que había bebido. No cabía duda de que el período de luto que hubiera decidido guardar por mi padre había finalizado. Bruce, riendo de un modo tan estentóreo como ella, estaba a su lado. Ambos se detuvieron en el umbral y nos miraron.

—¡Pero si ya han llegado mis queridas niñas! —exclamó Daphne—. Vienen a pasar las fiestas en familia. —Se quitó teatralmente los guantes de seda y Bruce la ayudó a desprenderse del chaquetón antes de entregárselo a Martha Woods, que aguardaba sumisa entre bastidores—. ¿Cómo están las adorables gemelas Dumas?

—Estamos bien —dije con tono adusto. Su efusividad y jovial desenfado me ofendían. Aquélla sería la primera Navidad sin papá. Su muerte me dolía más que una herida en carne viva y Daphne actuaba como si nada hubiera pasado o, peor aún, como si hubiese un cambio positivo.

—He decidido organizar algunas veladas sociales, así que durante vuestra estancia habrá bastante movimiento por aquí. Yo misma he sido invitada en Nochevieja a la casa de la playa de unos amigos, de modo que cuento con que mis chicas observen una conducta irreprochable. Vosotras también podéis invitar a vuestros amigos y asistir a las fiestas adecuadas —declaró. Su indulgencia y prodigalidad nos pillaron a ambas por sorpresa—. Vamos a vivir juntas muchos años y es preferible coexistir en condiciones óptimas —añadió, mirando a Bruce, que exultaba como si fuera a explotar con cada nueva y chispeante declaración—. Ésta es la época más alegre del año. Siempre me ha entusiasmado y no pienso estar triste ni un minuto. Portaos bien y todos nos llevaremos a las mil maravillas.

»Esos regalos que hay debajo del árbol son para vosotras y para la servidumbre —concluyó al fin mi madrastra.

Ni Gisselle ni yo sabíamos a qué atenernos. Nos miramos de reojo antes de centrarnos de nuevo en ella.

—Id a refrescaros un poco y poneos muy guapas —añadió—. Hoy vienen a cenar los Cardin. No sé si os acordaréis de que Charles Cardin es uno de nuestros inversores más importantes. Vamos, Bruce —ordenó, volviéndose hacia él. Bruce Bristow se cuadró marcialmente y la siguió hacia su despacho.

—¿Tengo las orejas bien puestas? —preguntó Gisselle—. No doy crédito a lo que acabo de oír... Pero es fenomenal. ¡Cuántos obsequios para nosotras solas! —Yo hice un gesto de negación—. ¿Qué te ocurre, Ruby?

—Desapruebo todas estas celebraciones —dije—. La muerte de papá es demasiado reciente.

—Pero ¿por qué? —inquirió mi hermana—. No nos enterraron en la bóveda con él. Seguimos vivas y coleando, y Daphne tiene razón: éstas son fechas de alegría. Hay que divertirse. ¡Martha! —exclamó. Me miró y me guiñó el ojo.

—¿Qué se le ofrece, mademoiselle?

—Ayúdame a subir a mi cuarto —le mandó.

Me pregunté cuánto tiempo prolongaría aún su charada, pero no quería ponerla en evidencia e incitarla a extender bulos repugnantes sobre la señorita Stevens. La dejé gimotear, gruñir y forcejear como la minusválida que no era.

De todas formas, temiendo que Daphne pudiera volver a su carácter despótico y represivo, aquella noche en la cena Gisselle se comportó como una perfecta damisela. Nunca la había visto tan educada y cautivadora. Habló de Greenwood como si le encantase el internado, y presumió de mis pinturas con la vehemencia de una hermana orgullosa. Daphne quedó muy complacida y nos premió permitiendo que nos retirásemos en cuanto terminó la cena, de manera que nos diera tiempo a llamar a nuestras amistades y extender las oportunas invitaciones. Daphne, Bruce y los Cardin trasladaron la reunión al salón para tomar la consabida copa de licor, pero en el momento en que salíamos del comedor mi madrastra me convocó en un aparte.

—Querría hablar un momento con Ruby —dijo a Bruce y a sus invitados—. No tardaré ni un minuto.

Hizo una señal a Bruce, quien ocupó su puesto como anfitrión. Gisselle se internó en el pasillo, molesta porque la habían excluido de la conversación.

—Estoy muy contenta —empezó a decir—. Habéis aceptado el nuevo sistema con gran sensatez.

Aparentemente, la señora Ironwood no la había informado sobre mi encuesta y las circunstancias adyacentes; o, si lo había hecho, Daphne había preferido obviarlo puesto que el desenlace fue favorable.

—Si te refieres a la ausencia de papá, no tenemos más remedio que aprender a vivir sin él.

—Así es —contestó mi madrastra con una sonrisa—. Eres más lista que Gisselle. Lo sé desde hace tiempo, Ruby, y sé también que tu inteligencia te permite tomar decisiones más juiciosas. Por eso siempre convine con Pierre en que eras la persona indicada para cuidar de tu hermana. Voy a daros más libertad de la acostumbrada a causa de las fiestas, pero debes apoyarme y velar por que todo marche a plena satisfacción.

—Creía que era una cajun de sangre caliente —le recordé.

La sonrisa de Daphne se esfumó y arrugó levemente la frente, pero enseguida recobró el tono conciliador.

—Cuando nos disgustamos todos decimos cosas que no sentimos. Estoy segura de que lo comprenderás. Hagamos que éste sea un verdadero Año Nuevo, Ruby, un nuevo comienzo para las tres —me propuso—. Empecemos desde cero y olvidemos los funestos episodios del pasado. Veamos si podemos limar nuestras desavenencias y, quién sabe, quizá volvamos a ser una familia. ¿De acuerdo?

Tan insólita actitud me preocupaba. Presentía que mi madrastra estaba intrigando, preparándonos para algo, y no pude por menos que ponerme en guardia.

—Sí —dije cautamente.

—Me alegro de que así sea, porque cualquier otra actitud podría complicarnos la vida a todos —concluyó Daphne, dejando bien clara su velada amenaza.

La vi marcharse y seguí sus pasos. Gisselle me aguardaba en el pasillo.

—¿Qué quería? —preguntó.

—Quería expresarme su esperanza de que a partir de hoy iniciaremos una nueva vida juntas, olvidaremos los errores pasados y nos amaremos unas a otras como una familia unida.

—¿Y por qué estás tan circunspecta?

—No confío en ella —repuse, mirando hacia el salón.

—Es muy propio de ti. Siempre imaginas lo peor. Buscas el lado oscuro de la gente, deseando casi que ocurran grandes desgracias para poder sentirte desdichada. Te gusta sufrir. Lo consideras noble —me criticó mi hermana.

—No seas absurda. Nadie disfruta sufriendo y siendo infeliz.

—Tú, sí. Un día le oí comentar a no sé quién que tus cuadros irradian melancolía. Incluso las aves parece que hayan de prorrumpir en llanto. Pues bien, no consentiré que pintes nubarrones en mi cielo soleado. —Dicho esto, Gisselle me dejó allí plantada y fue a llamar a sus amigas para perfilar sus múltiples planes.

Medité si no estaría en lo cierto respecto a mí. ¿Era de verdad proclive a la tristeza y el desánimo? ¿Cómo podía nadie recrearse en ellos? No era que yo lo quisiese; pero me había acostumbrado tanto a las tormentas, que forzosamente esperaba el diluvio cada vez que pasaba algo halagüeño y me bañaba la luz del sol. Sin embargo, pensé que quizá debería esforzarme en ser un poco más como Gisselle, más despreocupada. Subí a mi habitación y esperé la llamada de Beau. Cuando la recibí, fue una inyección de optimismo oír su voz y saber que le tenía tan cerca.

—Mis padres se han resignado a la idea de que salgamos juntos —dijo—. Al parecer han hablado con Daphne y estuvo muy razonable. ¿Qué le sucede?

—No lo sé. Actúa de un modo diferente, pero...

—Pero no te fías de ella.

—No. Gisselle cree que mi escepticismo está fuera de lugar, pero es superior a mí.

—No me importa cuáles sean los motivos de Daphne siempre que podamos vernos —afirmó Beau—. Procuremos no pensar ni siquiera en ella.

—Me parece muy bien, Beau. Estoy cansada de tantas calamidades. Concentrémonos sólo en gozar de la vida.

—Iré a buscarte después del desayuno —me dijo—. Quiero pasar contigo todas mis horas de vigilia, si a ti te apetece.

—Es mi mayor ilusión.

Los días anteriores a Navidad fueron un cúmulo de dicha y emociones. En cuanto tuve la oportunidad, le conté a Beau la historia de Louis y le hice escuchar la sinfonía. No quería que Gisselle llenara su cabeza de malos pensamientos. Se mostró comprensiblemente celoso, pero le aseguré que lo único que me ligaba a Louis era una sincera amistad, y que él ya me había dado muestras de la suya. Le relaté el juicio de expulsión de la señora Ironwood y cómo había testificado en mi defensa, aún a riesgo de meterse en un serio berenjenal con su abuela y su prima.

—No sería nada raro que ese Louis te quisiera en secreto —comentó Beau.

—Me preguntó si amaba a otro y le dije que sí.

La cara de mi novio se animó.

—Lo comprendió —añadí.

Convencida ya de que Giselle no podría sembrar la nociva semilla de la duda en la mente de Beau, me relajé y saqué el mejor partido de nuestra libertad. Paseamos en coche, a pie, y pasamos tardes enteras acaramelados y charlando en el sofá del salón. Habíamos estado tan separados por el tiempo, la distancia y los acontecimientos, que ambos necesitábamos volver a conocernos; aunque si fuese posible enamorarse por segunda vez de la misma persona, eso fue lo que me ocurrió a mí.

Al principio creí que Gisselle se sentiría despechada, ya que ella no tenía un pretendiente estable. Pero supo atraer de nuevo a su antiguo ejército de amigos, que desfilaban día y noche por toda la casa. Organizaba fiestas privadas en su dormitorio siempre que salía Daphne. Yo sabía que bebían y fumaban hierba, pero mientras mantuviesen la puerta cerrada y no incordiasen al servicio, decidí hacer la vista gorda.

Daphne asistía todas las noches a banquetes y bailes con Bruce, pero en Nochebuena hicimos una cena especial las tres juntas, más temprano de lo normal porque nuestra madrastra estaba invitada a un *réveillon* en el barrio francés.

—He querido que cenásemos tranquilamente en familia para distinguir esta fiesta —declaró en la mesa.

Con su vestido de terciopelo negro, un broche de diamantes y el consiguiente aderezo de pendientes, lucía una belleza deslumbradora. Nunca había visto su cabello tan sedoso ni de una textura tan rica. Había escogido ella misma el menú de nuestra cena íntima de Nochebuena, pidiendo a Nina que cocinase truchas a la salsa de almendras. La fuente de postres estaba repleta de exquisitas especialidades, como tarta de melocotón, pan de plátano y nueces, *mousse* de limón y *soufflé* de chocolate al ron. Gisselle las degustó todas, pero Daphne sólo probó unas galletas caseras. A menudo nos había dicho a mi hermana y a mí que una dama nunca se levantaba de la mesa con el estómago saciado. Era la mejor manera de conservar la figura.

—¿Qué tenéis pensado hacer en Nochevieja? —nos preguntó.

Gisselle me miró brevemente y se lanzó.

—Nos gustaría reunir aquí a algunos amigos —dijo. Contuvo la respiración, suponiendo que Daphne rechazaría la idea.

—Muy bien. Será un alivio para mí saber que estáis en casa, a salvo, y no circulando en algún bólido por las calles de la ciudad.

Gisselle se puso como unas pascuas. Daphne nos había autorizado a traer también amigos aquella noche.

Continuaba preguntándome por qué era tan condescendiente con nosotras, pero al igual que mi hermana, pensé que aquello era mejor que nada.

Al terminar la cena, llegó Bruce para escoltar a Daphne hasta el *réveillon*. Vino con varios obsequios, que colocó junto a los otros debajo del árbol.

—Mañana tardaréis horas en desenvolver todos vuestros paquetes —comentó, ojeando la pila. Tuve que admitir que era descomunal.

—Pasadlo bien en la fiesta, mamá —dijo Gisselle como despedida.

—Gracias, cariño. Divertíos también vosotras. Recordad que a las doce en punto tiene que marcharse todo el mundo —nos indicó Daphne.

—Descuida —contestó Gisselle, y me lanzó una mirada de complicidad.

La verdad era que sólo irían dos personas a nuestra casa para recibir la Navidad: Beau y la última conquista de Gisselle, John Darby, un apuesto joven de tez morena cuya familia se había establecido en Nueva Orleans aquel mismo año. John jugaba con Beau en el equipo de béisbol. Antes de su llegada, Edgar me comunicó que me llamaban por teléfono. Fui a contestar al estudio de arte. Era Paul.

—Esperaba que te encontraría en casa para poder desearte unas felices fiestas —dijo.

—Felicidades, Paul —le correspondí.

—¿Cómo va todo por ahí?

—Se ha declarado una especie de tregua, pero temo que en cualquier momento mi madrastra salga de un armario empuñando el látigo.

Él se echó a reír.

—Mi casa está atiborrada de invitados.

—Apuesto a que tendréis una preciosa decoración navideña y un enorme abeto.

—Así es, igual que cada año —dijo Paul con añoranza—, pero me falta tu presencia. ¿Recuerdas la primera Navidad que pasamos juntos?

—¡Ya lo creo! —respondí entristecida—. ¿Te acompañan también tus amigos, quizá alguien en especial?

—Sí —declaró, pero noté que mentía—. En fin —añadió con tono evasivo—, sólo quería mandarte un rápido saludo. Ahora debo volver a la mesa. Transmítele a Gisselle mis mejores deseos para Navidad y el Año Nuevo.

—Así lo haré —dije.

—Volveré a llamarte pronto —me prometió, y colgó el aparato.

Cavilé si los hilos del teléfono podrían resistir todo el cargamento de risas y lágrimas, de exaltación y de morriña que pasaría por ellos aquella noche.

—¿Quién era? —indagó Gisselle desde la puerta.

—Paul. Me ha pedido que te felicite la Navidad en su nombre.

—Es muy amable, pero ¿por qué tienes esa expresión tan fúnebre? Bórrala ahora mismo —ordenó mi hermana. Llevaba una botella de ron en la mano y la agitó muy sonriente—. Esta noche vamos a pasarlo de miedo.

Estudié a mi hermana gemela, una muchacha autocomplaciente, mimada, caprichosa y narcisista, aferrada a una innecesaria silla de ruedas, que exprimía compasión de cuantos la rodeaban y utilizaba su falsa invalidez para que el prójimo actuara y la obsequiara a su antojo. En aquel momento, aquella víspera de Navidad, vi en la imagen de Gisselle la encarnación de todas las inclinaciones malignas de mi propia alma e imaginé estar contemplando el lado más inconfesable de mi ser, casi como un doctor Jekyll que se asomara al espejo y viera a mister Hyde. Y, al igual que el doctor Jekyll, no pude odiar esa cara oculta tanto como habría deseado porque en definitiva formaba parte de mí misma, parte de mi personalidad. Me sentí atrapada, atormentada por mis anhelos y mis sueños. Quizá empezaba a hastiarme de ser lo que decía mi hermana: una santita bondadosa.

—Tienes razón, Gisselle. Nos divertiremos mucho.

Ella se rió alegremente y fuimos al salón para esperar a Beau y a John.

Al cabo de media hora, Gisselle hizo que John la llevara al piso superior y Beau y yo nos quedamos solos. En la casa reinaba una gran quietud. Nina estaba en su cuarto, y Edgar y Martha se habían retirado cada uno a su rincón. Sólo interrumpía el silencio el zumbido ocasional del reloj de pared que había en el vestíbulo.

—Llevo meses pensando sin descanso en tu regalo de Navidad —dijo Beau tras besarme apasionadamente—. ¿Qué podía regalar a una chica que lo tiene todo?

—No soy esa clase de chica, Beau. Es verdad que vivo en una casa fastuosa y que tengo tanta ropa que no sé qué hacer con ella, pero...

—También me tienes a mí. ¿Te parece poco? —me interrumpió riendo de sí mismo—. ¡Vamos, Ruby! Me prometiste que no te pondrías seria, que nos daríamos un respiro para pasarlo bien, y ahí estás, tomándote al pie de la letra todo lo que digo.

—Es verdad, perdona. ¿Qué le has comprado a la chica que lo tiene todo?

—Nada —me respondió.

—¿Cómo?

—Bueno, en realidad he comprado esta cadena de oro macizo para colgarlo de tu cuello —dijo Beau, sacándose del bolsillo la citada cadena y el anillo de su escuela. El aire se atascó en mi garganta. Para un joven criollo de Nueva Orleans, regalar la sortija distintiva del colegio o la insignia del club estudiantil era el paso previo a la alianza de compromiso. Aquel obsequio significaba que todos los juramentos y las frases tiernas que nos habíamos susurrado mutuamente y habíamos renovado por teléfono iban a consumarse. Sería su pareja única y exclusiva, y él se convertiría en mi joven caballero, no sólo ante nuestros ojos sino ante los de nuestras familias y amigos.

—¡Oh, Beau!

—¿Lo llevarás? —me preguntó.

Me sumergí en sus transparentes ojos azules, unos ojos que rebosaban amor y promesas.

—Sí, Beau —dije.

Me abrochó el cierre en la nuca, y luego siguió la cadena con los dedos por el valle de mis senos, donde el anillo se hundía confortablemente. Creí notar la tibieza que emanaba a través de la blusa, una corriente que viajó como una descarga eléctrica hasta el corazón y lo puso en órbita. Beau estampó sus labios en los míos y emití un gemido, sintiendo que mi cuerpo se derretía y se amoldaba a su brazo. El salón estaba tenuemente iluminado con una pequeña lámpara de mesa y las llamas oscilantes de la chimenea. Beau estiró la mano y apagó la luz. Después ladeó mis hombros, los encaró a él, y permití que mi cuerpo se deslizara debajo del suyo en el blando sofá. Paseó la boca por mi escote, a la vez que desabotonaba la blusa para poder exhibir mis pechos en toda su plenitud.

Llena de abandono, harta de las angustias y agonías que me habían perseguido implacablemente en los últimos meses, me volqué en Beau con unos besos que eran cada vez más imperiosos. Allí donde exploraran sus dedos yo los acogía, y cuando levantó las copas del sostén y frotó mis pezones con la lengua y los labios, me zambullí aún más en la cálida laguna del éxtasis que fluía en cascada desde mis hombros, por el talle y las piernas, produciéndome un cosquilleo en la punta de los pies.

Con los ojos cerrados, escuché el crujir de la ropa y sentí cómo sus dedos tanteaban debajo de la falda y empezaban a bajarme las bragas. Alcé las piernas para que pudiera quitármelas completamente. La conciencia de mi desnudez elevó mi excitación a cotas todavía más altas. Saboreé su lengua, sus labios, cerré sus párpados ajustados. Ambos susurrábamos y gemíamos una y otra vez en los oídos del otro. Abrí los ojos sólo un instante, y vi danzar en las paredes, e incluso en torno a nosotros, las sombras y el resplandor del fuego del hogar. Por unos segundos, quizá debido al calor que había entre ambos, tuve la sensación de que estábamos en las brasas consumiéndonos en nuestra propia llama. Pero lo deseaba, lo amaba con los cinco sentidos.

Me abrí de lleno a Beau y él hizo presión hacia adelante y hacia dentro, pronunciando mi nombre como si temiera perderme incluso en aquel instante. Me agarré a sus hombros, a su espalda, acoplando mi cuerpo al suyo en una ondulación que nos hizo sentir como si hubiéramos devenido una sola entidad. Nos estremeció una marea de pasión tras otra. No podía distinguir un beso del siguiente; se habían convertido en una comunión larga y única, en un abrazo interminable, una continuidad de gráciles vaivenes.

—Te amo, Ruby. ¡Te amo! —exclamó él en su clímax. Yo amortigüé mis propios gemidos en su hombro y me aferré a él con todo mi ser, como si así pudiera prolongar el rapto del momento. Luego dejamos de movernos y nos limitamos a estrecharnos uno a otro y respirar fatigosamente, esperando que se sosegaran nuestros turbulentos corazones.

Había ocurrido todo tan deprisa... Apenas tuve la oportunidad de rectificar, aunque dudo que lo hubiera hecho. Había acogido con los brazos abiertos la liberación del frenesí, el amor, la ternura, las sensaciones estimulantes; en cuestión de segundos, había logrado diluir la oscuridad y la congoja que me habían atenazado durante tanto tiempo. Pensé que, mientras tuviera a Beau, mi sol no dejaría de salir.

—¿Estás bien? —me preguntó. Yo asentí—. No quería ser tan...

—Ha sido muy bonito, Beau. No debemos sentirnos sucios ni culpables. Te quiero, y tú me quieres a mí. Lo demás no importa. Ese sentimiento mutuo hace que nuestros actos sean buenos y puros, puesto que lo son para ambos.

—¡Oh, Ruby! ¡Te amo tanto...! No me imagino con ninguna otra mujer.

—Espero que sea cierto, Beau.

—Lo es —prometió.

El eco de las risas de Gisselle procedentes de la escalera nos puso a ambos en acción. Volvimos a vestirnos precipitadamente, y Beau encendió la luz. Mientras, me alisé el cabello. Él se levantó del sofá y fue hasta la chimenea para atizar las brasas muy poco antes de que John, con Gisselle en volandas, hiciera su entrada en el salón.

—Hemos decidido venir a ver qué estábais tramando —dijo mi hermana—. John es tan fuerte, que le resulta más rápido y fácil llevarme en brazos que tener que accionar ese inútil ingenio eléctrico. —Se asía a él como una cría de chimpancé a su madre, con un brazo pasado alrededor del cuello y la mejilla apoyada en su pecho.

Arrodillado junto al fuego, Beau me miró y después alzó la vista hacia ella.

—Conozco esa expresión en tu cara, Beau Andreas —declaró Gisselle. Luego sonrió—. No intentes ocultar nada a tu hermana gemela, Ruby. —Miró a John, que la sostenía como si no pesara más que una pluma—. ¿Sabías, John, que los gemelos solemos captar los estados emocionales del otro?

—¿De veras?

—Sí. Si yo estoy abatida, Ruby lo adivina enseguida, y cuando ella se excita...

—No empecemos, Gisselle —la interrumpí, notando que la sangre volvía a regar mis mejillas.

—Espera un momento —dijo mi hermana—. John, acércame al sofá. —El chico obedeció y Gisselle me observó desde su altura—. ¿Qué llevas colgado del cuello? ¿Es tu anillo, Beau?

—Sí —contestó él.

—¡Le has dado la sortija de la escuela! ¿Qué dirán tus padres?

—No me importa —replicó Beau, regresando a mi lado y estrechando mi mano. Vi cómo la mirada de sorpresa de Gisselle se trocaba en envidia malsana.

—Yo sé de alguien en Greenwodd a quien se le romperá el corazón —dijo con retintín.

—Beau ya conoce la existencia de Louis, Gisselle.

—¿Ah, sí? —preguntó mi hermana, rezumando desencanto.

—Me lo ha contado todo —confirmó Beau—. Tengo que pensar en cómo voy a darle las gracias por haberla defendido —añadió. Gisselle esbozó una sonrisita forzada y luego se llenó de entusiasmo, con unas expresiones faciales que se alternaban y cambiaban como si su rostro fuera una pantalla de televisión por la que fueran pasando distintos canales.

—¿Por qué no celebramos ese regalo los cuatro juntos? Vayamos a algún sitio. ¿Qué os parece el Green Door? No te piden el carné de identidad, y al menos antes eran muy liberales.

—Hemos prometido a Daphne que nos quedaríamos en casa y además es un poco tarde, Gisselle. Pronto estará de vuelta.

—No, aún tardará, además, ¿qué importa lo que le dijéramos? En los últimos días parece otra.

—Razón de más para que no la contrariemos —contesté—. ¿Os apetecen unas palomitas? Las haremos en la chimenea y jugaremos al *backgammon*.

—¡Qué plan tan original! —exclamó Gisselle—. Vamos, John, volvamos a mi habitación y dejemos a los dos ancianitos tejiendo en el salón. —Paseó la mano por el brazo de su amigo—. ¿Verdad que es un hombre muy fornido? Hace que me sienta como un bebé. —Le besó en el cuello y él se sonrojó y nos sonrió—. Soy una niña desvalida —gimió mi hermana—, pero John me trata con mucho cariño, ¿verdad?

—¿Cómo...? ¡Ah! Desde luego que sí.

—Subamos pues. Necesito que me cambies los pañales —dijo Gisselle, y se echó a reír. Creí que John iba a dejarla caer, pero dio media vuelta y salió de la estancia con mi hermana bailando y riendo en sus brazos.

—No entiendo —comentó Beau— cómo ha podido gustarme alguna vez.

—Fue un designio del destino —dije—. De lo contrario, quizá no habríamos llegado a conocernos.

—Te adoro, Ruby. Me gusta esa facultad que tienes para encontrarle un lado positivo a todo, incluso a una persona como Gisselle.

—Y conste que es un buen reto —admití, y ambos nos reímos. Luego me pidió que le pusiera la sinfonía de Louis en el tocadiscos. La escuchamos abrazados.

—Es admirable que inspirases a alguien este prodigio de música —confesó.

A medianoche, subimos al piso superior y avisamos a John de que ya era hora de marcharse. Gisselle protestó, por descontado, y recurrió a todas sus argucias para obligarle a quedarse, sin duda por el mero placer de violar las normas de Daphne. Pero Beau no quiso correr el riesgo de enojar nuevamente a nuestra madrastra. Ordenó a John terminantemente que saliera del dormitorio, y él obedeció.

Di a Beau un beso de despedida en el vestíbulo y volví arriba. Gisselle me esperaba en la puerta de su habitación. Verla de pie, aunque sabía que podía caminar con total normalidad siempre que quisiera, me parecía todavía incoherente y asombroso.

—Por lo visto, la felicidad te sonríe —dijo—. Tienes a Beau Andreas por siempre jamás.

—¿También te gustaría iniciar una relación seria? —pregunté.

—¡Naturalmente que no! Soy demasiado joven. Quiero experimentar, divertirme, vivir docenas de romances diferentes antes de casarme con alguien que esté podrido de dinero —me respondió.

—Entonces, ¿por qué estás celosa?

—¿Celosa? —Gisselle se carcajeó—. Estás loca, hermanita.

—A mí no me engañas, Gisselle. No lo admitirías ni siquiera en tu fuero interno, pero deseas ardientemente que se enamoren de ti... Sólo que nadie va a querer a una chica tan egoísta.

—No me vengas con uno de tus sermones —gimoteó mi hermana—. Estoy cansada. John es un amante de primera —añadió con una sonrisa—. Quizá un poco cretino, pero muy bien dotado físicamente. Y mi fingida indefensión le enloquece. A decir verdad, les vuelve locos a todos. A los hombres les gusta sentir que llevan las riendas, aunque no sea así. Podría tocar sus fibras como si fuesen flautas —dijo, carcajeándose.

—De modo que seguirás haciéndote pasar por inválida.

—Hasta que el juego me aburra. Si has concebido alguna idea peregrina para descubrirme...

—No me importa lo que hagas, Gisselle, siempre y cuando no dañes a las personas que quiero —le dije—. Si te atrevieras...

—Sí, ya lo sé, me retorcerás el pescuezo. El único pescuezo que va a romperse aquí es el tuyo, cuando los padres de Beau se enteren de lo que te ha regalado. Tendrás que devolverlo, Ruby. Más vale que te prepares. Buenas noches, querida hermana, y... feliz Navidad.

Cerró la puerta y me dejó temblando en el pasillo. Estaba equivocada; tenía que estarlo. Además, a la mañana siguiente mostraría a Nina el anillo de Beau y le pediría que invocara un sortilegio o encontrase algún rito capaz de desplegar un manto de protección en torno a nuestro amor.

Me fui a dormir, arrullándome en los embriagantes

recuerdos de mis amores con Beau, recuerdos y sentimientos que pervivían tan frescos como si estuviese
aún a mi lado. Incluso extendí el brazo y fingí que yacía en mi cama.

—Buenas noches, Beau —susurré—. Buenas noches, amado mío.

Con la fragancia de sus besos todavía en los labios,
derivé hacia la apacible penumbra de mi propio y hen-
chido corazón.

15. COMPRADA Y BIEN PAGADA

Incluso yo desperté tarde al día siguiente. Cuando era niña, odiaba las horas de sueño que separaban la Nochebuena de la mañana de Navidad. Era una tortura esperar que el sol se elevase en el cielo para poder bajar a la sala y abrir mis regalos. Aunque hubiésemos tenido un año de mucha escasez, *grandmère* Catherine siempre me reservaba estupendas sorpresas, y sus amigas también me traían obsequios. Había asimismo un paquete misterioso, un regalo sin ningún nombre escrito ni una nota explicativa de su procedencia. A mí me gustaba fingir que era de mi entonces desconocido padre, y quizá *grandmère* me dejaba adrede en el equívoco, de tal manera que siguiera creyendo que tenía un padre esperándome en algún rincón del mundo. Como buena profetisa, ya vaticinaba que un día saldría a su encuentro.

Pero con *grandmère* Catherine muerta y ahora también papá, la ilusión y jovialidad de la mañana navideña habían decrecido hasta reducirse virtualmente a un día como cualquier otro. Suponía que Gisselle se hallaba en idéntico caso, pero por motivos distintos, aunque fanfarronease delante de todos del aluvión de regalos que se había acumulado debajo de nuestro abeto. Con la colección de cosas que tenía —las toneladas de prendas de vestir que abarrotaban sus armarios y los cajones de la cómoda, las montañas de cosméticos, los ríos de perfume, un cofre de joyas digno de una reina y más relojes de fantasía que horas hay en el día—, me pregunté qué podían ofrecerle aún susceptible de encandilarla. Quizá ella opinaba lo mismo, porque ni el sol matutino ni las campanadas del reloj la sacaron de su sopor. Sabía que debía de sufrir una fuerte resaca después de lo mucho que había bebido la víspera.

Pasé un rato acostada con los ojos abiertos, pensando únicamente en Beau y en las promesas que habíamos intercambiado. Deseé poder dar un salto en el tiempo hasta el día de nuestros esponsales, de un enlace que me liberaría de aquella desunida familia para ponerme en el umbral de una nueva vida, una existencia plena de amor y de esperanza. Imaginé a Gisselle a un lado junto al cortejo nupcial, desde donde nos escrutaría presa de una envidia que retorcería sus labios en una sonrisa sibilina y malvada, mientras yo juraba amor y fidelidad a Beau y él hacía los mismos votos. Daphne, decidí, estaría simplemente contenta porque al fin se libraba de mí.

Mi alarde imaginativo se rompió de pronto al oír un sonoro «Jo, jo, jo» y un repiqueteo de cascabeles.

—Despertad, dormilonas —dijo una voz masculina desde el rellano del piso. Me levanté y asomé la nariz para ver a Bruce disfrazado de Santa Claus, con el rostro oculto tras una barba postiza—. Daphne y yo estamos ansiosos por veros abrir vuestros presentes. ¡Vamos, en pie! —Fue hasta la puerta de Gisselle y agitó con más vigor su tira de cascabeles. Oí a mi hermana berrear y maldecir, así que reí para mis adentros intuyendo cómo debía de sonar aquel estrépito en su embotada cabecita.

—Ya voy —dije cuando se apostó frente a mi puerta.

Me aseé, me puse una blusa de seda blanca que tenía el cuello y los puños de lencería y una falda campestre. Me até el cabello con una cinta a juego, aunque no me sentía motivada e hice todos los movimientos de un modo mecánico. Habían enviado a Martha Woods para despabilar a Gisselle, pero estaba aún erguida frente a su puerta, frotándose las manos y musitando lamentos, cuando salí para dirigirme a la planta baja.

Espié a través de la puerta abierta y vi a mi hermana hecha un ovillo debajo de las mantas, con algunos mechones de pelo escapando entre sus pliegues.

—Diles que a mademoiselle no le interesan los regalos —le aconsejé a Martha, con la voz lo bastante alta como para que Gisselle me oyera. Apartó la colcha de inmediato.

—¡No digas nada! —rugió, y luego emitió un gemido—. ¿Por qué habré chillado tanto? Ruby, ayúdame. Siento la cabeza como si tuviera dentro una bolera en plena actividad.

Sabía que Nina conocía la receta de un elixir que podía curar incluso aquella resaca mayúscula.

—Empieza a vestirte —dije—, te traeré una medicina. —Ella se sentó esperanzada.

—¿De veras? ¿Lo prometes?

—Sólo tengo una palabra, Gisselle. Tú arréglate.

—Martha, entra —ordenó exigente—. ¿Qué esperas para sacar mi ropa?

—¿Qué voy a hacer con usted? Primero me echa y ahora me manda que aligere —protestó la criada mientras entraba en la habitación.

Bajé por la escalera y fui a la cocina, donde encontré a Nina preparando el desayuno ilustrado de Navidad.

—Te deseo unas buenísimas fiestas —le dije.

—Y yo a ti —respondió ella muy risueña.

—Necesito que me hagas dos favores, Nina, si tienes la bondad.

—¿Qué quiere mi niña?

—Para empezar —dije, imitando una mueca de dolor y con las manos puestas a ambos lados de las orejas—, Gisselle tiene la cabeza así de grande porque anoche bebió demasiado ron.

—No es la primera vez —dijo la cocinera con una sonrisa reprobatoria—. No la ayudas nada mitigándoselo.

—Lo sé, pero si continúa tan malhumorada, va a agriarnos el día a todos, y Daphne se las ingeniará de un modo u otro para echarme a mí las culpas.

Nina asintió.

—De acuerdo. —Fue hasta una alacena y empezó a seleccionar los ingredientes—. Lo ideal es poner un huevo crudo con un poso de sangre —masculló mientras hacía la mezcla—. He guardado uno que encontré ayer. —Sonreí, a sabiendas de que si Gisselle descubría la composición del brebaje se negaría a probarlo—. Toma —me dijo al acabar—. Debe bebérselo de un trago, sin que entre el aire. Es lo más importante.

—Entendido.

—¿Qué más? Le has hablado a Nina de dos favores.

—Ayer por la noche Beau me obsequió con el anillo oficial de su escuela —expliqué, enseñándoselo—. Me ha declarado su amor incondicional, y yo a él. ¿Quemarás una vela por nosotros?

—Necesitaréis azufre, no una vela, especialmente si sellasteis el compromiso en esta casa —afirmó la cocinera abriendo mucho los ojos. Lleva a monsieur Beau a mi habitación dentro de un rato y os haré el ensalmo con las manos juntas.

—Se lo diré, Nina —le aseguré, riendo interiormente y preguntándome cómo reaccionaría Beau cuando se lo propusiera—. Gracias.

Subí a la planta a toda prisa, justo a tiempo para presenciar cómo Gisselle la emprendía sin piedad contra Martha Woods por no haber sabido elegir su atuendo y su calzado.

—Esta mujer no tiene sentido del gusto. ¡Mira! Quería combinarme la blusa que ves ahí con esa falda y aquellos zapatos.

—Creí que mademoiselle desearía vestir los colores tradicionales de la Navidad y...

—No te apures, Martha. Yo la ayudaré.

—Bien, conforme —dijo la criada con un resoplido—. Esta mañana tengo muchas ocupaciones. —Y se fue como una exhalación.

—¿Qué es eso?

—El remedio de Nina. Tienes que bebértelo de golpe. Si no lo haces, no servirá de nada —dije.

Gisselle observó la pócima con resquemor.

—¿Tú lo has tomado alguna vez?

—Una noche Nina me dio algo similar para curarme el estómago revuelto —repuse. Mi hermana contrajo la cara.

—Haré lo que sea. Incluso me cortaría la cabeza para no sentirla más —proclamó, y me arrebató el vaso. Aguantó la respiración y se lo llevó a los labios. Sus ojos se fueron abultando a medida que el brebaje fluía por la lengua y las papilas gustativas.

—No pares —le ordené al ver que iba a dejar de beber. Tuve que admitir que gozaba con su malestar. Lo engulló todo e hizo una arcada, apretándose el pecho con la mano.

—¡Qué asco! Ha sido espantoso. Seguramente tiene veneno. ¿Conoces los componentes?

—Que yo sepa, hay un huevo crudo, hierbas medicinales y algunos polvos que podrían ser de escamas de crótalo trituradas...

—¡Oh, cielos! No sigas —me atajó mi hermana

más blanca que el papel, poniendo las manos en alto. Tragó saliva—. Creo que voy a vomitar. —Saltó ágilmente de su silla para ir al baño, pero no arrojó. Volvió al cabo de unos minutos con el color restaurado.

—Empiezo a notar los efectos —declaró muy satisfecha.

—Elige tu ropa. Nos esperan en la sala de estar. Bruce lleva un disfraz de Santa Claus, con barba incluida.

—¡Qué encantador! —dijo Gisselle.

Cuando bajamos, encontramos a Daphne con su bata china de color rojo, pantuflas, el cabello muy bien peinado y recogido y el rostro maquillado como si se hubiera despertado y acicalado hacía horas. Estaba sentada en una silla provenzal de alto respaldo, sorbiendo café de una taza de plata. Bruce, resplandeciente con su atuendo navideño, se había apostado junto al árbol.

—Bien, por fin aparecen las *primas donnas*. Cuando yo era pequeña, me devoraba la impaciencia para abrir mis regalos.

—Nosotras ya estamos creciditas, mamá —dijo Gisselle.

—A la hora de recibir obsequios, una mujer siempre es una niña —replicó Daphne. Le hizo un guiño a Bruce, que se rió sujetando la falsa barriga—. Adelante, Santa Claus —le dio la señal.

—¡Jo, jo, jo! —gritó él, y alzó algunos presentes para entregárnoslos.

Yo me instalé en el canapé y Gisselle desenvolvió su parte en la silla de ruedas, mientras Bruce hacía frecuentes viajes al árbol. Ambas tuvimos más vestidos, faldas, selectos suéters y blusas de diseño. Recibimos también sendas cazadoras de cuero con botas a juego y unos sombreritos de piel que probablemente jamás usaríamos. Bruce nos había regalado pulseras de la suerte, y había asimismo los clásicos lotes de aceites de baño, polvos de talco y perfume. En cuanto miraba el interior de un paquete, Gisselle lo desechaba y rompía ávidamente el papel del siguiente.

—Esto es demasiado —dije. Estaba aún apabullada por la nueva generosidad de Daphne.

—Aquí hay un regalo que quizá te gustaría llevar a tu tío Jean —sugirió mi madrastra, blandiendo un envoltorio frente a mí—. Son media docena de las camisas de seda fina que siempre le apasionaron.

—¿Me dejas ir a la clínica? —pregunté estupefacta.

—Si te parece bien, le diré al chófer que te lleve mañana —contestó. Me giré hacia Gisselle.

—¿Quieres venir conmigo?

—¿Al manicomio? ¡Tú estás chiflada!

—Antes sí que ibas —le recordé.

—Muy de vez en cuando y sólo por complacer a papá —dijo mi hermana—. Aborrezco ese sitio.

—Venga, será tu buena obra de Navidad.

—No me hagas ir, por favor —gimió Gisselle.

—Pide a Beau que te acompañe —intervino Daphne. La miré patitidifusa, incrédula. Me había dejado sin habla—. Creo que también tenéis un regalito de vuestro hermanastro cajun —dijo ahora—. Bruce, ¿se lo quieres dar?

Él lo buscó muy solícito y nos lo acercó. Eran dos bonitos diarios, con las cubiertas de madera de ciprés grabadas a mano representando una escena del pantano donde se veían musgos colgantes, un caimán asomando la cabeza y algunas golondrinas dispersas que planeaban sobre las aguas.

—¡Un diario! —exclamó Gisselle—. Como si mis secretos pudieran escribirse. —Soltó una risotada.

—Ya que hablas de secretos —dijo Daphne, tras consultar a Bruce con la mirada—, tenemos uno que deseamos anunciaros. Será otro regalo de Navidad. —Gisselle abrió mucho los ojos y se arrellanó en la silla, mien-

377

tras Bruce se situaba al lado de Daphne. Ella tomó su mano y, encarándose a nosotras, declaró—: Bruce y yo vamos a casarnos.

—¿A casaros? ¿Cuándo? —demandó mi hermana.

—En cuanto haya transcurrido un lapso de tiempo decente tras la muerte de vuestro padre —contestó mi madrastra. Nos miró a las dos, sondeando los rostros para detectar indicios de nuestra íntima reacción—. Confío en que ambas os congratularéis y acogeréis a Bruce en la familia como un nuevo padre. Sé que al principio os costará un poco asimilarlo, pero sería deseable que no diéramos una imagen de desunión familiar. ¿Puedo contar con vosotras? —nos preguntó, y de pronto comprendí el porqué de tanto desprendimiento.

La boda constituiría un asunto social de gran resonancia entre la élite de Nueva Orleans, y para Daphne era fundamental que todo discurriera como un acontecimiento principesco. Aparecería en los ecos de sociedad de la prensa, y nuestra familia sería el foco general de atención desde el día de su pública proclamación hasta los esponsales mismos. Invitaríamos a cenar a personajes eminentes entre ese día y la fecha señalada, y obviamente nuestra madrastra querría que nos vieran juntos en el teatro o en la ópera.

—Soy consciente de que no puedo sustituir a Pierre en vuestros corazones —dijo Bruce—, pero os ruego que me deis una oportunidad. Intentaré ser un auténtico padre para las dos.

—¿No podrías convencer a nuestra madre de que nos permita volver a vivir en casa y asistir a nuestra antigua escuela? —suplicó mi astuta hermana. La sonrisa de Daphne se desdibujó.

—Sólo os pido que terminéis este curso en Greenwood, Gisselle. Bruce y yo tendremos mucho que hacer sin haber de supervisar vuestras necesidades cotidianas. Os firmaré una autorización para salir del recinto y me ocuparé de que os aumenten las asignaciones —negoció nuestra madrastra.

Gisselle sopesó los pros y los contras.

—Todavía no he oído tu opinión, Ruby —dijo Daphne, mirándome.

—Espero que seáis felices —dije. Nuestros ojos se enfrentaron unos momentos, aquilatándonos como dos gladiadores que dudaran entre iniciar un nuevo combate o establecer una tregua. Daphne optó por aceptar mis frías bendiciones.

—Gracias. Bien, ahora que todo ha concluido ya podemos ir a desayunar. —Depositó la taza en su platillo e hizo ademán de levantarse.

—¡Espera! —gritó Gisselle. Me miró de refilón y luego sonrió a los adultos—. Yo también tengo una sorpresa, algo que he estado reservando para obsequiártelo en Navidad, mamá. Ahora —añadió— podría ser vuestro primer regalo de boda.

Daphne se sentó recelosa.

—¿De qué se trata, Gisselle?

—De esto —dijo mi hermana.

Empezó a alzarse de la silla, fingiendo que libraba una batalla sobrehumana. El semblante de Daphne fue del desconcierto al regocijo. Bruce rió y posó la mano en el hombro de su pareja. Yo me limité a observar a Gisselle mientras se tambaleaba, volvía a enderezarse, inhalaba con fatiga, amagaba espasmos de un dolor lacerante, y al fin soltaba los brazos de la silla para erguirse sin apoyo. Se balanceó de nuevo con los ojos cerrados y, como si aquel movimiento absorbiera toda su concentración y energía, dio un corto paso y luego otro. Temeroso de que se cayera, Bruce corrió a abrazarla y ella se desplomó en sus brazos.

—¡Gisselle, qué maravilla! —exclamó Daphne. Mi hermana inhaló con la mano aplastada contra el pecho, explotando su hazaña en todo lo que supuestamente valía.

—He trabajado mucho —dijo entre jadeos—. Sabía que podía sostenerme en pie y ya había andado unos pasitos, pero lo que quería era llegar hasta ti. ¡Qué desilusión! —lloriqueó—. Volveré a intentarlo.

—No debes agotarte, cariño. Que tengas la acción de caminar es ya un magnífico regalo navideño ¿verdad, Bruce?

—¡Ya lo creo! —dijo él, sosteniéndola firmemente—. Tómatelo con calma. —La guió hasta la silla de ruedas. Mientras la acomodaba, mi hermana me clavó una mirada triunfal.

—¿Tú ya lo sabías, Ruby? —me preguntó Daphne. Paseé los ojos entre ambas mujeres.

—No —dije. Eran un hogar y una familia fabricados sobre el engaño. Mi aportación pasaría del todo inadvertida, y estaba segura de que Daphne y Gisselle se habían hecho acreedoras a sus recíprocas falsedades e intrigas.

—¡Qué noticia tan inesperada! Además se la has ocultado a todos, incluso a tu hermana gemela, para poder darnos la primicia hoy. Ha sido un gesto encomiable, pequeña.

—Te prometo, mamá —aseveró Gisselle—, que practicaré con ahínco hasta recuperar todas mis facultades e iré detrás de ti cuando atravieses la nave central para casarte con Bruce.

—Eso sería fantástico. —Mi madrastra miró a su pareja—. ¿Imaginas la sensación que causaría entre los invitados a la boda? Bueno, es como... como si mi nuevo matrimonio restituyera la salud a esta familia.

—Como ves, mamá, no puedo volver a Greenwood —atacó finalmente Gisselle—. Necesito hacer ejercicios diarios de rehabilitación y comer los ricos platos de Nina, no esa bazofia que dan en el pensionado. Sólo tienes que contratar a un monitor y dejarme vivir aquí.

Daphne lo observó unos momentos.

—Déjame meditarlo a solas —dijo. A Gisselle se le iluminaron los ojos.

—Gracias, mamá.

—En fin, se me ha abierto un apetito voraz. Esta Navidad ha resultado mucho mejor de lo que preveía —afirmó Daphne, puesta en pie—. ¿Santa Claus? —dijo, estirando un brazo que Bruce se apresuró a recoger. Cuando estuvieron a prudente distancia, me giré hacia Gisselle. Lucía una sonrisa de oreja a oreja.

—Ahora consentirá en que nos quedemos, ya lo verás.

—Quizá funcione en tu caso, pero no en el mío —repliqué—. Yo no tengo una parálisis que vencer por arte de magia.

Gisselle se encogió de hombros.

—De todas formas, te agradezco que hayas mantenido la boca cerrada y no me hayas delatado.

—Lo que he hecho ha sido quedarme al margen y observar cómo os lanzábais las mentiras a la cara —puntualicé.

—Llámalo como quieras —dijo mi hermana—. Toma —agregó, tirándome el obsequio de Paul—. Quizá tienes tantos pensamientos negros que podrías llenar dos volúmenes en un día.

Cogí el diario al vuelo y empecé a seguirla camino del comedor, pero ya en la puerta, me detuve para contemplar el árbol y aquella ingente amalgama de paquetes abiertos. ¡Cómo habría deseado vivir otra vez una verdadera mañana de Navidad, aquellas en las que la única dádiva realmente importante era el don del amor!

Beau llegó poco después de intercambiar sus propios regalos familiares, y le di mi presente, que era una pulsera en oro que le había comprado al día siguiente de

nuestro regreso a casa. En el dorso de la placa había encargado al joyero que pusiera la inscripción: «Con
todo mi amor. Siempre tuya, Ruby.»

—Tengo tres como ésta metidas en un cajón de mi
cuarto —dijo, abrochándose el cierre—, pero ninguna
posee el menor significado. —Me besó furtivamente en
los labios antes de que nos sorprendiese algún intruso.

—Ahora quiero pedirte un favor —anuncié—. Y
está prohibido burlarse.

—¿Qué podrá ser? —Beau sonrió anticipadamente.

—Nina va a quemar azufre en nuestro honor para
bendecir nuestro noviazgo e impedir que los espíritus
del mal puedan destruirlo.

—¿Qué dices?

—Vamos, hombre —insistí, tirando de su mano—.
Un poco de seguridad no perjudica a nadie.

No paró de reír mientras avanzábamos por el pasillo hasta la alcoba de Nina. Llamé con los nudillos y
entré cuando ella nos dio permiso. Beau casi se desma-
ya al ver aquella ínfima estancia donde se hacinaban los
accesorios del vudú: muñecas, huesos varios, conglo-
merados de lo que parecía ser pelambre de gato negro,
mechas de cabello anudadas con cinta de cuero, raíces
sinuosas y tiras de piel de serpiente. Las estanterías,
por su parte, estaban llenas a rebosar de viales de polvos multicolores, grupos de velas amarillas, azules,
verdes y marrones, tarros con cabezas de ofidios y una
fotografía de la mujer conocida como Marie Laveau
sentada en su trono. Nina solía encender candelas
blancas a su alrededor casi todas las noches, al elevar
sus plegarias.

—¿Quién es? —indagó Beau.

—¿Cómo es que un hijo de Nueva Orleans no re-
conoce a Marie Laveau, la reina del vudú?

—¡Ah, sí! He oído hablar de ella.

Beau me miró algo violento y se pellizcó el labio

inferior. Entretanto, Nina fue hasta los estantes en busca de una vasija de cerámica. Ella y yo habíamos celebrado una ceremonia análoga después de mi llegada del *bayou*.

—Sujetadla los dos —nos ordenó.

Alumbró una vela de color blanco y masculló una oración. Acto seguido acercó el pabilo al recipiente y lo inclinó sobre el contenido de manera que ardiese el azufre, pero no prendió. Me miró con la faz preocupada y volvió a probar, aplicando la llama más rato, hasta que ascendió una sutil columna trazando espirales. Beau hizo una mueca porque el olor era fétido; yo ya lo esperaba y contuve la respiración.

—Ahora cerrad los ojos y encorvaos para que el humo os toque la cara —prescribió Nina. Así lo hicimos. La oímos murmurar algo.

—¡Oye, esto empieza a calentarse! —protestó Beau. Le resbalaron los dedos, y tuve que hacer malabarismos para no tirar la vasija. Nina me la arrancó de la mano y la asió con fuerza.

—Este calor no es nada —nos amonestó— comparado con el fuego de los espíritus infernales. —Meneó la cabeza—. Nina espera que la cantidad de humo de azufre haya sido suficiente.

—Lo ha sido —le aseguró Beau.

—Gracias, Nina —dije, percibiendo lo incómodo que estaba. Ella me hizo un asentimiento, y Beau me empujó hasta la puerta.

—Sí, gracias, Nina —coreó, sacándome raudo de allí.

—No te rías, Beau Andreas.

—No me estoy riendo —dijo, pero advertí cuánto se alegraba de haber salido de aquel cuchitril y poder regresar al salón.

—Mi *grandmère* me enseñó a no desdeñar nunca las creencias ajenas, Beau. En cuestiones espirituales nadie ostenta el monopolio de la verdad.

—Tienes razón —dijo—. Además, todo lo que te haga sentir tranquila y feliz también me contenta a mí. Hablo en serio —reafirmó, y me dio un beso.

Un momento más tarde entró Gisselle en su absurda silla, muy pagada de sí misma. Toda la conversación del desayuno había girado en torno a su extraordinario restablecimiento. Nina y Edgar fueron informados, pero se quedaron tan impasibles que Gisselle sospechó que yo se lo había contado previamente.

—¿Os interrumpo? —le preguntó a Beau con afectación.

—Para serte sincero, sí —replicó él.

—¡Cuánto lo siento! ¿Se lo has explicado ya, Ruby? —inquirió mi hermana.

—¿A qué te refieres?

—Presiento que no, porque para ti no es tan gratificante como para los demás. —Se colocó frente a Beau, exhaló un suspiro teatral y anunció—: Estoy recuperando el uso de mis piernas.

—¿Cómo? —Beau clavó los ojos en mí, pero no abrí la boca.

—Es cierto. Ya no estoy parapléjica. Pronto volveré a ser una competidora digna de Ruby, y eso no acaba de gustarle, ¿verdad, hermana querida?

—Nunca he querido competir contigo, Gisselle —le repliqué.

—¿No? ¿Y cómo definirías tu fogoso romance con mi antiguo novio, aquí presente? —me echó en cara.

—¡Alto! Me parece que yo también tengo algo que decir —le cortó Beau—. Te recuerdo que ya salía con Ruby antes del accidente.

Gisselle nos miró desairada y luego adoptó su risita irónica, corrosiva.

—Los hombres creen que toman todas las decisiones, pero la verdad es que los podríamos gobernar con el dedo meñique. Siempre fuiste demasiado conservador para mi gusto, Beau. Fui yo quien te relegué poco a poco. Fui yo quien hizo posible que os conocierais y... —torció los labios en una mueca de condescendencia— ... y que os trataseis más íntimamente.

—Como tú mandes —dijo Beau, herido en su amor propio.

—En cualquier caso, para Nochevieja podré bailar otra vez y quiero que me reserves una pieza. ¿Verdad que no te molesta, hermanita del alma?

—En absoluto —respondí—. Si Beau no tiene nada que objetar, yo tampoco.

A Gisselle no le agradó la indirecta. Su sonrisa se evaporó como por ensalmo.

—Tengo que llamar a John y darle la buena noticia. Aunque temo que estará destrozado. ¡Anoche le estimuló tanto mi desamparo!

—Entonces no te repongas tan deprisa —le sugerí. En lugar de enfadarse, mi gemela se echó a reír.

—Quizá no lo haga. Hay que tantear el terreno antes de dar el golpe —añadió con los párpados semicerrados. Soltó otra carcajada y nos dejó solos.

—¿Es verdad lo que dice sobre su curación? —indagó Beau.

—No.

—¿No puede mover las piernas?

—Sí, pero hace ya semanas, tal vez meses. —Le resumí en dos palabras su participación en el incidente de la escuela y por qué me habían acusado.

—¡Condenada Gisselle! Últimamente has tenido un montón de sorpresas —dijo Beau.

—Pues aún hay más.

—¿Sí?

—Daphne me ha permitido llevar a tío Jean su regalo de Navidad. Y ha dicho que, si quieres, puedes acompañarme.

—¡No lo creo! —Beau meneó la cabeza con asombro y reclinó la espalda. Le revelé por qué mi madrastra había sido tan cariñosa con Gisselle y conmigo—. ¿Que van a casarse? ¿Tan pronto?

—Dice que respetará decentemente el luto, pero ignoro qué idea tiene ella de la decencia.

—Mis padres abrigaban sospechas —me confesó Beau en voz baja—. Se han dejado ver juntos en todas partes. —Bajó la vista, y volvió a elevarla para añadir—: Ya corrían rumores antes de que muriese tu padre.

—No me sorprende. Pero no me importa la vida que lleve a partir de ahora, ni quiero hablar más del tema —dije con indignación.

—Oye, Ruby, ¿por qué no vamos hoy mismo a visitar a Jean, y de vuelta almorzamos en algún restaurante de carretera?

Fui a buscar el obsequio de mi tío y a avisar a Daphne de nuestra marcha.

—Hazle saber que las camisas son de mi parte —dijo mi madrastra.

Sin embargo, cuando llegamos al sanatorio y nos acompañaron a la sala de recreo para verle, supe inmediatamente que no sólo no comprendería de quién era el regalo, sino que ni siquiera se haría eco de nuestra visita. Tío Jean se había convertido en una triste sombra de sí mismo. Como los zombis de Nina, estaba sentado con la mirada vacua y los ojos vueltos hacia dentro, donde acaso había recreado todos los lugares y experiencias que conoció en la juventud. Mientras le hablaba y estrujaba su mano, no vi más que un ligero parpadeo y un tenue destello de luz en sus pupilas.

—Es como una almeja que se encierra en su concha —me lamenté con Beau—. Apenas me oye.

Permanecimos un rato en la sala. En el trayecto de ida había empezado a gotear, y ahora la lluvia dibujaba tatuajes dementes en la ventana que daba al mundo. Casi se acompasaba a mi ritmo cardíaco. El tío estaba tan enflaquecido que los huesos de su nariz y de los pómulos se habían hecho muy prominentes. Parecía un enfermo que se consumiera lentamente, desde el interior.

Intenté una vez más acceder a él, charlando de la Navidad, de mis trabajos en la escuela, de los adornos de casa y de las calles. Su expresión no se inmutó; no volvió la vista hacia mí. Al cabo de un tiempo, capitulé. Me acerqué y me despedí con un beso en la mejilla. Sus párpados titilaron y le temblaron los labios, pero no dijo nada, ni siquiera me miró de un modo apreciable.

Yendo hacia la salida, me detuve para consultar con su enfermera.

—¿Sabe si puede hablar?

—Últimamente, no —admitió—. Pero a veces —añadió, sonriendo— logran remontar. Cada día se descubren nuevos medicamentos.

—¿Procurará que se ponga las camisas que le he traído? Antes era muy presumido en el vestir —dije tristemente. La enfermera prometió cuidarse de todo, y nos retiramos.

Visitar a tío Jean había ennegrecido el día de Navidad más aún que las nubes y la lluvia. Apenas hablé, y tenía poco apetito cuando paramos para comer. Beau llevó el peso de la conversación, elaborando planes para nuestro futuro.

—Lo tengo decidido: los dos solicitaremos el ingreso en la universidad Tulane. De ese modo estaremos en Nueva Orleans y siempre juntos. Mis profesores creen que debería decantarme por la medicina porque se me dan muy bien las ciencias biológicas. «Doctor Andreas.» ¿Cómo suena?

—Muy bien, Beau.

—A fin de cuentas, tu abuela era curandera. Hay que conservar la tradición. Yo ejerceré de médico y tú pintarás y te convertirás en una de las artistas más prestigiosas de Nueva Orleans. Vendrá gente de toda la nación para adquirir tus obras. Los domingos, después de misa, iremos a pasear por las avenidas del Garden District y yo blasonaré con nuestro hijo de que su madre tiene un cuadro en los salones de esta casa, en la vecina, dos más en aquella otra mansión...

Sonreí. Estaba segura de que *grandmère* Catherine habría simpatizado con Beau.

—Bien. Sonríes de nuevo. Cuando estás alegre te pones arrebatadoramente guapa, Ruby. Tendré que hacerte feliz sin interrupción todos los días de mi vida —dijo mi novio. Sus palabras devolvieron los colores a mi rostro y la tibieza a mi corazón.

Cuando me dejó en casa, encontré a Daphne en el despacho de papá, hablando por teléfono. Al parecer, tenía negocios que resolver incluso de Navidad. Llevaba un elegante conjunto de falda y chaleco de *tweed* azul celeste, una blusa blanca de seda con encajes, y se había hecho un moño alto.

—¿Cómo está Jean? —me preguntó con escaso interés mientras repasaba unos papeles.

—Como un vegetal —repuse—. ¿No vas a hacer que le trasladen de nuevo a su celda?

Mi madrastra abandonó su quehacer y me miró a los ojos.

—Te propongo un trato —dijo.

—¿Un trato? —«¿Qué puedo tener que ella desee?», pensé.

—Cambiaré a Jean a una habitación privada si tú convences a Gisselle de que vuelva a Greenwood. No quiero tenerla pegada a mis faldas durante esta época tan difícil.

—No me hará ningún caso —contesté—. Detesta las restricciones y las normas.

Daphne reanudó su papeleo.

—Ésa es mi oferta —dijo fríamente—. Tendrás que encontrar un medio.

Me quedé inmóvil unos instantes. ¿Por qué debía supeditarse el bienestar de tío Jean a los caprichos egoístas de Gisselle? ¿Dónde se había visto semejante injusticia? Más pesimista que una nutria prisionera en las fauces de un caimán, agaché la cabeza y salí del despacho, añorando a papá como nunca.

Pasé el resto del día de Navidad en mi estudio de arte, retocando unos dibujos y trabajando en el lienzo de la señorita Stevens. El estudio y mi labor artística constituían mi único refugio en aquella casa de artificios. Había resuelto reproducir el panorama que divisaba desde allí, plasmar el majestuoso roble y los jardines. También incluí un mirlo de alas rojizas que correteaba orgullosamente sobre la tapia del fondo. Fue solazante abstraerme en mi trabajo. Mientras pintaba escuchaba en el tocadiscos la sinfonía de Louis, y no oí entrar a Bruce.

—¡Ajá! Así que aquí es donde se esconde lady Rubí —dijo. Me giré bruscamente. Estaba de pie ante mí con los brazos en jarras, examinando el estudio y haciendo afirmaciones de cabeza. Se había puesto un pantalón informal de lana gris y una camisa blanca confeccionada con puro algodón importado de Egipto—. Es muy bonito. Y tu cuadro tiene visos de calidad —concluyó, ojeando el caballete.

—Aún es pronto para saberlo —respuse con modestia.

—No soy crítico de arte, pero desde luego conozco el valor que tiene una buena pieza en el mercado. —Me sometió a un escrutinio exhaustivo, y luego esbozó una sonrisa y se me acercó—. Deseaba tener hoy mismo una corta entrevista contigo y con Gisselle. Ya he visto a tu hermana, quien me ha rogado que utilice mi influencia frente a Daphne para que le permita quedarse y volver a la escuela pública aquí en Nueva Orleans. Al parecer, si le hago ese favor, me aceptará en la familia con los brazos abiertos... Y bien —prosiguió, arrimándose unos centímetros más—, ¿qué puedo hacer para obtener también tu aprobación?

—No tengo peticiones de tipo personal, pero si quieres hacer algo para agradarme, consigue que Daphne envíe a tío Jean a una celda individual.

—Una demanda muy altruista. Quizá no seas lo que pareces, ¿no es así, lady Rubí? Una joya inmaculada, genuina y virtuosa. ¿Eres tan inocente como aparentas, tan inocente como las flores y las bestezuelas de tus pinturas?

—No soy ningún ángel, Bruce, pero me disgusta ver sufrir a un ser humano innecesariamente. Y eso es lo que le está ocurriendo a tío Jean desde su traslado. Si tienes un gramo de caridad, ayúdale.

Él sonrió e hizo ademán de tocarme el cabello. Me estremecí y di un paso atrás, pero me apresó por el brazo, encima mismo del codo.

—Gisselle y tú sois gemelas —dijo, en una voz que era poco más que un susurro—, pero habría que estar ciego para no ver las diferencias. Lo único que deseo es que me des tu cariño y confianza. Siempre te he admirado, lady Rubí. Pero has tenido que navegar entre dos mundos y, cuando más necesitabas a un auténtico guardián, la muerte te lo ha quitado. ¿Dejarás que sea yo ese guardián, tu protector, tu paladín? Soy un hombre de gustos refinados. Puedo transformarte en la princesa que mereces ser. Confía en mí —repitió, subiendo la mano a mi hombro.

Estaba tan cerca, que incluso distinguí las minúsculas gotas de sudor que perlaban su labio superior y olí los efluvios de su último cigarro. Me mantuvo sólidamente agarrada, y por fin llevó la boca a mi frente. Le oí inhalar para impregnarse del aroma de mi cabello. Permití que me abrazase, pero no respondí a sus ternezas.

—Tu actitud es comprensible —afirmó, notando mi rigidez y retrocediendo—. No te reprocho que estés tan remisa. Soy un nuevo hombre en tu vida y admito que sabes muy poco sobre mí. Pero tengo intención de pasar contigo todo el tiempo que desees para que lleguemos a conocernos lo más estrechamente posible. ¿Te parece bien?

—Eres el futuro marido de mi madrastra —dije, como si aquello fuese suficiente. Bruce asintió.

—Hablaré con Daphne. Quizá encuentre una fórmula financiera acertada que la induzca a cumplir tus deseos. No puedo prometer nada, pero lo intentaré.

—Gracias.

—Lady Rubí —dijo esbozando su habitual sonrisa insinuante y licenciosa, al tiempo que echaba un nuevo vistazo alrededor—, tienes un escondrijo muy acogedor. Después de casarme con Daphne quizá podamos compartirlo alguna que otra vez, *n'est-ce pas?*

Asentí con la cabeza, aunque la idea me repugnaba.

—Bien —contestó—. Vamos a ser una familia modelo, si cabe aún más respetable que ahora, y tu hermana y tú os convertiréis en la flor y la nata de Nueva Orleans. Eso sí que puedo prometerlo —dijo—. Pero te dejo con tu espléndido trabajo. Hablaremos más tarde.

Le vi partir y tuve que sentarme, porque mi corazón latía de un modo tan desaforado que creí que iba a desmayarme.

A pesar de las esperanzas que me había dado Bruce, nadie volvió a mencionar a tío Jean en los días intermedios entre Navidad y Nochevieja. Atrapada por la proposición de Daphne, intenté en diversas ocasiones persuadir a Gisselle de que se replantease aquella manía pertinaz de permanecer en Nueva Orleans.

—En Greenwood has hecho amigas nuevas que te

tienen en un pedestal y dependen de ti —le razoné una noche antes de acostarnos. Era la víspera de fin de año—. Te han erigido en su cabecilla.

—Te cedo el honor —me contestó.

—Pero piensa en lo que podrás hacer ahora que ya caminas. Dentro de cuatro días tendremos el baile de San Valentín.

—San Valentín, ¡qué fiesta tan genial! Nada de amartelarse ni de hacer manitas. Y cuando empiece a gustarte alguien, será hora de despedirse... Por no hablar de esos estúpidos toques de retreta incluso los fines de semana.

—Daphne nos dejará salir del complejo. Iremos a la ciudad y conoceremos chicos.

—Sé que me fallarías —dijo Gisselle—; Beau te tiene sorbido el cerebro. Pero aguarda un minuto. —Me escudriñó con ojos suspicaces—. ¿Por qué estás tan empeñada en hacerme volver a Greenwood? ¿Qué pasa?

—Siempre que quieras haremos excursiones juntas a Baton Rouge —prometí, haciendo oídos sordos a sus preguntas.

—Aquí hay gato encerrado, Ruby. ¿De qué se trata? Más te vale decírmelo. Una cosa es segura: nunca regresaré al internado si no me cuentas la verdad.

Suspiré y me apoyé en la jamba de la puerta.

—Le he pedido a Daphne que vuelva a trasladar a tío Jean a una habitación privada. Es una piltrafa humana. Ha perdido la voluntad de vivir, de comunicarse. Se ha recluido en su propio mundo.

—¿Y qué importa? Igualmente estaba chalado.

—No tanto como crees. Había progresado mucho. Si tuviera el aliento y los cuidados de una familia...

—Ya salió la santita bondadosa, con aureola incluida. Además, ¿qué tiene eso que ver con mi regreso a Greenwood?

—Daphne dijo que si te convencía de que fueras, devolvería el tío a su cuarto.

—Sabía que había algo detrás de tus zalamerías. Pues bien, olvídalo —proclamó mi hermana, girando medio cuerpo para contemplarse en el espejo del tocador—. No pienso volver a Greenwood. Acabo de iniciar un apasionado idilio con John, y no voy a tirarlo por la borda sólo para que mi tío loco ocupe una habitación propia en el sanatorio. —Hizo una pausa y sonrió—. De todos modos, eso significa que Daphne está a punto de caramelo. Le horroriza que pueda descomponerle el cuadro y cederá a la menor presión. ¡Colosal! Gracias por tu franqueza.

—Gisselle...

—He dicho que no volveré. Es definitivo —insistió—. Ahora deja de pensar en las penas ajenas y planifiquemos el cotillón de Nochevieja. He invitado a unos veinte amigos. Claudine y Antoinette pasarán antes por casa para ayudarnos a adornar la sala de estar. Como resopón, se me ha ocurrido que podríamos poner esos enormes «bocadillos de pobre». Prepararemos un ponche de frutas y esperaremos que se vayan Daphne y Bruce. Entonces lo bautizaremos con ron. ¿Qué opinas?

—Me importa un comino —dije con tono displicente.

—Mañana por la noche no quiero tenerte encima como un emplasto de barro del pantano. Te lo advierto, no me estropees la diversión.

—Eso sería lo último que haría, Gisselle, estropear tu fiesta. ¡No lo permita Dios! —exclamé, y dejé su dormitorio para no arrancar uno por uno los pelos de su hermosa cabeza.

16.   RESISTIENDO CON VALOR

Pese a mi desconsuelo, intenté no rondar por la casa con ojos lagrimosos y demostrar ante todos lo desgraciada que era. Las amigas de Gisselle estaban muy ilusionadas con la fiesta de Nochevieja, y nunca había visto a Daphne tan cordial y expansiva. A media tarde se asomó a la sala de estar y nos dio unas sugerencias para la decoración. Inevitablemente, ejercía entre las chicas una suerte de fascinación. Noté por cómo la miraban que la consideraban lo más semejante a una estrella de cine: atractiva, rica, señorial y desbordante de estilo.

No obstante, fue Gisselle quien acaparó la atención al divulgar la prodigiosa recuperación de sus extremidades y prometer que bailaría por primera vez desde el accidente. Ordenó a Edgar que llevase una escalera e hizo que las chicas colgasen verbenas de un lado a otro del techo. Hincharon globos y los recogieron en una red para soltarlos a medianoche. Mientras trabajaban, cotillearon sobre los chicos que asistirían al cotillón y Gisselle les describió a sus condiscípulas de Greenwood, jactándose de cómo las había instruido respecto a hombres y sexo. De vez en cuando me observaba para ver si pensaba contradecirla, pero al cabo de un rato yo ni siquiera la escuchaba.

Me apetecía mucho pasar la velada junto a Beau. Me tomé bastante tiempo para escoger mi atuendo, y me incliné por un vestido de terciopelo negro que tenía un pronunciado escote de forma acorazonada, sin tirantes pero con mangas. La prenda se ajustaba ceñidamente al talle y a partir de aquí se ensanchaba en una falda acampanada que llegaba hasta unos quince centímetros de los tobillos. Aunque había proyectado lucir un collar de perlas alrededor del cuello, en el último minuto decidí llevar únicamente la cadena con el anillo de Beau, muy excitada por cómo el refulgir de aquella joya realzaba mi piel y el canal de los senos. Al cerrar los ojos, casi pude sentir sus dedos desplazándose sinuosamente de la clavícula al pecho.

En las orejas me puse unos delicados zarcillos de oro y perlas, y me ceñí al dedo la sortija que me había regalado Louis. Gisselle y yo habíamos recibido cada una media docena de perfumes varios. Elegí uno que evocaba la fresca fragancia de las rosas en flor. Quería dejarme el cabello suelto, pero sujeto con peinetas a ambos lados. Mis puntas necesitaban un buen recorte y me reí secretamente al recordar cómo solía igualarlas *grandmère* Catherine, y también cuántas veces se había sentado conmigo para hablarme de mil temas distintos mientras cepillaba mi larga melena de reflejos cobrizos, contándome que en otro tiempo había arreglado con idéntico mimo el pelo de mi madre.

Gisselle me sorprendió vistiendo un traje similar al mío, aunque en azul oscuro. Lo aderezó con una joyería mucho más barroca, consistente en un collar de perlas de doble vuelta, unos llamativos pendientes colgantes, un brazalete de oro en una muñeca y en la otra la pulsera de la suerte que nos había obsequiado

Bruce por Navidad, así como seis o siete anillos re-
partidos entre las dos manos. También se puso una
ajorca de oro. Se soltó la cabellera igual que yo, sin recogerla ni siquiera con pasadores, y se rebozó tanto
en maquillaje, pintura de ojos y capas de carmín, que
podrían haberla besado durante horas antes de llegar
a la piel.

—¿Qué aspecto tengo? —me preguntó desde la
puerta de mi aposento.

—Estás muy bien —repliqué. Sabía que si la criti-
caba se resentiría y no haría más que graznar y desva-
riar sobre mis presuntos celos.

—¿Bien? ¿Quizá es un sinónimo de «pasable»?
—dijo, arrugando la nariz. Me miró un instante para establecer comparaciones—. ¿Por qué no recargas un poco
el maquillaje? Todavía se te ven las pecas de las mejillas.

—No me molestan —contesté—. Ni a Beau tampoco —añadí deliberadamente.

—Antes las odiaba —comentó mi hermana, con los
ojos chispeantes de malicia. Al ver que no contraataca-
ba, dejó de sonreír—. Empiezo a pasar.

—No tardaré —le dije. Un rato después, la encontré en el centro de la sala de estar, ojeando embelesada
su trabajo.

—Va a ser la fiesta más sonada del siglo —declaró—. Nunca olvidarás este fin de año. —Me examinó
unos breves momentos—. ¿En la ciénaga también cele-
brabais la Nochevieja?

—Sí.

—¿Y qué hacíais, pescar? —preguntó con aire
desdeñoso.

—Nada de eso. Montábamos una fiesta colectiva.
Cerraban al tráfico la calle Mayor, y tanto los comer-
ciantes como algunos particulares servían bandejas de
comida. Había fuegos artificiales y tocaban música
ininterrumpida en un *fais dodo* por todo lo alto.

—Me olvidaba del *fais dodo*. ¿Bailabais en las calles? —inquirió Gisselle. Yo asentí, rememorándolo.

—Era como si la celebración nos hubiera convertido en una gran familia —comenté con voz nostálgica.

—Parece... una estupidez —dijo Gisselle, pero advertí que sólo intentaba convencerse a sí misma.

—No es necesario dilapidar fortunas y vestir ropa cara para pasarlo bien, Gisselle. El verdadero goce comienza aquí —afirmé, posando la mano sobre el corazón.

—Yo habría señalado otro lugar —replicó mi gemela, y echó a reír.

—¿Qué os divierte tanto? —preguntó Daphne, que acababa de entrar en la estancia con su inseparable Bruce. Estaban arreglados y a punto de marchar. Bruce estaba muy apuesto enfundado en su esmoquin, y hube de admitir que Daphne nunca había estado tan despampanante. Vestía un traje largo, estrecho, de unos bellísimos tonos púrpura tornasolados, que se componía de la falda, un corpiño de pedrería y una torera con remate de lentejuelas. El corpiño se curvaba en unas graciosas ondas sobre el nacimiento del pecho, revelando lo justo para seducir. No llevaba ningún collar que pudiera distraer la vista de su enjoyada vestimenta, pero sí pendientes de granates. Tenía el cabello levantado en un moño con algunos tirabuzones.

—La Nochevieja cajun —bromeó Gisselle.

—¡Ah! —dijo mi madrastra, comprendiendo por qué aquél era un tema gracioso—. Sólo hemos sacado la nariz para desearos una buena entrada de año. Recordad que no toleraré borracheras ni desmanes. Respetad la casa. Pasadlo bien, pero sed siempre dos señoritas —advirtió.

—Por supuesto que sí, mamá. Disfrutad también vosotros —respondió mi hermana.

Daphne me estudió de arriba abajo.

—Estáis preciosas —afirmó.

—Gracias —dije.

—¿Puedo dar a mis casi hijastras un beso de felicitación? —pidió Bruce.

—No faltaría más —repuso Gisselle. Él se inclinó y le dio un beso superficial en la mejilla. Mi hermana había cerrado los ojos, esperando un beso en los labios. Luego Bruce me abordó a mí, muy sonriente, y posó las manos en mis hombros.

—Estás tan guapa como siempre —me piropeó en voz baja, y se dispuso a besarme. Yo desvié la cara justo a tiempo para dirigirlo de mi boca al moflete. Él me miró fijamente una fracción de segundo, pero prefirió tomarlo a risa.

—¡Feliz Año Nuevo, niñas! —exclamó, y fue a reunirse con Daphne para acudir a su fiesta de gala.

—¡Al fin libres! —musitó Gisselle—. Bebamos algo antes de que lleguen los demás —dijo, e impulsó la silla hacia el bar—. ¿Qué quieres, Coca-Cola con ron? —Empezó a erguirse para hacer los combinados.

—Me serviré yo misma, gracias —dije, recordando cuántas veces había intentado achisparme.

—Como quieras. Ya que te ofreces, prepárame también el mío —me rogó Gisselle, volviendo a sentarse. Mezclé su cubalibre y se lo di—. Bueno, hermanita, ojalá el año que empieza nos sea más propicio que el que hoy termina. Brindo porque esté lleno de juerga, juerga, juerga.

—Por todas las personas a quienes queremos —agregué. Gisselle se encogió de hombros.

—Sí, por todas ellas. —Bebimos un sorbo, y un segundo después oímos el timbre.

—¡Vamos allá! —clamó mi hermana, empujándose hacia la puerta. Continuaba en su silla de ruedas para que, unas horas después, la acción de levantarse y andar tuviera un efecto más dramático.

Los invitados de Gisselle llegaron con cierto adelanto. La noticia del ansiado cotillón había corrido como reguero de pólvora. A la hora en que apareció Beau, todos estaban allí, habían devorado una buena parte de la comida y la mayoría de ellos ya habían bebido un par de copas. La música atronaba.

—Estás aún más rutilante de lo que había imaginado —me dijo Beau cuando salí a recibirle al vestíbulo.

Después de besarnos, nos sumamos a la fiesta. Todo el mundo hablaba a voz en grito; algunos habían ingerido más alcohol del que podían asimilar y hacían tonterías.

—Veo que es uno de los típicos guateques de Gisselle —me comentó Beau a través del tumulto. Bailamos, comimos y bebimos ponche junto a todos los asistentes.

A las diez en punto, tal y como estaba planeado, Gisselle pidió que bajaran el volumen de la música y anunció su intención de bailar. John no se movió del lado de mi hermana durante su fingido forcejeo para salir de la silla. Ya de pie, cayó en sus brazos, recobró la compostura y dio lo que quería presentar ante la concurrencia como sus primeros pasos de baile. Los invitados aplaudieron y silbaron mientras Gisselle y John evolucionaban por la pista. Un poco más tarde, mi hermana encargó a una de las chicas que atenuara las luces, y empezó la auténtica fiesta. Todos se emparejaron.

—Podéis ir adonde os dé la gana, a condición de que luego no se note que habéis estado —les previno—. Naturalmente, la planta de arriba es terreno vedado.

—Huyamos de todo esto —propuso Beau. Cuando nadie miraba, nos escabullimos. Él vaciló, pensando adonde podíamos ir. Yo tiré de su brazo y, como dos fugitivos, subimos la escalera y nos metimos en mi habitación.

—Yo tampoco quería pasar la Nochevieja en esa compañía —le dije—. Se han convertido en unos extraños.

—A mí me pasa lo mismo. —Nos dimos un beso, y ambos volvimos la mirada hacia la cama. Me senté, y Beau también.

—Voy a poner la radio —sugerí. Me alcé de forma precipitada y busqué un buen programa en el dial. No sabía por qué de repente estaba tan nerviosa, pero así era. Mis dedos temblaban en el botón, y sentía un hormigueo en el estómago. Era como si aquélla fuese mi primera cita con Beau. Finalmente sintonicé una emisora que retransmitía la despedida del año desde el lujoso salón de baile de uno de los hoteles céntricos de la ciudad. Se oía el bullicio de los danzantes tanto como la música. La voz del locutor se sobrepuso para decir a todos los oyentes que pronto sería medianoche.

—¿Por qué es tan especial la Nochevieja? —pregunté. Beau reflexionó antes de responder.

—Supongo que da a la gente la oportunidad de esperar cosas mejores. —Se echó a reír—. Cuando era niño tenía un juguete llamado la «pizarra mágica». Escribías o dibujabas sobre ella, y con sólo estirar la cubierta de plástico todos los garabatos se borraban y podías comenzar de nuevo. Quizá es eso mismo lo que sentimos en Nochevieja: que pasaremos mágicamente la página y reescribiremos nuestras vidas.

—¡Cuánto desearía poder hacerlo! Pero yo querría retroceder en el tiempo, y no sólo un año.

Beau asintió y me miró con ojos afectuosos y solidarios.

—Los jóvenes acomodados como Gisselle y como yo, o como todos esos chicos que ahora mismo se están propasando con el ron en el piso de abajo, no tenemos ni la más remota idea de lo dura que ha sido tu existencia, Ruby. —Alargó su mano hasta la mía, mirándome todo el tiempo—. Eres una flor silvestre. A los demás nos han acunado, alimentado, nos han dado los mayores privilegios mientras tú tenías que luchar para salir adelante. Pero ¿sabes lo que te digo? Que esa lucha te ha conferido belleza y fuerza. Al igual que una flor espontánea, has prosperado muy por encima de la vulgaridad, de los hierbajos. Eres única. Siempre lo he sabido, desde el día en que puse los ojos en ti.

—¡Qué dulce eres, Beau!

Me atrajo hacia él y me dejé caer contra su cuerpo. Nuestros labios se encontraron, sus manos rodearon mis hombros. Luego, con extrema suavidad y gracia, hizo una pirueta para que ambos quedásemos de lado sobre la cama. Me besó en el cabello, la frente, los ojos, en la punta de la nariz, antes de apretar nuevamente sus labios sobre los míos. Cuando se tocaron las lenguas, toda yo me diluí.

—Hueles tan bien... —susurró—. Tengo la sensación de estar en medio de un vergel.

Bajó los dedos por mi piel y palpó la cremallera del vestido. A medida que la descorría y la prenda se iba aflojando en torno a mi pecho, gemí de placer y hundí la cabeza en la almohada. Beau aplicó los labios a mi mentón y recorrió todo mi cuello hasta el escote y el valle de los senos.

—Beau, no tomamos ninguna precaución —murmuré, pero le estrujé contra mi carne como si pretendiera desmentirme a mí misma y refutar todo lo que siempre juzgué correcto.

—Lo sé —me contestó—. Las tomaremos —prometió, pero empezó a retirar las mangas de ambos brazos.

Dejé que el pectoral se deslizara hasta la cintura. Beau se incorporó, se quitó la americana cruzada, deshizo el nudo de su corbata y desabotonó la camisa mientras yo contemplaba su rostro, iluminado por el claro de luna que se filtraba a través de la ventana. Parecía un ser fantasmal, una criatura salida de un sueño, la personificación de mis fantasías más desenfrenadas. Cerré los ojos y sólo los volví a abrir cuando le sentí encima de mí, ya sin la camisa. Jugueteó con mi sostén, y al fin lo desabrochó y sus labios viajaron por mis pechos desnudos, besándolos tiernamente hasta que le aparté y estampé mi boca en la suya.

Tenía ya las manos debajo del vestido, buscando a tientas la cinturilla de mis bragas. Debería haberle detenido entonces, pero permití que expusiera mis partes íntimas, y le oí gimotear y susurrar mi nombre al arrimar a mí su endurecida virilidad.

—Beau, no —imploré débilmente.

—Es bueno, Ruby, bueno y hermoso. Está predestinado. De lo contrario no nos querríamos tanto.

No me resistí. Permití que me penetrase y que explorase mi cuerpo aún más profundamente de lo habitual. Subí y descendí al compás que me marcaba, imaginando que flotaba en una piragua cerca del océano, allí donde las aguas se rizaban con el oleaje. Cada vez que me elevaba me sentía más liviana. Pensé que iba a emprender el vuelo como un zepelín.

No sé cuántas veces gritaría mi nombre. No recuerdo lo que yo misma dije, pero esta vez el acto amoroso fue tan intenso que mis ojos se anegaron en lágrimas. Por un momento fue como si nos hubiéramos fundido en un solo ser; nunca se vio a unos amantes más ardientes. Me abracé a él desesperadamente, tanto que un espectador imparcial habría creído que me asustaba salir despedida de la cama.

Alcanzamos el orgasmo de forma simultánea, inundándonos de besos, paseando los labios sobre la faz querida como dos desheredados hambrientos de afecto, de contacto humano, ávidos de cariño. Sofocamos nuestras voces en el cuello o los hombros del otro y nos relajamos con hondos jadeos, entremezcladas las palpitaciones, los dos tan asombrados de nuestra pasión que no pudimos por menos que reír.

—Fíjate en esto —dijo Beau, poniendo mi palma abierta sobre su corazón.

—Ahora siente tú el mío.

Nos tumbamos uno junto al otro, con los mutuos latidos retumbando en las manos y trazando un circuito, a través de los brazos, hasta nuestros respectivos corazones.

Yacimos así largo rato, unidos y en silencio. Por fin Beau se sentó en el lecho y se encorvó sobre mí, mirándome emocionado.

—Eres maravillosa —musitó—. Te quiero. Nunca me cansaré de decírtelo.

—¿De verdad, Beau? ¿Me amarás hasta el fin de nuestros días?

—No veo razón para no hacerlo, ni cómo podría dejar de adorarte —dijo, y me besó con inmensa ternura.

En la radio, el locutor, con la voz exaltada, inició la cuenta atrás. «Diez, nueve, ocho...»

Beau tomó mi mano en las suyas y recitamos al unísono los números restantes: «... Cinco, cuatro, tres, dos, uno. Queridos oyentes, ¡feliz Año Nuevo!» La orquesta atacó los acordes de *Auld Lang Syne*.

—Feliz Año Nuevo, Ruby.

—Feliz Año Nuevo, Beau.

Nos besamos una vez más, y durante un segundo nos pareció que nada en este mundo tendría el poder de separarnos. Hacía tiempo que no me sentía tan dichosa, tan colmada. Era una emoción muy grata. La anhelaba más de lo que había supuesto.

Nos vestimos, nos peinamos, y rehicimos nuestro porte de manera que quedásemos tan pulcros y decorosos como al principio de la velada. A continuación fuimos a la planta baja para ver qué hacían Gisselle y sus amigos.

Me arrepentí al punto. Al parecer, dos chicos habían hecho carreras para llegar al lavabo del pasillo y ninguno alcanzó la meta. Estaban vomitando y echando esputos en la misma zona, alternando los plañidos con unas risas de idiotas. Toda la casa apestaba a unos nauseabundos vahos de ron, vino rancio y whisky.

Habían derribado todos los adornos en el enloquecido fragor de la medianoche. Los globos, reventados, yacían dispersos por los rincones. La sala de estar era un desbarajuste. Más aún, se diría —más tarde confirmamos que era cierto— que allí se había librado una buena batalla. Las bebidas derramadas formaban charcos en el suelo; había pastel y pedazos de «bocadillo de pobre» en los muebles; las paredes y las mesas estaban embadurnadas de mostaza y mayonesa, e incluso se veían engrudos en los cristales de las ventanas.

Algunos de los asistentes a la fiesta estaban despatarrados en las alfombras o acurrucados en los brazos de otros, riendo y farfullando incoherencias. Otros, más conscientes de sus excesos, se habían sentado con los ojos cerrados y se aguantaban el cargado abdomen. Todavía había dos chicos en el bar retándose a beber. Por descontado, habían puesto la música tan alta que temí que me estallaran los tímpanos.

—¿Dónde está Gisselle? —demandé. Recibí algunas miradas indiferentes. Antoinette soltó al muchacho que dormía en su hombro y se dirigió hacia nosotros.

—Tu hermana ha dejado la fiesta con John hace una hora.

—¿Que os ha dejado? ¿Y adónde ha ido? —Antoinette arqueó las cejas—. ¿Ha salido de casa?

—No lo creo —dijo con una risotada—. Desde luego, no le dolían las piernas. ¡Por cierto! Próspero Año Nuevo, Beau —deseó a mi novio, y le plantó un beso en la boca.

—Igualmente —respuso él, besándola por mero

compromiso. Antoinette retrocedió muy decepcionada y volvió con su ebrio acompañante.

—No ha subido a su habitación —le dije Beau—, porque la habríamos oído. Daphne montará en cólera cuando regrese y vea este desaguisado. Es preciso encontrar a Gisselle para que ordene a su gente que lo limpie y desaloje cuanto antes.

—El panorama no es muy prometedor —declaró Beau, dando una ojeada a su entorno—. Pero vamos a buscarla.

Registramos todas las dependencias de la planta, descubrimos dos cuerpos ensortijados en el despacho de Daphne y los echamos a empellones, pero no localizamos a Gisselle. Ascendí corriendo a los dormitorios para comprobar si había alguien y volví con un informe negativo. Recorrimos la cocina, e incluso inspeccionamos el ala donde dormían Edgar y Nina.

—Quizá estén en el cobertizo —sugirió Beau.

Lo comprobamos, pero no había nadie ni allí ni alrededor de la piscina.

—¿Dónde pueden estar? Me temo que han dejado la casa —razonó Beau.

—Sólo hay un lugar en el que no hemos mirado, Beau.

—¿Dónde?

Así su mano y le llevé de nuevo al interior. Sorteamos a un durmiente que yacía atravesado en el pasillo y fuimos a mi estudio. Al acercarnos a la puerta, oímos la risita estúpida de Gisselle. Miré a Beau y abrí la puerta con brusquedad. Costaba creer lo que vieron nuestros ojos.

John estaba desnudo sobre el sofá y mi hermana, en sujetador y bragas, le pintaba la piel. Le había untado los hombros y el torso de pintura roja y verde, y había dibujado rayas amarillas a lo largo de sus piernas, pero ahora mismo daba unos brochazos negros a sus partes pudendas. Era obvio que John estaba demasiado ebrio para ponerla en vereda. Se reía con ella.

—¡Gisselle! —bramé—. ¿Qué significa esto?

Mi gemela giró la cabeza y se balanceó unos instantes con los ojos desenfocados.

—Vaya, mira quién ha venido... La parejita —barboteó, y volvió a carcajearse.

—¿Qué demonios estás haciendo?

—¿Haciendo? —Mi hermana examinó a John, que había cerrado los ojos y exhibía en la cara una sonrisa lela—. Estoy pintando a mi amigo. Le he dicho que tenía tanto talento artístico como tú, y que si habías sido capaz de pintar a Beau yo podía hacer lo mismo con él. Me ha dado la razón. —Se rió y propinó unos golpecitos a su acompañante—. ¿Verdad, John?

—Ssí —dijo el otro.

—Saca el culo de ese sofá —mandó Beau a su amigo— y vístete, pedazo de burro. —John levantó la cabeza.

—¡Ah! Hola Beau. ¿Ya ha empezado el año nuevo?

—Para ti habrá terminado si no te levantas y te arreglas antes de que cuente hasta tres.

—¿Qué...?

—Gisselle, ¿has visto los estragos que han hecho tus amigos? ¿A qué hora abandonaste la fiesta?

—Y tú, queridísima hermana, ¿cuánto rato has estado ausente? —se me encaró mi gemela, bamboleándose y sonriendo lascivamente.

—¡Han destrozado la casa! Hay individuos vomitando en los pasillos, comida incrustada en las paredes...

—¡Caramba! Parece que tenemos una urgencia.

—Beau —avisé a mi pareja.

El dio un paso al frente, agarró a John por los brazos y le puso de pie. Acto seguido lo arrastró al fondo del estudio y le obligó a ponerse las primeras prendas.

—Vístete, Gisselle, y persónate en la fiesta —dije—.

Tienes que conseguir que recojan la sala antes de que llegue Daphne.

—No te preocupes tanto por ella. Daphne... Daphne será muy benevolente con nosotras porque quiere casarse con Bruce Bristow y hacernos aparecer como una familia de Nueva Orleans ejemplar y feliz. Siempre le has tenido demasiado miedo. Yo creo que incluso te asusta tu sombra cajun —bromeó mi hermana.

Me adelanté y le arrojé el vestido a la cara.

—En cambio, no me asusta romperte el pescuezo. ¡Cúbrete de una vez!

—Deja ya de refunfuñar. Es Nochevieja, se supone que lo estamos pasando en grande. ¿O vas a decirme que no te has divertido?

—Yo no he estropeado nada. ¡Mira mi estudio! —exclamé. Gisselle había volcado pintura, rasgado lienzos, manchado de barro mesas y útiles.

—Mañana los criados harán una buena limpieza. Es su trabajo —repuso. Empezó a ajustarse el vestido.

—No ordenarán este caos, ni tampoco la sala de estar. Hasta un esclavo se rebelaría —la increpé. Pero poco importaba lo que pudiera decir. Gisselle estaba demasiado bebida para atenderme o para concienciarse de nada. Se tambaleó, siempre riendo, y acabó de adecentarse. Beau vistió a John como buenamente pudo, y entre los dos los sacamos del estudio y les condujimos a trompicones a la sala de estar. Incluso mi gemela se quedó patitiesa por la envergadura del estropicio. Algunos chicos, al comprender lo que habían hecho, pusieron pies en polvorosa. Y los restantes no estaban en condiciones idóneas para ayudar a limpiar y reorganizar la estancia.

—¡Feliz Año Nuevo! —exclamó mi hermana—. Me parece que tendríamos que poner un poco de orden. Rió como una gallina clueca y empezó a retirar unos vasos, pero lo hizo con tanto atolondramiento que se le cayeron de las manos y rompió tres.

—Ahora no sirve para nada —le dije a Beau.

—La obligaré a sentarse en algún sitio y quedarse quieta —se ofreció. Mientras se la llevaba, insté a algunos de los presentes a apilar los platos, los vasos y las copas que había en el suelo. Encontramos piezas debajo de los sofás, detrás de las sillas, al pie de las mesas y también en las estanterías.

Fui a la cocina y me procuré un cubo de agua jabonosa y varias esponjas. Cuando volví, había habido más deserciones. Los pocos que aún quedaban intentaron colaborar. Antoinette y yo fuimos por toda la habitación y rascamos la inmundicia que pudimos de las paredes, pero algunos alimentos habían dejado manchas profundas. Era descorazonador.

—Se necesitaría un ejército para arreglar esto, Beau —me lamenté. Él estuvo de acuerdo.

—Lo mejor será que se larguen cuanto antes —dijo.

Anunciamos que la fiesta había terminado. Beau ayudó a algunos de sus amigos a ir hasta los coches, asegurándose de que condujeran sólo los más sobrios. Cuando se hubieron marchado todos, evaluamos lo que faltaba por hacer. Gisselle estaba tirada en el suelo de la sala de estar, junto al canapé, roncando a pleno pulmón.

—Vete tú también, Beau —le pedí—. No te conviene estar presente cuando vuelva Daphne.

—¿Tú crees? Podría atestiguar ante ella...

—¿Y qué le dirías, Beau? ¿Qué estábamos en mi habitación haciendo el amor mientras Gisselle y sus amigos desmontaban la casa?

Él se avino a razones.

—¡Menuda situación! —declaró—. ¿Y tú, qué vas a decirle?

—Nada —respondí—. Siempre es preferible a mentir.

—¿Quieres que te ayude a meterla en la cama? —me preguntó, apuntando a Gisselle con el mentón.

—No. Déjala donde está.

Le acompañé a la puerta, y me dio un beso de buenas noches.

—Te llamaré mañana... a una hora u otra —dijo con las cejas arqueadas.

Le vi bajar la escalinata, cerré la puerta y regresé a la sala de estar para esperar la inevitable tempestad que pronto se desencadenaría y rugiría sobre mi cabeza.

Me senté en una butaca enfrente de Gisselle, que continuaba en el suelo, tendida cuan larga era y extraña al mundo de los vivos. Había vomitado, pero estaba demasiado ida para notarlo o avergonzarse. El reloj de pared dio las campanadas de las dos. Entorné los ojos y no volví a abrirlos hasta sentir que me vapuleaban violentamente. Mis ojos toparon con el rostro enfurecido de Daphne, y por un momento no pude recordar dónde estaba ni qué había pasado. Ella no permitió que ese momento durase mucho.

—¿Qué has hecho? Pero ¿qué has hecho? —me acosó. Tenía la boca contraída y los ojos desorbitados. Bruce se erguía en el umbral, meneando la cabeza y con las manos en las caderas.

—No he hecho nada, Daphne —me defendí, sentándome erguida—. Esto es lo que Gisselle y sus amigos denominan «diversión». Yo no soy más que una retrógrada niñita cajun; ni siquiera sé pasarlo bien.

—¿Por qué dices eso? ¿Así es como me pagas que haya sido gentil y comprensiva contigo? —me recriminó mi madrastra con voz chillona.

Un fuerte gemido de Gisselle le hizo volver la cabeza.

—¡Levántate! —le ordenó a ella—. ¿Me has oído, Gisselle? ¡Ponte en pie inmediatamente!

Los ojos de Gisselle pestañearon, pero no se abrieron. Emitió un gruñido y se quedó inmóvil.

—¡Bruce! —gritó Daphne, girándose hacia la puerta.

Él suspiró y se adelantó. Luego hincó la rodilla en el suelo, pasó los brazos bajo el cuerpo de mi hermana y, no sin esfuerzo, la alzó en volandas.

—Llévala arriba ahora mismo —exclamó mi madrastra.

—¿Arriba?

—Y rápido. No soporto verla en ese estado.

—Usaré la silla de ruedas —dijo Bruce, y soltó su carga sin miramientos, ajeno al pedazo de pastel que había pegado en el respaldo. Gisselle quedó sentada con la cabeza sobre el hombro, y volvió a gemir. Bruce la empujó al exterior del mismo modo que *grandpère* Jack habría transportado una carretilla de estiércol de vaca, echando la cabeza atrás y extendiendo los brazos para tener la peste lo más lejos posible. En el instante en que salieron de la sala, Daphne arremetió otra vez contra mí.

—¿Qué ha ocurrido aquí?

—Ha habido una batalla campal. Habían bebido como cosacos —recapitulé—. Algunos no aguantaron tanto licor, mientras que otros estaban demasiado borrachos para comedirse. Han roto las copas, han desparramado la comida y han caído fulminados en el suelo. Al principio del cotillón, Gisselle les dijo que podían campar a su albedrío excepto en el primer piso. He encontrado a una pareja en tu despacho.

—¿En mi despacho? ¿No habrán tocado nada?

—Sólo a sí mismos, supongo —repuse secamente. Exhalé un bostezo.

—Te alegras de este descalabro, ¿verdad? Crees que demuestra algo.

Yo me encogí de hombros.

—En el *bayou* he visto a la gente empinarla y deni-

grarse a sí misma —dije, pensando en *grandpère* Jack—.
Tengo experiencia, te lo aseguro, y los criollos ricos no
son diferentes.

—Confiaba en ti para que mantuvieras el orden
—dijo Daphne, haciendo un gesto reprobatorio.

—¿En mí? ¿Y por qué no en Gisselle? Ella ha recibido una educación mejor. Le han enseñado los refina-
mientos de la vida, ¡le han dado todo esto! —exclamé
con los brazos abiertos.

—Gisselle tiene unas limitaciones.

—Ya no. Tú misma lo viste el otro día.

—No me refería a sus piernas, sino a su... a su...

—No es ni más ni menos que la jovencita mimada
y narcisista que tú has creado —la interrumpí.

Mi madrastra siguió allí de pie, enfurecida y desencajada.

—Me he hartado de salvar las apariencias —afirmó—. Cuando despierte tu hermana le dirás de mi parte que, llueve o truene, tendréis que volver juntas a
Greenwood. Mi decisión es inapelable. —Dio un repaso a la estancia—. Habré de contratar los servicios de
una empresa que limpie y restaure los desperfectos de
la casa, y el importe se descontará de vuestro dinero
para gastos. Díselo también.

—Quizá deberías decírselo tú misma.

—No seas insolente. —Daphne calló y asintió varias veces—. Ya sé por qué has dejado que sucediera este
desastre. Probablemente ni siquiera estabas aquí cuando ha empezado, ¿me equivoco? Tu flamante enamorado y tú os habíais escapado a algún rincón oscuro —me
acusó. Noté que me ruborizaba, lo cual la convenció de
que había dado en el clavo—. En el fondo, no me sorprende. Es mi castigo por haberos dado una segunda
oportunidad.

—Siento que la noche haya acabado así, Daphne
—dije. Debía evitar a cualquier precio que inculpase a

Beau—. Lo lamento muchísimo. Sin embargo, yo no podía hacer nada para impedirlo. Gisselle era la anfitriona y la responsable de la fiesta. Los invitados son amigos suyos. Y conste que no es que trate de eludir la responsabilidad, pero la verdad es que no me habrían escuchado. Siempre que intento corregirles en algo, Gisselle se burla de mí y dice groserías. Los vuelve en mi contra, y me deja sin poder ni autoridad sobre ellos.

—Te recuerdo que ésta también es tu casa —recalcó Daphne con tono hiriente.

—Nunca me diste pie para creerlo —repliqué—. Pero continúo deplorando lo ocurrido.

—Ahora, vete a dormir. Mañana terminaremos de discutirlo. Hasta que he vuelto a casa, ésta era la mejor Nochevieja que había tenido en mucho tiempo —concluyó, y se encaminó a la puerta.

—Feliz año también para ti —murmuré entre dientes.

Al día siguiente, Gisselle no dio señales de vida hasta pasadas las doce, pero Daphne tampoco. Desayuné sola con Bruce.

—Está muy indignada —me dijo—, pero yo la calmaré. Ahora bien, no creo que pueda disuadirla de enviaros a Greenwood.

—Me da lo mismo —contesté. Dadas las circunstancias, lo que más deseaba era alejarme de aquel ambiente.

Después de desayunar, salí a la terraza que había junto a la piscina y dormí un rato al calor del sol. A eso de la una presentí que había una sombra delante de mí, y abrí los ojos para ver a Gisselle. Estaba hecha trizas. Llevaba el cabello desaliñado y tenía la tez tan macilenta como un pez muerto. Llevaba gafas oscuras y una bata, debajo de la cual se adivinaba todavía la ropa interior de la víspera.

—Daphne dice que me has responsabilizado a mí de todo —declaró.

—Sólo le he contado la verdad.

—¿Le has mencionado también que pasaste toda la noche en tu cuarto con Beau?

—No fue toda la noche, pero no ha hecho falta que yo se lo dijera. Lo adivinó.

—¿No podías inventar una excusa, achacarlo todo a un invitado o algo parecido?

—¿Quién creería semejante historia, Gisselle? Además, eso no cambia nada. Anoche no me hiciste ningún caso cuando intenté que tus amiguitos y tú reparaseis un poco los daños. Si me hubieras escuchado, quizá habríamos salido mejor libradas.

—Gracias por el consejo —dijo mi hermana—. Sabes lo que dice ahora, ¿no? Que tengo que regresar al pensionado. Ni siquiera me ha dejado hablar. Nunca la había visto tan enfadada.

—Tal vez sea lo mejor.

—Sí, claro. A ti no te importa, en Greenwood disfrutas de lo lindo, progresando en los estudios e intimando con Louis y tu señorita Stevens.

—Louis se ha ido, y no puedo «disfrutar de lo lindo» en una escuela cuya directora ha pretendido expulsarme por una infracción que cometiste tú —le recordé.

—Entonces, ¿por qué quieres volver?

—Estoy cansada de enfrentarme a Daphne. No sé, tengo una especie de hastío.

—Lo que tú tienes es una buena dosis de imbecilidad... Imbecilidad y egoísmo.

—¿Cómo? ¿Me acusas de ser egoísta?

—Así es. —Gisselle se oprimió las sienes con las manos—. ¡Cielos, qué jaqueca! Es como si alguien jugase al tenis en mi cabeza. ¿Tú no tienes resaca? —me preguntó.

—Yo no me excedí con el ron.

—No, claro, ella nunca se excede —me ridiculizó—. La santita bondadosa ataca de nuevo. Estarás contenta —masculló. Dio media vuelta, aunque no echó a correr. Tuvo que caminar despacio para no aumentar los latidos cerebrales.

Sonreí. «Algo es algo —pensé—: al menos ha aprendido una lección.» Pero sabía que por muchas promesas que se hiciera, por mucho que jurase enmendarse, mi hermana olvidaría su arrepentimiento en cuanto remitiera el dolor.

Dos días más tarde preparamos el equipaje para el retorno a Greenwood, sólo que esta vez la silla de ruedas se quedó en casa. Gisselle quería llevarla, arguyendo que aún sentía inseguras las piernas, pero, Daphne dicho sea en su honor, no se tragó el cuento. No estaba dispuesta a dejar que su hijastra reincidiera en los viejos ardides, ganándose la simpatía de todos, utilizando su condición como pretexto de mala conducta.

—Si puedes caminar por casa, bailar y armar desorden, también podrás acudir a tus clases —le dijo—. Ya he llamado a la gobernanta para darle la buena nueva —añadió—, así que todo el personal de la escuela está enterado del milagro. Ahora espero que tu rendimiento escolar experimente una recuperación igual de milagrosa.

—Pero mamá —argumentó Gisselle—, los profesores de Greenwood me tienen manía.

—Estoy segura de que los de aquí también te odiarían —replicó Daphe—. Recuerda lo que te he dicho: si os portáis mal seréis transferidas a un colegio más estricto, con una cerca de alambre de espino —amenazó, dejando a mi hermana boquiabierta. Aquélla fue la versión de Daphne de una despedida maternal.

Hicimos todo el viaje en un lúgubre silencio, Gisselle lloriqueando de modo intermitente y suspirando con desgarro. Yo intenté dormir la mayor parte del trayecto. Cuando llegamos a los dormitorios nos saludaron como al héroe que vuelve a la patria, al menos a

Gisselle. Por unos instantes aquella acogida restituyó a sus mejillas el color rosado. La señora Penny aguardaba en el portal, capitaneando a todas las chicas del cuadrángulo, para darle la bienvenida y presenciar el portento de su súbita curación. En cuanto las vio, el humor de mi hermana cambio.

—¡*Tam-tam!* —cantó, apeándose del coche.

La señora Penny batió palmas de alegría y fue enseguida a abrazarla. Las compañeras se apiñaron alrededor de ella y la acribillaron a preguntas: ¿Cómo había ocurrido? ¿Cuándo tuvo el primer síntoma? ¿Le había dolido? ¿Qué opinaban los médicos? ¿Qué había dicho su madre? ¿Cuánta distancia podía recorrer?

—Todavía estoy un poco débil —pretextó Gisselle, y se apoyó en Samantha—. ¿Alguien puede darme mi chaqueta? —pidió con la voz quebrada—. La he dejado en el asiento.

—Yo misma —dijo Vicki, y fue a buscarla muy diligente.

Levanté los ojos al cielo. ¿Por qué nadie salvo yo podía atravesar la superficie de Gisselle? ¿Tan deseosas estaban todas de que las engañase, jugase con ellas y les tomara el pelo? Merecían sus abusos; merecían ser maltratadas, estafadas y manipuladas, y me prometí a mí misma que a partir de ahora estaría ciega a todo lo que no fuera mi arte.

Así, a la mañana siguiente volví a las aulas con un buen estímulo. Esperaba anhelante mi primera sesión de pintura. Estaba segura de que la señorita Stevens me rogaría que me quedase después de clase y que hablaríamos largo y tendido sobre las vacaciones. En mi mente, y en el recóndito seno de mi corazón, Rachel Stevens se había convertido en una hermana mayor. Pensé que algún día, a no mucho tardar, me atrevería a decírselo.

No obstante, en el instante en que entré en el edificio y enfilé el pasillo de la sala de tutorías, intuí que algo iba mal. Lo noté en los corrillos de alumnas que cuchicheaban a un lado y otro, mirándome disimuladamente cuando pasaba junto a ellas. Sin saber por qué, mi corazón empezó a alborotarse y una peculiar desazón se asentó en mi estómago, haciéndome sentir como si toda una colmena zumbara entre sus paredes.

Hoy había llegado a clase con bastante antelación, porque quería pasar a saludar a la señorita Stevens antes de que comenzara la jornada escolar. Así pues, desoí mis premoniciones, fui hasta el estudio de arte y crucé la puerta, esperando encontrarla allí con su guardapolvo, el cabello suelto e irradiando sonrisas.

En cambio, a quien vi con la bata de pintor fue a un hombre de edad avanzada. Estaba sentado a una mesa, revisando unos dibujos. Alzó la vista, extrañado por mi presencia, y yo miré al aula.

—Buenos días —dijo con afabilidad.

—Buenos días. ¿Aún no ha llegado la señorita Stevens? —pregunté. El desconocido se puso serio.

—Me temo que la señorita Stevens no volverá por aquí. Yo soy el señor Longo, su sustituto.

—¿Cómo? —Por un momento, aquellas palabras me parecieron un total despropósito. Me quedé donde estaba con una sonrisa ancha, incrédula, y el corazón galopante.

—No va a volver —repitió el hombre de un modo más enfático—. Presumo que es usted una de sus estudiantes de arte.

—No puede ser verdad —dije, moviendo la cabeza—. ¿Por qué ha dejado la escuela? ¿Por qué? —pregunté. Él se irguió para seguir hablando.

—Ignoro los detalles, mademoiselle...

—Dumas. ¿Qué detalles?

—Como le he dicho, los desconozco, pero...

No esperé que terminase. Giré en redondo y salí de la estancia a toda prisa. Corrí por el pasillo, confundida, con un río de lágrimas en las mejillas. ¿Que no volvería a ver a la señorita Stevens? ¿Que se había ido? ¿Cómo había podido hacer algo así sin avisarme? Mi histeria creció. Ni siquiera sabía dónde estaba; iba como una posesa de un extremo a otro del edificio. Doblé una esquina y me encaminé a la parte delantera. Cerca ya de las primeras aulas, oí las estridentes carcajadas de Gisselle. Otras chicas se habían arracimado para escuchar los portentos de su rehabilitación. Dejé de correr y me dirigí despacio hacia ellas. El grupo se dividió, de forma que mi hermana y yo quedamos frente a frente.

—Acabo de enterarme —dijo.

—¿De qué?

—Esta mañana no se habla de otra cosa en la escuela. Tu señorita Stevens ha sido despedida.

—No puede ser. Era una profesora excepcional.

—Me parece que su expulsión no tiene nada que ver con su capacidad docente —dijo Gisselle, y miró muy resabiada a las otras, que exhibían también sonrisas de presunción.

—¿Cuál ha sido la causa? ¿Cuál? ¿La han echado porque me ayudó? —pregunté. Me encaré con el grupo—. Por favor, que alguien conteste. ¿Quién lo sabe?

Hubo unos segundos de silencio. Por fin, Susan Peck se destacó del resto.

—No conozco las circunstancias exactas —dijo, mirando a sus compañeras por el rabillo del ojo—, pero los cargos que le imputaron guardaban relación con su inmoralidad.

—¿Inmoralidad? ¿De qué hablas? —me solivianté. Todas sonrieron como única respuesta. Me giré hacia Gisselle.

—Yo soy inocente —intentó excusarse—. La Dama de Acero lo averiguó ella solita.

—¿Qué averiguó? Estoy segura de que no había nada que averiguar.

—Descubrió por qué nunca sale con hombres —aclaró Susan—. Y por qué quería enseñar en un pensionado sólo para chicas. —Hubo risas contenidas. Se me heló el corazón y empezó a funcionar de nuevo, esta vez movido por la ira.

—Todo eso son mentiras, calumnias.

—Se ha marchado, ¿no? —añadió Susan. Sonó el primer timbre—. Vamos a la sala de tutorías. No quiero que me pongan faltas el primer día de clase.

El corro empezó a disolverse.

—¡Mentiras, mentiras! —repetí a gritos.

—Deja ya de hacer el ridículo y ve a estudiar —dijo Gisselle—. Deberías estar encantada. ¡Has vuelto a tu adorado Greenwood!

—¡Has sido tú! —la acusé—. De algún modo, por algún medio, has logrado desprestigiarla.

—¿Y cómo iba a hacerlo? Ni siquiera estaba aquí cuando ocurrió. —Mi hermana levantó los brazos y se volvió hacia Vicki, Samantha, Jacqueline y Kate—. ¿Veis como siempre me echa a mí la culpa de todo?

Las otras se detuvieron a observarme. Negué con la cabeza, retrocedí unos pasos, me volví y empecé a correr hacia el despacho de la directora. La señora Randle alzó los ojos con estupefacción cuando asalté sus dominios.

—Quiero ver a la señora Ironwood —dije.

—Tienes que concertar una entrevista, querida —respondió la secretaria.

—¡Quiero verla ahora! —ordené. Ella se puso rígida, sobresaltada por mi ímpetu.

—En estos momentos la señora Ironwood está muy atareada con la reapertura de la escuela y...

—¡Ahora! —vociferé.

Se abrió la puerta del despacho interior y surgió de él la señora Ironwood, mirándome severamente.

—¿Qué significa este escándalo?

—¿Por qué han despedido a la señorita Stevens? —pregunté sin más preámbulos—. ¿Fue porque acudió en mi auxilio durante el juicio? ¿Es ése el motivo?

La directora miró a la señora Randle.

—En primer lugar —proclamó—, éstos no son ni el momento ni el lugar apropiado para debatir tales cuestiones, aun en el caso de que fuesen competencia de una estudiante, que no lo son. Además, ¿quién se ha creído que es para entrar aquí como una endemoniada y presentar reclamaciones?

—Lo que ha hecho es muy injusto —contesté—. ¿Por qué se ha ensañado con ella? Era una profesora excelente. Pero quizá sus intereses no se cifran en eso; quizá no le preocupa la calidad de la enseñanza.

—Me preocupa tanto como su insolencia —afirmó la señora Ironwood. Me enjugué unas lágrimas inoportunas y continué en mi sitio. Ella pareció ablandarse—. La gestión con el cuerpo educativo incumbe exclusivamente a la dirección, pero le diré que la señorita Stevens no ha sido despedida. Dimitió de su puesto.

—¿Que dimitió? —dije sin poder creerlo. Ella nunca...

—Le garantizo que así ha sido. —Oímos de nuevo la campana que inauguraba el día lectivo—. Era el último timbre. Llegar tarde a la reunión de tutorías le costará dos faltas —me recordó la Dama de Acero, y acto seguido me dio la espalda y regresó a su despacho, cerrando la puerta y dejándome tras de sí perdida y desconcertada.

—Será mejor que vuelva a sus obligaciones, mademoiselle, antes de que se agrave el asunto —me aconsejó la señora Randle.

—Ella jamás dimitiría —insistí, pero hice lo que me decía la secretaria.

Aquel mismo día, sin embargo, me introduje en el círculo del chismorreo y supe que lo de la dimisión era cierto. La señorita Stevens había sido acusada de conducta inmoral y le ofrecieron la oportunidad de retirar-se dignamente en vez de tramitar la denuncia y some-terla a la humillación de una encuesta formal. Se rumo-reaba que una alumna se había presentado ante la directora y confesado que la profesora de arte la había seducido. Nadie sabía quién era la delatora, natural-mente, pero yo abrigaba mis sospechas.

Gisselle no podía estar más satisfecha y la señora Stevens había tenido su ración de carnaza.

17. UNA PESADILLA REAL

Durante los días siguientes actué como una sonámbula. Vagaba por los pasillos y los terrenos de Greenwood con la mirada abstraída y el andar torpe. Apenas oía a quienes me hablaban o platicaban alrededor de mí. No sabía ni siquiera si lucía el sol. Una tarde me quedé sorprendida al llegar a los dormitorios y descubrir que estaba empapada, que llovía y no me había percatado.

Todos los días, al volver al pabellón después de clase, esperaba encontrar un mensaje de la señorita Stevens, pero nunca lo hubo. Imaginé que se lo impedía el temor a causarme dificultades; ¡era tan considerada! Estaba muy apenada por ella, porque la hubieran alejado de Greenwood valiéndose de embustes obscenos y viles. Sabía que, aunque la hubiera dejado dimitir, la señora Ironwood se las ingeniaría para mancharla con el estigma de la «inmoralidad» y abortar así sus posibilidades de encontrar otro empleo.

Finalmente, una tarde al ir a mi cuarto encontré una carta; pero era de Louis.

Querida Ruby:

Perdóname si he tardado tanto tiempo en escribirte, pero no quería intentarlo hasta que pudiera hacerlo completamente solo. Lo que ahora lees es una carta escrita con mi puño y letra, viendo cada sílaba y cada coma que imprimo en el papel. Por fin he dejado de depender de los demás para realizar las tareas más elementales. No tengo que confiar a nadie mis pensamientos secretos, ni vencer la vergüenza y pedir que me hagan favores. Vuelvo a ser una persona normal y, permíteme decirlo una vez más, todo gracias a ti.

Los médicos dicen que mi visión se ha restablecido casi en un ciento por ciento. Tengo que hacer ejercicios para fortalecer los músculos oculares, y por ahora llevo gafas correctivas. Pero ya no paso tantas horas al día autocontemplándome. Ahora ocupo la mayor parte de mi tiempo en el conservatorio, donde trabajo con los mejores profesores del mundo, o así me lo parece. Y todos están impresionados conmigo.

Esta noche daré un recital en el auditorio de la escuela y, además de los profesores y sus esposas, asistirán los altos dignatarios de la ciudad. Intento no ponerme nervioso, y ¿sabes lo que más me ayuda a superarlo? Recordar las enriquecedoras conversaciones que solíamos tener.

Y aún no sabes lo mejor. ¡Van a dejarme interpretar un fragmento de tu sinfonía! Mientras la toque pensaré en tu risa y en tu cálida voz dándome ánimos. Te echo de menos y tengo muchas ganas de volver a verte... ¿O debería decir de verte bien por primera vez?

He recibido una carta de mi abuela y, como es habitual, contenía algunas noticias sobre la escuela. ¿Por qué ha dimitido la señorita Stevens, la titular de arte? ¿No era tu profesora favorita en Greenwood? Lo único que dice la abuela es que ha sido sustituida.

Contéstame cuando tengas tiempo, y buena suerte en los exámenes.

Tu amigo que te quiere más que nunca,

LOUIS.

Aparté la misiva a un lado e intenté componer una respuesta que no dejase traslucir cuán deprimida y deshecha estaba, pero cada vez que empezaba a explicar por qué se había ido la señorita Stevens prorrumpía en llanto, y mis lágrimas caían sobre el papel. Al final redacté una nota apresurada, pretextando que estaba en plenos exámenes y prometiendo escribirle más extensamente en cuanto terminasen.

Por otra parte, no supe nada de Beau hasta mediados de la segunda semana. Se excusó por no haber llamado antes.

—Estuve ausente todo el fin de semana porque tuve que ir a una fiesta familiar multitudinaria —aseveró. Y añadió—: No puedes imaginar cómo desvirtuó Daphne anoche lo sucedido en Nochevieja cuando coincidió con mis padres en un restaurante. Se lo representó como si hubiésemos tomado parte en una orgía.

—Casi me parece oírla.

—¿Te ocurre algo? ¿Quizá me echas de menos? Si es por eso...

—No, Beau —le dije, y le conté el episodio de la señorita Stevens.

—¿Crees que fue Gisselle?

—No lo creo, lo sé —repuse—. Una vez me amenazó con vengarse exactamente de esa manera si revelaba su secreto de que ya no estaba inválida.

—¿Has tenido un careo con ella?

—Por supuesto, pero lo niega todo —dije—. Aunque ahora ya da igual. El daño es irreparable, y ha logrado lo que quería: odio este lugar.

—Quéjate con Daphne —me sugirió—. Tal vez os deje volver a casa.

—Lo dudo —respondí—, pero no tiene importancia. Haré mi trabajo y sobreviviré. Ni siquiera avanzo con la pintura. El nuevo profesor es un hombre muy válido, pero no se puede comparar a la señorita Stevens.

—Este fin de semana podremos vernos —prometió Beau—. Iré el sábado a última hora de la mañana.

—Bien.

—Ruby, no sabes cómo me afecta que estés tan triste. Me entristeces a mí también —dijo.

En realidad estaba llorando, pero no permití que él lo advirtiera. Asentí, aguanté el aliento y colgué con el pretexto de que tenía que acabar unos deberes.

El sábado Beau cumplió su promesa, y el hecho de verle bajar del coche delante del pabellón vertió un rayo de sol en mi corazón. Un rato antes había ido a la cocina del edificio y preparado un almuerzo campestre de bocadillos y zumo de manzana. Cuando las otras chicas le pusieron los ojos encima, expresaron su aprobación mediante vivas y risas. Con una manta doblada bajo el brazo, salí veloz a su encuentro para llevarle a algún lugar del complejo.

—Daphne tenía que mandarnos un permiso para dejar el recinto los fines de semana, pero no lo ha hecho —le expliqué—. No puedo salir a la calle.

—¿Qué más da? Éste es un lugar muy bonito —dijo él, ojeando el panorama.

Paseamos por los jardines y extendimos la manta sobre el césped. Ambos nos tumbamos con la cabeza recostada en las manos y admiramos el cielo azul, salpicado de algodonosos cúmulos de nubes, mientras conversábamos plácidamente. Al principio fue una cháchara del todo intrascendente. Beau parloteó sobre algunos de sus amigos de Nueva Orleans, sus proyectos para la próxima temporada de béisbol y sus planes universitarios.

—No puedes descuidar tu arte —me dijo—. Estoy seguro de que la señorita Stevens se disgustaría mucho si te viera tan desmoralizada.

—Lo sé, pero últimamente me he convertido en una máquina. Me siento como un robot: me levanto, me visto, voy a clase, hago los deberes, estudio y duermo. No obstante, tienes razón —admití—. Debo reanudar la actividad que más me importa.

Incorporé la espalda. Él empezó a juguetear con una brizna de hierba y quiso hacerme cosquillas. Sin embargo, me sentía cohibida. Estábamos en el ángulo de mira de todo el colegio. En Greenwood no existía la intimidad para nosotros, e incluso imaginé a la señora Ironwood agazapada en una ventana vigilándonos, esperando que cometiéramos alguna acción que ella juzgase indecorosa.

Nos comimos los bocadillos, charlamos otro rato, y fuimos a pasear. Le enseñé algunas dependencias de la escuela: la biblioteca, la sala de actos y la cafetería. Todo el tiempo me sentí acechada, perseguida. No quise ir con él al pabellón; había sido una suerte evitar a Gisselle hasta entonces. Sin saber cómo, nuestros pasos nos llevaron hacia la mansión Clairborne. Beau la calificó de «caserón impresionante», especialmente por su emplazamiento entre bosques y aislada de la escuela.

Se estaba haciendo tarde, así que iniciamos al regreso a los dormitorios y el aparcamiento, pero en el camino divisamos una vereda que se adentraba en la espesura y a Beau le apeteció explorarla para ver adónde conducía. Al comienzo me mostré reacia, persuadida aún de que nos espiaban. Incluso eché miradas atrás y a ambos flancos, estudiando las lagunas de sombra generadas por el sol crepuscular, pero no avisté ni oí a nadie. Así pues, me dejé arrastrar. Nos internamos durante unos minutos en la reducida zona forestal, hasta que oímos el inconfundible clamor del agua al precipitarse entre las rocas. Al doblar un recodo, lo descubrimos: era un riachuelo estrecho, aunque caudaloso, que había creado una cascada.

—Es un bello paraje —comentó Beau—. ¿Habías estado aquí antes?

—No, ni tampoco me habían hablado de él.

—Sentémonos un rato. La verdad es que no tengo ninguna prisa por volver a Nueva Orleans —dijo. Hubo algo en su tono que no me gustó.

—¿Saben tus padres que estás aquí conmigo, Beau?

—Más o menos —contestó él sonriente.

—¿Eso qué significa?

—Les he dicho que iba a dar un paseo en coche —me anunció con un gesto de indiferencia.

—¿Y has venido hasta Baton Rouge?

—Para mí no es más que un paseo —insistió, ahora riendo francamente.

—¡Oh, Beau! Cuando regreses tendrás un nuevo altercado con ellos, ¿no es cierto?

—Habrá merecido la pena a cambio de verte, Ruby.

Se aproximó para posar las manos en mis hombros y unir sus labios en los míos. En la soledad del bosque, se sentía más libre de manifestarme su afecto. Yo, en cambio, no pude reprimir mi nerviosismo. Estábamos aún en el territorio de Greenwod, y en mi agorera imaginación vi a la Dama de Acero apostada detrás de un árbol con un par de prismáticos. Beau sintió mi agitación y la tirantez de mi cuerpo.

—¿He hecho algo mal? Creía que mi visita te haría más ilusión —dijo con patente desencanto.

—No eres tú, Beau, sino yo. En este ambiente es-

toy intranquila, aunque te tenga a mi lado. Me siento...
Como acostumbraba a decir *grandpère* Jack, tengo la
sensación de haberle pisado la cola a un caimán dormido. —Beau soltó una carcajada.

—Aquí no hay nadie más que nosotros y los pájaros —dijo, volviendo a besarme—. No saldrá ningún
caimán. —Me dio un nuevo beso en el cuello—. Extendamos la manta y descansemos juntos —me engatusó.

Dejé que me quitase la manta y que la desdoblara
sobre un claro de hierba. Se acostó sobre ella, y luego
me hizo señal de acercarme. Eché un nuevo vistazo a
las inmediaciones. Viéndome indecisa, Beau tomó mi
mano parar atraerme hacia el suelo.

En sus brazos olvidé momentáneamente dónde estaba. Nuestros besos fueron largos, apasionados. Beau
movió sus dedos de terciopelo por mis brazos y por los
senos. Pronto el ímpetu de mi sangre compitió con el
del vecino torrente, y mis retumbos interiores se hicieron tan poderosos como los ruidos del exterior. Me dejé
transportar por sus caricias, sintiendo que cada beso,
cada roce, aligeraba la acuciante pesadez de mis sienes y
el pesimismo del corazón, hasta que empecé a besarle
con la misma avidez y arrebato con los que él me besaba a mí. Sentí sus manos debajo de la blusa y las prendas
se apartaron para que pudiéramos estar más cerca, la piel
contra la piel, los latidos en perfecta comunión. Me abrí
ansiosamente y le hallé expectante, tocándome, abrazándome, reiterando su amor y sus promesas. Desde un
recoveco de la floresta llegaron a mis oídos los ecos de
un pájaro carpintero. Su matraqueo se hizo más rápido
y más sonoro, tanto que unos momentos después parecía dispuesto a echar abajo el bosque entero. Las aguas
seguían arremolinándose a nuestro lado. Mis gemidos
ganaron intensidad y frecuencia, y al fin ambos nos abalanzamos sobre el mutuo apetito, satifaciéndonos uno a
otro con la rendición de nuestro propio ser.

Cuando hubimos concluido, sentí afluir las lágrimas a mi rostro. El corazón me palpitaba a un ritmo tal que creí que iba a desvanecerme. Beau estaba tendido boca arriba, jadeante y anonadado.

—Y yo que pensaba que el béisbol era agotador —bromeó. Luego se puso serio y me miró con ojos penetrantes—. ¿Te encuentras bien?

—Sí —dije, aún sin aliento—, pero quizá nos amamos más de lo que nuestros cuerpos pueden resistir. —Él se rió.

—No se me ocurre nada mejor que morir en tus brazos —respondió, lo cual arrancó una sonrisa a mis labios.

Recompusimos nuestra ropa, nos sacudimos bien las hojuelas, y emprendimos el regreso por entre la arboleda. Tuve que admitir que me sentía más ligera y más feliz de lo que había creído posible en las dos últimas semanas.

—Me alegro mucho de que hayas venido a verme, Beau. Confío en que no te acarreará demasiados problemas.

—Ya te he dicho antes que me compensa —contestó.

Nos despedimos en el coche, con algunas de las chicas del pabellón observándonos desde la ventana del vestíbulo.

—Me sorprende que Gisselle no haya intentado incordiarme ni una sola vez en todo el día —dijo Beau.

—Y a mí. No sé en qué andará metida, pero no dudes de que será nefasto para alguien.

Beau se rió de mis palabras. Nos dimos un casto beso de despedida, y me quedé unos momentos viéndole marchar. No me moví hasta que el automóvil hubo desaparecido totalmente de mi vista. Entonces agaché la cabeza y fui con parsimonia hacia el pabellón.

—Más vale que te espabiles —me advirtió Sarah Peters en cuanto entré en el edificio.

—¿Por qué?

—Nos lo acaban de comunicar: nuestro pabellón ha sido elegido para una inspección imprevista. La Dama de Acero estará aquí en cualquier momento —me explicó Sarah.

—¿Y qué va a inspeccionar?

—Lo que se le antoje. Las habitaciones, los cuartos de baño... ¡Qué sé yo! No necesita un mandamiento judicial como la policía.

Cuando llegué a mi sección, encontré a todas las chicas muy ajetreadas, incluida Gisselle. Unas limpiaban y otras ponían orden. Las habitaciones parecían mejor organizadas y más pulidas que nunca. Samantha había hecho una labor fantástica en la nuestra.

—A nosotras nos toca en primer lugar —me informó Vicki—. Va por orden alfabético.

—¿Cómo te ha ido la visita de Beau? —me preguntó Gisselle desde su puerta.

Le lancé una mirada hostil, presa aún de una cólera invencible.

—¿Cómo, hoy no te has dedicado a espiarnos? —pregunté. Ella se rió, pero me pareció que estaba un poco azorada.

—Tenía cosas mejores que hacer —contestó, y se retiró enseguida a su habitación.

Al cabo de una media hora apareció, en efecto, la señora Ironwood, escoltada por la señora Penny y Susan Peck, quien llevaba en la mano un cuaderno sujeto a una tablilla donde anotaba todas las observaciones y faltas que imponía la directora. La inspección comenzó en la alcoba de Jacki y de Kate, y luego continuó en la de Gisselle. Esperaba oír todo tipo de amonestaciones, pero la señora Ironwood salió con una cara que denotaba contento. Se detuvo en nuestro umbral y dio un vistazo previo a la estancia.

—Buenas tardes, señoritas —nos dijo a Samantha y a mí.

Mi compañera estaba aterrorizada y dio una respuesta apenas audible. La señora Ironwood fue hasta una de las cómodas y pasó dos dedos por el canto superior. Después se los miró.

—Impecable —declaró—. Me enorgullece ver que mantienen las habitaciones limpias y las consideran su segundo hogar. —Abrió la puerta del armario, repasó nuestro vestuario, asintió, y desvió la vista hacia mi cómoda. Se aproximó a ella y abrió el cajón superior, ojeándolo y haciendo un gesto aprobatorio—. Está muy bien ordenado —dijo. Samantha me sonrió. La directora procedió luego a registrar el tercer cajón. Quedó unos segundos con la mirada en suspenso y, al fin, se volvió en mi dirección.

—¿Es ésta su cómoda?

—Sí —contesté. Ella asintió con la cabeza, se giró de nuevo hacia el cajón, metió la mano y sacó una petaca de ron.

—¿No podría haber escondido esto un poco mejor? —inquirió sarcásticamente.

Me quedé boquiabierta. Miré a la señora Penny, que me estudiaba con una expresión de pasmo y desengaño. Susan Peck tenía en los labios una tenue sonrisa.

—No es mía.

—Acaba de decir que ésta es su cómoda. ¿Alguna otra persona guarda objetos en sus muebles?

—No, pero...

—En tal caso, tiene que ser de su propiedad —me atajó la directora. Le entregó la petaca a la gobernanta—. Deshágase de ella —ordenó. A Susan le dijo—: Diez puntos negativos. —Clavó en mí sus ojos fulgurantes—. Su castigo se decidirá más tarde, y le será comunicado antes de que concluya el día. Hasta entonces quedará confinada en esta habitación.

Dio media vuelta y se marchó. La señora Penny

sostuvo la petaca con muchos remilgos, tratándola como si fuera veneno. Me miró críticamente.

—Me avergüenzo de ti, Ruby.

—No es mía, señora Penny.

—¡Qué vergüenza! —repitió, y siguió a la señora Ironwood y a Susan hacia el corredor. En cuanto se fueron, todas las chicas del cuadrángulo se agolparon en nuestra puerta.

—¿Qué ha encontrado? —preguntó Jacqueline.

—Estoy segura de que todas lo sabéis —dije con hosquedad.

—¿Qué insinúas? —inquirió Gisselle, asomando desde atrás.

—Que pusiste el ron en mi cómoda.

—¿Lo veis? Ya estamos con lo mismo. Soy la culpable universal. Hay otras chicas en la planta, Ruby, y muchas más en las secciones de arriba que podrían haberse colado en tu cuarto. No eres la alumna más popular de este internado, hermana. Quizá hayas despertado alguna envidia.

—¿De veras? —dije sonriendo.

—O tal vez —añadió, con las manos hincadas en el talle— la petaca era realmente tuya.

Me eché a reír y meneé la cabeza.

—Me pregunto cuáles serán las represalias —comentó Samantha.

—Eso es lo de menos. Pueden hacer lo que quieran —contesté, y no era pose. Ya todo me daba igual.

Unos minutos antes de cenar, la señora Penny fue a anunciarme que pasaría la velada fregando todos los lavabos de la escuela. El jefe de vigilantes me esperaría con jabón, agua y una bayeta. Tendría que repetir la misma tarea cada sábado por la noche durante un mes.

Acepté el castigo con una serena resignación que fastidió a Gisselle y sorprendió e impresionó a su club de fans. No oyeron una protesta de mi boca, aunque su cumplimiento entrañaba no ver una sola película ni asistir a los bailes. El vigilante, el señor Hull, se apiadó de mí, hasta el extremo de que empezó a hacer una parte de mi trabajo y lo tuvo listo antes de que yo llegase.

—Estos baños nunca habían estado tan relucientes los lunes por la mañana —me dijo.

Tenía razón. Una vez hube comprendido que no podía eludir la penitencia sin empeorar aún más el conflicto, decidí aplicarme con entusiasmo. Eso la hacía más tolerable. Eliminé manchas que parecían estar incrustadas, y les saqué tanto brillo a los espejos que no dejé en el cristal la más leve mácula. El tercer sábado, sin embargo, descubrí que alguien había embozado un inodoro con toallitas y había tirado repetidas veces de la cadena hasta que el agua se derramó por el suelo. El lavabo era una inmundicia asquerosa y el señor Hull acudió en mi ayuda, secándolo primero. Aun así, el hedor penetró en mis fosas nasales, y hube de salir un momento a tomar el aire para no vomitar la cena.

Dos días más tarde me desperté muy mareada y fui corriendo a vomitar. Pensé que tenía un virus dañino en la tripa, o bien que me había intoxicado con los productos desinfectantes en los que debía empapar mis manos para limpiar correctamente los baños. Cuando aquella tarde reincidieron las náuseas, pedí una dispensa de clase y a la mañana siguiente me fui a la enfermería.

La señora Miller, la enfermera de la escuela, me hizo sentar y me rogó que le describiese los síntomas. Me escuchó con el semblane grave.

—Me siento más fatigada de lo normal —admití al ser interrogada sobre mis energías.

—¿Has observado si necesitas orinar más frecuentemente que de costumbre?

Lo medité unos instantes.

—Sí —dije—, es verdad. —Ella asintió.

—¿Qué más?

—Sufro mareos pasajeros. Estoy paseando tranquilamente, y de pronto todo empieza a dar vueltas.

—Entiendo. Supongo que llevas un control de la menstruación —dijo la enfermera—, y que tienes al menos una idea aproximada de cuándo va a venirte.

Mi corazón dejó de latir.

—¿Has sufrido algún retraso? —preguntó con sumo interés cuando vio la expresión de mi rostro.

—Sí, pero ya me había pasado alguna otra vez.

—¿Te has mirado en el espejo últimamente y has advertido cambios en tu cuerpo, sobre todo en los senos? —indagó.

Había visto unos diminutos vasos sanguíneos que antes no estaban, pero los atribuí a una fase más del desarrollo, y así se lo dije. Ella negó con la cabeza.

—Ya estás todo lo desarrollada que cabe esperar —me dijo—. Lo que me has explicado tiene las típicas características de un embarazo, Ruby —declaró—. Sólo tú sabes si existe esa posibilidad. ¿Qué me respondes?

Me sentí como si acabaran de echarme un cubo de agua helada. Durante unos segundos mi cuerpo se quedó yerto, mis músculos faciales se atrofiaron. No pude articular una palabra. Ni siquiera creía que me funcionase el corazón. Me había transformado en una estatua de piedra ante los ojos de aquella enfermera.

—¿Ruby? —insistió.

Yo me eché a llorar.

—¡Vaya por Dios! —exclamó—. ¡Pobre, pobre pequeña!

Me rodeó con el brazo y me llevó a una camilla. Me mandó que me acostase y reposara. Recuerdo que mientras yacía en aquella enfermería, enterrándome bajo una montaña de autocompasión, increpando a los hados, renegando de mi destino, me pregunté por qué habían creado el amor tan placentero si luego podía sumir a sus víctimas en semejante estado. Sentía que me habían jugado una broma cruel, pero, obviamente, no podía culpar a nadie salvo a mí misma. Ni siquiera le hice reproches a Beau, sabiendo en mi fuero interno que había tenido la facultad de decir que no, de frenar sus impulsos, y había preferido seguir adelante.

Al cabo de un rato, cuando se hubieron mitigado mis sollozos, la señora Miller acercó una silla y tomó asiento.

—Habrá que informar a tu familia —dijo—. Se trata de un problema muy personal, y tendréis que tomar todos juntos decisiones importantes.

—Por favor —supliqué, agarrándome a sus manos—, no se lo diga a nadie.

—Descuida, no lo haré. Tan sólo hablaré con tu familia y, por supuesto, con la señora Ironwood.

—¡No, se lo ruego! No quiero que lo sepa nadie todavía.

—Me temo que en eso no puedo complacerte, cariño. Es una responsabilidad demasiado grande. Seguramente, pasada la conmoción inicial, tu familia te respaldará y te ayudará a decidir lo mejor para todos.

—¿Qué es lo que hay que decidir? —Desde mi punto de vista sólo había una opción: el suicidio, o tal vez la huida.

—Si vas a tener a tu hijo, si debes abortar, si conviene decírselo al padre... Hay muchos factores en juego. Por eso no puedo asumir el compromiso de mantenerlo en secreto. Es preciso que lo sepan otras personas. Callarlo sería un acto de negligencia. Me acusarían de irresponsable y, lógicamente, me pedirían cuentas. Lo mínimo que harían sería despedirme.

—Eso no lo consentiré, señora Miller. Ya soy culpable de que una persona haya perdido su puesto en la escuela; no quiero llevar a otra en la conciencia. Haga lo que sea necesario y no se preocupe por mí —dije.

—Cálmate, querida niña. ¡Claro que me preocupo! ¿Sabes? Son muchas las jóvenes de tu edad que se han visto en este mismo aprieto. No es el fin del mundo, aunque ahora a ti pueda parecértelo. —La señora Miller sonrió—. Todo saldrá bien —prometió, dándome unas palmadas en la mano—. Tú descansa. Me encargaré de las diligencias, y lo haré discretamente.

Se fue y me quedé tendida en la camilla, deseando que el techo se derrumbara sobre mi cabeza y maldiciendo el día en el que había dejado el *bayou*.

Casi una hora después, se presentó la señora Ironwood junto a la enfermera para anunciarme que Daphne había enviado la limusina a buscarme. Mientras hablaba, distinguí en sus ojos un centelleo de satisfacción.

—Termine de reponerse y regrese a los dormitorios. Recoja sus pertenencias, todas ellas —ordenó—. No va a volver a Greenwood.

—Al menos he sacado algo bueno de todo esto —dije.

La directora se sorprendió y me miró fijamente.

—No me he llevado ninguna sorpresa. Era sólo cuestión de tiempo que se destruyera a sí misma. Los de su calaña siempre acaban igual —me insultó, y desapareció antes de que pudiera contestar.

De todos modos, ya nada me importaba. Paradójicamente, mi hermana Gisselle estaba en lo cierto: Greenwood sería un lugar inhóspito mientras aquella mujer lo dirigiera y administrase. Abandoné el edificio y fui al pabellón para hacer el equipaje. Casi había concluido, cuando Gisselle apareció como una ventolera durante la hora del almuerzo. Irrumpió en el cuadrángulo gritando mi nombre. Al ver mis maletas cerradas, el armario y los cajones de la cómoda vacíos, me miró atónita.

—¿Qué está ocurriendo aquí? —preguntó, y se lo

conté. Por una vez se quedó sin habla. Se sentó en la cama como un fardo—. ¿Qué vas a hacer?

—Volver a casa. ¿Qué otra alternativa tengo? La limusina ya no puede tardar.

—¡No hay derecho! Te vas y me dejas sola.

—¿Sola? Tienes a las otras chicas, Gisselle, y de todas maneras nunca has compartido nada conmigo. Quizá seamos hermanas, pero nos hemos comportado casi siempre como dos extrañas.

—No me quedaré en este sitio. ¡Me niego! —insistió.

—Eso tendrás que resolverlo con Daphne —dije.

Salió de la alcoba hecha un basilisco para llamarla por teléfono, pero no volvió ni lió sus bártulos, así que deduje que Daphne había rechazado su petición, al menos de momento.

Pasada una media hora la señora Penny, con la tez cerúlea, me notificó que el automóvil había llegado. Estaba sinceramente afligida, e incluso me llevó algunos bultos hasta el portal.

—Estoy muy decepcionada —dijo—. Y la señora Ironwood también.

—La señora Ironwood celebra lo que me ha pasado, señora Penny. Trabaja usted para un ogro. Algún día tendrá que admitirlo consigo misma, y entonces se marchará lo mismo que yo.

—¿Marcharme? —La gobernanta puso una cara que casi parecía de risa—. ¿Y adónde iría?

—A cualquier lugar donde la gente no sea hipócrita y ruin, donde no se juzgue a las personas en función de su cuenta corriente, donde las criaturas con talento como la señorita Stevens no sean perseguidas por ser honestas y sensibles.

Me escudriñó un momento y al fin, con una seriedad desconocida en ella, dijo:

—No existe un tal paraíso, pero si lo encuentras envíame una postal indicándome las señas.

Me dejó junto a la puerta y entró de nuevo en el pabellón para reanudar sus tareas como madre suplente de todas aquellas muchachas. Monté en la limusina y arrancamos. Ni una sola vez volví la mirada atrás.

Cuando llegamos, Edgar abrió la puerta y ayudó al chófer a subir mis maletas al dormitorio. Me comunicó que madame Dumas no estaba en la mansión.

—Pero ha dejado recado de que la aguarde en casa y no hable con nadie hasta su vuelta —dijo. Cavilé si el mayordomo sabría o no la causa de mi regreso. Aunque era obvio que estaba enterado de algo, no me dejó entrever en qué medida.

Nina ya fue harina de otro costal. Me miró de pies a cabeza en cuanto entré en la cocina para saludarla y me dijo:

—Muchacha, tú esperas un hijo.

—Te lo ha contado Daphne.

—Ha desvariado tanto, que incluso los muertos que reposan en los hornos del cementerio de Saint Louis tienen que haberla oído. Así pues, ha venido a la cocina y me lo ha dicho ella misma.

—Ha sido culpa mía, Nina.

—En la magia de la procreación se necesitan dos personas —replicó—. No puedes ser tú la única.

—¡Ay, Nina! ¿Qué será de mí? No sólo cometo errores que arruinan mi propia vida, sino que malogro también las ajenas.

—Alguien con mucho poder te tiene bajo un maleficio. Los buenos *gris-gris* de Nina no logran conjurarlo —dijo reflexivamente la cocinera—. Deberías ir a la iglesia y rezar a san Miguel. Él ayuda a los devotos a derrotar a sus enemigos —me recomendó.

Oímos abrirse la puerta principal y el enérgico taconeo de Daphne resonando con fuerza en el pasillo.

El ruido fue seguido por una breve aparición de Edgar.

—Madame Dumas está aquí, mademoiselle. Quiere que vaya a su despacho —me dijo.

—Preferiría vérmelas con Satanás —mascullé.

Nina pareció desencajada.

—No vuelvas a decir eso, ¿de acuerdo? Papa La Bas tiene un oído muy fino.

Me encaminé al despacho. Daphne estaba detrás del escritorio, al teléfono. Enarcó las cejas cuando hice acto de presencia y me señaló la silla que había frente a la de ella, sin dejar de hablar.

—Ahora está en casa, John. Te la puedo enviar inmediatamente. Confío en tu discreción. Desde luego. Te quedaré muy reconocida. Gracias.

Colgó suavemente el aparato y, para mi perplejidad, meneó la cabeza y sonrió.

—Debo serte franca —empezó a decir—. Siempre imaginé que sería Gisselle, no tú, quien se presentaría ante mí en esta situación. A pesar de tu crianza, nos diste la impresión tanto a mí como a tu padre de que eras la más sensata, la más prudente y ciertamente la más lúcida.

»Pero —continuó—, como sabes, tener la inteligencia despierta no te convierte en mejor persona.

Intenté tragar saliva, pero ni eso pude hacer.

—¡Qué ironía! Yo, que reunía los requisitos óptimos para ser madre y podría haber proporcionado a mi hijo lo mejor del mundo, nunca llegué a concebir, mientras que tú, al igual que una coneja, fabricas un bebé con tu novio tan despreocupadamente como quien come un bocado de pan o sale a dar un paseo. Te pasas la vida hablando de lo injusto que es esto o aquello. Y bien, ¿qué opinas del lote que me han asignado a mí? Y encima, para echar más leña al fuego, tengo que permitir que te afinques en esta casa, que seas parte de la familia, y afrontar que te hayas quedado en estado ilícitamente.

—No lo he hecho a propósito —dije. Ella echó la cabeza atrás y soltó una carcajada.

—¿Cuántas mujeres habrán pronunciado esa estúpida frase desde que Eva engendró a Caín y Abel? —Sus ojos se entrecerraron pareciendo oscuras rendijas—. ¿Y qué creías que ocurriría? ¿Pensabas que podías encelarte como una cabra y excitar los instintos de tu pareja sin pagar nunca las consecuencias? ¿Acaso suponías que eras estéril?

—No, pero...

—Basta de excusas —me interrumpió mi madrastra—. Como se suele decir, el daño ya está hecho. Ahora debo cargar yo con la tarea de enderezar el entuerto, de arreglarlo y solucionarlo todo. En vida de tu padre pasaba lo mismo, créeme... La limusina está frente a la casa —prosiguió—. El chófer ya ha recibido instrucciones. No necesita nada. Sólo tienes que cruzar esa puerta y subir al coche —me ordenó.

—¿Adónde quieres que vaya?

Daphne me miró unos instantes en silencio.

—Un amigo mío que es médico tiene una clínica en las afueras. Te está esperando. Él mismo practicará el aborto y, salvo que surjan complicaciones inesperadas, te enviará directamente a casa. Pasarás unos días recuperándote en tu habitación e ingresarás en una escuela pública de la ciudad. Ya he empezado a hilvanar una buena tapadera. Podríamos decir que la muerte de tu padre te ha dejado tan desconsolada, que no resistes vivir lejos del hogar. Antes de irte deambulabas por aquí muy cariacontecida. La gente lo aceptará.

—Pero...

—Ya te he dicho que estoy harta de excusas. Vamos, no hagas esperar al médico. Va a hacerme un favor muy comprometido. —Me levanté—. ¡Ah! Una cosa más. No te molestes en llamar a Beau Andreas. Vengo ahora de su casa. Sus padres están casi tan consternados como yo, y han decidido mandarle a estudiar fuera el resto del año escolar.

—¿Qué significa «fuera»?

—En el extranjero —concretó Daphne—. Vivirá con unos parientes y completará el curso en Francia.

—¿En Francia?

—Exacto. Creo que está muy agradecido porque no le han puesto un castigo peor. Si habla contigo o te escribe una sola línea y los Andreas se enteran, le desheredarán. Así que para labrar su ruina no tienes más que ponerte en contacto con él.

»Y ahora, vete —añadió mi madrastra con voz cansada—. Ésta es la primera y la última vez que encubro tus malos pasos. A partir de hoy, sufrirás tú sola el peso de las imprudencias que cometas. ¡Quítate de mi vista! —ordenó, estirando el brazo hacia la puerta y acuchillando el aire con el dedo índice. Su ademán me dolió como si me hubiera hendido el corazón.

Me giré y salí. Sin detenerme, dejé la casa y entré en la limusina. Nunca me había sentido más confusa y desorientada. Los acontecimientos parecían empujarme sin rumbo fijo. Había perdido la brújula. Era como si una corriente embravecida hubiera descendido en tromba por un canal del *bayou*, revolcándome en mi piragua, y aunque realizase esfuerzos denodados para remar en otra dirección, eran todos en vano. Sólo podía ovillarme en el fondo y dejar que las aguas me llevaran a un destino preconcebido.

Cerré los ojos y no volví a abrirlos hasta que el conductor dijo:

—Estamos llegando, mademoiselle.

Debíamos de haber viajado por lo menos treinta minutos, hasta llegar a una pequeña localidad en la que todos los comercios habían cerrado. Conociendo a Daphne, supuse que me llevaría a una clínica moderna y cara, pero la limusina se detuvo frente a un edificio destartalado y siniestro. No tenía aspecto de ser un hospital, ni siquiera un ambulatorio.

—¿Seguro que éste es el sitio? —pregunté.

—Es donde me han ordenado traerla —dijo el chófer. Se apeó y abrió mi portezuela. Bajé muy lentamente. La puerta trasera de la casa se desajustó con un crujido, y sacó la cabeza una rolliza matrona que tenía el cabello de la textura y el color de un estropajo de cocina.

—Por aquí —me mandó—, rápido.

Al acercarme, vi que vestía un uniforme de enfermera. Tenía los brazos como dos rodillos, y unas caderas tan anchas que daba la sensación de que el torso hubiera sido encajado a *posteriori*. En su mentón había un lunar surcado de pelos similares a cerdas. Sus gruesos labios se tensaron con la impaciencia.

—Vamos, apresúrate —me urgió.

—¿Dónde estoy? —pregunté.

—¿A ti qué te parece? —contestó la mujer, apartándose para que pudiera pasar. Lo hice muy cautelosa. Aquel acceso daba a un pasillo largo, mal iluminado, con las paredes de un amarillo desvaído. El suelo estaba arañado y sucio.

—¿Esto es una... clínica?

—Es un consultorio particular —repuso la enfermera—. Entra en la primera puerta de la derecha. El doctor te atenderá enseguida.

Aceleró el paso y desapareció en una estancia del lado izquierdo. Yo abrí la puerta que me había indicado y vi una mesa de examen con estribos de sujeción. La cubría una sábana de papel aséptico. A la derecha estaba la mesita auxiliar metálica donde descansaba la bandeja del instrumental. En la pared más apartada de la sala había un fregadero, con lo que parecían instrumentos usados previamente hundidos en un cazo de agua. Los muros exhibían el mismo tono amarillento y deslucido que los del corredor. No tenían cuadros, ni placas, ni siquiera una ventana; pero había otra puerta, que se abrió en aquel instante, y se personó ante mí un hombre alto, enjuto, con las cejas hirsutas y el cabello ralo, negro como el carbón, aplanado sobre el cráneo y muy corto en los lados. Llevaba una bata de cirujano de color azul claro.

Me miró e inclinó la cabeza, pero no dijo nada. Fue derecho al fregadero y se lavó las manos.

—Siéntate en la mesa —me ordenó vuelto de espaldas.

La mujer obesa entró en la sala y organizó las herramientas quirúrgicas. El médico se volvió hacia mí para ver qué hacía. Arqueó las cejas inquisitivamente.

—La mesa —repitió, señalándola.

—Creía... Creía que me intervendría en un hospital —dije.

—¿Un hospital? —El doctor intercambió una corta mirada con su ayudante, que movió la cabeza sin hablar ni alzar la vista siquiera—. Es la primera vez, ¿verdad? —me preguntó.

—Sí —respondí con un quiebro de voz. Tenía el corazón alterado, y noté que se formaban gotitas de sudor en mi cuello y mi frente.

—No tardaremos mucho —dijo el médico. La enfermera blandió un instrumento que me recordó el taladro manual de *grandpère* Jack. Se me revolvieron las tripas.

—Todo esto es una equivocación —declaré—. Deberían tratarme en una clínica. —Estaba aterrorizada. Ni siquiera conocía sus nombres; ninguno de los dos se había identificado—. No puede estar bien.

—Escúchame atentamente, jovencita —dijo el médico—. Estoy haciendo un favor a tu madre. He salido de casa a una hora intempestiva y me he quedado sin cenar para venir cuanto antes. No tengo tiempo para necedades.

—Una necedad es precisamente lo que te ha puesto

444

en este brete —afirmó la mujerona con el entrecejo fruncido—. Has jugado y tienes que pagar —añadió—. Sube a la mesa.

—No. Esto no está bien —insistí. Retrocedí hasta la puerta y encontré el pomo—. Me niego.

—No tenemos un minuto que perder —me advirtió el doctor.

—Me da lo mismo. Es atroz lo que quieren hacerme.

Me di la vuelta para abrir. Un instante después huía por el sórdido pasillo y la entrada posterior. El chófer continuaba sentado detrás del volante, con la gorra sobre los ojos y la cabeza reclinada en el respaldo, dormitando. Aporreé la ventanilla y dio un rebrinco.

—¡Llévame a casa, Charles! —le apremié.

Él bajó en un santiamén y me sostuvo la portezuela.

—Madame dijo que tendría que esperar un rato —comentó, aún aturullado.

—Limítate a conducir —le atajé.

El conductor se encogió de hombros, pero regresó a su puesto y puso el motor en marcha. Pasados unos momentos estábamos en la autovía. Di una última ojeada a aquel pueblucho oscuro y lóbrego. Fue como si acabase de despertar de una pesadilla.

Sin embargo, cuando volví la mirada al frente, la realidad de lo que me aguardaba me flageló como una ráfaga de huracán. Daphne se enfurecería conmigo; haría mi vida aún más infernal. Nos aproximábamos a un cruce de carreteras. La flecha del poste marcaba un giro a la izquierda para ir al centro de Nueva Orleans, pero también una flecha en sentido opuesto, en dirección de Houma.

—Para aquí —ordené.

—¿Cómo? —El chófer apretó el pedal del freno y se volvió—. ¿Adónde vamos, mademoiselle? —me consultó.

Titubeé. Mi vida entera desfiló por mi mente en vívidos destellos: *grandmère* Catherine esperándome cuando volvía de la escuela, y yo corriendo a su encuentro con las coletas al viento, echándome en sus brazos y contándole de forma atropellada lo que había aprendido y lo que había hecho durante el día; Paul en su piragua, emergiendo tras un recodo y agitando la mano para que bajase a la orilla y me reuniese con él, colgada del brazo la cesta del picnic; las últimas palabras de *grandmère*, mis promesas, el recorrido a pie hasta el autobús de Nueva Orleans, y luego mi llegada a la mansión en el Garden District, la mirada amable y cariñosa de papá, su exaltación al comprobar quién era... Todo se sucedió como una única secuencia. Abrí la portezuela del coche.

—¿Mademoiselle?

—Regresa a Nueva Orleans, Charles —dije.

—¿Perdón? —preguntó el chófer sin dar crédito a sus oídos.

—Di a madame Dumas... Dile que por fin se ha librado de mí —le ordené, y eché a andar hacia Houma.

Charles esperó en un mar de dudas. Pero cuando nos envolvió la oscuridad, se separó del arcén y la opulenta limusina continuó sin mí, atenuándose progresivamente sus faros traseros hasta morir del todo. Me quedé sola.

Un año antes, había dejado Houma creyendo que iba a mi casa. Ahora me disponía a volver al único hogar que tuve jamás.

18. LOS CAPRICHOS DEL DESTINO

Las lágrimas manaban por mi rostro más abundantes y tempestuosas a medida que avanzaba en la oscuridad. Pasaron por mi lado coches y camiones, algunos haciendo sonar el claxon, pero yo continué caminando hasta llegar a una estación de servicio. Estaba cerrada, aunque a un lado había una cabina telefónica. Marqué el número de Beau y recé con toda el alma para que hubiera persuadido a sus padres de que le permitiesen quedarse en Nueva Orleans. Mientras sonaban los primeros timbrazos, me enjugué las lágrimas e intenté calmarme. Contestó Garton, el mayordomo de la familia Andreas.

—¿Podría hablar con Beau, por favor, Garton? —dije.

—Lo lamentó, mademoiselle, pero monsieur Beau no está en casa —me respondió.

—¿Sabe dónde ha ido o a qué hora volverá? —pregunté con una naciente desesperación.

—Va camino del aeropuerto, mademoiselle.

—¿Ya? ¿Sale de viaje esta misma noche?

—*Oui*. No sabe cuánto lo siento, mademoiselle. ¿Desea dejar algún mensaje?

—No —dije débilmente—. No hay mensajes. *Merci beaucoup*, Garton.

Colgué el auricular con suavidad y apoyé la cabeza en la cabina. Beau iba a marcharse sin que tuviéramos ni siquiera la ocasión de despedirnos. Me pregunté por qué no se había escapado y corrido en mi busca, pero yo misma me di cuenta de lo irracional y descabellada que habría sido esa acción. ¿Qué bien podía hacerle renunciar a su familia y su futuro?

Emití un hondo suspiro y me senté unos minutos. Los negros nubarrones que habían tapado la luna se retiraron, y una pálida luz blanquecina iluminó la carretera como si fuera una senda de esqueletos que condujera a tinieblas aún más densas. «Has tomado una decisión al apearte de la limusina», me dije. Ahora no tenía más remedio que ponerla en práctica. Me alcé y seguí andando.

El estruendo de unos bocinazos a mi espalda me incitó a volverme, justo cuando el conductor de un camión-tractor aminoraba la velocidad hasta detenerse. Bajó la ventanilla del pasajero y sacó la cabeza para mirarme.

—¡Condenada chica! ¿Qué haces rondando por la carretera en plena noche? —exclamó—. ¿No sabes que es peligroso?

—Voy a mi casa —dije.

—¿Y dónde está eso?

—En Houma.

El hombre se desternilló de risa.

—¿Pensabas ir caminando hasta Houma?

—Sí, señor —contesté con voz lastimera. La constatación de cuántos kilómetros tenía por delante se hizo manifiesta cuando le oí reír de aquel modo.

—Hoy es tu día de suerte. Puedo pasar por allí —dijo, y abrió la portezuela—. Ven aquí y entra. Vamos —me azuzó al verme vacilar—. Sube antes de que me arrepienta.

Me monté en la alta cabina del camión-tractor y cerré la puerta.

—Y ahora, cuéntame por qué una chiquilla tan joven andaba sola por estos parajes —me preguntó el desconocido sin apartar la vista del asfalto. Aparentaba unos cincuenta años de edad y tenía algunas canas entremezcladas con el cabello castaño oscuro.

—He decidido ir a casa de forma improvisada —declaré.

El conductor ladeó el rostro, me miró un momento y asintió con perspicacia.

—Tengo una hija de tu misma edad. Una vez intentó fugarse. Antes de recorrer diez kilómetros ya había comprendido que la gente necesita dinero para conseguir techo y comida, y que los extraños no suelen dar un solo paso para ayudarte. Dio marcha atrás y regresó con el rabo entre piernas cuando un indeseable le hizo proposiciones deshonestas. ¿Entiendes lo que digo?

—Sí, señor.

—A ti podría haberte pasado lo mismo aventurándote en esta carretera tan poco transitada, sola y de noche. Lo más probable es que tus padres estén muy angustiados por ti. ¿No te sientes como una tonta?

—Ya lo creo que sí.

—Bien. Afortunadamente no te han dado ningún susto, pero la próxima vez, antes de salir a buscar lo que a ti te parece el paraíso, siéntate en una silla y haz recuento de las muchas ventajas que tienes —me reprendió el hombre. Yo sonreí.

—Le doy mi palabra de que lo haré.

—Bueno, asunto resuelto —dijo él—. Lo cierto es que cuando tenía más o menos tu edad... No —rectificó, observándome de nuevo—, creo que era aún más joven, también viví mis aventuras. —Se rió al recordarlo y empezó a relatarme su historia. Medité que correr los caminos al volante de un vehículo pesado debía de ser una vida muy solitaria, y que aquel alma bendita me había recogido tanto para llevar compañía como para realizar una buena obra.

Al cruzar los arrabales de Houma ya sabía cuando abandonó Texas con su familia, a qué escuela había ido, por qué se había casado con su novia de la infancia, cómo había construido su propio hogar y con cuánto esfuerzo se había sacado la licencia de conductor de camiones. Ni él mismo se había percatado de su incontinencia verbal hasta que paró el vehículo.

—¡Maldición! Ya hemos llegado y ni siquiera te he preguntado tu nombre.

—Me llamo Ruby —dije. Y como si quisiera subrayar simbólicamente mi regreso, añadí—: Ruby Landry. —Y es que, para la población de Houma, aquél era mi único apellido—. Gracias por traerme.

—No se merecen. Y piénsalo dos veces antes de volver a fugarte para ser una señorita de la gran ciudad, ¿me oyes?

—Así lo haré.

Me apeé del vehículo. Una vez lo vi arrancar y desaparecer tras una esquina, emprendí el camino de mi casa. Mientras paseaba por las familiares callejas, evoqué las múltiples veces en que *grandmère* Catherine y yo habíamos bajado juntas al centro o habíamos ido a visitar a sus amigas. Evoqué las veces en que *grandmère* me llevó a una de sus misiones como *traiteur*, y también cuán querida y respetada era. De pronto, la perspectiva de volver a aquella caja de zapatos que era nuestro hogar se me antojó aterradora, por no hablar de la confrontación con *grandpère* Jack. Paul me había relatado muchas historias acerca de él.

Me detuve en otro teléfono público e introduje unas monedas que llevaba en el bolso, ahora para llamar a Paul. Se puso al aparato su hermana Jeanne.

—¿Ruby? —dijo—. ¡Santo cielo! Hacía siglos que no hablaba contigo. ¿Llamas desde Nueva Orleans?

—No —repuse.

—¿Dónde estás?

—Aquí mismo —le dije.

—¿De verdad? Eso es fabuloso. ¡Paul! —gritó a su hermano—. Ven al teléfono. Es Ruby, y está en la ciudad.

Un instante después escuché su voz cordial y tierna, una voz que necesitaba imperiosamente para recibir consuelo y esperanza.

—¿Ruby? ¿Es cierto que estás en Houma?

—Sí, Paul. He vuelto. Es una historia demasiado larga para contarla por teléfono, pero quería que lo supieras.

—¿Vas a instalarte en la vieja casucha? —preguntó con incredulidad.

—Sí. —Le expliqué en qué cabina estaba y él me prohibió dar un paso más.

—Me tendrás ahí antes de pestañear —prometió.

Efectivamente, apenas unos minutos más tarde aparcaba el coche y saltaba a la acera lleno de excitación. Nos abrazamos mutuamente.

—Ha sucedido algo espantoso, ¿no es así? ¿Qué te ha hecho Daphne esta vez? ¿O se trata de Gisselle? Tiene que haber sido algo importante para empujarte a volver —especuló, y reparó en que no llevaba equipaje—. ¿No te habrás escapado?

—Sí, Paul —contesté, y me eché a llorar.

Me metió en el coche y me acunó en sus brazos hasta que pude hablar. Mi relato debió de parecerle muy incoherente, porque detallé los pormenores, intercalando una tras otra las trastadas que me habían hecho, incluida la última hazaña de Gisselle de colocar una petaca de ron en mi cómoda del pensionado. Pero cuando le revelé mi embarazo y le describí al médico carnicero y la mugrienta consulta adonde me había enviado mi madrastra, la cara de Paul pasó de la lividez de la muerte al rojo encendido de la ira.

—¿Cómo ha podido caer tan bajo? Has hecho bien al huir. Me alegro de que estés aquí, conmigo.

—Todavía no sé qué voy a hacer —dije, secándome las lágrimas e inhalando aire—. Por ahora lo único que quiero es regresar a casa.

—Tu *grandpère*...

—¿Qué le sucede?

—Desde hace un tiempo es un auténtico pingajo. Ayer, cuando pasé por allí, estaba cavando junto al porche e imprecando a los vientos con los brazos levantados. Mi padre dice que se ha quedado sin dinero para comprar su whisky matarratas y tiene delírium trémens. Cree que el fin está próximo. A todos nos extraña que haya aguantado tanto, Ruby. Me resisto a dejarte en su compañía.

—Tengo que ir, Paul. Ahora es mi único hogar —dije con determinación.

—Ya lo sé, pero temo que vas a encontrarlo en un estado caótico. Te partirá el corazón. Mi padre afirma que tu *grandmère* le ha echado una maldición desde la tumba.

—Llévame a casa, Paul, por favor —le imploré. Él accedió.

—De acuerdo. Pero juro solemnemente que de ahora en adelante voy a cuidar de ti.

—Sé que lo dices de corazón, Paul, pero no quiero ser una carga para ti ni para nadie. Reanudaré el trabajo artesanal que solíamos hacer con *grandmère* Catherine y podré mantenerme a mí misma.

—Tonterías —dijo, y dio vuelta a la llave de contacto—. Gano mucho más dinero del que podré necesitar en años. Ya te comenté que ahora soy el director de la conservera familiar, y acabo de aprobar los planos de mi nueva residencia. Ruby...

—No hables del futuro, Paul. He dejado de crecer en él.

—Como quieras —dijo—. Pero no te faltará de nada mientras yo esté cerca. Es una promesa formal, de las que van a misa —se jactó.

Sonreí. Mi hermanastro se había convertido en un adulto. Siempre había sido más maduro y responsable que los otros chicos de su edad, y su padre no había vacilado en darle un cargo importante.

—Te lo agradezco, Paul.

No creo que existiera forma humana de prepararme para el espectáculo que ofrecían la vivienda y sus aledaños cuando volví a posar los ojos en ellos. Fue una suerte llegar de noche, una hora de escasa visibilidad, pero aun así percibí los profundos hoyos abiertos en la fachada, y al reparar en la galería y advertir lo inclinada que estaba, con la barandilla desvencijada, medio rota, y las planchas del suelo levantadas en algunos sitios, se me cayó el alma a los pies. Una de las ventanas ni siquiera tenía cristales. *Grandmère* Catherine habría llorado a mares.

—¿Estás segura de que quieres entrar ahí? —preguntó Paul tras detener el coche.

—Sí, Paul. Aunque ahora parezca un chamizo, un día fue mi hogar y el de *grandmère*.

—De acuerdo. Si te empeñas, te acompañaré para ver cómo te recibe tu abuelo. En su actual estado podría no reconocerte —dijo él—. Cuidado —me previno mientras subíamos a la galería.

Los tablones crujieron de manera alarmante; la puerta de acceso chirrió sobre sus oxidados goznes y amenazó con venirse abajo cuando la empujamos, y la casa misma apestaba como si todas las criaturas del pantano se hubieran cobijado en alguna de sus estancias.

Sólo había encendido un rústico fanal en la mesa de la cocina. Su frágil llama oscilaba precariamente con la brisa que soplaba incontenida por toda la planta a través de las ventanas abiertas.

—Presiento que por aquí han desfilado las peores sabandijas del *bayou* —declaró Paul.

La cocina era una pocilga hedionda. Había botellas de whisky vacías en el suelo, debajo de la mesa y de las sillas y en los mostradores. El fregadero estaba lleno de platos con comida reseca, y en todas partes se veían sobras en estado de descomposición que sin duda llevaban allí semanas, si no meses. Me armé con el candil y exploré la planta baja.

Las condiciones de la sala de estar no eran mucho mejores. La mesa estaba volcada, así como la butaca donde, años atrás, *grandmère* solía sentarse y quedarse dormida casi todas las noches. También aquí había botellas desechadas. En el suelo se acumulaban barro, mugre y hierba del pantano. Oímos unos pasos escurridizos al lado de la pared.

—Serán ratas —dijo Paul—, o por lo menos ratones de campo. Quizá haya incluso algún mapache.

—¡*Grandpère*! ¡*Grandpère*! —le llamé varias veces.

Fuimos a la parte trasera, la inspeccionamos, y después nos dirigimos a la escalera. Supongo que el esfuerzo que debía de costar a *grandpère* Jack ascender aquellos peldaños había salvado el piso superior de sufrir los destrozos y el deterioro que reinaban en la parte de abajo. La antigua sala de telar apenas había cambiado, ni tampoco mi antigua alcoba o la de *grandmère* Catherine, excepto en que habían abierto y registrado todo lo que era susceptible de esconder algo. El abuelo incluso había hecho boquetes en las paredes.

—¿Dónde estará? —me pregunté. Paul se encogió de hombros.

—Quizá en algún tugurio de mala muerte, mendigando un trago —dijo, pero cuando volvimos a descender oímos unos bramidos disonantes que procedían de la zona posterior de la casa. Acudimos a toda prisa y vimos a *grandpère* Jack, desnudo pero rebozado en fango, enarbolando un saco de arpillera encima de su cabeza y aullando igual que un perro sabueso después de la caza.

—Quédate detrás de mí —me ordenó Paul—. ¡Jack! —gritó—. ¡Jack Landry!

Grandpère dejó de agitar el saco y aguzó la vista en la oscuridad.

—¿Quién va? Ladrones, atracadores, ¡seguid vuestro camino!

—Aquí no hay ningún ladrón. Soy Paul Tate.

—¿Tate? Apártate de mí, ¿me oyes? No pienso devolverte nada. No des un paso más. Ésta es mi fortuna, me la he ganado. ¡Por fin la encontré! Cavé y cavé hasta descubrirla. ¡Atrás! Retrocede ahora mismo o te echaré a pedradas. ¡Atrás! —repitió estridentemente, pero fue él quien reculó.

—¡*Grandpère*! —dije—. Soy yo, Ruby. He vuelto a casa.

—¿Cómo? ¿Quién habla?

—Soy Ruby —insistí, avanzando hacia él.

—¿Ruby? No. No pienso cargar también con ese muerto. Necesitábamos el dinero. No me eches a mí las culpas, no me lo reproches más. ¡Basta ya de acusaciones, Catherine! —deliró el abuelo. Luego aplastando el saco de arpillera contra el pecho, echó a correr hacia el canal.

—¡*Grandpère*!

—Deja que se vaya, Ruby —me aconsejó Paul—. Ese matarratas que bebe le ha trastocado el cerebro.

El abuelo gritó de nuevo, y acto seguido oímos un fuerte chapoteo.

—Paul, se va a ahogar. —Él reflexionó unos momentos.

—Dame el fanal —dijo, y fue en busca de *grandpère*. Hubo más voces y chapoteo.

—¡Jack! —exclamó Paul.

—¡No! Es mío, ¡mío! —desbarró *grandpère* Jack.

Hubo un nuevo chapaleo, y de pronto se hizo el silencio.

—¿Paul?

Esperé un poco más y me adentré velozmente en la negrura, hundiendo los pies en la blanda hierba pantanosa. Corrí hacia la luz y encontré a Paul escudriñando el agua.

—¿Dónde está? —pregunté en un susurro audible.

—No lo sé, le he... —Forzó la vista y me lo señaló.

—¡Oh, no, *grandpère*!

El cuerpo de *grandpère* Jack parecía un tronco de árbol flotando a la deriva. Chocó y rebotó contra unas rocas, fue atrapado por la corriente y siguió avanzando hasta enmarañarse en unos arbustos que sobresalían del cauce.

—Habrá que pedir ayuda —sugirió Paul—. Vamos.

Menos de una hora más tarde, los bomberos izaron el cadáver de *grandpère*. Todavía sujetaba su saco de arpillera, sólo que, en vez de un tesoro enterrado, contenía una gran cantidad de latas metálicas viejas y roñosas.

¿Cabe imaginar una bienvenida más horrible? A pesar de las vilezas pasadas de *grandpère* Jack y de la patética criatura en que había degenerado, no pude por menos que recordarle en la época de mi niñez. Había tenido momentos entrañables. Algunos días iba a visitarle a su cabaña de los canales, y él me hablaba del *bayou* como si fuese su amigo más querido. En su juventud había sido una leyenda; no había en la región un cazador más experto. Sabía leer en el libro del pantano, sabía cuándo las aguas se alzarían por influjo de las mareas, cuándo saldrían los peces brema y, también, dónde dormían los caimanes y se enroscaban las serpientes.

En los buenos tiempos le gustaba disertar sobre sus antepasados, una pandilla de rufianes que convulsionaron todo el Mississippi y que fueron famosos como tahúres y remeros de barcaza. *Grandmère* Catherine decía que la mayor parte eran fábulas urdidas por su imaginación, pero a mí no me importaba en absoluto su grado de veracidad. Me encantaba el modo que tenía el abuelo de contarme aquellas historias, con la mirada absorta en el musgo colgante y dando largas bocanadas a su pipa de tronco de maíz mientras peroraba, sin más interrupción que alguna pausa ocasional —¡qué distinto era entonces!— para beber unos sorbos de su bota. Siempre econtraba una excusa. Tenía que aclararse la garganta del polvillo que transportaba el aire de la ciénaga, o bien atajar un resfriado. A veces sólo pretendía calentarse las entrañas.

A pesar de la ruptura que se había producido entre *grandmère* y *grandpère* Jack después de que él negociara la venta de Gisselle a la familia Dumas, yo intuía que una vez, años atrás, habían sido dos auténticos enamorados. Incluso la abuela, en sus instantes más ponderados, había admitido que su marido fue un joven extraordinariamente apuesto y viril, que la deslumbró con sus ojos verde esmeralda y su tez curtida por el sol. Además era un bailarín consumado, que surcaba como nadie los suelos del *fais dodo*.

Sin embargo, el tiempo siempre halla el medio de sacar a la superficie nuestros venenos. El mal que había anidado en el corazón de *grandpère* lo permeó y cambió su carácter o, como *grandmère* Catherine era aficionada a decir, le convirtió en lo que era, «un truhán irresponsable que pertenece al submundo de los insectos y los reptantes».

Quizá se había entregado al whisky como una manera de negar quién era o lo que veía reflejado cuando asomaba la cabeza por la borda de la piragua y se contemplaba en el espejo del pantano. Fuese cual fuese la causa, los demonios internos que le habitaban ganaron la partida, y finalmente le arrastraron hacia las aguas que tanto había frecuentado, amado e incluso idolatrado. El *bayou* del que obtuvo la vida vino a reclamársela.

Lloré por el hombre que había sido cuando *grandmère* Catherine se prendó de él, igual que seguramente había llorado la abuela cuando dejó de ser aquel hombre.

Pese a los ruegos de Paul, quise pernoctar en la casa. Pensé que, si no me obligaba a mí misma a dormir allí la primera noche, encontraría subterfugios para no quedarme la segunda, ni la tercera, ni ninguna otra. Me hice la cama lo más confortable posible y, después de que se fuera todo el mundo y de prometer a Paul que le esperaría sin moverme por la mañana, me acosté y caí en un sopor de puro agotamiento.

Una hora después del alba todas las amigas de *grandmère* Catherine conocían ya la noticia de mi retorno. Ellas creían que había vuelto para ocuparme del abuelo. Me levanté temprano y empecé a limpiar la casucha, dedicándome en primer lugar a la cocina. No había casi nada que comer, pero apenas habían transcurrido unos minutos de labor cuando las antiguas compañeras de la abuela empezaron a llegar, llevándome cada una su aportación. Quedaron escandalizadas, por supuesto, al ver el estado del habitáculo. Ninguna había vuelto a poner los pies allí desde la muerte de la abuela y mi subsiguiente partida. Las mujeres cajun se vuelcan activamente en las tareas ajenas, como si fueran miembros de una misma familia, siempre que una persona las necesita. En menos que canta un gallo estaban todas fregando suelos y paredes, sacudiendo alfombras, quitando el polvo a los muebles y lavando las ventanas que aún conservaban el cristal. Su entrega suscitó en mí lágrimas de emoción. Nadie me había interrogado sobre dónde había vivido ni qué había hecho en los últimos meses. Había regresado, precisaba su ayuda, y eso era lo único que contaba. Por fin me sentía verdaderamente en mi hogar.

Paul apareció con un cargamento de obsequios que me enviaban sus padres y cosas que él consideraba de utilidad. Recorrió la casita con un martillo y clavos, y afianzó todos los tablones sueltos que encontró. Luego fue a proveerse de una paleta y empezó a rellenar las docenas de agujeros que había abierto *grandpère* buscando el tesoro que, según su mente fantasiosa, había sepultado *grandmère* Catherine. Vi cómo las mujeres le miraban trabajar y murmuraban entre sí, sonriendo y ojeándome con picardía. «Si ellas supieran... —pensé—. ¡Qué lejos están de la verdad!» Pero había secretos que debíamos guardar en nuestros corazones; había personas a quienes amábamos y teníamos que proteger.

Las exequias de *grandpère* Jack fueron rápidas y sencillas. El padre Rush me recomendó que las celebrásemos sin demora.

—Ruby, no te conviene reunir en tus dominios a los compinches de Jack Landry. Ya sabes que los de su especie sólo necesitan una excusa para embriagarse y armar pendencias. Es mejor que le dejes descansar en paz y que reces por él en privado.

—¿Le dirá una misa, padre? —pedí.

—Eso por descontado. El Señor misericordioso alberga la bastante conmiseración para perdonar incluso a un hombre tan innoble como Jack Landry, y además no somos nosotros quienes debemos juzgarle —dijo el cura.

Después del entierro, las amigas de *grandmère* Catherine volvieron a casa, y sólo entonces se decidieron a formular algunas preguntas sobre mis andanzas tras la muerte de la abuela. Les conté que había vivido con mis parientes de Nueva Orleans, pero que había extrañado el *bayou*. No era del todo falso, y bastó para satisfacer su curiosidad.

Paul anduvo por la vivienda y sus alrededores, muy atareado con sus faenas de albañilería, mientras las mujeres prolongaban la tertulia durante gran parte de la velada. Alargó su estancia hasta que me hubieron deseado las buenas noches, todas sonriendo y parloteando sobre él.

—Ya sabes qué piensan —me dijo en cuanto nos quedamos solos—. Que has regresado para estar conmigo.

—Me he dado cuenta.

—¿Qué harás cuando se te empiece a notar el embarazo?

—Todavía no lo sé —dije.

—Lo más fácil sería que nos casáramos —propuso él firmemente, con la esperanza dibujada en sus azules ojos.

—Paul, ya deberías haber comprendido que eso no puede ser.

—¿Por qué no? Lo único que no podemos hacer es tener hijos de ambos, pero ahora ya no será preciso. Llevas a nuestro bebé en el útero.

—Paul, es una barbaridad ni siquiera plantearlo. Y tu padre...

—Mi padre no diría una palabra —añadió. No recordaba haberlo visto nunca tan alterado e iracundo—. Si se opusiera, tendría que confesar públicamente sus pecados de juventud. Puedo proporcionarte una buena vida, Ruby. Hablo en serio. Dentro de poco seré rico, y poseo una fértil parcela de tierra sobre la que construir mi hacienda. Tal vez no sea tan fastuosa como la mansión donde vivías en Nueva Orleans, pero...

—No son palacetes ni riquezas lo que yo quiero, Paul. Te he dicho mil veces que deberías buscarte una esposa con quien fundar tu futuro. Mereces tener una familia propia.

—Tú eres mi familia, Ruby. Siempre lo has sido.

Rehuí su mirada para que no viera las lágrimas que habían aflorado a mis ojos. No deseaba lastimarle.

—¿No puedes amarme sin tener hijos conmigo? —me preguntó. Parecía casi una súplica.

—Paul, no es sólo eso...

—¿Acaso no me quieres?

—Sí, te quiero mucho, pero no he pensado en ti como pareja desde... desde que averiguamos la verdad de nuestro origen.

—Pero podríamos empezar de nuevo si alterases esa visión —persistió con vehemencia—. Has vuelto al *bayou* y...

Negué con la cabeza.

—Hay algo más, ¿no es así?

Ahora asentí.

—Todavía amas a ese tal Beau Andreas, a pesar de que te ha dejado encinta y se ha marchado a estudiar al extranjero, ¿verdad? ¿Verdad? —demandó.

—Me temo que sí, Paul. —Me miró un momento y suspiró.

—Eso no cambia nada. Siempre me tendrás a tu lado, al pie del cañón —dijo con contundencia.

—Paul, no hagas que me arrepienta de haber venido.

—Por supuesto que no —me contestó—. En fin, ya es hora de volver a casa —dijo, y se encaminó hacia el porche. En la puerta se detuvo y se giró—. Sabes lo que pensarán de todos modos ¿no, Ruby?

—¿Qué?

—Que el niño es mío.

—Les contaré la verdad cuando sea necesario —prometí.

—No te creerán —insistió—. Aunque, como dice

Rhett Butler en *Lo que el viento se llevó*, «francamente querida, me importa un comino».

Soltó una risotada y se fue, dejándome más confundida que nunca, y más asustada si cabía por lo que podía depararme el porvenir.

Me adapté nuevamente al entorno más pronto de lo que habría creído factible. Antes de que acabase la semana estaba arriba, en el telar, tejiendo hebras de algodón para confeccionar mantas y venderlas en el puesto de carretera. Trencé hojas de palmito en forma de sombreros e hice cestas de fibra de roble. Mi quingombó no era tan suculento como los de *grandmère* Catherine, pero me esforcé y logré sacar uno bastante pasable, digno de servirlo a mis precios moderados. Laboraba por las noches y salía a montar todo el tinglado a primera hora de la mañana. Muy de vez en cuando pensaba en volver a pintar, aunque por el momento no tenía un segundo libre. Paul fue el primero en recordármelo.

—Te matas tanto a trabajar para ganarte el sustento y salir del paso que no te queda tiempo de cultivar tu arte, Ruby, y eso es un pecado.

No respondí, porque sabía lo que pretendía.

—Juntos podríamos ser muy felices. Tú volverías a vivir con desahogo, a hacer todo lo que te gusta. Contrataríamos a una niñera para el bebé y...

—Calla, Paul —le rogué. Me temblaron los labios y él cambió enseguida de tema, pues si de algo era incapaz Paul Tate era de hacerme llorar, de causarme dolor.

Las semanas devinieron meses, y acabé teniendo la sensación de que nunca me había ido. Por las noches me sentaba en la galería y observaba el espaciado tránsito, o bien contemplaba la luna y las estrellas hasta que llegaba Paul. Algunas veces traía su armónica y tocaba un par de melodías. Si su música era demasiado fúnebre, saltaba sin transición a una pieza más animada, bailando y haciéndome reír mientras soplaba y resoplaba.

A menudo daba largos paseos por la orilla del canal, en los mismos parajes que me vieron crecer. Las noches de luna llena las telarañas de las Golden Lady reverberaban entre el follaje, las lechuzas ululaban y los caimanes se deslizaban airosamente sobre las aguas de seda. De un modo eventual topaba con un ejemplar que dormía en la ribera, y lo sorteaba sin estorbarle. Sabía que presentía mi proximidad, pero rara vez abrían los ojos.

Hasta el principio del quinto mes no empezó a hacerse notorio mi estado. Nadie dijo una palabra, pero todas las miradas se dilataban en mi vientre, y supuse que había empezado a ser el centro general de las conversaciones vespertinas. Finalmente, fue a visitarme una delegación de mujeres encabezada por las amigas íntimas de *grandmère* Catherine, la señora Thibodeau y la señora Livaudis. Al parecer habían elegido a esta última como portavoz.

—Ruby, hemos venido porque ahora ya no tienes a nadie que hable en tu nombre —empezó a decir.

—Yo misma sabré defenderme si surge la necesidad, señora Livaudis.

—Puede que sí. Siendo la nieta de Catherine Landry, estoy segura de que te sobran arrestos, pero no te perjudicará tener a unas gallinas viejas como nosotras cacareando alrededor —continuó la buena mujer e hizo un gesto de asentimiento a las otras, que se lo devolvieron con expresión resuelta.

—¿Y con quién se supone que hemos de hablar, señora Livaudis?

—Con el responsable de tu problema —me dijo—, y sin pérdida de tiempo. Todas creemos saber quién es el hombre en cuestión, un joven que además pertenece a una familia de medios sustanciales en estos contornos.

—Siento desengañarlas —repuse—, pero la persona en quien piensan no es el padre de mi hijo.

Las bocas enmudecieron, los ojos se abrieron de par en par.

—¿Quién es entonces? —preguntó la señora Livaudis—. ¿O no puedes decirlo?

—No vive aquí, señora Livaudis. Es un chico de Nueva Orleans.

Las mujeres se miraron unas a otras con escepticismo.

—No te beneficiará en nada ni a ti ni al bebé que eximas al padre de sus responsabilidades, Ruby —me amonestó la señora Thibodeau—. Tu *grandmère* nunca lo habría consentido.

—Lo sé —dije, y sonreí al imaginar a *grandmère* Catherine soltándome un sermón parecido.

—En tal caso, deja que vayamos contigo a ver a ese joven y que entre todas le hagamos cumplir con sus obligaciones —propuso la señora Livaudis en tono apremiante—. Si hay en él un ápice de decencia, reaccionará bien.

—Les he dicho la verdad. No es de aquí —protesté en mi acento más sincero, pero ellas menearon las cabezas y me observaron con ojos compasivos.

—Sólo queremos que sepas, Ruby, que cuando llegue el momento de obrar en consecuencia estaremos a tu lado —dijo la señora Thibodeau—. ¿Prefieres que te lleve un médico o una *traiteur*? En los arrabales de Morgan City vive una curandera que vendrá a visitarte si tú quieres.

La idea de recurrir a una *traiteur* que no fuese *grandmère* Catherine me causaba cierta aprensión.

—Iré a ver a un médico —decidí.

—Todas sabemos quién debería pagar las minutas —comentó la señora Livaudis, paseando la mirada entre sus compañeras, quienes le dieron su firme aquiescencia.

—Podré arreglármelas —les prometí.

Se marcharon, convencidas de que sus suposiciones eran ciertas. Paul había tenido razón después de todo. Conocía a nuestro pueblo mejor que yo. Pero aquélla era mi carga, algo con lo que tenía que vivir y que debía asumir yo sola. Naturalmente, pensé en Beau y no pude por menos que preguntarme qué noticias tendría de mí, si es que sabía algo.

Como si hubiera leído en mi mente, Gisselle me mandó una carta a través de Paul.

—Mira lo que ha llegado esta tarde —me dijo una noche, enseñándome la misiva. Yo estaba en la cocina guisando un quingombó de camarones. Me sequé las manos y tomé asiento.

—¿Me ha escrito mi hermana? —pregunté sorprendida, y abrí el sobre. Paul se quedó en la puerta, mirándome.

Querida Ruby:

Apuesto a que lo último que esperabas era recibir una carta mía. El texto más largo que he redactado nunca fue aquella absurda composición literaria sobre los poetas románticos ingleses, y debo confesar que Vicky me hizo casi la mitad.

Sea como fuere, encontré la correspondencia de Paul en tu armario cuando Daphne me mandó que fuese a tu habitación y me quedase lo que pudiera interesarme antes de regalarlo todo a la beneficencia. Luego ordenó a Martha Woods que desmantelase el cuarto y lo clausurara. Dijo que, en lo que ella concierne, nunca has existido. Obviamente, todavía tiene que resolver la cuestión del testamento. Una noche la oí hablar con Bruce sobre el particular, quien le aconsejó que invalidara tu herencia. Pero eso requiere unas complejas artimañas legales y podría interferir en sus propios planes, así que, por el momento, todavía eres una Dumas.

Tal vez te preguntarás por qué te escribo desde Nueva Orleans. ¿No lo adivinas? Daphne ha claudicado y me ha permitido volver y matricularme en una escuela local. ¿Y sabes el motivo? Que alguien difundió los rumores de tu embarazo por todo el internado. ¡No comprendo quién pudo ser! En cualquier caso, nuestra madrastra fue incapaz de soportarlo, especialmente cuando empecé a llamarla día y noche para explicarle lo que murmuraban las chicas, cómo me miraban los profesores y qué opinaba al respecto la señora Ironwood. Así pues, cedió y me dejó venir a casa, donde tu secreto está bien guardado.

Daphne ha contado a sus amistades que te fugaste al *bayou* para vivir con tus cajun porque no podías pasar sin ellos. Como es natural, la gente especula sobre Beau.

«También tú debes de hacerlo, ¿verdad?», ponía en un renglón aparte, a pie de página, como dando a entender que no iba a decir nada más. «Es típico de Gisselle —pensé— incordiarme incluso por carta.» Volví la hoja y encontré el resto.

Beau todavía está en Francia, donde todo le va viento en popa. Monsieur y madame Andreas no dejan de alardear de sus logros académicos, y dicen que irá también a una universidad francesa. Además, al parecer ha empezado a salir con una acaudalada aristócrata cuya estirpe familiar se remonta a Luis Bonaparte.

El mes pasado recibí una carta suya en la que me pedía que le contase todo lo que supiera de ti.

Hoy mismo le he contestado diciéndole que ignoro tu paradero. Le explico asimismo que he intentado dar contigo a través de un pariente de Houma, pero que por los comentarios que he oído quizá te hayas casado según una de esas ceremonias nupciales cajun a bordo de una balsa en los pantanos, con serpientes y arañas a tus pies.

¡Ah, se me olvidaba! Antes de salir de Greenwood tuve una visita en los dormitorios. Seguramente ya sabrás de quién: Louis. Es muy guapo y simpático. Se llevó un berrinche al enterarse de que esperabas un hijo y habías preferido instalarte en el *bayou* con tu tribu. Ha compuesto una pieza musical que deseaba enviarte, así que le prometí que si averiguaba tus señas concretas, no dejaría de avisarle. Aunque las promesas se hacen para romperse, ¿no crees?

Sólo bromeaba. No sé si volveré a saber nada de ti, ni siquiera si esta carta llegará nunca a tus manos. Confío en que así sea y en que me respondas algún día. Resulta agradable tener una hermana tan célebre. Me divierto muchísimo inventando historias diversas sobre tu vida.

¿Por qué no hiciste lo que Daphne quería y te libraste del bebé? Fíjate en todo a lo que has tenido que renunciar.

Tu amantísima hermana gemela

GISSELLE.

—¿Son malas noticias? —preguntó Paul cuando solté la carta y me derrumbé en la silla. Las lágrimas cubrían mis ojos, pero sonreí.

—Como sabes, mi hermana siempre intenta «ayudarme» —dije con voz llorosa.

—Ruby...

—Es una intrigante. Se sienta en su poltrona y

piensa: «¿Qué fastidiaría más a Ruby?» En cuanto lo ha decidido, lo expresa en el papel. Eso es todo. Su vocación es molestarme, y no hay quien la haga cambiar.

Mis sollozos se intensificaron. Paul corrió junto a mí y me abrazó.

—¡Oh, Ruby, mi Ruby, no llores! Te lo pido por favor.

—Estoy bien —dije, recobrando el aliento—. Se me pasará enseguida.

—Te ha escrito algo inquietante sobre él, ¿no es así? —preguntó Paul sagazmente. Yo asentí—. Podría ser mentira.

—Lo sé.

—Recuerda que siempre estaré contigo.

Levanté la mirada hacia él y vi su rostro rebosante de cariño y comprensión. Indudablemente nunca encontraría a un esposo más abnegado, pero no podía aceptar la solución que me ofrecía. Habría sido una injusticia.

—Debo superarlo yo misma. Gracias, Paul —le dije, y me enjugué las lágrimas.

—Me preocupa ver a una mujer tan joven como tú encinta y sola —musitó.

—Hasta ahora todo ha ido bien —dije.

Me había llevado dos veces al médico, lo cual había dado aún más pábulo a las habladurías sobre su paternidad. En nuestra pequeña comunidad, la gente no tardó mucho tiempo en propagar la presunta noticia, pero él se quedó impertérrito, incluso después de que le resumiera mi discusión con las amigas de *grandmère* Catherine.

Durante la segunda mitad del séptimo mes y la primera del octavo, Paul iba a mi casa todos los días, pasando más de una vez siempre que podía. Realmente no fue hasta el octavo mes cuando engordé de forma ostensible y comenzaron las fatigas. Nunca me quejé delante de él, pero hubo un par de mañanas en las que entró sin que advirtiera su presencia y me sorprendió gimiendo y gruñendo, con las manos sobre los riñones. En aquella fase me sentía como un pato, porque basculaba al andar.

Cuando el médico me dijo que no podía determinar con precisión la fecha del parto, pero que sería durante la semana siguiente o poco después, Paul decidió quedarse a dormir conmigo. Durante el día siempre podía localizarle a él o a otras personas, pero temía que la criatura se presentara en plena noche.

Una tarde, al principio del noveno mes, llegó con la cara sofocada por una gran excitación.

—Se rumorea que va a azotarnos un huracán —dijo—. Quiero que te mudes a mi casa.

—No, Paul. No puedo hacerlo.

—Aquí no estás segura —declaró—. Mira el cielo. —Señaló el atardecer rojizo, amortiguado por un fino tamiz de nubes—. Prácticamente se huele —añadió. El aire se había vuelto caliente y bochornoso, y la mínima brisa que había soplado durante el día había muerto de repente.

Aun así, no podía alojarme en su casa con su familia. Sentía demasiada vergüenza y espanto. Sin duda sus padres estaban resentidos conmigo por haber vuelto al *bayou* y alentar todos aquellos chismes.

—Aquí no me ocurrirá nada —contesté—. No es el primer temporal que resisten estas paredes.

—Eres tan tozuda como tu abuelo —dijo Paul.

Estaba enfadado conmigo, pero no cedí. En vez de marcharme, entré en la casa y preparé la cena de ambos. Paul fue a su coche para escuchar la radio; los hombres del tiempo hicieron unos pronósticos catastrofistas. Luego volvió al interior y apuntaló todo lo que pudo. Yo serví dos escudillas de quingombó, pero, en el instante en que nos sentábamos a la mesa, el viento empezó a ulular con fiereza. Paul se asomó a los canales por la parte de atrás y maldijo en voz alta. Un oscuro nubarrón de tormenta había ascendido sobre el horizonte, y se veía el avance de las lluvias torrenciales.

—Aquí viene —anunció.

Tras lo que parecieron sólo unos segundos, se desencadenaron los elementos. El aguacero descargó sobre la cubierta y encontró todas las grietas del edificio. El vendaval, entretanto, fustigó las planchas sueltas. Oímos objetos que volaban y caían, algunos de ellos estrellándose contra la casa, golpeando con tal ímpetu los muros que creímos que iban a perforarlos. Lancé un alarido y me atrincheré en la sala de estar, donde me acurruqué en el sofá. Paul iba y venía muy afanoso, cerrando postigos y obturando las fisuras que buenamente podía, pero la ventolera se coló en la casucha, levantó los adornos de los estantes y mostradores e incluso derribó una silla. Temí que el techo de uralita saltara por los aires y que quedásemos expuestos a las fauces de aquella feroz tempestad.

—¡Deberíamos habernos marchado! —exclamó Paul.

Yo estaba sollozando y amparándome en mis propios brazos. Mi hermanastro cejó en sus intentos de sujetar y taponar para reconfortarme. Nos sentamos uno junto al otro, abrazándonos mutuamente y oyendo cómo el viento aullante y atronador arrancaba los árboles de raíz.

De pronto, tan deprisa como había empezado, la tormenta cesó. Una calma letal cayó sobre el *bayou*. La tiniebla se disipó. Respiré de nuevo, y Paul se irguió para calibrar los daños. Ambos miramos por la ventana y agitamos convulsos las cabezas al divisar los árboles que habían sido partidos. Se diría que habían vuelto el mundo del revés.

Sin embargo, los ojos de Paul se desencajaron cuando el exiguo remanso azul que había en el cielo empezó a desaparecer.

—Estábamos en el ojo del huracán —afirmó—. Ahora volverá...

La segunda conflagración se abatió sobre nosotros, rugiendo y desgarrándolo todo a su paso como un gigante airado. Esta vez la casa entera sufrió la sacudida, las paredes se resquebrajaron y las ventanas se hicieron astillas, con los fragmentos de cristal esparciéndose en todas direcciones.

—Ruby, tenemos que meternos debajo del edificio —me urgió Paul.

La idea de salir me aterrorizaba. Me solté de sus brazos y fui a refugiarme en la cocina, pero pisé sin querer un charco que se había formado por causa de las goteras y resbalé. Caí de bruces, poniendo las manos justo a tiempo para no aplastarme la nariz contra el suelo. No obstante, recibí un violento impacto en el abdomen. Fue un golpe muy doloroso. De espaldas en el suelo, grité desesperada. Paul acudió de inmediato e intentó incorporarme.

—No puedo, Paul, es inútil —protesté.

Sentía las piernas como si fueran de plomo, demasiado torpes para flexionarlas o estirarlas. Él trató de auparme, pero era un peso muerto y voluminoso, y además también sus pies patinaban en el suelo mojado. De repente, tuve el dolor más agudo y lacerante de toda mi vida. Se diría que alguien había empuñado un cuchillo y me estaba abriendo en canal desde el ombligo. Apreté el hombro de Paul.

—¡Paul, el niño!

Invadió su rostro un pánico sin paliativos. Se volvió hacia la puerta como si estudiara la posibilidad de ir a pedir ayuda, comprendió que era inviable y se centró de nuevo en mí, en el momento en que rompía aguas.

—Mi hijo está en camino —le confirmé.

El viento continuaba zarandeando la vivienda. Oímos crujir el tejado metálico, y una porción se aflojó y chocó contra su armadura.

—¡Tienes que asistirme tú, Paul! Ya es tarde para avisar a alguien.

Estaba segura de que me desmayaría y tal vez incluso moriría en el suelo de mi casucha. ¿Cómo se podía sufrir aquella agonía sin perecer? Las contracciones me venían en oleadas de dolor y tirantez, con unos espasmos cada vez más cercanos en el tiempo hasta que noté textualmente que el bebé se movía. Paul se arrodilló frente a mí, con los ojos tan desorbitados que creí que le iban a estallar. Meneó la cabeza incrédulamente.

Fue tan intenso, que ni siquiera oía la tempestad o estaba atenta a sus estragos. Varias veces desfallecí y me reanimé, hasta que al final empujé con todas mis fuerzas y Paul lanzó una exclamación de júbilo. Tenía a la criatura en las manos.

—¡Es una niña! —exclamó—. ¡Una niña!

El médico me había explicado qué debía hacer con el cordón umbilical. Di instrucciones a Paul, quien lo cortó y anudó. Mi hija empezó a berrear. Él la depositó en mis brazos. Estaba aún tendida en el suelo, y la galerna, aunque había disminuido, continuaba cercándonos, con la lluvia tamborileando sobre la casa.

Paul me llevó unas almohadas y pude sentarme para admirar la diminuta cara que tenía vuelta hacia mí, buscando ya bienestar, seguridad y amor.

—Es preciosa —comentó Paul.

El aguacero se convirtió en chubasco, el chubasco en llovizna, y al fin los débiles rayos del sol poniente abrieron una brecha entre las nubes y se filtraron por una ventana para envolver en su cálida luminosidad a mi hija y a mí. Llené su cara de besos.

Habíamos sobrevivido. Juntas saldríamos adelante.

EPÍLOGO

Insólitamente, la casita sobre pilotes de *grandmère* Catherine había resistido lo que todos en el *bayou* definían como la peor tormenta en varias décadas. Otros no tuvieron tanta suerte, y sus casas fueron arrasadas por el vendaval y las lluvias. Cortaban las carreteras ramas y troncos desgajados. Se tardarían días, o quizá semanas, en devolver las cosas a una aparente normalidad.

En cuanto se extendió la voz del nacimiento de mi hija, fui visitada por las amigas de *grandmère* Catherine, todas portando artículos de primera necesidad.

—¿Cómo la llamarás? —preguntó la señora Livaudis.

—Pearl, como la perla que es —dije. Entonces les relaté que durante un tiempo había soñado con una niña pequeña, un bebé que tenía el cutis irisado del nácar. Todas asintieron, con los ojos puestos en mi hija y expresión de inteligencia. A fin de cuentas, era la nieta de Catherine Landry. Era lógico que viviera experiencias místicas.

Paul estaba perpetuamente metido en casa, y siempre llegaba con los brazos repletos de obsequios tanto para el bebé como para mí. Al día siguiente del huracán se presentó acompañado de unos empleados de la fábrica, y entre todos repararon lo que pudieron. Luego vinieron las mujeres.

—Está bien que te eche una mano —dijo la señora Thibodeau—, pero más le valdría aceptar sus responsabilidades mayores —susurró. De nada me habría servido protestar y dar más explicaciones, aunque lo sentía de verdad por Paul y por su familia. Impávido ante las apariencias, él no había querido mantenerse al margen.

Por las noches, después de cenar, solía sentarme en la vieja mecedora de *grandmère* Catherine y arrullar a Pearl en mis brazos. Paul se tumbaba en el suelo de la galería, con la cabeza apoyada en las manos y una hoja de hierba en la boca, y me felicitaba por lo bien que me desenvolvía atendiendo al bebé y cocinando platos exquisitos. Yo sabía qué perseguía, pero simulaba ignorancia.

Un día, pocas semanas después de que naciese la niña, Paul me trajo otra carta de Gisselle. Ésta era mucho más corta, pero también más dolorosa.

Querida Ruby:
No me has escrito, pero Paul sí. Le he dicho a Daphne dónde estás y que ya has tenido al bebé. No quiere saber una palabra. Pensaba informar a Beau en cuanto le viese; no obstante, acabo de enterarme de que no regresará de Europa. Se quedará allí para hacer sus estudios de medicina. Y, como ya te comentaba en mi carta anterior, se ha enamorado de la hija de un duque o un conde que vive en un castillo auténtico.

Daphne y Bruce han anunciado la fecha de su boda. ¿No sería genial que aparecieses en la fiesta con tu niña en brazos? Te tendré al corriente de los detalles. Estoy segura de que deseas saber todo lo que ocurre, aunque finjas lo contrario.

¿No vas a contestarme? Leeré tu carta a nuestra madrastra. Se me acaba de ocurrir una idea divertida: no sólo soy tía, sino que técnicamente has convertido a Daphne en abuela. Se lo recordaré siempre que se ponga intransigente. Gracias. Por fin has hecho algo que puedo apreciar.

Tranquila, es broma.

Me pregunto si volveremos a vernos algún día.

Tu querida hermana

GISSELLE.

—¿Por qué le has escrito, Paul? —inquirí.

—Pensé que tu familia estaría inquieta por ti y...

—Y querías que Beau lo supiera, ¿no es eso? —le acucié. Él se encogió de hombros—. Ahora ya no tiene importancia —dije, decepcionada.

—¿Así que has vuelto definitivamente? ¿Te quedarás en Houma?

—¿A qué otro sitio podría ir? Y menos aún con Pearl.

—Entonces, deja que te construya un verdadero hogar —me instó.

—No lo sé, Paul —repuse—. Tendría que pensarlo con más detenimiento.

—Está bien —accedió, animado porque no me había opuesto desde el principio.

Aquella noche, después de que Paul se marchara, me acomodé en la galería y escuché a la lechuza. Pearl dormía en el interior, de momento plácida y a salvo. Pero había andado un largo camino para trazar un círculo completo y sabía que el mundo no era un lugar hospitalario en el que se pudiera vivir siempre arropada. Era duro, glacial, cruel y abundante en avatares trágicos. Cualquier persona agradecería tener a alguien que la cuidara, la protegiera, que le diese calor y estabilidad. ¿Por qué iba a ser un pecado querer gozar de todo aquello, si no por mí misma, al menos por mi pequeña?

«*Grandmère* —susurré mentalmente—, mándame una señal. Ayúdame a elegir con acierto, a tomar la senda adecuada.»

La lechuza dejó de ulular cuando un halcón de los pantanos bajó en picado y aterrizó enfrente de la casa. Se paseó muy altanero y volvió la cabeza hacia el porche. Bajo el claro de luna, vi sus ojos de cerco dorado pendientes de mí. Aleteó como si quisiera saludarme y, tan repentinamente como había venido, se internó de nuevo en la oscuridad, donde intuí que se había aposentado en una rama y continuaba vigilando la casa, transformado en mi centinela y el de mi hijita.

Supe en mis entrañas que *grandmère* Catherine estaba allí, conmigo, musitando en la brisa e infundiéndome esperanzas. Tomaría las decisiones correctas.

Los *JET* de Plaza & Janés